PETER RÜHMKORF

TABU

Tagebücher

ROWOHLT

PETER RÜHMKORF

TABU II

Tagebücher
1971–1972

ROWOHLT

1. Auflage September 2004

Lektorat Hans Georg Heepe
Satz aus der Janson
von hanseatenSatz-bremen, Bremen
Druck und Bindung Clausen & Bosse, Leck
Printed in Germany
ISBN 3 498 05772 3

Desiderata

Gehe ruhig & gelassen durch Lärm und Hast. Stehe soweit ohne Selbstaufgabe möglich in freundlicher Beziehung zu allen Menschen. Äußere deine Wahrheit ruhig & klar und höre anderen zu, auch den Geistlosen & Unwissenden; auch sie haben ihre Geschichte.

*

Sei du selbst, vor allen Dingen heuchle keine Zuneigung. Noch sei zynisch was die Liebe betrifft; denn auch im Angesicht aller Dürre und Enttäuschung ist sie doch immerwährend wie das Gras.

*

Trotz all ihrem Schein, der Plackerei & den zerbrochenen Träumen ist diese Welt doch wunderschön. Sei vorsichtig. Strebe danach, glücklich zu sein.

Aus der alten St.-Pauls-Kirche, Baltimore, 1692

1971

13. April 71. Mit 41 auf einmal sein ganzes Leben aufzeichnen wollen? Ordnung in einen Haufen von Sperrmüll bringen. Belege (Taxiquittungen, Liebesbriefe, Einladungen, Absagen) sinnvoll zusammenheften und aus losen Blättern sich eine Biografie erfädeln? Wenn wenigstens bißchen mehr Glück im Spiel gewesen wäre und die Witze in eigener Sache einen erfreulichen Zug nach oben angenommen hätten. Weiß genau, warum ich vor solchen Bilanzen immer einen gewissen Bammel gehabt hab: es hat nicht nur mit Biografie, es hat auch mit Zugrabetragen zu tun. Ameisen, die eine leergesungene Grille zu Grabe tragen. Nebenher der aus dem gleichen Impuls gespeiste Versuch, ein Tagebuch zu führen: noch fallfrisches Laub zusammenharken und darauf hoffen, daß sich aus welken Blättern schließlich ein Komposthaufen bildet. Während das Weltkind immer lustig in den Tag rein lebt und seine Schritte nicht zählt, denken Chronist und Tagebuchschreiber immer heimlich an die Nachwelt: eine Festschrift in eigener Sache, die sich andersherum auch als Testament lesen läßt. Heute morgen anfallweise alte Briefe sortiert und dabei viele Schrecken bekommen. Daß man so etwas einmal gewesen sein soll – diese sich selbst in diesem kleinen privaten Rahmen noch blähende Imponierfigur. Hochfahrenheit und Wichtigtuerei bis tief in die Syntax. Kein Triumph. Nur Elend.

Tischtennis mit Otto und versucht, mir ein bißchen Leichtigkeit anzuüben. Aber Erfolg, bzw. Punktgewinn immer nur, wenn nicht gezählt wird. Auch beim Verfassen von Reden, Artikeln viel zu oft das Gefühl, daß gezählt würde, nachgemessen, ausgecountet. Aufsätze, die zuerst ganz munter von der Hand gehen und unter der Last dieses imaginären Huckauf dann einen Zug ins Aufgesetzte kriegen. Hab sie immerhin niemals «Essays» genannt, das schien mir denn doch um diesen gewissen Tick zu schick.

14. April. TB als Blitzableiter, was man sich aber gar nicht erst bewußt machen darf, man kriegt sonst den Krampf in die Zacken. Auch in meiner Camera obscura sind mehr Argusaugen auf die Bleistiftspitze gerichtet als einer unbefangenen Fortschreibungsweise guttut. Dornauszieher zuhaus, vorm Garderobenspiegel. Letzter Versuch, ein zusammenhängendes Tagebuch zu führen, jetzt auch schon zwanzig, nein, genau dreiundzwanzig Jahre her: 48/49, auf dem Höhepunkt meiner spätpubertären Angst- und Zwangsneurose. Hatte damals die Wahrheit schreiben wollen und nichts als die Wahrheit, und was am Ende rauskam, war nichts Besseres als eine Statistik meiner portionierten Mahlzeiten nebst Säure- und Pepsinzuwendungen. Furzkurven, Aufstoßfrequenzen, Krampfprofile.

16. – 19. April. Tagung «Verlag der Autoren», Ff/M. Magen- und Darmgrippe. Meine überempfindliche Binnenbesaitung (Des Sängers Fluch). Unterkunft bei den Rowohltkindern (Harry in USA) und ein eigenes Zimmer mit eigenem Fernseher und eigenen Haferflocken. Da sie der Katze wegen auch nachts die Wohnungstür aufließen, keilte ich mir eine gespensterabweisende Trittleiter zwischen

Bett und Schlafzimmertür. Gleich in der ersten Nacht mich in Muschgs Jahnn-Erinnerungen festgesogen. HHJ als mutmachendes Beispiel einer zweifelsfrei in dem Bewußtsein einer eigenen Bedeutung wurzelnden Verstörung. Wenn man erst weiß, daß man eine Jahrhunderterscheinung ist, wird der Umgang mit den eigenen Nachtmahren schon wieder ganz leger. Alles fügt sich. Auch das eigene Lazarusbett erscheint als ausgesuchter Logenplatz vor den Sternen.

Der Autorenkreis: was ich früher einmal – wann war das noch – ‹Popsozis› genannt hatte, mit Ausnahme vielleicht des schwer entzifferbaren Tugendterroristen Boehlich und des eisern auf eine generalsekretärshafte Contenance bedachten Karlheinz Braun. Mit ihm über «Lombard»-Änderungen gesprochen.

Brauns Haselmausgesicht, die flinken Äugelchen, die zitternde, witternde Oberlippe, die fleißigen Nagezähne, mit denen er schief verfugte Bühnenbretter zertrennen kann.

Abends TV, zum ersten Mal «Die Leute von der Shiloh-Ranch»: so ein jauchiges Heimatbraun, das beim Publikum bleibende Sehschäden hinterläßt.

22. April. Ab 13.00 mit der Laubgabel in den bio-bibliografischen Untergrund: Briefe an meine Geschäftsfreunde, Notizen, Fassungen, Entwürfe, Hobelspäne, Mulch. Dabei unversehens auf die Bemerkung «Lebenserinnerungen einer müde gewordenen Schreibkraft» gestoßen (1964) und gleich nachfolgend: «Die Biografie ist zuende, die Bibliografie beginnt.» Mir fallen auch schon nur noch die Sterntaler (Meteore) von Anno Dunstemals in den Schoß. 1964: als mein Pessimismus noch grün war und mein Lebensekel frisch im Kraut stand. – Vor alten Manuskripten das neue

Ungefühl, daß ich immer nur ein paar luftige Atemzüge lang locker war, für die Dauer einer unfreiwilligen Nervenzuckung entspannt. Selbst die Lockerungsübungen gelegentlich als Kraftsport betrieben. Mit völlig unangemessenen Kraftaufwendungen Leichtigkeiten zu erzeugen versucht, minutenlange Schwebezustände. Durch meine 1971er Mißmutsbrille betrachtet: nichts wirklich Frühvollendetes und – mit dem Blick jetzt aufs Kofferpacken – auch kein rechtzeitig antizipierter Altersstil. Sich gleitenlassen können, wie schön, auch einfach ausrutschen, hinschlagen, eine eindrucksvolle Schleifspur hinterlassen: da ist mal jemand absolut genialisch aus der Rolle gefallen. – Als Haltung zu beherzigen: niemals mit offenen Wunden auf die Bühne rennen und «Ecce-homo» schreien. Immer schön hölzern und höflich mit dem Kasperkopp nicken, wenn man für eigenhändig Aufgeschriebenes überhaupt noch paar Mark erhält.

23. April. Mehr Wind als Sonne. Im Hinblick auf Braun-Einwendungen den dritten Lombard-Akt noch einmal auf die Knochenbank geschoben. Wenn man sich erst mal dazu durchgerungen hat, schief verheilte Frakturen – racks – zu brechen, ist das Verspleißen und Neuverzahnen eigentlich gar kein technisches Problem. Über «Volsinii» weiter Nebel, Dunst, Gerüchtelagen. Von Röhl erfahren, daß Biermann an Mutter Emmi geschrieben habe, daß Schauspieler von DT die «Aufführung einhellig abgelehnt» hätten. Als peinlich verzeichnet außerdem, daß R. jeder Diskussion über das Stück ausgewichen sei und das Ergebnis der Debatte «feige im Auto abgewartet» hätte. Bei Verlassen des Hauses habe man ihn draußen, so wörtlich, «im Wagen gesichtet und seine Haltung mies gefunden». Es ist nur eben

so, daß ich überhaupt nicht in Berlin war, mit keinem Bein, nicht einmal in Gedanken, und daß ich Biermanns Wunsch-Unterstellungen insofern nicht entsprechen kann. Vermutlich kann er es nicht verwinden, daß ich seinen «Dradra» für einen ziemlich läppischen Papierdrachen halte. War mal bei ihm zu Besuch gewesen, in seiner weltberühmten Chausseestraße Nr. Sowieso, und er hatte mir zu meinem damals unverhohlenen Vergnügen daraus vorgetragen/vorgesungen (etwa so: Heinz Schweizerkaas-Schubert in der Rolle von Jassir Arafat). Als ich das Ding dann allerdings als Druckfahne vor mir hatte und für «konkret» eine Leseprobe daraus auswählen wollte, sah es mich alles nur noch pumphosenwitzig an. Spürte keine Lust, es nur seiner tendenzbärenhaften Tatzenwischer wegen als Vorabdruck anzunehmen: erst kommt die Kunst, ergebenster Diener, und erst dann die Moral.

24. April. Auf die immer noch schwelende Meinhof-Deponie gestoßen. Erinnerte mich plötzlich an meinen Penthesilea-Schulaufsatz: mit welch kräftiger Hand ich schon als Achtzehn-Neunzehnjähriger meinen apotropäischen Schild gegen solche ins Rasen gekommene Bühnenfiguren wendete. Absolut unverständlich, daß Ulrike die ihr zugeschriebene Stellung als «Starkolumnistin» richtiggehend ernstnahm. Bei unserem Popelblättchen. Unserem Mezzoporno. Sich selbst zu ernst nehmen, heißt: sich selbst überschätzen. – Daß ihre wirkliche Wunde Klaus Röhl heißt, will die in ideologische Wahnvorstellungen vernarrte Mitwelt schon gar nicht wahrhaben – es verstieße allzu lachhaft gegen ein oblatenhaftes Heiligenbild. Die Wahrheit? Ein Witz: Heilige Johanna verzehrt sich in unerwiderter Liebe zu einem Wichsblattverleger. Röhls kürzlich geäußerte Idee, Ulrikes

gesammelte Leitartikel als Raubdruck herauszubringen, läßt umgekehrt auch gewisse bleibende Anhänglichkeiten erkennen – die Anhänglichkeit eines Blutegels. Sagte zu ihm, dann könne er das Buch auch gleich «Raub mich» nennen – in Anlehnung an Teufel/Langhans' «Klau mich».

Auf seiner mäandergesäumten Wolldecke vor der Strache-heizung: Micio, mein Kater, ein träumendes Ammonshörnchen.

25. April. Ich brauche Geld, Geld, Geld! Wiedermal einen halben Monat lang keinen Pfennig verdient – doch, 250 Mark für einen nun schon sieben Monate alten «konkret»-Artikel. – Ein schwer erklärliches Unbehagen, mein Konterfei in der Zeitung zu sehen, gar in der eigenen, und dann auch noch mit dem eitlen Piz-buin-Glanz des vergangenen Sommers. Abends bei Lerchers. Wahl in Schleswig-Holstein. Das Bangen um Jochen Steffen, *unseren Mann*; d. h. so gut ist er bei näherem scharfen Hinsehen auch wieder nicht. Eigentlich Privatmann. Eigentlich gut nur für die kleine gesammelte Freundschaftsrunde, den genossenschaftlichen Schwingungszirkel. Seltsames Zwangslachen unter TV-Einfluß oder doch verzogenes und dann grimassenhaft sich lösendes: erst zeigt er vier Kaninchenzähne, und die rosigroten Backenbällchen wandern nach oben – dann werden die Marionettenfäden oben im Kopf sichtbar losgelassen, und alles fällt wieder zum Staatsmann zusammen.

Anschließend zu Wolffheims, wo Inte und Elsbeth ihren gemeinsamen Geburtstag feierten. Statt um 2.00 mit Rosi, um 3.00 mit Hannibal nachhaus zu fahren, blieb ich in kaugummihafter Anhänglichkeit sitzen, um mit irgendjemander noch ein bißchen durch die Nacht zu schlenkern. Da es sich nicht ergab, zu Fuß zur «Galerie», wo die auf einen Hanffaden gezogene Lilja noch beziehungslos herumhing und sich gern noch etwas verwirklichen wollte. Wir hopsten dann auch gemeinsam durch die Uni-Grünanlagen, einfach mal wieder zwei mondbleiche Tittenpuddinge auf den Handtellern tanzen lassen (Vorsicht beim Festhalten von erotischen Einzelheiten: Du beschreibst nicht den ersten Orgasmus, mein Junge) und tauschten in einer Kneipe (wo?) noch ein paar weltaufhebende Hauche. Um 5.30 allein nach St. P. (Sankt Peter auf Sankt Pauli). Traf in Kastanienallee auf einen sich gegen einen imaginären Sturm vorankämpfenden Seemann mit spatenblattgroßen Händen, der mir versicherte, daß er mich damit «glatt totdrücken» könnte, was mir in meinem fortgeschrittenen Zustand aber gar keinen angsteinflößenden Eindruck machte. Bot ihm im Gegenzug sogar meine Rechte zur Druckprobe an (eine kraftsportliche Spezialität meinerseits) und kriegte ihn so gut in den Griff, daß er auf der Stelle ins Knie ging: «Du kannst auch Hans-Werner zu mir sagen.» Ja, sagte ich, mit dieser dümpelnden Eislinse in meinem besoffenen Kopf, «ich bin in dieser Gegend wie Kind im Hause, und wenn du noch was Nettes erleben willst, dann häng dich einfach an meinen Jackenärmel.» Unter Vorwänden zu Carmen entkommen, die schwarz und rot in einem goldenen Höhleneingang hing und mich fragte, ob der mich hätte abschleppen wollen, ob der schwul sei. Ich kann aber auf Anhieb gar keine Schwulen erkennen, schon gar nicht, wenn mir der Schnaps bei jedem Schritt über den Brunnenrand schwappt und die Wirklichkeit dann solche landesfarbenen Wellen schlägt. Morgens bei schöner 8-Uhr-Sonne nachhaus und in Magazinen geblättert. Man onaniert nach solchen selbstvergessenen Gewalttouren absolut vorbehaltlos in den Abgrund, ja, das ist was, war was, und wenn dir die äußersten Spritzer die Nasenspitze netzen, hältst du das allen Ernstes für eine artistische Glanzleistung.

26. April 61. Fehlleistung als wunschgelenkte Rückdatierung stehen lassen. Die guten alten Zeiten, als wir noch flink zu Fuß und frisch bei Puste waren. Gestern Otto mit Fieber und ohne erkennbare Leidensgründe ins Marien-Krankenhaus eingeliefert. Meine Generation, die so langsam an eine Schwelle kommt, die nur noch mit – extraordinären – Mutsprüngen überwunden werden kann. Was wir uns heute nicht herausnehmen, wird uns nie im Leben mehr von selbst beschieden werden. Kann mir körperliche Einbußen jetzt schon gar nicht mehr leisten. Mein Unglück hat mich schon viel Zeit gekostet.

Fortes «Münzer»-Stück gelesen und viel dazugelernt. Beherrscht die Kunst des dramatischen Strippenziehens aus dem Eff-eff, was bei mir immer noch mit viel zu viel trial and error verbunden ist. Kleiner Einwand wie früher schon bei Hochhuths «Stellvertreter» und Peter Weiss' «Marat-Sade». Wenn man erst einmal derart prominente Zugpferde vor seinen Thespis-Karren gespannt hat, läuft die Chose beinah schon von selber.

P.S. Fortes Drama hat Breschen geschlagen, die seit Anno «Volsinii» eigentlich bereits offene Türen waren. Daß man es hüben wie drüben gar nicht erst bis zum Bühnenraum durchgelassen hat, scheint mir weniger mit dem unentwegt beratschten Mangel an Fortüne als mit dem selten erörterten Phänomen zeitgeistgelenkter Ranküne zu tun zu haben.

Sinistre politische Einwände, die gewissermaßen auf dem Kothurn herangewandelt kommen und sich als Geschmack verkleiden. Röhl wittert hinter dem Debakel am «Deutschen Theater» (DDR) nicht so sehr die von mir vermuteten Einwände der Partei gegen eine Interventionsparabel (s. Prag), sondern den Aufstand von ultralinken Theaterpekinesen gegen den konservativen Parteikopp Perten. Leute, die Handke, Bernhard, Strauß für die Haute Couture des modernen Theaters halten und für die mein «Volsinii» nicht viel Besseres als ein Rückfall in altbacken brechtische Theaterpraktiken ist.

(TB: Deukalion, rückblickend die Steine klassifizierend, die man ihm in den Weg geschmissen hat. Als wutgeborenes und kaum zu bremsendes Bedürfnis, mal wieder als Polemiker auf den Putz zu hauen und dem Zeitgeist die aufgesetzte Stukkatur zu zerdeppern. Was man 1971 nicht in die Schranken fordert, wird im nächsten Jahr bereits in Überlebensgröße über sämtliche Bühnen wandeln.)

27. 4. Jerry Rubin «Do it! Szenarios für eine Revolution» (rororo 1411–1413), was bereits vom Titel her den Marschtritt als Tanzschritt vorgibt.

Die Vermischung von Politik und Theater zum post-ApOstolischen Maskenball. Von hier aus gesehen ein ganz neues genossenschaftliches Rühren im Hinblick auf Günter Grass' seinerzeit eher kritisch betrachtetes «Irgendwas tun».

Hätte bereits bei meinem US-Aufenthalt 1969/70 in Austin, Texas, Tagebuch führen sollen. Beispielsweise auch Besuch bei Reinhard Lettau und family einfach O-Tongetreu und als Nervengeflacker vom Tage zu Papier nehmen. Die in Grassens «Örtlich betäubt» zwischen scheinhaften Sensationen herumgespensternde Vero schon bei flüchtiger Betrachtung überhaupt keine Karikatur, sondern ein nach dem Leben gezeichnetes Charakterbild. Wie ich mich seinerzeit in die Gesellschaft altlieber Freunde gesehnt hatte und dann plötzlich in einen Kreis von kaum noch kenntlichen Umspringfiguren geriet, die über zwei Etagen hinweg zwischen mehreren Fernsehern herumjachterten, um nur irgendwo einen Schein von politischem Handeln zu erhaschen. Eine Demo, eine Sitzblockade, eine Vollversammlung oder was sonst sich gerade als selbstbestimmtes Gemeinschaftsleben gerierte. Die von Freud schon ganz schön scharf analysierte Tiefenbeziehung von Geilheit und Prüderie nun im Spannungsfeld zwischen einem gutbürgerlichen Dasein und revolutionärem Bewußtsein beziehungsvoll umgewandet und auf neue Bühnen versetzt: Märtyrergeilheit. Und allerletzten Endes stehen auch hier – siehe Ulrike Meinhof und ihre Beziehung zu KRR – immer ungelöste und bis auf einen tiefsten Daseinsgrund vergiftete Familienbeziehungen dahinter.

Wie ich mich schließlich grußlos vondannen schlich, um in so einer richtigen Edward-Hopper-Bar bei Hummer-Cocktail und Salad Bowl bei mir selber Einkehr zu halten. Einsamer Pianistin bei «Smoke gets in your eyes» paar Stranger-adores-you-Augen zugeschmissen und mit den Whisky-Icecubes Applaus geklickert.

Wenn TB sich mit der Zeit einpendelt, kann vielleicht noch ne nützliche Gewohnheit draus werden. Übermäßig viel Zeit kostet es nicht, und wer weiß, wenn man sich erstmal von einem Zuviel an müßigem Schreiberehrgeiz verabschiedet hat, bleibt einem immer noch die Verwendlichkeit als biografische Grabbelkiste.

P.S. Mich augenblicklich u. zu meinem Glück verleiten lassen, alte US-Unterlagen nach paar Daten u. Dokumenten durchzufilzen. Dabei zu meiner Erbauung auf Nicolas-Born-letter vom 5. 3. 70 gestoßen, der mich erst nach meiner Rückkehr in HH erreicht haben muß. Ach, welch liebliches Geläute rückblickend und (s. Klopstock) welche «herzrührende Tonart». Antwort laut Notiz via Postfach am 2. Juni 70. Leider vermutlich handschriftlich u. insofern ohne Durchschlag.

Nicolas Born
838 Mayflower
Iowa City
IOWA 52240/USA 5. 3. 70

Lieber Rühmi,
ich habe mit Reinhard Lettau foniert, und er sagte mir, Du wärest gerade von ihm weg nach Chikago. Das ist eine Sauerei, denn ich lag an Deinem Wege. Solltest Du nun immer noch in Austin sein und eine weitere Reise vorhaben, vergiß nicht den armen Born zu besuchen. Er hat Platz für Dich, gesunde und ungesunde Getränke und eine Unmenge Food. Wir könnten ein paar Tage zusammen auf A. schimpfen, den Präsidenten Wixon usw. Aber vielleicht magst Du mich gar nicht mehr? Darf ich Dich nie mehr umarmen? Diesen Ton und das zum Aufhorchen zwingende «Du» habe ich mir nie herausgenommen. Aber erstens sind wir in Amerika und zweitens bin ich älter geworden, o Gott. Antworte mir jedenfalls. Soll-

te dies Briefchen bemüht klingen, so war das nicht beabsichtigt. Gib ein Lebenszeichen,
Dein alter, tiefverbundener Born

P.S. Wenn Du kämest, könnten wir zusammen den T. Dorst besuchen. Er ist bis Ende März in Ohio.

29. 4. 71. Halben Faden gezogen, gegen 17.00 zu Lilja und schon im Bus das Gefühl: wenn man wirklich aus sich heraustritt, ist man als bürgerliche Person kaum noch wiederzuerkennen. Da sie in festen – womöglich sogar festgefahrenen – Verhältnissen lebt, schien ihr mein überlegungsloses Drauflosgeplapper allerdings gerade recht und mein bekanntes Komplimentemacherwesen genau der richtige Auflichter. Mußte mir als erstes ihr neueingerichtetes und eigenhändig ausgemaltes Küchelchen ansehn, den grünen Hanfblattfries auf chamoisweißem Hintergrund, den frisch gebeizten Geschirrschrank aus hübsch gemaserter Fichte und patent in die Höhlungen der Blindfenster eingepaßte Gewürz-, Kompott- und Weckglasbörter (Gurken- und Kürbiskrucken, Ingwertöpfchen, Marmeladengläser), dazu wahrhaftige Wandbehänge aus Krautbündeln, Lorbeerzweigen, Zwiebelzöpfen und allerlei alraunhaften Knollen und Schoten, was sich mir unter ihren niedlichen Selbstbelobigungen schubweise belebte und über die Augen zu Herzen ging.

Ihre Beziehung zu mir, schwer zu sagen, eine mir selbst nicht ganz klare Mischung aus kindlicher Zutraulichkeit und der frevelhaften Lust, an mir herumzuzaubern – aber es steht erotisch kein wirkliches Triebwerk dahinter. Daß sie richtig feenhaft schön ist, weiß sie selbst, aber sie läßt es sich gar zu gern immer wieder bestätigen, am liebsten durch authentisches Lust- und Freudengebrüll. Dabei alles ganz unbefangen und beiderseits von keinerlei schlechtem Gewissen beschwert. Alles, was sich zwischen uns tut, eher floralen als animalischen Wesens, vom Wind bewegtes Astwerk, Laubwerk, Gezweig, das sich freundlich berührt und freundlich wieder voneinander läßt. Selbst der Abschied ganz federleicht, ein verschwebendes Ade ohne fadenziehendes Festhaltenwollen. Als die Tür hinter mir dann richtig endgültig zuklappte, öffnete sich aber doch noch einmal das etwas klemmige Sprossenfenster: «Bis auf irgendwann, aber ganz bald! Und dann gehn wir mal wieder im Blockhouse Erwachsene ärgern.»

20.45: Aus Alibi-do- und Unterhaltungsgründen Richtung Ise (Erich) eingeschlagen, anderthalb km im Geschwindmarsch, um die Beine mal wieder richtig grenadiermäßig aus der Hüfte raus vom Leib zu schmeißen. Bei allmählich ablaufendem Licht – zusehends zentimeterweise an den graugelben Gründerfassaden emporrutschend – an diversen Harvestehuder Dreimal-ums-Karree-Passanten vorbei, auch gefährlich leuchtfeuernden Frauenaugen, was man um Hanf- und Himmelswillen aber nicht für ein Angebot nehmen darf. Unberechenbar ist in diesen über die normale Gewöhnlichkeitswelt erhabenen Zuständen sowieso alles. Mitten im Gehen unvermittelt in sich selbst versacken oder beim Anschaun einer Rhododendronblüte einfach daran klebenbleiben. Um dann ähnlich impulsgelenkt plötzlich wieder zu einer Art von Zielstrebigkeit zu erwachen und sich Straßenecke für Ecke seines eigentliches Wegs zu vergewissern: Dort das Funkhaus – alles klar – Michel Naura. Dann die Oberstraße, rechterhand auf den Mittelweg 90 zuführend, Elsbeth Wolffheim. Abzweigung Abteistraße, früher Onkel Rudi, heute Klaus und Erika Hegewisch und beim Klosterstern unvermittelt auf die andere Straßenseite übergewechselt, um – ? – ja eigentlich nur, um die wundersam verschont durch den Krieg gekommene Bauhausleuchtschrift zu betrachten, anzustaunen, anzuhimmeln: ein Unfaßlichkeitsphänomen!

Praktisch zum erstenmal in meinem öffentlichen Verkehrsteilnehmerleben mich verleiten lassen, ein paar Schritte nach unten zu wagen, wo das wahre Wunder erst losging. Absolut unverfälschte Art-Deco-Seitenverkleidungen, teils gelbgrün verfliest, teils mit torfballendicken rotbraunen Ziegelornamenten gekachelt, und da mußt du dir schon einen ziemlichen Ruck geben, um in der kühnsten aller Hamburger Bahnsteigkurven nicht in den nächsten Zug zu steigen und in ein unbestimmtes utopisches Nitschewo abzurauschen.

Hatte die Nummer vergessen und mich zunächst in der falschen Richtung von Namensschild zu Namensschild vorangetastet, als der Stoff auf einmal ruckartig an Wirkung verlor – Himmelhops! das falsche Ende – aber der Rest dann auch gleich wieder straight und wie geschmiert. Klingelknopf gedrückt und mich an der Durchsprechanlage zu erkennen gegeben (großes Freudenhallo aus dem obersten Stock), und dann kam auch schon der eiserne Gitterfahrstuhl angerasselt, und die Türen flügelten auf, und der Hausherr, bereits im schottisch karierten Sherlock-Holmes-Morning-Gown, breitete seine Schlabberärmel wie Erzengelfittiche aus: «Mensch, wie schön, daß du heute gerad kommst, Gesa noch auf der Lehrerkonferenz, und wir beiden mal ganz unter uns.»

Erich der Sammler. Erich der Privatantiquar. Erich der hinter hunderten (tausenden!) von Eff-eff-Effigies verborgene Erotomane und auf Pss-Obsessionen spezialisierte Kunst- und Kuriositätenhändler. Führte mich über den milchstraßenlangen Flur direktemang in sein sogenanntes «Herrenzimmer», eine richtige Residenz mit offenbar monatlich umdekorierten Galeriefluchten und nach Liljas eben noch mit Lust betrachtetem Puppenstubenwohlstand wie der Übergang in ein höheres Kulturreich.

War natürlich sofort erpicht, seine frisch erworbenen Novitäten zu betrachten: japanische Rollbilder mit erotischen Motiven und priapeische Sonderbarkeiten aus Bali und Kambodscha. Strotzende Fruchtbarkeitsvotive aus Benin und Obervolta und galante holländische Stiche aus dem achtzehnten und neunzehnten Jahrhundert. Englische und süddeutsche Nachtgeschirre mit fäkalistischen Miniaturen auf dem blankgewienerten Bodengrund und itiphallische Öllämpchen aus Apulien und den ehemals römischen Provinzen in Ägypten und Nordafrika. Aber er sagte, das wär im Augenblick zuviel für den kurzen Besuch und tatschte statt dessen an ein Konvolut von «Fuchs' Sittengeschichte», gerade gestern spottbillig erworben und ein Vorzugsangebot noch für den kleinsten Klingelbeutel. Mußte ihn leider enttäuschen, daß ich auf diesem Gebiet schon seit Jahren ganz gut sortiert sei, was er mit etwas verknülltem Mäulchen bedauernd zur Kenntnis nahm. Hatte eigentlich schenken wollen, und nun schien ihm auf einmal die Geberlaune verhagelt.

Sagte «A b e r s o w a s» (wobei er die Seiten 4 u. 5 des dritten Ergänzungsbandes, ‹Nur für Lehrer, Gelehrte, Sammler und Bibliotheken› aufschlug) hast du ganz bestimmt noch nicht gesehen.» Kleine Überraschung, teils zum Lachen, teils zum Kopfschütteln, teils zum Philosophieren: zwei einander zugewandte Rißwunden, philatelistisch so benannte ‹Fenster›, die seiner Meinung erst den wahren Durchblick «auf die Sittengeschichte hinter der ‹Sittengeschichte›» eröffneten. «Hat sich da wieder mal so'n armer Etagenhund von Lebemann mit seinen Heiligenbildchen vergnügt, und im Moment der alle bürgerlichen Moralschranken transzendierenden Selbstentäußerung hört er plötzlich den Etagenschlüssel im Türschloß herumramentern, und er kann in der allerletzten Sekunde noch gerade das corpus delectans zuklappen und den Hemdschlippen in die Hose stecken: ‹Ah, da bist du ja endlich, wie schön, ich hatte mir schon so meine Sorgen gemacht.› Absolut authentisches document humaine des bürgerlichen Trieblebens in den Fesseln der bekannten Lustverhinderungsinstanzen.»

Als randständige Kleinigkeit ihm erzählt, daß ich in frühen Studikerzeiten und bei der Lektüre des Joyceschen «Ulysses» unvermittelt Nasenbluten bekommen hätte, wobei der ganze rote Segen in die mordsteure Luxusausgabe der Hamburger Stabi geflossen sei. Kaum öffentlich schilderbarer und zu damaliger Zeit praktisch unbezahlbarer Unglücksfall. Wie ich dann, weil nichts anderes zur Hand war, wenigstens den Beschnitt mit Kaffeeweißer aufzuhellen versucht hätte, um es der Dame bei der Ausleihe dann mit übertrieben weit herausragendem Rückgaberevers über den Büchertresen zuzuschieben. Würden sich folgende Klienten sicher mächtig gewundert und ihrerseits auf Vertuschungsmittel gesonnen haben.

1.20 Zuhaus und Schlüssel vergessen. Als ich von unten klingelte, E. verwirrt aus dem Schlaf u. zur Tür: «Na, wo hast du denn so lange gesteckt?» Ich: «Bei Erich, um paar galante Illustrationen für das neue ‹konkret› zu entleihen.» – «Ah, versteh schon, eure Herrenzeitschrift, die man als Frau ja bald nicht mehr in die Hand nehmen kann.» – «Kannst auch ruhig ‹der Tussis wegen› sagen, aber auch Model ist'n Beruf, und ohne solche augenanziehenden Deckblätter läuft in unserem Gewerbe leider gar nichts mehr. Kein Robert Neumann und kein Marcuse. Kein Günter Wallraff und kein Michael Schneider. Kein Otto Köhler und kein Piwitt und kein Karlheinz Deschner, von einem Peter Rühmkorf mal völlig zu schweigen.»

Oben, unter meiner Mansardenschräge, ich für mich: Wenn andererseits die Frauen ihre Emanzenblätter mit sonen geistlosen Glamourmännern vorne drauf rausgeben würden und man innendrinnen auch noch unentwegt auf solche eingeölten Kraftpakete/Muskelmänner/Herkulesse stieße – wer von uns sich da nicht augenblicklich schaudernd abwenden würde. Die Macht der Papiertiger oder Paperdolls, vom jeweils anderen Geschlecht ganz natürlich als virtuelle Schmutzkonkurrenz wahrgenommen.

30. 4. Warmer Apriltag wie gestern, ganz hellgolden gesprenkelt, zartes Lüftchen, südsüdwest, gerade so als ob das Wort Zephir Hauch und Gestalt angenommen hätte – nur ich wie gar nicht richtig mehr von dieser Welt zwischen meinen verspannten «Lombard»-Bowdenzügen. Übergang vom dritten zum vierten Bild immer noch so unklar wie der Sinn meiner theatralischen Sendung überhaupt. Mein alter und oft bedauerter Jammer, keine Romane, Novellen oder Kurzgeschichten schreiben zu können. Richtige Romane mit richtigen Helden und weiblichen Hauptpersonen: Heinrich Manns «Schlaraffenland» – Feuchtwangers «Häßliche Her-

zogin» – Maupassants «Bel Ami» – Arno Schmidts «Steinernes Herz» – Alfred Neumanns (sic!) «Der Held».

Interessant u. des Mitschreibens wert allenfalls noch Erichs neue Aventiuren – offenbar ziemlich brenzlig und m. E. beinah schon auf verworfene Art verwunschen. Eine Kollegin Gesas (obwohl andere Schule), die sich ihn mit fanatischer Ausschließlichkeit in den Kopf gesetzt habe und keine noch so verfängliche Gelegenheit scheue, ihn irgendwo abzufangen und anschließend in abgelegene Eppendorfer Teestuben zu entführen. Wolle angeblich nur ein Stündchen mit ihm sprechen. Ihm mal wieder in die Augen blicken dürfen. Schöne nervichte Hände streicheln oder seine Fingernägel zählen. In mir seit Jahren vertrautem Sarkasmus und mit einem gewissen Wehmutshauch von Bedauern: «Mensch, sie ist doch auch bereits an die Fuffzig und ich – was ich mir überhaupt nicht mehr einzugestehen traue – im November des Jahres zweiundsechzig, was realromantisch doch gar kein Gefälle mehr abgibt.» Wäre manchmal richtig in Rage (ER) über ihre «unschuldsdoofe Fallenstellerei», die auch Gesa natürlich nicht verborgen geblieben sei und von ihr mit vergleichbar fanatischer Eifersucht verfolgt würde. Alles reines Geistertreiben. Eine fast schon absurde Überlappung zweier Paranoiasysteme. Offen gesagt, ein richtiger Spuk. Einziger Vorzug des ganzen durchsichtigen Nachstellungswesens, daß es alle ständig auf der Lauer liegenden Verdächtigungen in eine falsche, d. h. letzten Endes willkommene Richtung lenke.

Jüngstes Beispiel ihrer ausgeklügelten Annäherungsversuche, Gesas Abwesenheit auf einer Klassenreise zu nutzen und ihm eine Stippvisite in Begleitung zweier Schülerinnen schmackhaft zu machen. Sechzehn-siebzehnjährige magedîns, die angeblich noch einiger Nachhilfestunden bedürftig seien (Geografie, Geschichte, Englisch, Deutsch, Gemeinschaftskunde), worauf sich in seinem zu allem entschlossenen Kopf sofort eine gegenläufige Spirale zu drehen begonnen hätte. Ihren verhohlenen Absichten radikal zuwiderlaufende Begehrlichkeiten, die man normalerweise – heißt, in seinem Alter – überhaupt nicht mehr auf der Rechnung hat.

ER: Daß man von einem gewissen Alter an wirklich und wahrhaftig zu allen möglichen Kapriolen entschlossen sein müsse, das sei es. «Wo die gesamte Mitwelt meint, daß du gewisse Bühnen schon längst geräumt hast, diese vermeintlichen Leerstellen rücksichtslos wahrnehmen und deine dir immer noch verbliebenen (Überredungs-)Künste nutzen.» Dachte sofort, schlauer Hund, bei dem ich mir selbst noch was abgucken kann, als er auch schon fortfuhr, daß er das durch und durch ‹unsittliche Angebot› natürlich sofort angenommen habe, allerdings nicht, ohne sich noch ein bißchen zu zieren. Habe dringend – weil unverhoffter Überfall – um absolute Pünktlichkeit gebeten. Wäre bißchen schwieriger Tag, weil ihm am nächsten der Besuch eines sizilianischen Kunsthändlers ins Haus stünde, und da hieße das Spiel dann nicht mehr ‹Kinderpost›, sondern «ägyptische Fayencen VII. bis VIII. Jahrhundert vor.»

P.S. Nachgetragen, daß man auf diesem Gebiet Originale kaum von waschechten Fälschungen unterscheiden könne. Ergo: bis auf den Grund ausgeschlafene Augen haben müssen und das absolut oberflächensichere Fingerspitzengefühl.

Eric the gambler. Erich der Trickarrangeur. Erich der allanwesende Fadenzieher in seinem häuslichen Zimmertheater. Da der Tag so einladend schön gewesen sei, wäre es ihm günstig erschienen, das Zusammentreffen in den direkt ans ‹Herrenzimmer› grenzenden Roofgarden zu verlegen. Ziemlich schweren Kübel mit Zimmerginster nach draußen und dort auch gleich in die lichteste Ecke gewuchtet. Hinten links als unausweichlichen Blickfang original 34er Mucchiliege zugleich gut ins Bild und auf eine gewisse hoheitsvolle Distanz gebracht – ‹especially for you, Irmgard› –, «schon ziemlich dolle Konstruktion, wo du beinah wie von selber reingleitest, aber ohne gewisse Hilfeleistungen nie wieder rauskommst.» Schließlich für sich seinen sogenannten ‹Gesundheitssessel› mit dem Rücken gegen das Zimmer postiert und in vorausberechnete Fußspitzennähe zu den beiden leinenbezogenen Hardychairs für die Meekens gerückt. Beim Überlegen, wie er sich selbst am günstigsten präsentieren könne, plötzlich an die handschuhdünne Ital-Fliegerweste aus dem letzten Krieg gedacht, richtig schneidiger Anblick im Verein mit dem blaugrau gewürfelten und schmalkrägigen Schlußverkaufshemd von Mey & Edlich, und als das ungleiche Trüppchen auf den Punkt genau um 14.30 angetrappelt kommt und mit neugierig witternden Näschen in den Korridor drängt, beginnt ein Schicksal seinen Lauf zu nehmen, dem unser Hermes-Psychopompos bereits eine gewisse potentielle Rutsche vorgebahnt hat.

«Hast du wirklich geglaubt, daß solche künstlichen Bühnenarrangements konkret verfangen?» – «Na, natürlich nicht unbedingt und schon gar nicht in dem Maße», aber gewisse Vexierverfahren und Camouflagetricks rührten bei ihm (Schutznebeltruppe und Scheinbautenkonstrukteur im letzten Kriege) an einen tief veranlagten Jäger- und Fallenstellernerv, bloß ob sie schließlich wirklich funktionierten oder sich in blauen Dunst auflösten, bliebe immer noch eine Sache der Windrichtung und der ewig unergründlichen Fortuna. Hatte sogar die Galanteriengalerie auf dem Korridor völlig neu arrangiert und in eine augenanziehende Fluchtlinie gebracht. Gleich am Eingang die über jeden groben Pornografieverdacht erhabenen Lithos und Strichätzungen der Steinlen und Bayros und Gavarni und Felicien Rops, was sich jederzeit durch höchste Kunstparagraphen absegnen ließe. Immerhin anzüglich genug, um dann pad for pad zum Derbdrolligen und vom Derbdrolligen zum unverhohlen Anzüglichen und vom Anzüglichen zum offen Obszönen überzuleiten, delikatesten Kopulationsszenen im Stil der japanischen Großmeister Kunisado oder Toxohiro – und da sieht unser Bärenführer-Schweinepriester bereits auf den ersten flüchtigen Blick, an welchem Augenleim seine kleinen Tag- und Nachtfälterchen als erstes hängenbleiben.

ER: «Nicht, wie du denkst, an den offensichtlichen Schweinigeleien, sondern an so vertrackt-vertricksten Vexierbildern, bei denen die Augen sich den säuischen Sinn erstmal listig herauspulen müssen.»

ER: «Bloß um Himmels willen die naturwüchsige Neugier von Heranwachsenden nicht in pädagogisch nützliche Bahnen lenken wollen. Dann schon eher so'n gewisses schwebendes Wesen zur Schau tragen, das mal gerade eben andeutet, daß es Bescheid weiß, aber offen nichts zu erkennen gibt.»

ER: «Bei sich zwanglos aufdrängenden Fragen, lieber mal richtig loslachen und die ehrpusslig prüde Menschheit als ganze auf die Schippe nehmen. Allenfalls fragen, ob das nicht viel witziger ist, als was sonst so in den Kinos läuft, jetzt im Augenblick gerade ‹Schulmädchenreport›, Achdumeinescheiße, gehste einmal rein und kannst du gar nicht schnell genug vergessen.»

ER: «Immer in Rechnung stellen, daß dir da keine waschmittelweißen Unschuldslämmer ins Haus schneien, sondern an nichts so sehr wie an den Geheimnissen des Geschlechtslebens interessierte Azubis. Ob du selbst allerdings das Zeug zum Guru hast, wird nicht von dir allein, sondern von der Gunst der Stunde entschieden.»

ER: «Vorne absolut weltabgehobene Weltmannsvisage» – aber durchflackern sollte da schon was, und das darf auch nicht nur wie'n virtuelles TV-Kaminfeuer aussehen.

Also Erich als derart ausgebufften Animateur und Eröffnungskünstler von mir noch nie so naturfrisch zur Kenntnis genommen. Paar verrutschte Mundwinkelküßchen hier, paar behutsam hingehauchte Stirnsiegelchen dort, wobei die Lehrerin sich vor lauter Liebe bereits auf der Schwelle verstolpert, was der Hausherr aber geschickt aufzufangen und als lustige Initiale zu vertuschen versteht. Da die Blicke der Schulkinder weit öfter und inniger an den aneinandergereihten Laszivitäten hängen bleiben, als der abgebrühte Professional es sich vorgestellt hat, läßt er der heimlich mitgenossenen Neugier zunächst einfach ihren freien Lauf, um dann schließlich – ganz Nobelmann und pastore tedesco – die verwimmelte Herde ein wenig zur Eile zu ermahnen, bis – «O die Sonne, o der Ginster, o die schönen Möbel – o die hellila Tulpen, o die dolle Liege da hinten in der Ecke» – und da bedarf es schon eines etwas deftigen Machtworts, um die kleine Freche mit dem grünen Che-Guevara-Barett davon abzuhalten, sich plumps darauf niederzulassen: «Nee, das ist der Ehrenplatz von Frau Heidemeister. Für euch zwei Hübschen hatte ich eher diese beiden netten Sesselchen vorgesehen.»

Lehrerin, die sich richtig understatesmentmäßig fein gemacht hatte in ihrem resedagrün-pompejanischrot gestreiften Leinenkostüm und mit marokkobraunen Ferienbeinen unterm knapp geschneiderten Minirock – bloß, worum es ihm wirklich geht und dann auch gefährlich am Herzzipfel kitzelt, ist ja zu allerletzt solch ein mit viel Kunstgeschmack herausgestrichener Stewardessenlook. Aber Schulkinder ja, in dieser später nie wieder einholbaren Mischung aus Wissensdurst und pubertärer Verwilderung, das ist es. Etwas kurz nach dem Erwachen oder paar Wochen davor bereits Angegangenes und Verwahrlostes. «Zwei reife Zuckererbsen kurz vorm Zerplatzen!»

Ziemlich ungleiches Pärchen, wie er es mir in seiner Al-fresco-Kunstmalersprache so ausmalte und «als Freundinnen eigentlich kaum zu erkennen». Die eine – freche – rotgelackten Sowjetstern am Barett und auch sonst etwas paramilitärisch präpotent in ihrer Terzo-mondo-Khakiuniform. Die andere, und da begann er schon etwas zu zögern, weil er sie offenbar bereits mir zugedacht hatte: Etwas biederes blauweißrot gewürfeltes Überfallhemd – Beine bißchen stramm bis massiv in den Jeans wie zwei gut abgefüllte Abba-Fischcremetuben – und ein Gesicht – na, wie solle er sagen – fast so'n bißen bohnen- oder eierförmig und mit so richtig geilblauen und noch nicht völlig erschlossenen Glotzaugen drin. «Na, das klingt mir ja beinah schon etwas ekelhaft», sagte ich, «da muß man ja unwillkürlich an zwei frisch aus dem Ei geschlüpfte Sperlinge denken.» Erich ja aber nein – sofort lachend – einlenkend – abwehrend und offensichtlich um ein etwas günstigeres Konterfei bemüht: «Aber die Haare, mein Lieber, syltblond, millimüfein und so lang so lang – wie die Seidenstraße!»

(17.30 Fortsetzung später. Wenn man sich erst darauf einläßt, neben dem eigenen TABU auch noch anderer Leute Erlebnisse, um nicht zu sagen Lebensläufe, zu Papier zu bringen, wirft es einem die Pss-Privatkutsche beinah zwangsläufig aus der Bahn. Auch bedenklich, solche im Vorbeiwehn mit- oder nachnotierten Gespräche im lebendigen O-Duktus wiederzugeben. Alles verzerrt sich. Verkünstelt sich. Literarisiert sich. Und wenn es nicht den Rohstoff für einen späteren Roman oder wenigstens eine Novelle hergibt, ist alle Liebesmüh von vornherein verschmissen. Erich schon öfter ermutigt, ermuntert, seine ihm en passant entsprudelnden Geschichten einfach selber mal aufzuschreiben. Leider immer vergeblich.

1. Mai – Tag der Arbeit – u. kaum zu glauben, wie viele Arbeitsscheue u. Müßiggänger mich zuhause am Schreibtisch und nicht auf der großen Anti-Ami-Demo auf der Moorweide vermuten –. Hatte mir vorgenommen, alle Anrufer zunächst mal durch einen monatealten Schnupfenvorhang anzublaffen, warum Sie nicht ein Minimum an politischer Solidarität ... aber dann kleckerte hier ein Kram zusammen, der die Rotze zunehmend eindickte u. die Stimmbänder bis zur Stimmlosigkeit anschwellen ließ. Als erster Edu Zikade, auf Bewährung aus Evas Reformanstalt Vierlande entlassen, nun stehe er nach eigenen Erkundigungen schon wieder auf der Fahndungsliste. Wolle sich auf dem Kiez einen Knacker besorgen und vorher (vor einem angedrohten Selbstmord) «noch einige mitnehmen, aber mit Blei!» – 2. Erdmute F. mit dem Teleklingelbeutel auf Werbetour für die «Rote Hilfe», weil man müsse «endlich mal was für die inhaftierten Genossinnen tun». Sagte ihr ziemlich ruppig, da hätte man sich besser etwas früher kümmern sollen, und

zwar wie wir hier, von einer freundschaftlich irrenärztlichen Warte aus. – 3. Riechheimer, um sich nach seinem über 600 Seiten langen Gulliver-Roman zu erkundigen, den er schon vor 4/5 Wochen geschickt habe u. bisher nicht die kleinste Antwort bekommen. Konnte als ehemaliger Lektor und Spurenanalytiker vom Dienst zwar sofort paar rapiddiagnostische Eindrücke von mir geben u. aus meinem Erstehilfekasten die entsprechenden Trostpflästerchen hervorzaubern, was mich allerdings nur vorläufig aus der Bredouille brachte, weil R. meinte, nach so viel Zuspruch bald mal wieder anrufen zu dürfen. Bald mal wieder? Haben offenbar nicht die mindeste Ahnung, diese potentiellen Nobelpreisaspiranten, wie hoch sich in meiner bescheidenen Besenkammer bereits die Bittstellerschreiben stapeln, und aus welchem kaum noch vorhandenen Rippenfleisch ich mir die Zeit für eine Zweimonatslektüre rausschneiden soll.

P.S. Der Nachwelt zur Kenntnis, die mir in manchen Stunden der Bedrängnis fast als Erlösung erscheint. Es ist immer das gleiche, was sie wollen – u. ich mitleidsvoller Tropf versteh das sogar noch. Erstens prompte Lektüre u. Applaus f. jede gelungene Wendung, was mir bei R. noch vergleichsweise leichtfiel. Ferner Weiterleitung des Manuskripts an einen Verlag nebst Hinzufügung eines alle möglichen Einwände bereits im voraus niederbügelnden Gutachtens. Und so der Reihe nach weiter: redaktionelle Betreuung nebst gefl. Privataudienzen nach jedem angeschlossenen Kapitel u. im Falle glücklichen Fortschreitens u. angeschlossener Drucklegung auch noch handvergoldete Klappentexte und als vorläufig letzte, sich nun beinah von selber nahelegende Dienstleistung eine alles bekrönende Rezension in der «ZEIT», im «Spiegel» oder «FR». Alles zusammen einem scheinbar einflußreichen, aber realiter fast schon unter den Sichtbarkeitshorizont abgesunkenen Kollegen abverlangt, der bei Aufwendung all seiner Kräfte gerade eben versucht, einen neuen Bühnenboden zu erklimmen oder sich wenigstens eine sperrholzdünne wirtschaftliche Basis zu erobern.

Einwegtelefon müßte man haben! Aber da E. aus Berufsgründen eigentlich stündlich, minütlich, d. h. durchgehend erreichbar sein muß – paar entwichene Knackis – Brandstiftung in der Zelle – verschluckte Messer, Gabeln u. Rasierklingen oder eingeschmuggelte Drogen –, gluckert mir die gesamte Elendsgülle der Hamburger Unterwelt beinah ununterbrochen in meine der inneren Sammlung dienende Gelehrtenmansarde. Keine Lust mehr, kann nicht mehr. Werde jedem weiteren Bitt- oder Fragesteller in Zukunft mit der angemessenen Unerbittlichkeit begegnen. Leider nur selbst auch auf viel Hilfestellung u. Goodwill angewiesenes Schriftstellerschwein, dem jeder umstandsbedingte Wutanfall dann noch wochenlang als moralische Verfehlung nachgeht. Das Erbe meiner gutartigen Mutter, der in einer eigenen Notlage mal von hoher und einflußreicher Hand geholfen wurde, was sie sich als Verpflichtung dann lebenslang aufbürden ließ. Dem ganzen Dorf eine stets verfügliche Sorgenschwester und Seelentrösterin, obwohl sie von tieferen U-Bereichen eigentlich gar keine Ahnung hat.

4. Mai 71. Aktenordner «B & M» füllt sich, ohne daß TB jemals davon Kenntnis genommen hätte. Am Freitag vergangener Woche der Rechtsanwalt Mahler vom Berliner

Schwurgericht freigesprochen, während die kleinen Handlangerinnen Ingrid Schubert u. Irene Goergens zu empfindlichen Haftstrafen verurteilt worden sind. Klassenjustiz allerwege, wobei mir das Foto aus dem Gerichtssaal als besonders scheußlich erschien. Zwei verhuschte Problemmädels ziemlich hilflos an die Barriere gelehnt u. der Oberanstifter mit triumphalem Lachen die rechte Faust gegen die vielgeschmähte FDGO erhoben. Neueste Nachricht vom Tage, daß der Innensenator Kurt Neubauer einen V-Mann als weiteren Zeugen nachgereicht hat (nur der «Spiegel» nennt Namen, Alter u. Beruf des Rohrlegers Peter Urbach, 30). Mahlers Rechtsanwalt Schily sprach von «einer Geheimwaffe der Staatsanwaltschaft» u. warf ihr «arglistige Prozeßführung» vor. Kaum noch durchschaubare Verbandelungen innerhalb der Innung, in der sich Paragraphen wie Klempnerblei verbiegen lassen. Aktive Beteiligung von Urbach an allen möglichen Straftaten, die auch den freischaffenden Szenenberichterstatter an den Grundlagen unserer FDGO zweifeln läßt.

5. Mai. Sonne überm Balkon. Ein Geruch wie von Linden, der mir verfrüht scheint, und lange Spannerblick durch die Traljen. Am Strand spielen dreizehn-vierzehnjährige Jugendliche vergewaltigen. Die Jungen unbeholfen, tapsig, teigig, aber die Mädchen lassen sich offenbar gern niederringen, manchmal mit einem Anflug von anmutig vorwurfsvoll demonstriertem Schmerz. Enorme Schönheiten in der Hand von Tolpatschen, Tagedieben. – Pubertätstagebuch hätte man führen sollen, aber jetzt, in diesem Zustand einer nur noch ressentimental verzogenen Beteiligung?

6. Mai. Es wird erzählt, in Oevelgönne gehe jemand nachts mit einer Eisenmaske herum. Das allgemeine Erschrecken hatte aber nur mit diesem magischen Wort zu tun. Als sich später aufklärte, daß es sich um eine Fechtmaske handelte, war der Spuk im Nu verflogen.

7. 5. Die Verpackung beginnt zu knistern, Streben knakken, die Bespannung beult sich nach innen. – Wer in diesem Elefantenalter noch kein richtiges System hat – Drähte, Strippen, Funktionen, feste Mahlzeiten, Bürostunden, Kantinengespräche, Bürgerlichefamilie, Kinder etceterapipi – ist in besonderem Maße einbruchsgefährdet. Mit vierzig muß ein Mensch weitgehend mumifiziert sein, oder der Frühling erscheint ihm wie eine Zumutung, eine Drohung.

Rh: Über vierzig wird die Liebe zum Verbrechen oder … aussichtslos.

Nachmittags mit Lilja nach Schulau: Sonne, die verspielten, sich selbst beweihwedelnden Weidenbüsche, der Taktschlag der Elbe gegen das Ufergestein. Bekamen plötzlich einen derartig wahnwitzig und dann auch gleich lebensbedrohlich erscheinenden Hunger, daß wir wie die Verrückten dem nächsten Fischgeruch nachliefen, im Fährhaus albern nach Schollen schrien, gar nicht abwarten konnten, bis sie schließlich vor uns Platz genommen hatten, und die schlabbrigen Häute und die abgesoffnen Salatblätter zu drei nacheinander abgespielten Nationalhymnen (UdSSR, Liberia, Dänemark) wahllos in uns hineinschlürften.

8. 9. Mai. Connell «Tagebuch eines Triebverbrechers» zu Ende. Diese gedunsenen Tagträume, grandiosen Selbstverschätzungen: oben immer die dicken Rosinen im Kopf und auf dem sogenannten ‹Boden der Tatsachen› unentwegt Niederlagen, Kränkungen, Zurückweisungen. Hätte früher mit meinem Tagebuch anfangen sollen. Mein altes Klagen, redundant wie ein Besoffener. – Jetzt nur noch dies lasche Adieu.

Hans Peter Reichelts Hochzeit. Anschließend mit dem Zuhälter Peter M. nach St. P., wo er mir «Geheimnisse zeigen» wollte. Er kannte aber gar keine (weder geheime Clubs noch geschlossene Veranstaltungen), im Gegenteil, wohin er kam, mußte er erst mal offene Rechnungen begleichen. Später allein an den vertrauten Auslagen vorbei, wo die fensterfüllende Lotti wie ein bleicher Sahnebaiser mit toter Pechperücke. Schöner die 6-Uhr-Frühlingssonne und das schneeweiß in das morgendliche Bleu hineingeknallte Altonaer Rathaus. Der altgediente Bronzemarschall, der einen grünspangrünen Fuß entschlossen ins Nichts setzt. Rhododendren, Blauhaufen, violette Hadespfauen rund um Klopstocks Grab.

Montag, 10. Mai, Rev. 6/7.: Nun auch Astrid Proll in HH festgenommen. Weißer Alfa Romeo (Cabrio Spider) und spanische 9-mm-Llamer in der Aigner-Handtasche, alle Achtung, von welcher gehobenen Warte aus hier «Sieg im Volkskrieg» exekutiert, bzw. richtiger wohl, in Szene gesetzt wird. Und die sympathisierende Schickerilla längst bis in den allernächsten Bekanntenkreis vorgedrungen. Da ich keinen Anlaß sehe, an meiner eigenen politischen Moral zu zweifeln – nach dem Klassenkampfbilderbogen «Volsinii» nun auch noch der «Lombard», kapitalistisches Verwirtschaftungswesen auf Gastwirtschaftsebene –, scheint mir die Annahme eines kollektiven Paranoiasystems noch die freundlichste aller möglichen Diagnosen. Fühle mich dauernd zu einem lange geplanten Aufsatz über «Mobiles Theater» gedrängt, in dem auch B & M eine Sonderrolle als reisende Cangaceirotruppe spielt:

«Ehe wir uns von solchen allgemeinen Bewußtseinstäuschungen jener speziellen zuwenden, die sich ‹Mobiler Spielraum – Theater der Zukunft› nennt, haben wir uns noch kurz mit einer anderen Spielart des mobilen Theaters zu beschäftigen, die eine Zeitlang bundesdeutsches Gegenwartstheater schlechthin repräsentierte, ich spreche von der Baader-Meinhof-Truppe. Analogien zwischen den Aktionen dieses zunächst politisch operierenden Reiseensembles und der Welt der Bühne und des Dramas haben sich sehr bald nahegelegt, und sie wurden mit Hinweisen auf die ‹Räuber› und den ‹Bonnie-and-Clyde›-Film auch ganz plausibel hinterfangen. Die umfassende Sensationierung, die von diesen Gastspielen ausging, ist mit solchen Vergleichen freilich kaum zu packen. Wer die zeitweilig bis zur Massenhysterie gesteigerte Anteilnahme eines bundesbreiten Publikums erklären möchte, muß sich wahrscheinlich zu einer Bühne unterhalb der sichtbaren hinabbequemen, einem Spielraum hinter dem öffentlich zutage tretenden, magischen Binnenspielraum, wo real die Träume hausen und der vorgestellte Speer wahrhaftig das Herz des ausgemalten Büffels oder Bullen trifft.

Theatralischer Auftakt des spukhaften Spektakels: die Brandlegung in zwei Frankfurter Kaufhäusern am 3. April 1968, in einem Moment also, als die Feuer der ‹Bewegung› bereits heruntergeflackert waren. Sie war gedacht – durchaus! – als flammendes Fanal gegen eine Gesellschaft, deren soziale Glücksvorstellungen sich im Traum von einer ausweglosen Einkaufs- und Verkaufsgenossenschaft inkorporierten. Nur daß die Leuchtzeichen seitens des verratenen und verkauften Kaufpublikums gar nicht verstanden wurden; alles, was man aus der Flammenschrift herauslas, war, daß besserer Bürger Kinder ihren Scherz mit geschätzten Konsumwerten trieben; was man folgerte, war, daß linke Politik auf eine Vernichtung des gesamten Wohlstands ziele; ungeteilter Applaus war einzig aus den Renommierkellern des Underground zu vernehmen und – spitzfingrig, aber anhaltend – aus den Logen eines linksliberalen Bildungsbürgertums, das sich aufs Symbolelesen verstand und die höheren Weihen einer mystisch-symbolischen Partizipation.

Damit war der dramaturgische Rahmen geschaffen, bzw. die Freilichtbühne eröffnet, in der sich in den folgenden fünf Jahren (ein halbes Jahrzehnt lang!) das modernste und radikalste Aktionstheater der Bundesrepublik entwickeln sollte. Zu ihren Faszinationsmomenten zählten a) ein Laienensemble mit frischen und dennoch einprägsamen Gesichtern; b) ein hohes und gleichwohl unverfrorenes Sendungsbewußtsein; c) eine rabiate, wenn auch weithin unverständliche Symbolsprache; d) rücksichtslose Bereitschaft, den politischen Spielboden zu skandalisieren; e) extreme Beweglichkeit, mobiler Spielraum; f) Rollendurchlässigkeit bis zum Persönlichkeitsumschlag: Schreibkräfte als Gewalttäter, Nonkonformisten in der Banden-Klammer, Bürgerkinder als Feinde des bürgerlichen Staates; g) Einbeziehung des Publikums bis zur persönlichen Inanspruchnahme. Dies und in Sonderheit die Vermischung von Bühne und Leben, Kunst und Politik, Überbauwesen und Untergrundtätigkeit, führte zeitweilig zu Formen des totalen Theaters, wie sie von der Bühnenavantgarde vergebens angestrebt wurden. Nur, Aufklärungstheater, geeignet, dem Publikum einige wesentliche Lichter über seine eigene Rolle aufzustecken, wollte sich weder hier wie dort abzeichnen. Gemessen an seinen erklärten Entlarvungsabsichten und den Reaktionen des Publikums – des breit abblockenden und des sympathetisch mitschwingenden – wurden B & M zum übergreifenden Modellfall von spätbürgerlichem Vexiertheater, in dem schließlich nichts mehr stimmte: weder der Ort noch die Zeit (Bundesrepublik in den Kalmen einer sozialliberalen Koalition), weder die Wahl der Zeichen noch das Bild der Zielgruppe, weder das Verhältnis der Ausstattung zum Effekt noch die Relation von Theaterdonner und Resonanz an der Basis.

Daß die Truppe zeitweilig mit fast artistisch zu nennender Bravour operierte, verschaffte ihr anhaltende Aufmerksamkeit im Guten wie im Bösen. Während die Stadttheater bei schwindendem Publikumszulauf um Subventionen barmten, organisierte man sich hier seine Subsidien im Alleingang, wobei die Mittelbeschaffung selbst zum autonomen Spektakel wurde. Die rasanten Versorgungsaktionen mit hochtourigen Thespiskarren hielten die Ruhestandsrepublik in Atem wie ein Fortsetzungskrimi. Die hochfrequenten Szenenwechsel und ein atemberaubendes Tempo der Umdekoration – vertauschte Haare und frisierte Autos, dramatische Umkleidesoli und verwegene Paßfälschertricks – schafften einen äußerst breiten Sensationsrahmen, der sich zur Identifikationszone brennpunkthaft zusammenzog, wo immer problematisiertes Bürgertum an seiner eigenen Identität zu zweifeln begonnen hatte. Eines der stärksten Anziehungsmomente war zweifellos das immer heimlich mitgeführte Angebot zur Teilnahme. Der Gewissensappell zur Konspiration erhob selbst kleinere Beiträge – ein Zimmer für eine Nacht, einen Hunderter für unterwegs – in den Rang von Handlung. Die bloße Vorstellung, daß plötzlich vermummte Quartiermacher auftauchen könnten, den ohnmächtig in Gedanken sich wälzenden Stubenhocker aus seiner Isolierung zu erlösen und ihm heimlich und kurzfristig das Gefühl von Mittäterschaft zu vermitteln, eröffnete einen Illusionsraum, mit dem verglichen das professionelle Mitmachtheater zum bloßen Genre schrumpfte.

Von dieser Welt war es trotzdem nicht. Die ideologische Formierung der kriegführenden Parteien – hie RAF mit weltbreiter Frontstellung gegen den gesamten Kapitalismus, dort die Frontseiten der Springerzeitungen mit zunehmend auf RAF sich einengender Zieloptik –, es glich allmählich einem Geisterkrieg, in dem RAF sich ihre Bedeutung von der «Bild-Zeitung» zudiktieren ließ. Nach allem, was «Bild» über RAF zusammenfabelte, wofür mußte sie sich halten? Für die ‹Rote Armee› persönlich – worüber sie verfügte, waren einige Handfeuerwaffen, heimgemachte Knallkanister und ein Paar Kilo Sprengmasse (bloßes militärtechnisches Bric-à-brac, verglichen mit einem Aufwand von 73 Rüstungsmilliarden). In welche Rolle ließ sie sich hineinwiegeln? In die eines ‹Staatsfeindes Numero 1› – sie war das Gegenteil, der lang herbeigesehnte Grund, die Polizeien der Länder neu zu koordinieren und den Ausbau von Sondereinheiten zu rechtfertigen. In einem einmaligen geschichtlichen Augenblick, wo nichts so nötig gewesen wäre, als langsam in die Institutionen einzusickern, hielt RAF dafür her, die bundesdeutsche Linke zu einem Schreckgespenst umzuspiegeln. Sie verwechselte die von der Rechtspresse planmäßig aufgestockte Heldenbühne mit einem archimedischen Punkt im Gelände und lieferte den von Amts wegen nur schwer erzeugbaren Spezialnebel, hinter dem sich die zunehmende Militarisierung unserer Wirtschaft billig verbergen konnte. Obwohl das B & M-Ensemble seine Aktivitäten gern als Beiträge zur Entschleierung der Herrschaftsverhältnisse bezeichnete, gründete seine theatralische Sendung doch zunächst in seiner eigenen ideologischen Verblendung, die half es ausbreiten auf der untersten Selbsttäuschungsebene sowohl wie auf der höchsten, der Sympathisantengalerie. Selbstverständlich gibt es schichtenspezifische Eintrübungen von Bewußtsein, wobei für uns jene oberschichtenspezifische Neigung von Interesse ist, sich eine nicht vorhandene Basis aus dem Kopf zu stampfen. Hat man sich nämlich erst einmal die Verhältnisse auf den Kopf gestellt, wird jede Vorstellung zur Theatervorstellung, läßt das magische Denken kein Ende mehr absehen und verkehrt sich Revolution zur autonomen Tätigkeit der inneren Umwälzpumpe. Schön und schlagend zum Beispiel das Beispiel vom Volke, in dem sich der Revolutionär bewege wie der Fisch im Wasser. Frage nur, wenn es für ihn dies Volk real gar nicht gibt, was dann mit seiner Bewegung wird? Vermutlich wird es auf eins herauskommen, ob er sein Trockenrudern ‹Die Bewegung› nennt oder gleich ‹movens› (was einmal eine hochformalistische Kunstrichtung der mittleren Fünfziger war) oder ob er sich wie der Aktionskünstler Bazon Brock als ‹Beweger› tituliert.»

. . . .

Nachtrag ERICH: Seine Abschweifungen. Seine Verallgemeinerungen. Seine mir durchaus einleuchtenden Übertragungen seiner Privatobsessionen aufs allgemeine Lebensganze. Daß es in seinem Alter (62) keine Ausreden mehr für tragische Verzichtserklärungen gäbe, sondern nur noch Strategie und Taktik.

Im Speziellen viel geschäftiges Rein und Raus, riesige Eisbecher, fast schon Lalique-Vasen, englische Gebäcke, italienische Motta-Leckereien, ostasiatisches Knusperzeugs, bunte Getränke und Cocktails in allen möglichen Landesfarben und von einer gewissen nicht mehr ganz jugendfreien Umdrehungszahl. Bis die Lehrerin meinte, den gackernden Verein allen Ernstes zur Ordnung rufen zu müssen – «Aber davon nichts mehr für die Mädchen!» – und ER sich der Vermahnung augenblicklich anschloß: «Für unsere Schutzbefohlenen von jetzt ab nur noch Holunderblütensekt!»

Steckte sich selbst, weil nicht unter Kuratel, allerdings sofort einen camouflierten Hanfstengel an – mit «Stöpfchen» und Hülse vorsorglich zubereitet – und im stillen gedacht, wer was merkt, der wird schon nichts sagen. Trotzdem ist es als erste die Lehrerin, die was zu erschnüffeln meint: «Aber Kinder, hier riecht es doch irgendwie nach angebrannten Wolldecken?!» – «Wie? Nach Wolldecken? Hier?» und er hebt die Muratti-Attrappe scheinheilig in die Höhe und bläst gleich nochmal drei-vier hübsche Saturnringe ab, als er auf einmal merkt, daß das Tupamaro-Mädel ihn aus stolz erleuchteten Mitwisseraugen anblickt. Beugte sich sogar auf verschwörerische Weise vor und fuhr die leicht behaarten und mit Kreuzbandsandalen versehenen Füße/Beine bis auf Druckpunktnähe zu seinen Stiefelspitzen aus. Zog «mit sonem gewissen übertriebenen Emanzipationsgestus» Gitanebleu-Schachtel aus der Tittentasche und haute die herausgeklopfte Lulle erstmal heftig auf die Tischplatte, als ob sie nur locker gestopft sei, alles reine Angabe und Vigine, um ihn dann um Feuer zu bitten: «Aber aus Spaß mal direkt aus dem Quesel und nicht mit dem dicken Benziner!»

Sagte zu ihm, «Mensch du erlebst ja richtige Romane, während ich mir auf meinen ungehobelten Bühnenbrettern immer nur Splitter einzieh, aber tell mi, vertell, wie ist das dann mit euch beiden weitergegangen?» ER: «Ganz einfach, wir sind dann auf einmal wie verabredet aufgestanden und in die Speisekammer gesaust, um die Bowle reinzuholen, und da hat sie mir doch sofort mit dem Ellenbogen in die Seite gebufft, ‹So, jetzt krieg ich aber endlich auch mal 'n Zug, du weißt ja, Mitwissen kostet!›» – «Und?» – «Na ja und, da hab ich mich natürlich nicht gerade knickrig gezeigt, und sie sich auch nicht und mir sonen richtigen tupamaramäßigen Dschungelkuß mitten auf den Mund gedrückt.»

War damit aber noch nicht am Ende mit seiner Küchenromanze, weil er ihr – «mach doch bitte mal die kleine Versorgungsklappe da oben auf» – schnell noch drei parademäßig gestopfte Tüten in die Gitaneschachtel reingestöpselt hätte, und als sie sich dann noch einige Momente lang auf Glimmstengelabstand gegenüberstehen und sich in die Augen blikken, habe sich das zugeknöpfte Gewand auf einmal als höchst raffiniert geschneidertes Klappi enthüllt und – «Nein!» – «Doch, aber nicht, was du dir jetzt ausmalst, sondern eher 'n bißchen was Komisches» (Beim Lachen zum Lachen sich verknitterndes Papyrus-Gesicht mit lauter lustig versetzten Hieroglyphen darin): ... «Eine Borstenfrucht!»

Abschließend husch und – «huch! die Suppe» – mit der schwankenden Bowlenterrine wieder rein und auf den Balkon, wo er sich fast ausschließlich mit der Lehrerin unterhalten habe. Über alles, was an Nachhilfe eigentlich von ihm erwartet werde. Wie man das praktisch angehen wolle, weil hier bei ihm zuhause gehe das nicht, weil Gesa völlig verrückt spielen würde und außerdem immer mal unerwarteter Geschäftsbesuch zu erwarten sei. Von seinem heimlichen Malepartus in der Schrammstraße lieber gar nichts erzählt, um nur bloß keine falschen Begehrlichkeiten aufkommen zu lassen. Mädchen von Irmgard ja eigentlich nur als dienstbare Weberschiffchen in ihrer eigenen (Lügen-)Teppichknüpferwerkstatt betrachtet, weshalb sich auch bei ihm nicht der mindeste Hauch eines schlechten Gewissens gerührt habe.

Noch paar Schöpflöffel Holunderblütensekt ausgeteilt. Bißchen dilatorisches Überlegen und Erwägen hin und her. Dann sich selbst mit Maßen erschöpft gezeigt, weil es für ihn ja eigentlich keine Ferien gäbe und jetzt praktisch Feierabend sei. Schneller lustig-lärmiger Abschied, was den Mädchen durchaus in den Kram paßte, weil sie noch eine neue Disco am Schulterblatt ‹antesten› wollten, u. nur die Lehrerin mit paar überlang ausgezogenen Enttäuschungsfalten im schlagartig ergrauten Sonnenuntergangsgesicht. Frage an mich im PS, warum sich gewisse Täuschungsmanöver und heimlicher Selbstbetrug so gern in arachnologische Vergleiche und Metaphern hüllten. Schon ‹seine Fäden ziehen› oder ‹seine Netze spannen› ja ganz offensichtlich sprechende Bilder. Wörter wie ‹Lügengewebe› oder jemanden ‹umgarnen› wollen in die gleiche verfängliche Richtung weisend. Jedenfalls habe sich im Hinblick auf Irmgards ‹Spinnereien› nichts Verbindliches ‹anknüpfen› wollen, außer vielleicht seinen eigenen verhohlenen ‹Liebesfäden› – aber auch die womöglich nur trügerische ‹Luftgespinste›.

13. Mai. Balkon, mein Freiluftbüro. Arbeit am «Lombard», teils am Gerüst und teils am Verputz, wobei eins auf das andere einwirkt. Wenn ich nicht noch nach London müßte – deutsche Kulturwoche mit internationaler Kommunika-

tion auf Hilfsschulebene –, könnte das Stück in einem knappen Monat gegen einen ausgemalten Bühnenhimmel stehen. Angst vor Sprachschwierigkeiten, bei denen man sich in Grund und Boden trinkt, um überhaupt etwas festen Stand auf internationalem Parkett zu gewinnen. An welche schönen Dinge, herausgehobenen Tage, Stunden ich mich erinnere, es war eigentlich immer Schnaps im Spiel. Mindestens zwanzig Jahre lang schon dieser Wellengang – und nun gurgelt, seufzt und schlürft es schon ziemlich nach Styx und Acheron. – Ein Tagebuch so herzgewinnend offen führen, daß die Leute die Wahrheit am Ende für eine liebenswürdige Erscheinung halten. Das Gegenteil von Tagebüchern als literarischer Öffentlichkeitsarbeit. Maxe Frisch.

Rh: Woran, an welche Dinge ich mich erinnere,
es war immer Schnaps im Spiel.

Woran, an welche Dinge ich mich erinnere,
ich war immer (geistesabwesend) besoffen.

(getroffen – offen – hoffen – Stoffen –)

Meine zusammenhängenden und praktisch nie zu einem plastischen Paket zu bündelnden Schreibschichten: Memos (offen); Tagebuch (verdeckt); Sammlung von Einfällen, Sternschnuppen, Quanten (für die Asservatenkammer); Exzerpte, Notizen, Fassungen, Anläufe, Probierphasen, Korrekturen (Mülldeponie), alles zusammen ein submarines Massiv, von dem gerade eben ein unauffälliges Eisspitzchen/Zuckerhütchen herausschaut.

14. Mai 71. «Dichter auf dem Markt», Batterielesung, Troppmann, Fuhrmann, Rexhausen, Zwerenz, Sölle, H. P. Reichelt, Frederike Frei pp Sah bereits von der Lastwagenrampe aus, daß Freund Erich seine beiden Schutzbefohlenen tatsächlich mitgebracht hatte, weniger Schulkinder als schon richtige kleine Fräuleins, die sich extra hübsch angezogen hatten, als ob's in die Oper ginge. Anschließend alle zusammen zu dieser kunstgeblasenen Dichterin mit ihren drei Pseudonymen, die mir allesamt entfallen sind, gerade noch so was wie Artischocke Asbach in meinem bereits auf dem Rückzug befindlichen Namensgedächtnis. Kleine Party ganz in der Nähe mit, wer hätte andres erwartet, Ravi-Shankar-Sitar-Girlanden, aber der dazugehörige Kerl bei «Release» hat bereits von Berufs wegen Stoff im Haus, was mir nicht die schlechteste Vorgabe schien.

Weniger angenehm – da ich richtig operativ inhaliert und gestaut hatte, was die Lungenbläschen hielten – daß sich der Hausherr aus dem psychedelisch angehauchten Treiben bewußt heraus, aber mich die ganze Zeit lang auf dem Kieker behielt: doch mal sehn, was solche Exzentrikpoeten unter Einfluß noch zusammenbringen. Fühlte mich im durchaus vertrauten Zustand angeschärfter Empfindsamkeit zu Recht als Versuchsaffe mißnutzt, aber nahm die Herausforderung an und tanzte als erstes paar extravagante Volten mit der Dichterin um den Supervisor herum, eine Vorzeigenummer, die bei meinem Dreierclübchen nicht ganz ihre Wirkung verfehlt zu haben schien.

Als die Gastgeber sich endlich herbeiließen, mal paar ordentliche Beatles-, Stones- und Jethro-Tull-Platten aufzulegen, liebes Bohnengesicht (das auf den wundersamen Namen Aleke hörte) zum Tanz aufgefordert. Lag mir zunächst im Arm wie ne frisch beim Schlachter erstandene Bratwurscht, während sich unten etwas unentwegt selbst auf die Füße trat, bis ich sie einfach dorftanzbodenmäßig bei der Hand und um die Taille faßte und ihr einsund-zweiund/dreiund-vierund wenigstens eine Art von Wechselschritt abrang. Pustete ihr von oben her das seifensüß duftende Haar aus der Stirn und blickte ihr in die teils etwas angst-, teils erwartungsvoll geweiteten Augen – «na, das sind doch schon richtig rhythmische Fließfiguren!» –, was auch gleich so ein helles Bimmelbahnläutewerk in Gang setzte: «Das hab ich ja gar nicht gewußt, daß ich tanzen kann.»

Versprach ihr, sie gleich in den nächsten Tagen einmal anzurufen – kleinen Planten-und-Blomen-Bummel vielleicht oder richtig große Hafenrundfahrt – alles so Dinge, wie man sie als Berufshamburger oft ein Leben lang vor sich herschiebt, um sich allerletzten Endes sagen zu müssen, daß man noch nie auf dem Michel, in der Sternwarte oder auf dem Fischmarkt war. Leider erfahren, daß sie bereits in der kommenden Woche nach Barmbek umzöge und auch die Schule wechseln müsse, was meine ganzen Frühlingsblütenträume auf einen einzigen unliebsamen Windstoß hin zerblies, weil: Baaambek, Gotteswillen, beinah schon außer der Welt und mit sonem unverfänglichen Eppendorf-Schlenker überhaupt nicht zu vergleichen.

Erzählte mir etwas verschämt, obwohl nicht ganz ohne Außenseiter- und Seefahrerstolz, daß bei ihnen zuhause Platt gesprochen würde, weil ihr Papa doch Kümo-Kapitän mit sogar richtig großem Patent, und da solle ich mal keinen Schreck kriegen. Schrecken meinerseits eher andererseits, weil es in meinem eben noch zu allem entschlossenen Kopf nur noch rummüllerte, Barmbek, o Barmbek, wie kommt man denn da bloß hin und anschließend ohne große Entschuldigungen wieder nachhaus.

15. Mai. Auto oben an der Elbchaussee wieder mal aufgebrochen und das festgenietete Radio aus der Fassung gehebelt. Freiheit, die ich meine, die mein Herz erfüllt. Im NDR ostpolitischer Kommentar von Matthias Walden – definitiv rrrrrechtsradikales Geraspel – und mal wieder so'n Zeichen, wem außer der «Welt» gleich noch der gesamte übrige Medienkosmos offensteht.

16. Mai (Sonntag). Ganzen Tag am «Lombard». Abends Verbandssitzung bei Trinckler, wo die sechzehnjährige Tochter mit ihrem mondwebenfeinen Haar eine gesammelte Weile hinter meinem Sessel stand. Ich drehte mich um, ihren Blick unauffällig von meiner Tonsur abzulenken. Streifte beim Zuprosten leicht ihre Brust, etwa so: es muß ja nicht unbedingt ich, es kann auch der Schnaps gewesen sein.

18. Mai. Verlag. Mit Manthey über Memos. Privatgeschichtsschreibung, eine politische Biografie. Als Hintergrund mit groben pastosen Pinselstrichen die sogenannte Zeitgeschichte und davor das an diesen und jenen objektiven Schicksalsfäden zappelnde Privatpersönchen. Kurz zu Ledig, mit seinen dicken Showzigarren, der wie ein Märchenerzähler von der Holtzbrinckfusion berichtet. Es sei «eigentlich keine Fusion» (Polypenakrobatik, ein aus der Tiefe entwickelter Gummiarm tentakelt sich nach vorn) – aber die andere Hand wendet die durchsichtige Eröffnung drollig-dreist ins Positive: «eine Art nutzvoller Verbindung, nutzvoll vor allem für die gute Literatur». Liebe L. dieser unwiderstehlichen artistischen Kontorsionsakte wegen, auch wenn ich sie als nichts denn schönen schiefen Schein erkenne. – Abends bei reichen Leuten, Elbchaussee, wo selbst die antiquarischen Raritäten wie Talmi wirkten. Nur das Geld dahinter natürlich kein Falsch-

geld, sondern zu dubiosem Kunstbesitz transsubstantiiertes Vermögen. Mein bis an die Kotzgrenze reichendes Erstaunen: auch das Scheißhaus noch Schatzkammer.

19. Mai. Anruf Erich, daß unser edukatives Erbauungswerk schon jetzt gewisse Risse erkennen ließe, und ob Aleke mich mal kurz anrufen dürfe. Sagte, wenn's in den nächsten 10 Minuten wäre, alles okay, und genau zum vereinbarten Zeitpunkt meine kleine Tanzmadame persönlich und wisperte wie das Schicksal: «Hier ist das Märchen.» Verstand zuerst Meeken und fragte zurück, ob wir gleich jetzt schon mal op Plattdüütsch, aber nein: «Das Märchen, das Märchen, so hast du mich doch neulich genannt.» Ich entzückt, Märchen Meibohm, das sei ja ein Stabreim wie er im Buche stünde, in meinem eigenen «Volksvermögen» nämlich, «Ele mele mittche/ wer mag Tittche», bloß mit dem Wiedersehen müßten wir uns leider noch ein wenig gedulden. Lesereise nach London, wohin mich im Augenblick allerdings nichts Banaleres zöge als die dort auf dem Leicestersquare nur so rumflatternden Pfundnoten. Ansichtskarte käme per Post und würde sie wahrscheinlich noch paar Tage vor mir erreichen.

Anschließend tief atmend auf meinem Südbalkönchen u. teils so, teils so verwirrte Blicke durch die Traljen. Zwei bunt herausgeputzte Rock'n'Pop-Girls, die die Nachbarsfrau freundlich grüßten und von ihr – einer säuerlich Falschfrommen – aus mir unerfindlichen Gründen beschimpft wurden. Dieser Aufzug. Dieser Lotterkram. Diese Stiebel-Haare-Plünnen, die in Oevelgönne von Amts wegen schon seit ewigen Zeiten verboten wären, weil der Übergangsweg zu den Gärten und die Gärten den Privatanliegern gehörten. Mein bis an den Rand des Ekels gesteigerter Widerwille vor solcher unwürdigen Art des Alterns. Männer auch nicht viel besser und betreiben ihre Gartenpflege pingelig wie Friedhofsgärtnerei. Pflanzen die falschen Bäume, Blautannen und Zypressen, die hier nichts zu suchen haben, stutzen das Gras auf Streichholzlänge herunter und beschneiden die Beetkanten mit der Nagelschere. Klein Ohlsdorf.

20. Mai. Ganzen Tag überm «Lombard», dann zum Eppendorfer-Marktplatz-Chinesen und anschließend Erich. Unser unbedingter Wille zur Lust und unser umstandsbedingter Zwang zu sozial verträglichen Winkelzügen. Dabei richtige Zundelbrüder und die Bezähmung der Buschbrände neben unseren heimischen Herdfeuern nur gemeinsam zu bemeistern. Als ich etwas zu früh eintraf und sofort auf sein Herrenzimmer zusteuerte, räumte er mit einer gewissen, mir unangebracht erscheinenden Hast einen ganzen Set von orthopädischen Sonderbarkeiten beiseite – lederne Korsettagen oder Gesundheitswesten – um den Plunder so schnell wie möglich in einer Schrankkommode zu verstauen. Dabei redete er ununterbrochen auf mich ein, fast als ob er mich vom Anblick der obskuren Gegenstände ablenken wolle. Daß die schwierige verschwiegene Geschichte schon der pfleglichsten Behandlung bedürfe. Daß wir unsere lieben Frauen zwar notgedrungen betrügen müßten, aber sie auf keinen Fall betrüben wollten. Bis er von einer höheren Wahrheitswarte aus kategorisch befand: daß das Heimische und das Heimliche zwei geschiedene Welten wären, absolut unvermischlich und insofern streng getrennt zu betrachten. Konnte es trotzdem nicht lassen, ihn auf seine wunderliche Konterbande hin anzusprechen – Schnürmieder, Brustpanzer pp – was den aufgekratzten Dandy auf der Stelle verstummen ließ. Schönes ebenmäßiges Gesicht wie

auf Anhieb zugleich versteift und verrissen. Schmaler Mund ganz weh verzogen und die Augen fast wie weg. Nase zur Seite hin verkantet und der linke Backenknochen unschön aus dem Winkel springend. War ein derart verstörender Anblick, daß ich ihn, aufs höchste verschreckt, bei den Schultern packte: «Mensch, was kuckst du denn plötzlich wie ein Holzschnitt von Ernst Ludwig Kirchner – in der Kunst ja alles ganz wunderhübsch anzusehen, aber so, im wirklichen Leben ...»

Was ein esoterischer Geist ist – und er hat sich ein Leben lang im Medium bewegt und Metaphern und Vergleiche sind für ihn auch nicht bloß Schall und Rauch –, den kann manchmal ein direkt auf den Wehpunkt zielendes Bild vom Tode zum Leben erwecken. Fast komödiantischer Kampf zwischen knittrigen Leidensschraffuren und sich unwiderstehlich einschleichenden Lachfalten in seinem eben noch völlig erstarrten Gesicht, und dann gluckerte es plötzlich aus ihm heraus – raus – raus – was er mir schon ewig hätte erzählen oder, besser noch, offenbaren wollen, eine allerintimste Selbsteröffnung, mit der verglichen ihm sogenannte Confessiones (augustinische oder rousseauische) die reine Magermilch schienen. Alles bloß Babynahrung. Alles leicht verträgliche Reformhauskost. Alles gerade mal an der Oberfläche gekräuselt und dem zeitbedingten Geschmack eines allenfalls geistig aufgewühlten Publikums angemessen. Weil die wirklichen Leidensgründe allemal leiblich-körperliche wären und selbst soziale Unleidlichkeiten sich noch mit allgemeinen Schuldzuweisungen zufrieden geben könnten.

Seltsamer Fall und als Offenbarungsgegenstand auch für ihn nur unter der ständigen Zufuhr von Marc d'Alsace auf einen unterhaltsamen und vergnüglichen Nenner zu bringen. Daß er sein Leben lang ein verborgenes Leiden mit sich habe herumtragen müssen – eine eigenartig verwundene Wirbelsäule mit skoliotischen Ausweichungen mal nach der einen und mal nach der anderen Seite hin. Als Gesamtbild betrachtet noch am ehesten an einen Äskulapstab erinnernd. Schlichter gesagt und weniger heraldisch überhöht an einen Korkenzieher, was ihm als anatomische Anomalie die ganze Jugend versaut und ihm in unseligen HJ- und Nazizeiten den jahrzehntelang anhaftenden Spitznamen ‹Korki› eingetragen habe.

Sofortige Beschwichtigungsversuche meinerseits, daß auch ich mir nach 20 Jahren Beugehaft über meiner Olympia-Monica einen berufsbedingten Rundrücken nebst angeschlossenem Hohlkreuz zugezogen hätte – wie im übrigen auch der Kollege Karl Krolow – wie der Bruckner-Dirigent Günter Wand – beinah schon violinschlüsselhaft verkrümmter Buckel, und den auch noch bei jedem Auftritt demonstrativ dem Publikum zugekehrt – während man bei ihm nicht die kleinste störende Unebenheit erkennen könne.

Tcha, von außen her, das sei es ja gerade, und um mir bildkräftig zu beweisen, daß das alles gar nichts sei, zog er einen just eben antiquarisch erworbenen Kunstband über «Neue Sachlichkeit» aus dem Regal, der an einer bestimmten Stelle wie von selbst auseinanderschlug: Christian Schad «Agosto der Flügelmann»: «Sieh ihn dir an, falls du ihn noch nicht kennst, das bin ich!» Blickte ihn an – er mich – dann ich wieder ihn – bis ich mich schließlich nicht mehr halten konnte: «Mensch, du bist ja total verrückt geworden, das war seinerzeit eine weltbekannte Freak&Monster-Gestalt mit Liebschaften an jedem Auftrittsort, während du wie der Maler persönlich aussiehst. Fabelhafte Visage, und für die Nazis – ähnlich wie Otto Dix – eigentlich richtig zum Gernhaben.

Und nun kuck bitte nicht so tragisch heroisch aus der Wäsche wie Spencer Tracy im ‹Siebten Kreuz›.»

Lange Geschichte mit viel Kringelgekritzel auf kariertem Notizpapier, daß «hereditäre Verkrümmungen» nicht immer gleich auf den ersten Blick zu erkennen seien, zumal sich die Amplituden aufs ganze gesehen dann doch wieder ausglichen und sein «griechischer Karosserieschneider» das mit allen Mitteln der Schneiderkunst zu verbrämen verstünde. In Summa, daß Ummäntelung und Vertuschung mit den Jahren bei ihm zur zweiten Natur geworden seien und daß optische Trickkonstruktionen ihn ein Leben lang mehr beschäftigt hätten als seine beruflichen Ambitionen und sein gesamter auch ganz schön verwackelter Werdegang.

Habe halbe Jugendzeit lang immer häßlich entstellende Korsette tragen müssen. Gymnastik treiben und vor allem schwimmen – schwimmen – schwimmen, was ihn dann jedesmal den neugierigen Blicken von wohlgewachsenen Klassenkameraden und – schlimmer – -kameradinnen ausgesetzt habe. Im Gegenzug dazu seine fast sklavisch zu nennende Lust an allem Wohlgefügten und athletisch Ansehnlichen. Sein ahasverisches Verlangen, sich gegenüber den bürgerlichen Harmonievorstellungen behaupten, ja, sich an ihnen vergehen zu müssen. Praktisch den Sieg der Entstellung über die zweifellos in sich ruhende Schönheit immer wieder und immer wieder neu durchzuprobieren und gewisse Neigungen bis zu einem Erhitzungsgrad zu schüren, wo solche Unebenheiten wie die seinen überhaupt keine Rolle mehr spielten. Sein liebstes und nachweislich probatestes Ablenkungsmanöver, drei vier Töpfe zugleich unter Feuer zu halten – eine Claudia, eine Sibylle, eine Undine, eine Gesa (sic!) –, was ihm ja schließlich eine richtige Beauty ins Haus beschert habe.

Dolles Ding insgesamt und für einen sich von Berufs wegen schon seit ewigen Zeiten auf Modellsuche befindenden Autor ein mit jeder Täuschungs- oder Vertuschungsgeschichte interessanter erscheinender Behandlungsgegenstand. Auch Italienfeldzug, auf den er zunächst verhalten, aber dann immer lustiger und lebendiger zu sprechen kam, als historischer Hintergrund für mich alles andere als ein nur beliebig aus der Richtung weichendes Nebengleis. Kannte sämtliche von ihm erwähnten Landstriche, Städte, Ortschaften aus dem Effeff und rückte ihm praktisch bei jeder beiläufig erwähnten Lokalität ein kleines Stückchen näher. Tarquinia – mir seit meinen Raubgräbertouren in den sechziger Jahren bis in den letzten verschwiegenen Etruskerwinkel vertrautes Gelände. In den Monti Cimini mit meinem Herzensfreund Fritze Gordian (1943 als Fritze il Tedesco zu den ital. Partisanen übergelaufen) Steinpilze gesucht und mit randvollen Kiepen und Körben das halbe Vignanello verköstigt. Selbst der scheinbar jedem touristischen Interesse entrückte Eisenbahnknotenpunkt Orte mir von unliebsamen Rangiermanövern und stundenlangen Zwangsaufenthalten her in unvergeßlicher Erinnerung. Nur das zeitlich um zwanzig Jahre versetzte Curriculum und Erichs vorbehaltlich agentisch zu nennende Streif- und Erkundungszüge auf italischen Kriegsschauplätzen mir bislang nur vage deutlich geworden und als novellistischer Vorwurf nie so richtig ins Bewußtsein vorgedrungen.

Tragikomischer Anfang bereits so etwas wie eine meine Neugier mächtig anstachelnde Eröffnungspartie. Frühjahr 43 – Viterbo – richtige Theaterszene auf der Piazza Fontana Grande vor dem Justizpalast, wo die PK-Berichterstatter die unrühmliche Retirade in Afrika nochmal durch scheinhafte Illustrationen überschäumenden Soldatenlebens hatten überblenden wollen. Ziemlich wild zusammengewürfelte Mannschaft um das wasserspeiende Ungetüm herumgruppiert. Lustiges Besatzergejohle und ausgelassenes Muschkotentreiben mit entblößten Oberkörpern und kameradschaftlichem Herumgeplansche in sämtlichen Auffangbecken und zwischen sich unterschiedlich heftig ergießenden Fontänen. Wie der Aufnahmeleiter da plötzlich wie ein wild gewordener Wasserstrahl auf ihn zugeschossen sei: «Heh, du mal raus Kamerad aus dem Bild, ja, du mit dem Äskulapstab hinten, so was schätzt der Herr Propagandaminister nämlich nicht so sehr.»

Stimme von hinten: «Besonders bei sich selbst nicht.» Bloß mit «Wer war das?» und «Der Zwischenrufer augenblicklich vortreten» war bei dem ganzen Wooling damals schon nichts mehr herauszukriegen gewesen. Und dann hatten auch schon die Sirenen geheult und die Tack-Tack-Tack-Hawker-Typhoons diesen endzeitlichen Gotenlinienspuk ziemlich martialisch auseinandergefegt. Wäre bei seinen wechselnden Einheiten übrigens immer gut gelitten gewesen. Korki, der umbuhlte Schreibstubenhengst. Korki, der Organisierer. Korki, die von allen möglichen Seiten her bemühte ZbV-Figur, einerseits seiner Eff-eff-Ital-Sprachkenntnisse wegen und zum andern – wie solle er sagen – seiner «hermetischen Durchlässigkeit» halber.

Hätte mir – «Mensch, die wirklichen ‹Gekados›-Sachen kommen erst noch» – am liebsten den gesamten Italienfeldzug nochmal von vorn bis zurück nachhause zum Besten gegeben, aber hatte Auto dabei u. kann mir seit Anno Roseburg keinen polizeilichen Alkoholtest mehr leisten. 1.30 randvoll u. mit Augen schon ziemlich zu bis zur Elbchaussee 173a, mit vereistem Gasfuß eisern die Fuffzig gehalten. Letzter unvermuteter Hopser über den Kantstein, rumms, und ganzen Schulberg runter gebetet, daß es nicht die Ölwanne gewesen sein möge. Unten E. schon lange im Schlaf u. mit süßem Schnurchelnäschen. Es ist da irgendwas zwischen uns, was ich durch keine Aventiure gefährdet sehen möchte. Ewigen Segen auf unsere zwei Dächer u. f. meine Person noch son bißchen Luna-Fortuna in Anbetracht meiner Barmbeker Außenstation.

24. Mai 71. 11.15 Abflug nach London. Am Flughafeneingang Stefan Aust mit TV-Team, was natürlich sofort bedeutende öffentliche Eindrücke hinterläßt – nur «konkret»? – ja – was? – unsere mittelmelioristische Straßenlage? – ga-ga-ga-gack! – Riß mir beim Kofferempfang in London den halben Nagel des Ringfingers runter und habe jetzt unerahnte Schwierigkeiten beim Arschabwischen. – 15.00 zum German House in der Gloucester Road und ein orientalisches Essen, das mir jetzt noch aufstößt, obwohl ich die Gänge schon nicht mehr zusammenbringen kann. Auf der nicht verriegelbaren Goethetoilette dann von einer dieser BH-losen Hoheitsträgerinnen überrascht, und hob abwehrend verschreckt die Hand mit dem gerade benutzten Papier wie die blitzabwehrende Brunnenfigur auf der Piazza Navona (nachschlagen, wer, was, von wem, wogegen?): besetzt! Humoristischer Autor, was ist das? Eine unfreiwillig komische Figur, die sich allen Ernstes als Thema betrachtet.

Nachts, Hotelzimmer: kaum noch Ausschläge, schlappe Amplituden, keine Lust mehr. Abend mit Fernsehen vertan, besinnungslos abgefilmte Dichterlesung im Kreis von zufällig zusammengewirbelten Ephemeriden, die in diesem Umkreis etwas gelten. Im feierlichen Anschluß weder Bier noch Schnaps, und mein vorteilhaft balkongebräuntes Äußeres verliert sich in einer von grünen Vorhängen abgedunkelten Nische. Habe neunzig Prozent meines veranstalteten Lebens mit Beziehungsstörungen und Verständigungsschwierigkeiten verbracht. Kann ohne die Hilfe von Durchgangsdrogen überhaupt nicht mehr unbefangen aus mir heraustreten. Ein druckausgleichendes Schleusensystem zwischen Innenleben und Öffentlichkeit. Schnaps als Sammellinse und Brechungsmedium. – Linse, in der ich mich sammle – Schnapsglas: Brennglas – sich sammeln, sich brechen, verlieren – Schnaps, du mein Brennglas –

Rh: Schnaps, du mein Brennglas,
in dem ich mich sammle, verliere

. . . .

(probiere – plombiere)
Den Schädel plombieren (Bleiplombe – Kugel)
Als Wunschvorstellung, sich eine unfehlbare
Schlaftablette in den Schädel zu schießen
ob ich den Schädel mit einer Kugel plombiere …

Als bedauerlich empfunden, daß sich meine poetischen Versuchsreihen immer neben dem Tagebuch her und auf anderen Papieren entwickelt haben. Alle poetischen Anwehungen meines Kopfes und die sich anschließenden Molekularverkettungen haben sich aus dem wirklichen Leidensleben ergeben und hätten folgerichtig in die organischen Zusammenhänge eines Tagebuchs gehört. Meine mehrerlei Leben. Vollkommen anwesend bin ich wirklich nur in Gedichten und also auch nicht in diesen lieblos vollgerotzten Tempo-Tagebuchblättern. Zerschnupfte Tempotaschentücher. Tempi passati. Wenn ich meine Auffangpapiere wenigstens datiert und mit Ortsangaben versehen hätte. Mutlos und allein in einem fremden Hotelzimmer.

RH: Schnaps, du mein Brennglas,
in dem ich mich sammle/verliere,
was les ich auf deinem Grund?
Ob ich den Schädel (–' –) mit einer Kugel plombiere
oder

(bunt – kunterbunt – Hund – mach kund – Schlund
– wund – Mund – rund)

Das lyrische Subjekt als Versuchsperson. Seine Versuchsperson vor sich herbuffen. Schubs ins Kreuz und – vorwärts, avanti!

25. Mai 71. Morgens durch den St. James Park, lichter Galeriewald am Saum der rauschenden brausenden Metropole, Richtung Dartmouth Street 22, Erich Fried. Ganzer Straßenzug mittelständisch bis kleinbürgerlich, alles nett und adrett wie frisch aus der Backform und gewissermaßen Spielzeugausgabe der innerstädtischen Nobelarchitektur. Säulen, Architrave, Gesimse, vorkragende Erker und – natürlich – diese alles beherrschenden Cottage-Kamine, nur die Nummer 22 zunächst schwer zu finden, da aus der Reihe springend und am Rand eines Kinderspielplatzes mit sanftmütig wedelnden Akazien und paar angekränkelten Ulmen.

Etwas verwohnt erscheinendes Gehäuse mit einladend geöffneter Fliegengittertür an der Seite und als erster Eindruck ein gewisses erfreuliches floodsome-jetsome aus Kunst, Politik, Literatur und einem halbwegs geordneten

Familienleben. Hausbeherrschende Küche unten, dann gewundenes Treppchen hinauf zu Erichs Schlaf- und Arbeitszimmer, an den Wänden hingereiht die Ikonen einer untergegangenen Revolution, Rudi Dutschke, Ulrike, Che Guevara, aber auch viel Handgeschnitztes, Selbstgebasteltes und auf Reisen Ersammeltes, ein gewinnender Zug. Neben dem Bett ein ganzer Packen von frisch beschrifteten Papieren, Gedichtnotizen, Vortragsskizzen, Traumprotokolle, die mich besonders interessierten, weil ich so etwas hier nicht erwartet hatte. Ja, er schreibe das alles auf, und zwar sofort nach Erwachen nebst den augenblicklich nachperlenden Assos, also genau wie ich, eine unverhoffte genossenschaftliche Note.

Was meine Aufmerksamkeit für den ganzen liebenswürdigen Krempel etwas aus der Richtung lenkte, allerdings ein Aupairgirl von unwiderstehlichem Hautgout und in einem aufreizend eingelaufenen Pullover, der hübschen schnirkelschneckenförmigen Nabel und einen etwa fahrradschlauchbreiten Hüftstreifen freigab. Seit einigen zwei-drei Jahren bereits à la mode, aber für meine Generation immer noch an eine borderline rührend, wo das Spiel mit der Selbstentblößung etwas Kritisches kriegt. Dazu Fried mit einer gewissermaßen alttestamentarisch patriarchalischen Freistellungsgeste, wenn ich Lust dazu hätte, könne man den Abend auch im kleinen Familienkreis verbringen. Hatte mir vorher schon angedeutet, daß seine Frau mich «smashing» fände, was sich mir in meiner Verblendung dann auch auf die Meinung des Gesindes zu beziehen schien. Auf den Abend zur Diskussion in der «National Library» verabredet.

. . . .

Fortsetzung 25. Mai, 14.00, British Museum, wo ägyptische Mumienkisten und Steinsarkophage hingereiht wie im Warenlager eines imperialen Großkaufhauses. Koloniale Großspurigkeit, der es schon gar nicht mehr um das liebevolle Herausstellen von bedeutungsvollen Einzelheiten zu tun ist; dagegen: besinnungslos vollgebunkerte Zeughäuser, Imponierfluchten, Beutestrecken, ein auf dem Höhepunkt der Weltherrschaft erstarrter archäologischer Triumphzug. Bin schließlich so erschöpft von dem licht- und aussichtslosen Gewander durch das labyrinthische Asservatensystem, daß ich die angestrebte etruskische Abteilung nur noch mit einem müden Augenwischer streifen kann.

25. 5. Forts. Nach «Library League» mit den Frieds in gemütlich durchgesessener Oldtimerkutsche durch die Nacht, ich so richtig von Herzen erlöst im Fond u. Seite an Seite mit Ragna/Aupair. Arm zunächst oben unverfänglich auf der Lehne abgelagert, aber weil mir die Versuchsanordnung so ungemein glücksgelenkt schien, nicht erst lange gezögert, linke Hand auf ihre halb entblößte Schulter abzusenken. Keine 5/6 Sekunden lang, als mich auch bereits eine unangenehm degoutierte Stimme zur Ordnung rief: «Brauchen Sie unbedingt diese Stütze?!» Traf mich in seiner unverhüllten Abgeneigtheit so tief, daß ich – «O Pardon – so unbedingt auch wieder nicht» – wie ein angeknockter Boxer in mich zusammensackte und noch während des Zwischenaufenthaltes bei einem Literaten namens Willet o. ä. so beschämt mit meiner unwillkommenen Zudringlichkeit beschäftigt war, daß ich Sandwiches Sandwiches, Bananen Banane und Käsekuben Käse sein ließ u. wie ein Suchtkranker nach Whisky verlangte. Meine an Panik grenzende Angst, daß die ehrenrührige Szene von irgendwem wahrgenommen worden sein

könnte. Die entwürdigende Abfuhr sich herumsprechen. Die Zurückweisung meines Annäherungsversuches einen wohlfeilen Partywitz abgeben. Ziemlich unangenehmes Wahngemisch aus Selbstwertskrupeln und Bezweifelungen meiner weltlichen Anziehungskräfte – Grund genug, mich blindlings abzubuddeln und nur noch an ein mir freundlicher gesonnenes HH zu denken: Baaambek – Erbarmebek – o du mein letzter Strohhalm, aber in meiner Unverfassung kaum noch überzeugt, jemals wieder an jugendlich ungetrübtes Grundwasser ranzukommen. Und dann immer so weiter Glas um Glas nachgefüllt, in der Meinung, die verräterisch quietschenden Sprungfedern ölen zu müssen.

Am späten Nachmittag Abflug nach HH, wo Rosi mich im kleinen Renault abholte. Abends beide zu Müffel nach Niendorf, der um Nachricht wegen eines zweifelhaften Lottogewinns nachgefragt hatte, und wir rechneten uns schon unsere Prozente aus. Er hatte sich bei Übertragung der Lottozahlen allerdings derart besoffen, daß er die amtlichen Ergebnisse auf einen Blankoschein eingetragen und seine Illuminationen mit der enttäuschenden Wirklichkeit verwechselt hatte.

1. Juni. Stunde der Entscheidung und zum ersten Mal in meinem Leben das Gefühl, hauchdünnes-trügerisches Eis zu betreten. In Barmbek angerufen und prompt an den Vater geraten – Max Meibohm, Kapitän mit großem Patent –, der die ziemlich verfängliche Sache aber «gar nicht so uneben» fand und nur kurz bemerkte: «Door hebbt wie all langen op teuft, dat Se sick mol mellen daut – Ick harr all dacht, dat hett de Deern sick blaus inbildt. Ick meen, Se sünd doch'n berühmten Dichter un denn sauwat wie mit de Nachhilfe.» Hatte mein «Volksvermögen» gelesen und schien bereits am

Telefon versucht, mir paar Paralipomena aus seiner Seekiste zum Besten zu geben, aber ich sagte nur kurz, «dat heur ick mi beeter in Baambek an. So Klock fiev, halwich söss bün ick door.»

Bemühte mich pünktlich zu sein, was bei der verdammt langen Anfahrt und dem Barmbeker Straßengekrickel doch ziemlich mühselig war, dafür Parkplatz satt u. auch gleich das graue Jahrhundertwendehaus gefunden, offenbar nicht ganz unversehrt durch den letzten Krieg gekommen und der ursprünglich hübsche Backstein etwas liederlich zementverputzt. Klingelte forsch, um das im Grunde unsolide Angebot so unverfänglich wie möglich erscheinen zu lassen, trat aber umgehend zwei, drei Stufen wieder zurück, weil mir als erstes ein höllenhundmäßiges Gekläff entgegenschlug, von der erst halbwegs möblierten Wohnung wie durch Disco-Lautsprecher verstärkt. Dann aber bereits auch Käpt'n Thunderstorms Donnerstimme. Dann zweistimmiges hohes Gekreische, Benno Fuß, Benno brav, dann das Geklicker und Geschlotter von Riemen und Leinen und nachschleifenden Hundeklauen, und als die Tür sich endlich auftat, der Sailorlord persönlich: «Jarr, dat möten Se all entschullen, wenn man sülbens öfter ut'n Huus is, denn bruukt de Fruuenslüd eenfach 'n scharpen Hunt. Jüss hier in Baambek.» Und nach hinten gewandt: «Hebbt ji em utspaart? Der muß Herrn Rühmkorf nämich ersma kennenlernen.»

Der Kapitän noch richtig im Troyer und mit ausgestellten Seemannshosen, wie sie gerade im Augenblick wieder groß in Mode waren, dahinter die Mutter in adrettem Glencheckkostüm, Sekretärin bei einer Schiffsausrüsterfirma, paar kleine zugekleisterte Pockennärbchen im gebräunten Gesicht und mit etwas trockenen, beinah hürnenen Fingern, die bei der Begrüßung grad mal meine Fingerkuppen zu ergreifen wagten. Nebenan abrauschendes Wasser, die sich vorsichtig öffnende Klotür, und auf leisen blauen Segeltuchschuhen herein das Objekt der Belehrung und der Begierde, die Tochter, die im eigenen Gehäuse nun auch gar nicht mehr befangen erschien. Fühlte mich durch den im Souterrain blindwütig herumwuffenden Hund leider etwas in meiner Bewegungsfreiheit beengt, was der Alte mit hausherrschaftlichem Gebrumm herunterzuwiegeln suchte: «Dat hefft wi all öfters beleevt, jüss nülich, ass de Fruu Heitmann mit ehr'n Fründ doorweur, den Herrn von Bargen – nee, von der Lieth, sagte ich – jo dissen Aukschonator, na dat weur mi viellich 'n Bangenbüx. Un mit Plattdüütsch haar he nu överhalf nix anne Mütz.» Waren sie also schon dagewesen, die beiden Postillone, er aus Freundschaft zu mir und sie aus Liebe zu ihm, was mir die schräge Partie natürlich mächtig erleichterte. Andererseits das etwas mulmige Gefühl, daß sich gleich zu Beginn ein Schiffstau mit verflucht verschlungenem Seemannsknoten um meine Brust zu legen begann. Ein aus einer launigen Gelegenheit heraus begonnenes Spiel, das mich, ob ich wollte oder nicht, in gewisse Familienbande verwickelte und sogar finanzielle Obligationen mit einbezog. «Also, dat wi uns recht verstoht, dat geiht goor nich erst över de Stüüer. Ober soveel wie de Rundfunk kööt wie natürlich nich betoolen.»

Als ich so nebenbei erzählt hatte, daß ich aus Warstade-Hemmoor käme mit seinem kleinen Ostehafen in Schwarzenhütten, schien der Binnenschiffer bald nicht mehr zu halten. Swattenhütten, und ob, wo sie gleich nach dem Krieg noch Kohle und Holz angelandet hatten und mit Portlandzementpaketen bis unter die Luken in die große weite Welt hinaus bis nach Holland, Belgien und Dänemark. Alles auf Platt, das nicht endenwollende Seemannsgarn, wobei ich mich schon ziemlich ins Zeug legen mußte, um in diesem Idiom noch mithalten zu können. Hatte bei uns zuhaus ja nicht gerade zur Umgangssprache gehört und war allenfalls von uns Fahrschülern in kabarettreife Höhen der Karikatur getrieben worden. Hatte mich dabei – Mimesis o Mimesis – derart einfühlsam in die Rolle eines Bauern oder Hafenarbeiters versetzen können, daß mein Gesicht sich laut Zeugenaussagen zu einer richtigen Dösbartelvisage verzogen haben soll, ein Eindruck, den ich in unseren, der Pädagogik gewidmeten Zusammenhängen tunlichst zu vermeiden suchte. Trotzdem mußte sich meinem Gesicht so ein Anflug von unfreiwilliger Komik mitgeteilt haben, daß die Tochter, die mich die ganze Zeit lang wie gebannt angestarrt hatte, plötzlich zu gnickern, dann zu gnuckern und schließlich lauthals zu lachen begann: «Wenn he so snackt – nee, datt segg ick nich –, doch, dat kann ick eenfach nich bi mi beholen, dann sütt he ut as Henry Vahl in ‹Tratsch in Treppenhuus› un ‹Min Mann, de feurt to See›.»

Henry Vahl! Allerdings. Das große Vorbild meiner Ohnsorg-Volkstheater-Schauspielerträume und mein nicht tot zu kriegendes Verlangen, einmal in meinem Leben noch in solch eine Rolle schlüpfen zu können. Und da war es auf einmal heraus. Und da hatte ich auch sofort die Herzen von Vadder un Mudder gewonnen. Und dann mußte ich Max auch schon bremsen, nicht sofort sonen lütten Sketsch zu improvisieren – altländer Bauer und um Kirschen bittender Hamburger in der sogenannten ‹schlimmen Zeit› – als Maibohm auf einmal befand: «Goht ji beiden mol 'n beten no buten, ick heff mit Herrn Rühmkorf noch 'n poor Wöör ünner Mannslüd to besnacken», was mir einen bannigen Schrecken einjagte, weil ich dachte, daß es jetzt um einige vorsorgliche Vermahnungen im Hinblick auf die schwierigen Erziehungswissenschaften ginge.

Er stellte aber weder die peinliche Frage, wie ein Schriftsteller von einigem Ansehn dazu käme, Nachhilfestunden zu geben. Noch die beinah noch heiklere nach einem angemessenen Honorar. Was er «op'n Harten» hatte, waren vielmehr seine ständigen Besorgnisse um den Geist der Zeit und welchen Versuchungen die Jugend von heute beinah täglich ausgesetzt sei. «Weeten Se, de Deern is so'n lütten Suusebrus. Und de kummt nu jüss in so'n Öller, wo se uns nachs ut 'n Huus löppt un sick von sone Klicken mittargeln let, wo se Hasch smeukt un al sone Sooken – iss man gaut, dat se den Qualm nich afkann, un mit Suupen het se eegentlich ook nix inn' Sinn. Is jo min lütten Vertuch, Herr Rühmkorf, obers dat Se dat nu nich inn' falschen Hals kricht: De Deern bruukt ne fasse Hant und 'n Leirer, den se gaut liehn kann, un wenn ick mi dat so ankieken dau –»

Erzählte dann ziemliche Schauergeschichte von einem geistig etwas zurückgebliebenen Mädchen aus der näheren Nachbarschaft, das zuerst an sonen «Saukerdel» geraten sei und dann auch bald auf Sankt Pauli und schließlich in sonem «türkischen Wohnwagenpuff» gelandet wäre. «Uns lütte seute Britta, de dat allens doch gornich recht mitkreegen harr un toerst noch dacht hett, de weurn gaut to ehr.»

Es war seltsam. Ich ganz steif und kühl bis ans Herz wie ein Angler. Aber tief unten flackerte oder flimmerte was, und ich dachte, jetzt wird er dir das Du und dann auch gleich das ius primae noctis anbieten. Er schien sich aber nur in Rage geredet zu haben, also full inne Brass, und um sich Luft zu machen, zog er sich ohne weitere Umstände den dicken Seemannspullover über den Kopf – «Nee, door ward mi jo richtig hitt bi sone Geschichen» –, um dann unvermittelt beizudrehen und mir in neu gewonnener Vertraulichkeit ein verbindendes Tauende zuzureichen: «Na, dat hebbt Se jo sülbens markt: So bi Lütten/seggt Fruu Smitten/kricht min Dochter ook all Titten.»

Frauen reingerufen, noch'n bißchen so rumgesessen, Stunde-anderthalbe, wobei ich mir lange Vorgeschichte über den Namen Aleke anhören mußte. Daß er ja Küstenschiffer wäre, Holz, Getreide, Kohle, Koks, Zement, Maschinenteile, und daß er in Libau-Liepaja-Lettland mal ne Freundin mit diesem dort ziemlich geläufigen Namen gehabt hätte. Daß er sein erstes richtiges Schiff dann auch gleich auf diesen «scheunen Nomen» getauft habe («Lang vör uns Tied, mien Deern», lascher Beschwichtigungsschlenker gegen die Gattin) und natürlich auch seine erste und einzige Tochter. Hätte ihr auf'n Spielplatz und denn aufe Volksschule allerdings alle möglichen nicht so schönen Spitznamen eingetragen, zuerst «Aal-Ecke» und 'n büschen später sogar «Arschlecke», weshalb sie das Mädchen bald nur noch bei ihrem zweiten Namen Marieke gerufen hätten. Ginge einem doch auch viel flüssiger über die Zunge: Marilyn Monroe, Mia Mai, Mieke Meibohm, bloß da wurde die Kleine denn doch richtig fuchtig. War gewaltig stolz auf den Namen, «den keine andere in meiner Klasse hat, auf der ganzen Schule nicht», und ich merkte auf einmal, eigensinnige Deern, und daß Namen eigentlich magische Wörter und alles andre als bloßer Schall und loser Rauch sind.

Gegen Null Uhr dreißig mich so langsam aus dem ledernen Luxusliner-Offziersmessensessel herausgekrempelt. Pfoten und Pfötchen gedrückt und mich auf meinen von Verkehrs wegen sichtlich nicht mehr sicheren Beinen in meinen Fiat-Ritmo geschwungen. Wagen – raaatsch-raaaatschraaatsch – angelassen und innerlich schon nur noch mit der spiegelverkehrten Umsetzung von Herweg und Heimweg beschäftigt, als der Käpt'n nochmal mit nachschleifenden Hosenträgern wie ne Walfischharpune auf mich zugeschossen kam: «Herr R., die Heuer, das Honorar, wi snackt door öber all so'n Heunerkrom, man dat Wichtichste hebbt wie vergeeten.» Hatte mir selbst allerdings noch nicht den geringsten Gedanken darüber gemacht – wußte nicht mal, was allgemein Satz war und was vielleicht ein Freundschaftsangebot –, und weil mir im Augenblick weder eine hoch- noch eine plattdeutsche Zahl einfallen wollte, sagte ich einfach nur «As Je belieft Mijnheer»!

Nachts 1./2. Juni, TB, u. beim Notieren bemerkt, daß man sich unversehens in eine Ausdrucksweise einschreibt, die man wohl eher bei Rudolf Kinau oder Hans Leip vermuten würde. Döntjes, Klönschnack, Seemannsgarn. «Jan Himp und die kleine Brise». Einfühlungsphänomene.

Dagegen Herman Melville: Auch in seinen Seejungen-, bzw. Matrosen-Memos «Taipi» uneinholbar u. auf beglückende Art zerschmetternd.

(Richtiges Seemannsblut in den Adern haben)

In Anbetracht unserer handumhäkelten Klogardine – SAUBERKEIT: EIN EHRENKLEID – allerdings von ganz anderen Gedanken ins Schlepptau genommen als solchen literarisch abgehobenen. Meine voreilige Genugtuung über eine mit viel Kunst und Kümmel hinlavierte Zitterpartie auf ein unvermutetes häusliches Rühren hin wie weggeblasen und von den Geierfittichen des schlechten Gewissens überschattet.

Das Gefühl, etwas angefangen zu haben, was in der wirklichen Welt – unserer häuslichen Zweieinigkeit – überhaupt keine reelle Überlebenschance haben würde.

Gangsterhafte Schleichwege, widrige Winkelzüge und windige Ausflüchte, die zwangsläufig auf mich zukommen und die mich schon im voraus vor mir selbst erschauern ließen.

Andrerseits Rilke: «Und sieh dir andre an, es ist in allen». Bzw. Müff in einer Anwehung von Reuemut und gebührender Selbsteinschätzung, ob ich nur einen einzigen von uns benennen könne, der sich nicht mit genau den gleichen Versuchungen nebst angeschlossenen Gewissensbissen herumzuplagen hätte? Zählte sie mir alle der Reihe nach auf, um dann einen richtigen Wahrspruch in die Welt zu entlassen: «Kleine Betrüger, Lügner, Hehler macht die Ehe aus uns allen.»

Hatte ja recht und insofern auch in einem postwendend nachgelieferten Loblied auf die Ehefrau und Mutter seiner Kinder: «Weißt, die Anne, kannst ja sagen, was du willst, aber daß überhaupt etwas aus mir geworden ist nach meinen ganzen Jugendeseleien, hab ich vor allem ihr zu verdanken» – als die Berufene auf einmal mit einem ganzen Mänadenschwarm von Emanzipationsamazonen hereinklabastert kam und der Wind von der andern Seite her wehte: «Ah, da ist ja mein fortschrittlicher Gatte, und ich hatte schon gedacht, der wäre bei den Jusos.» Der als kapitalistischer Kleinunternehmer veralberte Ernährer schlagfertig wie gewohnt: «Also für euch hier immer noch Jesus!»

2. Juni 71. Mich mit den Mädchen gegen 16:00 in Erichs Büro am Schrammsweg getroffen. Erstes gemeinsames Kulturprogramm im «Theater im Zimmer» (Arrabal «Sie legten

den Blumen Handschellen an», Regie Christoph Röthel), und schon beim Einlaß degoutiert, weil die Besucher voneinander getrennt und durch separate Spiegelschleusen in das abgedunkelte Sälchen geleitet wurden. Zweiter Schock: statt bequemer Stühle oder Sessel nur gestaffelte Sitzstufen ohne Rückenlehnen, was mir zumal im Hinblick auf Erich eine Zumutung schien: «Theater der Grausamkeit».

Krausen Hergang jetzt schon vergessen u. in Erinnerung nur noch der von Sylter Sonne unvorteilhaft gebrandmalte Obermime, der einen Gekreuzigten darzustellen hatte. Dicklich-dümmlicher Leib, dessen allenfalls kosmetisch bemerkenswerte Rötungen das unartikulierte Marsyas-Gebrülle kaum zu rechtfertigen schienen und den horroristischen Bilderbogen ungewollt zur Schauerklamotte verkarikierten. Theatralischer Höhepunkt des grausamen Spiels (s. auch Schiller: «Das bloß Abscheuliche hat nichts Belehrendes»), als vermummte Gestalten durch die Sitzreihen rutschten und den verhuschten Zuschauern Lesetexte aufnötigten (historische Folter-, Mord- und Ketzerverbrennungsedikte), die sie bei zittriger Taschenlampenbeleuchtung öffentlich vortragen sollten, ein Ansinnen, das ich meinerseits ziemlich barsch und lautstark von mir wies. Wieder mal eine Art von «Mitspieltheater»-à-la-mode zur Kenntnis genommen (eher angewidert erlitten), das nach Meinung seiner Dressiermeister «neue Spielräume» eröffnet, praktisch allerdings nur ein lammsgeduldiges Publikum in eine von oben her verfügte Zwangsjacke dirigiert. Hatte bereits zu Beginn der Prozedur befürchtet, daß Aleke der Versuchung nicht widerstehen können würde, und tatsächlich, weit vorne rechts und in für mich nicht erreichbarer Ferne, ein Lämmerglöckchen zart und fein, das sich an den verfänglichsten Stellen stotternd verklöppelte, was das Publikum zwangsgedrungen zum befreienden Lautloslachen veranlaßte. Was es in mir aufrührte, waren eher schon jahrelang aufgestauter Haß und edler Artistenzorn. Gegen theatralische Aufdringlichkeiten gerichtet, die bereits programmgemäß mit der blöden Willfährigkeit eines alles andere als selbstbestimmten Publikums rechnen konnten. Unverkennbar autoritärer Gestus eines sogenannten «offenen Theaters», und daß gerade Al. sich auf diesen Fliegenleim hatte verlocken lassen ein für mich besonders betrübliches Unmündigkeitszeugnis.

Hinterher im Foyer alle möglichen Bekannten aus soundsovielen Lebensabschnitten getroffen, die mir meine Eindrücke abhorchen wollten. Hatte meinerseits freilich allerdings nur zweierlei im Sinn, a) so schnell wie möglich mein zerstreutes Grüppchen wiederzufinden und b) gemeinsamen Lustbarkeiten entgegenzueilen. Noch im Auto unisono mit Erich unserm gemeinsamen Mißbehagen Luft gemacht, was denn das für ein Scheiß gewesen sei, während Al. nur immer ihren Versprechern nachjammerte, was bis zur Schramme 47 kein Ende nehmen wollte. Ist von höheren oder auch nur mittleren Künsten reichlich unbeleckt. Kennt keinen Brecht, keinen Benn, keinen Ernst Busch, keine Kathe Kühl, nicht mal Biermann, ein vergleichsweise lahmarschiges Schulkind, das mal Klasse übersprungen hat, nicht unbedingt mit Gewinn, weil es ständig meint, einer Anforderung nicht genügt oder eine zu hoch angesetzte Stufe nicht erklommen zu haben. Beim nachdenklichen Grübeln über ein geringes Versagen zieht sich ihre hohe schmale Stirn fast schmerzlich zusammen, als müsse sie etwas erkneifen: eine Wahrheit, einen Lichtblick, wenigstens den Schimmer einer Ahnung oder im Glücksfall eine Perle – einen Kristall.

Erich als Festspielarrangeur u. Chefausrichter auf allen

nur denkbaren Ebenen. Fuhr mit gewohnter Selbstverständlichkeit seine handverlesenen Schinken-Wurst- und Krabbensortimente auf, als sich Aleke plötzlich als Vegetarierin zu erkennen gab, die nur gerade eben noch Eier als Ausnahme gelten lasse. Was in mir sofort neuen Unmut gegen gewisse Formen asozialen Eigensinns aufflackern ließ, war für Erichs Speisekammer nebst angeschlossenem Tischlein-deck-dich allenfalls eine gastronomische Herausforderung. Zauberte in nicht mal 10 Minuten ein Eier-Käse-Pilz- und Salatbüfett zusammen, während sich Nulli die hauchdünne Katenschinken-Girlande einfach von oben her ins korallrote Maul gleiten ließ, und auf einen Zug weg der auch von mir bereits gierig beäugte Segen. Ein Exhaustor.

Mädchen um die Ecke, Gemeinschaftsgepiesel, soziale Kontaktpflege, und sofort gefragt, «na wie läuft es denn mit euch beiden?» – ER: Daß sie ein Wildfang sei und daß er mit dringend gebotenen Rücksichtnahmen auf seine Vorsichtsmaßnahmen leider nicht rechnen könne. Am liebsten Arm in Arm mit ihm zusammen übern Jungfernstieg und wo's sonst was zu kucken gibt. Und das alles in Klamotten, die zu nichts anderem gut wären, als verbotene Einblicke zu gestatten und gesetzte Ehepaare das Fürchten zu lehren. Sooooon oller Schweinepriester und sone total verwahrloste antiautoritäre Minorenne an seiner grünen Seite. Während Müffis gerade mal 15 Jahre jüngere Gelegenheitsgeliebte zu dessen Ärger immer hübsch Abstand hielte, um nur bloß nicht als Couple in Erscheinung zu treten, hänge sich Schascha mitten auf dem Eppendorfer Marktplatz bei ihm ein, als ob es ne Protestveranstaltung abzuziehen gäbe. Habe offensichtlich zu oft und zu tief in seine Bilderbücher gekuckt und glaube, die Laszivitäten von Gavarni und Félicien Rops in den Hamburger Geschäftsalltag übersetzen zu müssen.

Überhaupt, Emanzipation als Herausforderung aller bürgerlichen Gattungs- und Gesellungsregeln fast so etwas wie ein selbstverfügter Missionsauftrag. Leide an diesem neuerdings in Mode gekommenen u. in jeder Hinsicht unbequemer Selbstbestimmungstick, bzw. leide selbst kein bißchen, sondern lasse andere leiden. Beispielsweise ihn, dem sie unentwegt so etwas wie offene Buchführung abverlange. Also offene Ehe führen. Über alles sich aussprechen wollen. Nicht immer so geduckt und halb verdeckt durch die Gegend schleichen, also alles in allem dieser ganze antiautoritäre Befreiungskatechismus, den sie sich z. T. aus den ihm von mir ins Haus gelieferten Aufklärungs- und Aufrührschriften angelesen habe: Wagenbachs «Rot»- und Enzensbergers «Kursbücher»; «rororo»-, «dumont»- und «trikont»-Aktuellreihen; Revolutionslexika, Lehrlingskalender, Terzo-Mondo-Schriften allermöglicher Kleinverlage. Alles brandneu, aber darum leider auch furchtbar feuergefährlich, und wenn man sich dann noch sonen richtigen KPD-ML-Sozialkundelehrer dazudenke … «Mensch, das laß ich alles einfach so unbesehen hingehen, und nachher hab ich mir noch den roten Hahn aufs eigene Dach zitiert!» –

Andererseits, diese 70er Jahre doch eigentlich dolle Zeit, weil man sich endlich mal traue, die Welt aus normalen Menschenaugen anzusehen. Und durch welche wahnsinnigen Zufälle man gelegentlich in den Genuß von gar nicht mehr erwarteten Altersfreuden kommen könne. Hätte in ihrer Bude zuhaus ein Plakat mit nacktem Japs u. erigiertem Penis an der Wand, was ihren Eltern den letzten Anstoß gegeben habe, ihre edukative Weiterbildung doch lieber in die Hände eines etwas betagteren Semesters zu legen. «Also praktisch in die meinen, womit die allgemeine Verwilderung der Sitten doch eine wirklich erfreuliche Wendung ins sozial Verträgliche genommen hat. Für uns, lieber Freund, weil wir sind ihre praktischen Nutznießer.»

Sagte: «Praktische Sachen immer gut. Auf jeden Fall besser als die ewig nur ersehnten oder gierig herangewünschten. Aber sag mal, wie haltet ihr es eigentlich mit dem Honorar – oder hältst du solche Fragen für ehrenrührig oder unangemessen?»

«Honorare? Ehrenrührig? Wie kommst du denn da drauf? Werden selbstverständlich in Anschlag gebracht, weil Geld schändet ja nicht, sondern verleiht unsern pädagogischen Bemühungen wenigstens einen hauchdünnen Anstrich von Solidität.»

«Und das dann mit unseren kleinen Mitverschworenen solidarisch geteilt, was mir irgendwie angebracht schiene.»

ER: «Pädagogischer Zweifelsfall und sogar einer von der delikatesten Sorte.» Wenn sich das nämlich erst als Gewohnheit einschleiche, sei die Gewöhnung von der Gewöhnlichkeit nicht mehr weit weg, und wir gerieten auf ein Gebiet, «wo der Gnadenerweis gar nicht mehr richtig gewürdigt wird.»

Wollte gerade groß loslegen, was sie schon alles an gemeinsamem Glück genossen hätten und wieviel mehr Interesse auf die Erkundung der wirklichen Welt verwendet als auf lateinische Grammatik, Englisch und Gemeinschaftskunde: ‹Hamburger Dom› – ‹Völkerkundemuseum› – ‹Hagenbeck› – «absoluter Höhepunkt übrigens das Troparium/Aquarium, und ich sage dir, wenn dich jemals die Lust ankommen sollte, in einen richtigen Sündenpfuhl zu blikken …» – als auf einmal wieder die Mädchen reingetanzt kamen und auch weiter nichts als tanzen – tanzen – tanzen wollten.

Tanzen nicht gerade seine Spezialität, weshalb er Nulli

eigentlich lieber mit ins Gespräch gezogen hätte, «erzähl Lüngi doch mal, was wir neulich im Tropilarium für ne Wahnsinnsauster gesehen haben, die mit dem quecksilberüberzogenen Panzer und ihrem mit Blattgold faltenlos ausgeschlagenen Riesenmaul» – «Ah, diese Goldmuschi, ja, wovon du in der Schule auch nichts zu sehen und zu hören kriegst» –, aber als er dann auch noch Benn zitieren wollte «Goldene Conca d'or» usw., u. daß das doch eigentlich doppelt-gemoppelt sei – waren die Mädchen bereits über die nicht sonderlich gut sortierte Plattensammlung hergefallen (Peter, Paul and Mary – Comedian Harmonists – Miguel Rios' «Song of Joy» –), und dann kreiselte auf einmal Lionel Hamptons «Flying Home» auf dem Teller, und weil auch mir die quicklebendige Nulli näher lag als die Quecksilbermuschel, ließ ich mich – «Damenwahl!» – nur allzu gern aus meinem Riemerschmidt-Sessel rausangeln.

Tanzte gut. Ohne Schulung, Praxis, Unterrichtung, einfach so, als ob Fließfiguren ihre natürliche Bewegungsart wären. Für diesen kleinen Kreis fast verworfen – teils artistisch, teils atavistisch –, sodaß ich ihr um der HL. Freundschaft willen schon heimlich zuplinkern u. sie warnend beflüstern mußte – und als ich sah, daß auch Mieke-Marieke bereits zum Sprung ansetzte, um mich zum nächsten Tanz aufzufordern, sagte ich (absolut harte u. schartige Bruchkante): Abend grande – grandissime, aber leider nicht von Dauer, weil ich nämlich mein eigener Arbeitgeber sei, «und das ist kein besonders angenehmer Patron». Müsse nächsten Tag noch an Artikel ran, armer Rudersklave meiner selbst, d. h. meines peitschenschwingenden Über-Ich, weshalb ich mich mal so langsam aus dem ‹Stardust› lösen u. mich meinen häuslichen Staubmilben zuwenden müsse.

Da noch Strohwitwer, trotzdem weiter versucht, Stroh zu

Gold zu spinnen. Al. mit zu mir nach Oevel genommen und uns bei besseren Platten weitervergnügt. Swing-Collection mit Louis Armstrong, Count Basie, Glenn Miller, Artie Shaw, Benny Goodman pp. Doch sehr lehrreich und lustig zugleich, wie gute Vorzeigenummern gleich den Wettbewerb beleben und die abseitigsten Passionen als möglich erscheinen lassen. Nochmal ganze halbe Flasche Korn ohne jedes schlechte Gewissen und nur bei Aleke halbes Gläschen in den Pflaumensaft gekippt. Mit Imeson für knappe drei Stunden in den Schlaf, und als ich um 7.00 aufwachte, saß sie aufrecht mit weit geöffneten Augen und stolz präsentierten Bürgermeisterbirnen zu meinen Füßen: «Ich hab dich die ganze Zeit lang beobachtet.» Mußte sie fast mit Gewalt in ihre Klamotten reinstopfen, weil ich befürchtete, daß sie mir auch noch ihre in der Zwischenzeit gewonnenen Erkenntnisse eröffnen würde. Dann gemeinsam nach unten ins Gärtchen, wo die Glyzinien den gesamten Birnbaum erobert hatten und schlaff und morgenstill einen zweiten Himmel über uns ausbreiteten. Unvermutet Frau Wachtmeister Döpke mit dem schwarzen Hündchen durchs quietschende Gartentor, um es in unserer Parzelle abkacken zu lassen, ich sah aber gar nicht auf, sondern duckte mich unter meinen tief heruntergezogenen Mützenschirm.

7.30 Al. nachhause gebracht, Schulberg hoch, egal, wer uns sehen und was für sich dabei denken würde. Dann der prasselnde Morgenverkehr auf der Elbchaussee, der mir völlig unbekannt war und mit Gas-nur-Gas beinah wortlos nach Barmbek durch und am Lünkenweg ihre Schultasche abgeholt. Kurzer Schlenker bis kurz vors Gymnasium, wo frischgewaschene Schülerlotsen in ihren Spieluniformen den Verkehr regelten – rote Kelle hoch – Ale raus – kleiner Abschiedsklatscher aufs Heck – und bei frommem Saint-Saëns-Georgel bis ins wogende Eingeweide bewegt Richtung Altona. Als ich völlig verschleimt u. verstoppelt durch die Wohnungstür trat, Frau Sieberkropp mit dem gesammelten Mißtrauen einer Concierge und getreuer Wächterin über unsern Familienfrieden: «Na, Sie sind ja schon früh op de Been; und ich hab extra leise gemacht, um Ihnen nich aufzuwecken.»

3. Juni. Mich für Paarmarkundfuffzig von Zenko zu Fernsehstatement über neue Buchvertriebsmethoden keilen lassen. Die großen Discounter, modernen Buchantiquariate, Massenversandhäuser, Katalogfirmen, Palettenabsatz en gros pp, wo die Highlights von gestern zu Massen-Mini-Preisen verschleudert werden u. der Edelliteratur nun noch einmal die Tour vermasseln. War sozusagen als Zeuge der Anklage geladen, verstand aber zu wenig von der Materie u. war beinah ohne eine eigene Meinung, weil auch ich mich als Käufer bei diesen Quellen betanke. Wer so lange mit dem Fernsehen umgeht wie Z., kann das natürlich nicht aus meiner Dachstube raustönen lassen u. denkt sich immer höhere, bzw. ausgefallenere Drehorte aus, von denen sich sogenannte Meinungen ausläuten lassen, in meinem Fall oberste Aussichtsplattform von St. Michaelis, was mir nur insofern entgegenkam, als ich Stadt u. Hafen noch nie von dieser Überlegenheitswarte aus betrachtet hatte. Wie es alles dalag da unten, so fein geschnitten, so reich verzweigt bis in die verwinkeltsten Elbarme. Das geschäftige Hin und Her der kaum noch zu identifizierenden Fährschiffe, Kümos, Schuten, Container u. schleppergezogenen Bohrinseln. War derart ins Betrachten versunken, daß ich bald gar nicht mehr wußte, was ich eigentlich hatte sagen wollen,

auch ziemliches Sturmgesause rundum und das bepelzte Mikro unentwegt wie ein Wieselbalg um meine sich windenden Nackenwirbel zappelnd, kaum daß mir mal einige zusammenhängende u. nicht sogleich vom Wind zerzauste Sätze von der Lippe gingen.

Hinterher mich zu einem Manöver verleiten lassen, das ich zunächst für lustig hielt und mir beim Niederschreiben bereits wie ein Bubenstück nachgeht. Z., der Drehtermin bei der kleinen Buchhandlung in den Grindelhochhäusern ausgemacht hatte, nur eben diese infame Reinlege nicht, mich nach meinen eigenen Büchern fragen zu lassen. Schien mir sogar mal ganz angebracht, weil ich dort in meinen Parkalleezeiten immer nur als Kunde von Büromaterial bekanntgeworden war, ohne daß man mich als Autor wahrgenommen oder jemals ein Buch von mir im Schaufenster ausgestellt hatte. Fragte also bei laufender Kamera mal nach diesem, mal nach jenem Buch, «Kunststücke», «Volksvermögen» usw. und gab mich erst nach den erwarteten Fehlanzeigen zu erkennen. Das hilflose Zusammenschrecken der Inhaberin nach der peinlichen Eröffnung. Ihre nach Worten, fast schon nach Atem ringenden Entschuldigungen. Ihre wirr hervorgesprudelten Gelübde, das alles umgehend bestellen zu wollen. Hätte schon während der üblen Vorführung die Apparate am liebsten abgestellt, aber das schnurrte natürlich so weiter u. läßt sich im späten Nachhinein auch nicht wieder zurückdrehen. Zwar versuchte Z. mir den Take als die drolligste Szene des ganzen Streifens schönzumalen u. an meine alten Wunden zu rühren, vom wechselnden Scheiß der Saison immer außen vor belassen etc. pp – alles nur Pfeffer in meine Wunden u. jetzt mit dem Ungefühl meines denunziantischen Bloßstellungscoups allein.

5. Juni. Spätnachmittags zu Al. u. Interpretation von «Die Brücke von San Luis Rey». Auch sone schicksalsfromme Konstruktion, die dem unerbittlichen Zufall eine Art von Sinn abzugewinnen sucht, und das Mädchen eher mit meinen privaten Einwänden verwirrt als ihm schwindelhaft mystagogische Luftbrücken bauen zu helfen. Hatte – sie – in der Zwischenzeit auch mehr herumgesonnen als zielstrebig gelesen u. mit ihrer unansehnlichen Kritzelklaue Briefe an mich entworfen, Studienfassungen oder Entwürfe, die mich vom Schriftbild her fatal an verkohlte Fadennudeln erinnerten. Sagte, «Aleke, denk doch nicht dauernd so labyrinthisch herum, sondern freu dich an dem, was gerade eben so schwebt. Wir beiden sind ein Geheimnis in der gesamten uns umgebenden zivilisierten Welt, und worum es zunächst einmal geht, ist Lehre und Belustigung irgendwie in die Waage zu bringen.» Schien sich kaum irgendwie mit ihrem Gedankenspaghetti auf einen Nenner bringen zu lassen, aber spielte mir zum Abschied nochmal Schuberts «Impromptu» u. Griegs «Hochzeit auf Troldhaugen» auf dem süß verstimmten Klavier vor. Hatte E.s Rückkehr von Dienstreise um einen Tag vorverlegt, was ich mir dann so lebhaft u. leibhaftig vorstellte, daß ich zuhause ganz überrascht, fast enttäuscht war, sie nicht bereits vorzufinden.

6. Juni. E. zurück u. endlich mal wieder Friede im wohlgefügten Familienschrein. Abends gemeinsam TV «Die Weber», die man vor 10 Jahren möglicherweise noch für historischen Schinken gehalten hätte, Abteilung sozialkritischer Naturalismus u. Beschäftigungsgegenstand f. Lit-Seminare. Nun schien es uns plötzlich bedenklich nach queselnden Zündschnüren oder still vor sich hin kokelnden Brandplätt-

chen zu riechen. Fast verdächtiger u. anhänglicher Revolutionsgeruch, der sich unversehens in unsern Zimmergardinen verfing u. dem wir nicht ohne eine gewisse Regung von sozialer Empathie hinterherschnüffelten. E. als gebürtige Breslauer Lerge mit sehr feinem Gespür für die Stimmigkeit von Lokalidiomen, ganz entzückt vom Klang der versunkenen Glocken aus ihrer Kinderzeit. Kaum zu fassen, wie die Schauspieler einen bereits für still verschieden und verweht geglaubten Flüchtlingsdialekt noch einmal zu glaubhaftem Bühnenleben erweckt hatten.

Mit viel Valium zu Bett u. Wecker auf 7.00 gestellt (Reise nach Köln u. Treffen mit Heyme) u. mich in unseligem Scheinschlaf die wenigen verbliebenen Stunden herumgewälzt, von vorüberfegenden Traumgewölken eher geängstigt als in ein schönes Weltvergessen gewiegt. Aleke, die versuchte, ins Haus einzubrechen und plötzlich wieder entfloh – mit wem? –, ich über die Balkonterrasse hinterher u. sie grad noch beim Ärmel erwischend, um mit dem bestgehüteten Namen meines gegenwärtigen Gangsterlebens auf den Lippen zu erwachen.

E. in Unschuld u. Unwissen vermummelt: «Du schreist ja Al Col!». Ich, vom Blitz des schlechten Gewissens gerührt, aber gerade noch fähig, mich in ein rettendes Wortspiel zu flüchten: «Al Colonia.» – dann wieder weg.

7. Juni. Vier Stunden Fahrt nach Köln, um 1 Stunde mit Heyme zu konferieren. Ausgesprochen Sympath. Physiognomisch ein wenig in die Richtung der Brechtbüste von Haman schlagend, was ihm irgendwie bewußt schien und gewissen Wendungen seines Kopfes andeutungsweise zu entnehmen war. Dann wieder unvermutet Kindervogelschädel. Gab sich freundlich und aufgeschlossen, war aber

übergeschäftig u. hatte mich innerlich offenbar gar nicht ernsthaft auf dem Kalender.

Ich entwickelte ihm – um der Ausschreibung von 5000,– DM städtischer Entwicklungsgelder zu entsprechen – ein teils Schlaraffen-, teils Eulenspiegelspiel der späten fuffziger Jahre, heute bereits als «Wunderjahre» mystifiziert u. insofern als «Jahre, die keiner mehr kennt». Was man v. d. Theaterseite her anvisiert, scheint am ehesten eine Art von Revue. Zeitkritisches Musical. Kabarettistischer Nummernreigen, also praktisch was wir als Studentenbühne schon längst einmal abgeleistet hatten. Ich demonstrierte das denn auch leichthin aus dem während der Hinfahrt im Ruckzuck präparierten Ärmel: Vorstellungen, die sich mir selbst augenblicklich nach dem Gespräch bereits zu blauem Dunst auflösten. Einerseits, um sich dringenderen Aufgaben zu widmen, und zum andern, um mir einen Eindruck von der Kapazität des Hauses zu vermitteln, ließ man mich an den Proben zu Ibsens «Stützen der Gesellschaft» teilnehmen. Nur sehr wenige auserlesene Zuschauer neben mir, aber – Himmelswillen! – welche Krücken einer vogelscheuchenhaften Bühnenpersonage. Eine seit Peter Stein allgemein in Mode gekommene manieristische Schmiere, und zwar ganz ohne Anführungszeichen. Ein vorbrechtischer Theatergestus, dem die forcierte Ausstellung von Affekten zu schon ziemlich verdrehten Wunderkerzen mißrät.

Bis auf den Grund meiner Seele entmutigte Rückfahrt durch die Nacht, Café-Cognac zur Beschwichtigung, und als einzige verbliebene Hoffnung, meinen «Lombard» mit den nicht für ihn bestimmten Subsidien defraudantisch zu Ende zu führen. Die zur Selbsterbauung mitgeführten Szenen in gehobenen Zuständen nochmals überflogen und f.

erstklassig, weil als absolut abseitig empfunden. Das durch keinen kritischen Einwand aufzuhellende Unvermögen des zeitgenössischen Verblendungstheaters, die konkreten Bodenverwerfungen der Gesellschaft zu erkennen u. den zur ersatzlosen Liquidation anstehenden Mittelstand als theatralischen Gegenstand allererster Ordnung überhaupt wahrzunehmen. Es ist allerdings der luxuriös alimentierte Subventionsbetrieb himself, dem vom hohen Kothurn aus der Einblick in solche Basisprobleme verhüllt bleibt. Aber natürlich, einst wird kommen der Tag, und erst dann wird sich (von der erwähnten Abseite her) das Theater zu neuen – und wie ich meine, sogar populären – Erkenntnis- und Belustigungsformen nach vorn entwickeln können.

Zweites Bild

Auf dem kahlen Plateau. Im letzten Sonnenlicht Willi und Alfredo.

WILLI: Na, wenn das kein Lüftchen ist, Alfredo, oder?

ALFREDO: Ja. Und welch eine Aussicht.

WILLI: Ein schönes Lüftchen. Ein belebendes. Man sollte es wirklich nicht den achtzig oder hundert Alpinisten überlassen.

ALFREDO: Da könnten Sie nicht ganz Unrecht haben, Herr Willi. Die Luft ist sauber.

WILLI: Der Fels hat Perspektive, will ich meinen.

ALFREDO: Wenn Sie es so betrachten, Herr Willi, ich glaub, im Ernstfall seh ich ihn mir lieber von unten an.

WILLI (*fassungslos*): Unten??!! –

ALFREDO: Für meinen etwas konservativen Geschmack,

Herr Willi, so von unten (*deutet Fluchtlinien mit den Händen an*) – nach oben: majestätisch!

WILLI: Lächerlich! Unten ist da – und da – und da – (zeigt) Unten ist überall. Unten gibt's oft. Mit unten ist auf die Dauer gar nichts mehr zu wollen. (*Schmissige Handbewegung*)

ALFREDO (*sieht dem Fingerzeig nach, lugt nach unten*): Äh –! – Brrrrr! –

WILLI: Was soll denn das nun wieder heißen?

ALFREDO: Mich schwindelt.

WILLI: Das sagt gar nichts. Was du denkst und fühlst ist deine Privatsache. Der Zuschauer hat ein Recht zu wissen, was du siehst.

ALFREDO (*Hand über den Augen, weiter Blick ins Tal, Kopfschütteln*): Meinen Sie jetzt im Augenblick die Menschen oder Löcher.

WILLI: Gasthäuser!

ALFREDO: Was denn, Gastronomie? Da unten in der Wüste?

WILLI: Raststätten. Imbißhallen.

ALFREDO: Aber das kommt doch wohl gar nicht in Frage.

WILLI: Absteigen. Snackbars. Hühnerhugos. Bratwurstglöckel. Wir sind umzingelt, Alfredo, wenn du's noch nicht wissen solltest. Unser schöner Siebzehnhunderter lockt allmählich die Schmeißfliegen des ganzen Landes an.

ALFREDO (*entsetzt*): Herr Willi! Sie müssen aber auch nicht immer gleich das Schlechteste von den Menschen denken.

WILLI: Bedaure, ich seh in jedem Menschen erst einmal den Gastronom.

ALFREDO: Ich seh nur ein Gewusel.

WILLI: Eben. So fängt es an.

ALFREDO: Rechtecke. Quadrate.

WILLI: Tankstellen! Souvenirgeschäfte! Mittagstische!

ALFREDO: Ich glaub gar nichts.

WILLI: Die Konkurrenz schläft nicht, mein Freund, was schläft, und zwar sehr fest, sind Kurt und seine Köche. Was pennt, sind wir, die wir seit zwanzig Jahren in der Schneise kleben und denken, da führte kein Weg an uns vorbei. Es führen aber, Herr Alfred, unzählige Wege auf den Berg und um ihn rum: den Südhang hoch, die Nordflanke nicht zu vergessen, eine Trasse im Westen kann sich jeder ohne Mühe ausmalen, und eh wir's uns versehn, ist unsere lauschige Spalte da von einer Seilbahn überspannt.

ALFREDO: Unser einmaliger Dreisterneberg? Unmöglich!

WILLI: Eintausendsechshundertundachtzig Meter über dem Meeresspiegel, so was spricht sich rum.

ALFREDO: Unmöglich, Herr Willi, was Sie da auf einmal in der Zukunft erblicken. Unmöglich die Konsequenzen, die Sie daraus ziehn!

WILLI: Manchen Leuten schmeckt das Essen erst von einer gewisse Höhe an.

ALFREDO: Aber das doch wirklich nur sehr vorbehaltlich.

WILLI: Ja, wenn keine Konkurrenz sie vorher abspeist.

ALFREDO: Jedes Ding hat zwei Seiten.

WILLI: Bis auf dies Plateau. Das ist eindeutig.

ALFREDO: Seine Vorzüge sind gezählt.

WILLI: Seine Höhe unabweislich.

ALFREDO: Höhe kann kosten.

WILLI: Höhe bringt.

ALFREDO: Höhe arbeitet im Zweifelsfall auch gegen Sie.

WILLI: Höhe ist klassisch.

ALFREDO: Kein Wasser.

WILLI: Wein, Sprudel, Cola, Hennessy, Martini.

ALFREDO: Die Mühen des Transports.
WILLI: Die Wonnen eines Spitzenbiers im Freien.
ALFREDO: Die Investitionsbelastungen.
WILLI: Die schönen Abschreibungsquoten.
ALFREDO: Der hohe Zinsfuß.
WILLI: Der Blick ins tiefe Tal.
ALFREDO (*lugt gegen den Absturz*): Offen gesagt, mich friert, wenn ich da runterseh, Herr Willi.
WILLI: Mich nicht. Mir streckt sich die Persönlichkeit, Alfredo.
ALFREDO: Mich schauderts.
WILLI: Mir hebt sich der Sinn. Empor. Auf diese Plattform. Unsere neue Unterlage. Los-los, Herr Alfred, vergessen Sie alles, was an Trinkgeld und Erniedrigungen hinter Ihnen liegt. Schlagen Sie ein in diese zu allem entschlossene Hand, und ich mache Sie zum Herren über ein Fünftel des Plateaus. (*Alfredo streckt unwillkürlich die Hand aus, erstarrt dann im Zögern*) Und ich mache Sie selbständig!

7. Juni 67 (71!) – Das Zeitverrücken nimmt kein Ende. Sein Leben rückdatieren wollen, wie ich bereits auf Reichelts Hochzeit mein Alter mit 40 angab und mich selbst vom Standesbeamten nicht belehren lassen wollte, daß ich bereits 41 sei. Schön zu wissen, daß wir wenigstens gemeinheitlich zur Neige gehen. Ständiges Ameisenkribbeln im Arm u. in der Schulter. Müffi sterben die Beine ab. Und Otto plagt sich verdammt frühzeitig mit seiner Prostata herum. Seltsamer Anblick, als ich beim letzten Krankenhausbesuch den Urin durch die unter der Decke hervorlugenden Plastikschläuche gluckern sah.

Im «Spiegel» Ernst Jünger. Braungebrannt – von Insektenjagd auf Sumatra zurück – jetzt auf der Buchmesse in Nizza. Kenne ihn ja passando von Rom u. der Villa Massimo her, seltsamer u. nicht gerade gewinnender Eindruck. Konnte mit der ganzen jungen Bagage nichts anfangen und räusperte sich zwanghaft durch den unerfreulichen Kameradschaftsabend. Zug soll schneller fahren! Will auf meine Felder! Bis auf ein Haar Vollmond.

10. Juni Ausgeschlafen, Kamin zieht u. «Lombard» schreitet zügig voran. Um 12.00 Brief von Bunge/Berlin-Ost, daß «Volsinii»-Aufführung am DT endgültig abgeblasen sei. Postwendend langen Brief zurück, um viele Ecken herum argumentierend, weil man Geradliniges kaum ohne Schaden für den Empfänger durch die Gitterstäbe kriegt. Wut u. Enttäuschung dürfen nur so allgemein vor sich hinbrodeln, das Desaster als Mangel an Fortüne erscheinen, bloß keine blinden (= hellsichtigen) Vermutungen über die Verhinderer anstellen. Immerhin Konditionstraining für noch viel schlimmere Zeiten. Wer nicht fähig ist, fünf Jahre Hoffen u. Bangen auf einen Schaufelwurf zu beerdigen, sollte den Gedanken an repräsentative Kunst lieber ganz aufgeben. Document humaine als document social. Über alle persönlichen Erniedrigungen u. Beleidigungen hoch erhabenes Geschreibsel neulich in der ZEIT. Fazit: daß heute keine Begabung mehr um ihr Durchkommen bangen müsse. Zurückweisung u. Verkennung fänden immer noch ihre Wege, und nur wer seine Flöten nicht auf den Ton des Zeitgeistes stimmt …

Brauche 10 000 DM, um mal ein kleines Weilchen frei über mich verfügen zu können. Belebende Gießkannengüsse dabei allenthalben. Erika Runge erhält 10 000 DM fürs «Gesamtwerk» und Alf Poss ein Suhrkamp-Stipendium von 7000 DM f. «Zwei Hühner werden geschlachtet». Ich in meinem 42. Lebensjahr nur ein einziges Mal mit einem Preis bedacht (Hugo Jacobi, 1000,– DM, 1956). Seltsame Erinnerungen an E. R., die in den Sechzigern mal meine Untermieterin war, weil ich aus eigener Kraft die Miete in Parkallee 10 nicht aufbringen konnte. Wenn ich von Wochenendbesuchen bei der Mutter wieder zurückkam, hing das ganze Bad voller feuchter Unterwäsche u. mindestens 3x glühten in der Küche zum Laubengang hin noch die Kochplatten. War patente Frau, gut zu leiden, auch im politischen d'accord, und wer weiß heute schon, wie lang ihre Kurse noch steigen, Sterne leuchten. Der Zeitgeist kurz vorm Umschlagen und Sozialreportagen werden bald nicht mehr die Szene beherrschen. Meine eigenen Künste mittlerweile wohl eher als Privatvergnügen zu betrachten. D. h. als der reine Luxus, der nichts bringt u. nur noch kostet. Aber irgendwer bezahlt sie doch wohl. Im Zweifelsfall der Autor.

Hätte ein anderes Tagebuch führen sollen. Dieses kerbt nur Wunden nach u. schleift unabgegoltene Ressentiments hinter sich her. Nur kurzfristig bilde ich Hornhäute aus, zumindest Sitzleder, aber dann reißt die Bespannung auch schon wieder u. ich plumps mit dem nackten Arsch auf die Erde. Schöne Zeiten, als ich noch mit den Wolken u. den Gestirnen genossenschaftlichen Umgang pflegte und die Zeitbühne für mich nur ein flüchtig in Anspruch genommenes Trampolin war.

11. Juni. Gelassen vorm «Lombard», III. Akt, 2. Bild. Eigentlich mörderisches Stück: Die Marktgesetze in effigie auf der

Kasperbühne exekutiert. Ernest Mandels Geldtheorie als blutiger Slapstickreigen in Szene gesetzt: raus die Klauen und dem Konkurrenten, der Mitbewerberin das Fleisch von den Knochen gerissen. Einerseits Brechtschule – weil die Meister soll man ehren –, aber als Gesamtgestus doch auch wieder Grand Guignol und noch ganzes Stückchen darüber hinaus. Habe ja praktisch von allen u. allem gelernt, vor allem aber die Ohren in den Zugwind der Zeit gehalten. Weiß, wie man in den Menschenverarbeitungsbetrieben spricht, Presse, Puff, Knast, selbst Klempnerei u. Baugewerbe. – Nicht zufrieden mit den Chansons. Farbe zu dick angerührt und klumpt an den entscheidenden Stellen.

Al. entwickelt abenteuerliche Pläne von einer gemeinsamen Lapplandfahrt – Vater hat im Bottnischen Meerbusen zu tun, Raupenschlepper u. Motorsägen hin u. Holz zur Papierverarbeitung wieder zurück. Hat schon lange seinen Segen über unsere «Kapritzen» gegeben, und könnten dann sogar noch Schularbeiten machen zwei-drei Wochen lang. Muß beide gelegentlich mal in ihre und auf meine eng gezogenen Grenzen verweisen. MM (auch v. d. Tochter Emm-Emm genannt), der mich neulich fragte «Un watt seggt denn din Fruu dortau mit dine Nohilfestünn?» Ich: «De seggt nix, denn de weet nix, un wenn se wat markt, iss dat uut.» Kam ihm seltsam vor, weil er selbst in ganz anderen Verhältnissen lebt (sogenannten «offenen») mit fester Freundin in Stellingen und gefügiger Ehefrau zuhaus, eigentlich sone Scheidung auf Abruf und nur aus steuerlich-ökonomischen Gründen aufrechterhalten. Mein wachsendes Unwohlsein bei dem Gespräch, weil ich meine verschiedenen Leben streng auseinanderhalte u. der bloße Gedanke an mein HL. Zuhaus sofort Zwangsvorstellungen von Treuebruch u. moralischer Verwahrlosung in mir aufrührt. – Neulich von Erich gehört: Erst das Honorar verleihe der angegangenen Sache so etwas wie einen reellen Anstrich. Würde ihm von dem Mädchen monatlich in verschlossenem Umschlag überreicht, den er Schascha dann allerdings sofort in die Schultasche stecke. Hatte ihr vor paar Wochen mordsteure rote Kniestiefel gekauft, die ihr einen völlig neuen Hüftschwung verliehen hätten – frecher als die Nachbarschaft erlaubt. Müßten sich bei Spaziergängen schon in den Stadtpark oder auf den Ohlsdorfer Friedhof verflüchtigen, viele schöne Stunden schon an dem abgelegenen Pröckelmoorteich verbracht u. den Haubentauchern zugesehen. Zwischen Gilbweiderich und geflecktem Johanniskraut sogar Glühwürmchen entdeckt u. sie ihr wie ein Diadem ins Haar gesetzt. Auch beobachtet, daß Frösche sich daran verköstigten u. dann von innen her zu leuchten begännen. Als es ihm gelungen sei, einen besonders fetten beim Bein zu erwischen, habe sie ihn sofort in ihr Taschentuch gewickelt und im Kruizenga-Feinkostbeutel verstaut, um am nächsten Tag in Bio damit zu glänzen. – Uns wechselseitig bestätigt, was für unterhaltsame Wohltäter wir doch wären, obwohl – wer weiß – vielleicht auch Gedanken/Gefühle aufrührten, von denen wir keine Ahnung hätten.

Gestern TV, Siegfried Lenz, «Zeit der Schuldlosen». Das Wort «Würde», das sich bei ihm immer wie ein Konjunktiv des Wortes «werden» ausnimmt. Durch mein Drehkippfenster fern von der Wasserseite her Schifferklaviermusik u. lustiges Sommergegröle. Da wär man jetzt gern mittenmang. Früh zu Bett u. Freud-Monographie. Spricht zu bereits Eingeweihten und beschert diesen dann kaum Neues.

Freud immer nur als Denkmaschine betrachtet u. nicht als heimliche VP ihrer tief verschwiegenen Leidenschaften. Offenbar ein strenggeführtes und nur an der Schlüssigkeit seiner Vor-Vorahnungen interessiertes Gelehrtenleben. Seine Paradefälle («Wolfsmann» – «Anna O» pp) aus der klinischen Praxis bezogen u. in Anbetracht seiner eigenen «Träume» eher von Verdrängungen und Verschiebungen als von einem hier eigentlich erhofften radikalen Selbstoffenbarungsverlangen geleitet.

19. Juni (Samstag). E. zu Lerchers, Kinderkonzert. Al. in B. abgeholt u. gemeinsam nach Roseburg. Verwahrloster Eindruck der Kate, die nicht vom Fleck kommt. Durch die verwunschenverwilderten Wälder zwischen Wotersen und Klein Pampau. Uns verlaufen, auf Hochsitz geklettert und nach dem Auto gefahndet, schließlich in völlig unerwarteter Richtung ein von der untergehenden Sonne gestreiftes Heck gesichtet. Eine von meinen Rollin-Home-Sorgen nicht im mindesten berührte Al., die sich meinem sachten Gedrängel zum Trotz nochmal ins Moos einer Lichtung warf, Arme ausbreitete, verzückt in den Himmel guckte und in einer mir erborgt erscheinenden Ergriffenheit (Monte Veritá u. die Folgen) verkündete: «Die Erde kreist!» Wußte nicht recht, wozu es mich einladen wollte, u. schlug ihr statt weiterer anthroposophisch angehauchter Exaltationen einen Besuch bei der Laienmalerin Grete Schildknecht in Bergedorf vor. War zunächst von Arie Goral entdeckt u. ausgestellt worden, dann zu einem offiziell gehandelten Geheimtip avanciert, und wer noch einen letzten Rest von Unschuld erhaschen wollte, der mußte sich sputen.

Seltsame figurale Gespinste, die von Ensor hätten angeregt sein können, konkret aber nur die Fortsetzung früh geübter Häkelkünste mit anderen Mitteln waren. Hatte bei einer Ausstellungseröffnung mal von «Gretes Häkelfratzen» gesprochen, was bei der Künstlerin aber nur auf wenig Gegenliebe gestoßen war. Eine Kunst des naiven Sichverzeichnens, der leider schon ein bißchen viel von oben hereingeredet worden ist u. zu einer Art des manufakturellen Wiederholens von gern verlangten u. öfter nachgefragten Motiven geführt hat. Al., der sowohl der Blick wie der Sinn für solche genialischen Ausrutscher abgeht und die dennoch gern mitreden wollte, kam erwartungsgemäß wieder auf die von ihr geschätzen und von mir verabscheuten Kreationen einer früheren Kunsterzieherin zurück – Entgleisungen nach der anderen Seite hin: Spiritualisierung als symbolistische Versüßlichung.

21. Juni. «Lombard» im groben Aufriß fertig und K. H. Braun (Verlag der Autoren) zur Begutachtung zugeschickt. Wer so spät die Bühne betritt wie ich, darf sich vor Mängelrügen nicht scheuen. Morgen Lesung in Recklinghausen. Nehme solche Auftritte immer gern als Probedurchläufe wahr. Teils Bammel, teils Wurschtigkeit.

23. Juni. Die bekannten Schwierigkeiten, mich vor Abreisen überhaupt vom Fleck zu bewegen. Den Koffer zu pakken. Hemden meiner Wahl rauszukramen. Tabletten zusammenzusuchen. Papiere zu ordnen u. geeignetes Skatblatt zusammenzustecken. Die schleppenden Beine u. fast schon gelähmten Arme. Sinnlose Gänge hierhin u. dorthin, treppauf u. treppab. Scheinhandlungen. Oknophile Regressionen, lehrbuchreife. Balint würde mich an Kindes Statt annehmen. Auf dem Bahnhof Weiland getroffen, alten

Unikumpel, eine Zeitlang bewährte TV-Figur, jetzt freischaffend zwischen den ideologisch schlingernden Fronten. Weiß nicht mehr, was gefällt, und sucht Lücken für seine bislang eisern behauptete Steadiness. Berichtete über die immer tiefer einschneidenden Restriktionen bei sämtlichen Sendern: gestern noch ein gefragter Mann u. plötzlich ein allseits bemißtrautes Fragezeichen. Zog für mich gleich Parallelen zu meinen sich fühlbar unter meinen Füßen verziehenden Bühnenbrettern. Im Abteil zwei für uns zunächst schwer durchschaubare Geschäftsreisende, die sich im Laufe ihrer Gespräche als Lordsiegelbewahrer der Finanzabteilung Radio Bremen entpuppten. Ab Bremen dann wieder wir unter uns – freiwillig-unfreiwillig durch die Lande geblasene Staubpartikel des wetterwendigen Zeitgeistes, Nervenfäden auf Achse, soziologisch gesehen unstete Wanderarbeiter und Gelegenheitsjobber – W. flackerten während der ganzen Fahrt die Finger, ein scheinbar gesammelter und in sich gefaßter Mensch, im Zugwind der Freien Marktwirtschaft ein Bündel zitterndes Espenlaub. Draußen richtige Heuernte mit richtig kompakten Menschen auf strahlend bunten Maschinen. Die scheinbar durch nichts u. durch niemanden zu beunruhigende Landwirtschaft.

1.30 Schon wieder vorbei die Vorstellung und – ein Memento. Las wie ein Professional gegen eine Mauer aus Grauwacke. Fand die eigenen Texte («Lombard») z. T. so witzig, daß ich mich fast bezähmen mußte, an einigen Stellen nicht laut loszulachen, bis ich merkte, daß ich der einzige Belustigte war, und die Vortragspremiere dann nur noch als Pensum über die Lesebühne brachte. Hatte gedacht, daß Klassenkampf als bloody commedia dell' arte gerade hier im Pott mit offenen Ohren rechnen könne u. die mordswitzigen Dialoge wie Knallschoten aufgehen. Es war nur leider aus keiner Ecke ein Widerhall zu vernehmen und von keinem Gesicht der Widerschein einer Aha-Erleuchtung abzulesen. Anschließend mit Buchhändler und VHS-Leiter (früher Aufsichtsrat Hibernia) in einem toten Eßsaal. Kein Sterbenswörtchen über meine Lesung, meine Versuche, das Sozialdrama neu von der Kasperbühne aus zu eröffnen und den laufenden wirtschaftlichen Konkurrenzkampf auf Gastwirtschaftsebene durchzuspielen. Aber Gott, was verlangt man von einem Publikum, dem man den Einblick in den Menschenverwurstungsbetrieb zuerst von den Zeitungen u. dann sogar vom Theater her abtrainiert hat.

Sechstes Bild

Willi und ein Agent (Prospektor) des Herrn Lombard im letzten Abendlicht. Der Agent in einem Gartensessel oder Liegestuhl mit dem Rücken zum Publikum. Willi stehend, mit Blick auf das Erreichte und darüber hinaus.

AGENT: Groß und gewaltig ist die Natur, Herr Willi, und was sie hervorbringt. Aber gewalttätiger noch als der unbezähmbare Fels ist der Mensch.

WILLI: Ja, man muß schon ein ganzes Stück härter sein als die Steine da. Sonst wär's gleich aus.

AGENT: Statt dem Wind und dem Meer und den ungestümen Erschütterungen der Erde ist er jetzt dran. Rückhaltlos schlagen die Wasser gegen den Strand. Lawinen fahren zu Tal. Der Sandsturm jault. Er aber ist immer noch ein bißchen schlauer als das Wasser und gerissener als der Wind. Er packt die Berge bei ihren Gipfeln und die Ströme bei ihren Mündungen.

WILLI: Wo der weiße Mann hintritt, da blüht's aber auch.

AGENT: Ohne ihn wär es namenlos. Von der Wiege bis an den Rand der Bahre strebt er. Nichts ist ihm gewachsen außer wieder Menschen. Wenige, versteht sich.

WILLI: Praktisch eine Handvoll. Sich verwandt im Streben, der Schwerkraft eins auszuwischen. Was den gewöhnlichen Mann zurückschreckt, macht diese nur um so entschlossener. Unermüdlich sind sie mit ihren Meßlatten unterwegs. Sie wollen ihre Grenzen wissen.

AGENT: So ist aufgebrochen vor sieben Jahren der Herr Lombard, sich untertan zu machen den Küstenstrich zwischen Igidum und Paradol. Als er vierhundert Meilen unwegsamer Maremme aufkaufte, haben drei Provinzen nur gelacht. Als er den nutzlosen Sumpf mit wertlosem Wüstensand zudeckte, nannte man ihn den Landmacher. Heute stehen zwei handfeste Gouverneure gebeugt zu seinen Füßen. Ein dritter hat Magengeschwüre und redet von Korruption. Er wird die kommenden Wahlen nicht heil überleben.

WILLI: Von seinem Felsen aus der blauen Luft grüßt Willi, der Bergbesitzer, den Küsteninhaber Lombard. Er weiß, auf dieser Erde kommt gar nichts von ungefähr.

AGENT: Blühend ist der Berg Watschenkofel und ein Diamant unter seinesgleichen. Nicht entgangen ist dem Herrn Lombard der Glanz, den er bis an die Küste wirft. Er will nicht aus seinem Auge.

WILLI: Dieser Berg hat allerdings die Kräfte von einem Magnetberg. Er veranlaßt die Menschen, ihn von allen Seiten her anzugehn. In seinen Spalten und Schluchten ruhen einige der berühmtesten Alpinisten der Welt. Seine Gefahren sind international geschätzt. Auf seinem Gipfel herrscht trotzdem ein Leben wie auf der Fifth Avenue und dem Boulevard Haussmann. Letzten Herbst sind wir nochmal mit zweihundert Betten in den Himmel vorgestoßen. So hat der Berg Watschenkofel sein Licht geworfen auf alles, was unter ihm war, und das ist hingedorrt.

AGENT: Von seinem Küstenstreifen im Westen, von seinen Badestränden grüßt Lombard, der Kurdirektor, Herrn Willi, den Wirt, genannt der Gipfelwilli, und entbietet ihm Hochachtung. Er sagt: solche Giganten wie Sie und ihn gibt es wenige. Die sollten sich besser nicht auf ihren Zehen rumstehn.

WILLI: Sich lieber mal persönlich in die Augen sehen, wäre das nicht eine Meinung?

AGENT: In dieser Funktion bin ich da.

WILLI: Sich mal ein bißchen näher beriechen wegen bisher nicht abgeklärter Einflußzonen. Die Landkarte zwischen Berg und Küste weist noch immer erschreckend weiße Flecken auf.

AGENT: Richtig. Das kommende Jahrzehnt ist weitenteils noch gar nicht abgesteckt.

WILLI: Sich mal ihre Grenzen zeigen.

AGENT: Mal drüber reden, wo der eine aufhört und der andre anfängt. Unter uns: der Lombard meint, in diesem Berg steckt mehr drin, als sich seine Gründer überhaupt träumen lassen.

WILLI: Mein Herr! Dieser Laden läuft. Auch ohne den Herrn Lombard.

AGENT: Er läuft zu langsam.

WILLI: Blödsinn! Kommen Sie übermorgen wieder rein

und Sie werden sich fragen, ob das noch das Lokal von vorgestern ist.

AGENT: Lombard hat seine eigenen Visionen vom Betrieb.

WILLI: Soll er haben. Da an seinem Wasser kilometerweise. Hier verwirklicht sich Herr Willi.

AGENT: Nein, das schafft er nicht allein.

WILLI: Die Finger weg. Wer nochmal ist wie ich, ist überflüssig.

AGENT: Sagen Sie das nur nicht, Herr. Wo Lombard nämlich mal ein interessiertes Auge drauf geworfen hat, da bringen Sie das von sich aus gar nicht mehr aus der Welt.

WILLI: Ah, der Sommer ist schön und bedeutungsvoll, die Saison steigt blau aus der Tiefe.

AGENT: Das sind die Tage der Investitionskredite.

WILLI: Bin ich verrückt?! In diesem klaren Zustand meiner größten Selbständigkeit.

AGENT: Ja, jetzt haben Sie einen Stand erreicht, wo Sie Lombard endgültig ranlassen sollten. Lombard kommt in den Tagen des Triumphes. Lombard haßt Pleitiers.

WILLI: Da ist er aus demselben Holz wie ich. Nieten und Luschen – Pfui Deibel.

AGENT: Dies ist zufällig Ihre beste Stunde. Schlagen Sie ein, Herr Willi. Nutzen Sie die Zeit.

WILLI: Solche Sprüche kenn ich von mir. Erzählen Sie mir übers Wetter, aber nennen nicht mehr diesen dummen Namen: Lombard.

AGENT: Der wird Sie so nicht fallen lassen, Herr Willi, Gift drauf.

WILLI: Das nimmt er aber selber. Bitte, was sagen Sie nun?

AGENT: Was ich dazu sag? (*Tritt auf ihn zu, streckt ihm die Hand entgegen.*) Jetzt nicht mehr wackeln, Herr Willi. Jetzt ein freundliches Gesicht. Wenn's mal bergab geht mit dem Hügel, kriegen Sie aus Lombard nichts mehr raus! (*Willi entzieht ihm demonstrativ die Hand.*) Lombard kann auf Sie setzen, aber auch auf andere.

WILLI: Da gibt's nichts Vergleichbares hier.

AGENT: Außer vielleicht die Jause vom Herrn Kurt.

WILLI: Der Kurt?! Der Ritzenkurt?! – Aber das kommt ja wohl gar nicht in Frage.

AGENT: Kenn einer den Lombard. Der hat manchmal seltsame Ideen.

WILLI: Aber das hat denn doch mit Berg nichts mehr zu tun.

AGENT (*abwägend, aufreizend*): Es ist der Fuß.

WILLI: Das ist kein Fuß, mein Herr. Das ist ein Hühnerauge.

AGENT (*Kronleuchter*): Jaaa. Richtig. Und wenn man unten draufdrückt, dann gehen Ihnen hier die Gräten in die Luft, dann – (*Am Eingang ist Eurydike aufgetaucht.*) Sie! Da hat sich aber mal ne wirkliche Schönheit raufverirrt. Meinen Sie nicht, das wär der richtige Grund, eine kleine Verschnaufpause einzulegen.

WILLI: Und wie ich das sehe, haben sich ganz andre Leute im Lokal geirrt. Marsch! Schnüren Sie Ihr Bündel.

AGENT: Im Gegenteil. Jetzt erleben Sie mich mal in meiner Eigenschaft als Gast.

WILLI: Haben Sie sich gedacht. Hier wird nicht jeder bewirtet, sagen Sie das weiter.

AGENT (*knistert mit Scheinen*): Wenn man den genügenden Strom hat –?

WILLI: Nee, nee, mein schöner Herr, das ist hier mehr so wie die Gnade Gottes. (*Läßt ihn stehen. Drohend ab zum Eingang.*)

Im Hotel mir vom Stubenmädchen zwei doppelte Malteser raufbringen lassen, die sie mir mit gesenktem Blick servierte. Im Radio Brahmsmotette «Laß dich nur nichts dauren» und im Anschluß Mendelssohn-Fassung «Aus tiefer Not schrei ich zu Dir». Halben «Lombard» nochmal für mich allein gelesen und – absolut! Aber ja! – eine Mischung aus Anzeigegestus und populärem Idiom wie ich sie vor mir noch auf keiner Bühne habe wahrnehmen können. Andererseits, wer kennt nicht die gegen jeden Einwand gefeite Liebe der Mütter zu ihren Kindern – zumal den mißratenen – und die Uneinsichtigkeit des Erfinders gegen die bekannten Einwände der Analogiekritik. Ernsthafte Gedanken an Rückzug auf ganzer Linie. Ab morgen mit Macht an die «Memos»! Nochmals vollkommen unsichere Partie, aber ich muß mich durchprobieren, im Zweifelsfall einzig u. allein auf mich selbst gestellt und ohne das hinderliche Dazwischengequatsche von Medien und Mittelspersonen. Die Verlockung einer stillen Irrenanstalt am Rande der Stadt, einen Doktor meines Vertrauens mit jedem Gift in meiner Nähe, anspruchsloser, aber in jedem Fall ehrlicher Gedankenaustausch unter Verrückten.

Als Asso: Pound in seinem Käfig auch so eine und m. E. nicht einmal verächtliche Rolle. «USURA» – das Land der unbegrenzten Käuflichkeit, und der nur deshalb mit dem Faschismus paktierte, weil er die eigenen Leute nicht für God's own folks hielt. Auch Céline und (in modifizierter Weise) Gottfried Benn gar nicht so weit aus der Richtung. Wen der Kapitalismus einfach durch die Roste rasseln läßt, und er hat vorher keine sozialistische Sozialisation genossen, der kommt manchmal auf seltsam aus der Richtung weichende Ideen.

24. Juni. Kaum geschlafen. Zerrüttet. Zerraucht. Im Zug eben «Lombard»-Korrekturen und gar nichts blickt mich mehr freundlich an. In der ZEIT Artikel über «Beziehungsprobleme» von Jugendlichen: Der Hilflose und die Haltsuchende versichern sich ihrer gemeinsamen Andockstellen, und über allem der zwischen Schwachpunkten und Reizstellen frei flottierende Abrichtungspluralismus des Unterhaltungs- und Zerstreuungsmarktes. Jugendliches Selbststimmungsbegehren, vom Dispersionbiz eisern an die Leine genommen und in die Irre geführt. Mentalitäten und Persönlichkeitsideale als Marktprodukte und der Markt mit seinen schnell wechselnden Moden als von nichts u. niemandem mehr angefochtene Autorität. Kann kein Elternhaus, keine Schule, keine Kirche, kein sozialistischer Arbeiterbildungsverein mehr gegenanerziehen. Die eben noch so benannte «Konsumscheiße» durch die Gier nach immer neu gestylter oder verpackter Ware ersetzt. Ach, weg damit, sollen andere drüber schreiben. Wir, ohnehin längst zum alten Eisen sortiert u. in nur noch lächerlichem Beleidigtsein an unseren Roststellen kratzend.

26. 6. 71. Gestern in alten Familienschriften u. Dokumenten gekramt u. auf die kleine Broschüre über Heinrich Daniel Rühmkorff gestoßen, Erfinder des Funkeninduktors, dessen Geist noch in allen Autoanlassern weiterramentert. Drama «Erfinder» – eine m. E. unverfängliche Spezies, an der sich noch so etwas wie Verkennung nebst angeschlossener Auferstehung u. Apotheose exemplifizieren ließe. Aber wer weiß, vielleicht wäre damit unwiderruflich der eigene Weg in den Schulfunk festgeschrieben. Abends wieder mal (was anscheinend kein Ende nehmen will) Dichter auf dem Markt im Verein mit Uwe Timm, Rexhausen pp, aber das Publikum

verkommt zusehends und applaudiert an den fadenscheinigsten Stellen. Jetzt Balkon, unter dem es dahinwogt, schwabbelnd wie ein Nereiden- oder Bacchantinnenzug. Grünes Sommergezweig in den Händen, mit denen es mutigwillig auf die gelben Altrosenköpfe lospeitscht. Lustiges Schweinegequieke. Verwüstungsfeldzug. Zum Runterspringen!

27. Juni. Fahrt mit Schlenzer, Madame Lehmann-Slevogt, der Werner-family nach Roseburg, wo sich Schls. vor paar Monaten noch abwehrend erhobene Hände auf einmal beschaulich-bedenklich zu falten begannen. Hielt – Architekt im urbanen Sanitärbereich – das Kätchen zunächst für rettungslos moribund u. einen Fall für die Abrißbirne. Nun so etwas wie ein verwundertes Begreifen, daß auch ein alter aufgegebener Baumstumpf nochmal ausschlagen kann. Wiederauferstehungsmythen: man muß nur rechtzeitig dran glauben. Anschließend Besuch in Marens mit viel Kunstaufwand restaurierter Mühle und ohne jede weitere Erklärung überzeugendes Rettungswerk. Stehen allerdings auch ganz andere Geldmittel dahinter, u. a. mir Zahn um Zahn aus dem Mund gezogene. Der Doktor, der sich – ultralinker Luxus unserer Supraliberalen – einmal wöchentlich die «Peking-Rundschau» spendiert, die im Wartezimmer öffentlich ausliegt u. von keinem Klienten als anstößig empfunden wird. Liebe Frau Manon (Grisebach) – alte Freundin aus dem Pyritz-Seminar – lehrt inzwischen selbst an der Uni und versucht sich, mit bemerkenswertem Anklang bei ihren Studis, an einem neuen Glaubensfundament aus Lukács-Ziegeln. Alles schätzenswerte Versuche, die Ost-West-Gegensätze als «aufgehoben» erscheinen zu lassen, obwohl Lukács – für mich u. die meinen (Döblin, Brecht, Benn pp) – auch nicht gerade die wahre Erlösungslehre.

2. Juli. Nachhilfe Barmbek u. schon auf der Hinfahrt an nichts als langsamen u. schmerzlosen Rückzug gedacht. Dann der fürchterliche Heim-Hund, unerziehbar wie ein australischer Beutelwolf, nur durch ne Handvoll Knackwürschte, schnell noch bei Schlachter Hinck gekauft, für Minuten friedlich zu stellen. Zermalmte die Bestechungsgaben auf einen lieblosen Haps u. verschlich sich mit scheelen Blicken, als ob ich noch heimlich etwas für mich zurückbehalten hätte. Als Al. nochmal schnell mit ihm um den Block peesen wollte, mich probehalber in der Souterrainküche nach etwas Eßbarem umgesehen, aber der Kühlschrank nur mit stinkendem Pansen und Rinderlungenröhricht gefüllt. Mich über dem Handstein erbrochen, Brille ab, Marens Provisorium raus und mir schnell die Zähne geputzt, und erst beim Wiedereinsetzen bemerkt, daß ich den ganzen Mund voller Ameisen hatte. Furchtbar gespuckt u. hinterher Al. angeschrien, hier liefe das Ungeziefer bereits auf dem Waschbecken rum. Lieblose Lehrtätigkeit, die sie mir durch besondere Zärtlichkeiten zu versüßen trachtete, aber ich hatte Hunger und nur Heimkehr und Einkehr im Sinn u. verabschiedete mich aufs Unbestimmte. Am schwierigsten nach solchen verschmissenen Tagen immer das scheinunbefangene Öffnen der Haustür und der erste Schritt ins Wohnstübchen. Ganzer Kopf summt von Adressen, Hausnummern, Namen, Gelegenheiten, bis man am Ende selbst nicht mehr weiß, wo man war, und auf gut Glück einfach «Zenko» sagt.

So. 3. Juli. Radio. «Aus dem Traumland der Operette» und wieder mal belehrt, was ich nie lernen werde: populistische Libretti.

Er: Es ist fürwahr ein hartes Los
ein Waisenkind zu sein.
Und Witwer obendrein.
Chor: Armer Teufel!
Sie: Armer Pirat, bist du mit mir zufrieden? –

Glaubte neulich, bei der Reitbahn Ulrike Meinhof gesehn zu haben. Fuhr zweimal ganz langsam mit dem Auto an ihr vorbei: längeres mittelblondes Haar, randlose Brille, etwas verschwollenes Gesicht u. ein leicht geröteter sowohl wie faltig geblähter Hals. Antje M. davon erzählt und von ihr erfahren, daß sie vor kurzem in einer Mottenburger Kneipe ähnliche Beobachtungen gemacht hätte. A.: «Wären billige 10 000 Mark gewesen. Ist doch immer noch besser, wenn ne arme Genossin bißchen versorgt wird als irgendson XY-Typ.» Satyrspiele neben dem ganzen scheinrevolutionären Helden- und Heroinentheater. Nichts zum Dranglauben mehr, von Freude gar nicht zu reden.

5. 7. Traum: Auf meinem Bett liegend, sehe ich, daß die Tapete sich wellt. Ziehe an den weichen, schleimig-leimig sich lösenden Falten: da kommt eine Hand hervor, dann ein langer Arm mit einem Stückchen weißer Manschette. Aufgewacht mit dem Schrei: «Ihr Hunde! Ihr Hunde!»

Asso: Gestern abend TV: Beuys wieder mal soooo groß mit Hut. Formt vor seiner lammfrommen Selbstfindungsgemeinde Luftplastiken mit der Hand aus dem Nichts – seht was ich euch alles ohne Hilfsmittel und Vorkenntnisse vor Augen zaubern kann. Sprach von «abgehäuteter, skelettierter Hand», dazu hohle weit ausholende Gesten. Eine pontifikale Schnupfnase.

8. Juli. Aleke auf die «Hamlet» gebracht, Überfahrt nach England im Liegestuhl, welche seltsamen Gelüste und Molesten. Durfte nicht mit aufs Schiff u. nur von der Mole aus winken: das völlig verwirrte Kind wie ein herrenloses Hündchen an der Reling hin und her. Mit dem Auto voraus nach Oev., um wenigstens von meinem Elbbalkon aus mit blauem Erkennungshemd Abschiedsgruß mit auf die Reise zu geben. Das PS-starke Schiff sauste aber nur wie ein weißer Wischer an dem schmalen Auslug zwischen den Linden vorbei.

9. Juli. E. mit Susanne P. nach Warnsdorf. Abends bei Wandrey u. mich fast blind getrunken. Ein fröhlicher junger Mann redet unentwegt auf mich ein und glaubt, mir mit dem Ausdruck «unpraktische Intellektuellenkunst» besonderes Vergnügen zu bereiten. Zog ihm ziemlich heftig mit dem harten Brotkanten eins über die Nase, da kuckte er auf einmal ganz fromm. Um 4.00 nach St. P. u. neue Tamara kennengelernt. Saß im Leuchtrahmen einer Kneipe auf hohem Barhocker und striegelte mir ihr mindestens 2 Meter langes Blondhaar entgegen – eine gemästete Loreley – und schmiß mir weiche Himbeerschmatze zu. Zwei Ponys spendiert, worauf sie mir unbedingt ihre Guppys zeigen wollte, aber ich sagte, mein Tag wäre praktisch gelaufen, und wenn sie noch etwas die Stellung hielte, käme ich in paar Tagen wieder vorbei. Hinterher Bratwurstbude, wo ich den Senf gleich teelöffelweise in mich einschlürfte. Etsche Biedermann u. Gitta getroffen (mein Studentengeschwäger), die mich um 6.00 mit nachhause nahmen. – In den letzten Wochen viel an Roman (oder Film-Skript) «Doppelkopf» gedacht. Meine zwei Leben stehen in keinem geordneten Verhältnis mehr zueinander. Daß ich nicht bereits völlig auseinandergefallen bin, fast ein artistischer Balanceakt.

10. Juli. Anruf Klaus Juncker, Rowohlt, Theater in D-Dorf wolle «Volsinii» in der Saison 72/73 auf die Bretter hieven. Da wäre «ein interessantes Linkskollektiv». Welche Begriffe mittlerweile bis in die konservativeren Ecken des Verlages vorgedrungen sind und für was man mich hält?! Das Ding will auf eine ganz normale Bühne – und zwar als Guckkastenwunder – und nur ja nicht bereits bei den Proben in linken Rechthaberdiskussionen aufgerieben werden. Viel «interessanter» für mich, wie der Zeitgeist sich auf einmal zu wenden vermag und die Windmaschinen von einem Tag auf den andern in die entgegengesetzte Richtung blasen können. Ost-Berlin hat gecancelled, und sofort steigt der Kurs meiner Aktien am westlichen Werthimmel.

16. Juli. Kaum daß die Sonne durchgebrochen ist, der Tag schon wieder durch Nonsensetelefonate verdorben. 1. Anruf Frescobaldi: Man müsse «etwas in Sachen Ulrike unternehmen». Ja, was denn? Wie denn? Auf wen einwirken? Den Staat? Eine mir unbekannte Sympathisantengalerie? Auf ihr Denkzentrum? – 2. Die Mutter, die meinte mir zur Hilfe kommen zu müssen, weil Eva verreist ist. Sich an ihre Stelle setzen wollen immer wieder, sich zur Freude, mir zur Last. – 3. Steffens («konkret»): ich müsse einen Artikel gegen Günter Grass schreiben, der in der SZ «konkret» verlästert, aber mich als leuchtende Ausnahme herausgestrichen habe. Von allen nur denkbaren Seiten her wird versucht, an mir herumzudrücken u. mich umzumodeln. Ich denke nicht daran, mich so oder so zu fügen, aber registriere die Druckstellen mit wachsender Unlust.

17. Juli. Pochende Kopfschmerzen, Müdigkeit, steifes Genick. Trotzdem abends zu Luckows, Ashausen. Wie froh ich

bin, das lange Stück Land am Mondscheinweg abgestoßen u. stattdessen das Kätchen in Roseburg erworben zu haben. Endlose 4000 m² von grad mal eben 70 Metern Breite, sehr idyllisch zunächst als Heidekuppe mit lichtem Kiefernbestand angesetzt, die sich freilich ein bißchen jäh zu einem schwer passierbaren Erlenbruch absenkt und unten von einem flinken Forellenbächlein als natürlicher Grenze gesäumt wird. Auf den ersten Blick alles sehr einladend, aber leider von Nachbarschaften bedrängt, die mir schon bei der ersten Begrüßung ins Hausbauen reinreden wollten. Nun – ein Wirtschaftswunder im Kleinen – durch einen zwischenzeitlich in der Nähe angelegten Golfplatz mächtig im Wert gestiegen u. von mir für das Doppelte des Kaufpreises weiter veräußert. Gelernt, daß man Land nur lange genug liegen lassen muß, um am Ende mit Gewinn auszusteigen.

Unschuldige Marion, die außer im Petriconi-Seminar und im heimischen Heidschnuckenstall kaum mit unzüchtigen Szenen in Berührung gekommen sein dürfte, als De-Sade-Übersetzerin für Meyer-Merlin, was mir fast so abstrus erscheint wie Ulrike Meinhof als Verfasserin von RAF-Revolutionsaufrufen. Hat m. E. von Tuten u. Blasen nur begrenzte Kenntnisse, u. wer ihr für das Wort «masturbieren» das mir unbekannte «bohnen» eingeblasen hat, ist mir gänzlich unerfindlich.

Mi. 21. Juli. VVM-Paralipomena sortiert u. Max Meibohms maritime Ergänzungsbeiträge entsprechend berücksichtigt.

Auf jedem Schiff, das dampft und segelt,
Ist einer, der die Waschfrau vögelt.

Bronchitis u. zu Frau Dr. Nethe, Hausärztin hc, weil sie die erbetenen Antibiotika sofort verschreibt u. die kurze Prozedur nicht mit langen Besorgnistiraden begleitet. Auf keinen Fall jetzt zu Bett. Wer erst liegt, der liegt, und er steht auch so bald nicht mehr auf. Mittags Spaghetti mit Sugo u. durchschlagpapierfeinem Katenschinken. Bei vorherrschendem Heißhunger ganze Hirndecke als ein zweites Gaumendach empfunden. Anschließend Jakob-Böhme-Biografie (rororo). Laut Hegel «der erste deutsche Philosoph» und, allerdings, ein pochendes erkenntnishungriges Herz in der engen Schusterstube. Bei Lichte und nicht durch die Schusterkugel betrachtet aber auch nur eine Art von Erleuchtungslehre, «inflammiert» allein durch eine verführerisch schöne Sprache.

Als verwunderlich empfunden, aus welchen klerikalen Krakenarmen sich die Philosophie derzeit erstmal befreien mußte, um sich als eine eigene Disziplin zu konstituieren. Von Enlightenment im Sinne der späteren englischen Aufklärung dennoch um einige Lichtjahre entfernt. Obwohl die Erscheinungswelt zum ersten Mal ernsthaft als Erkenntnisgegenstand wahrgenommen wird, verlieren sich die einzelnen Erkenntnisschritte hoffnungslos in subjektiven Offenbahrungswahrheiten. Heißt, sogenannten «Erscheinungen», die man objektiv auch bunten Gedankenspuk nennen könnte. Das Verdienst, dieses Niflheim der Philosophie nachhaltig durchdrungen zu haben, eigentlich erst dem verachteten Julien Offray de LaMettrie zu verdanken, mit dessen «L'homme machine» der gesamten ahndevollen Zunft ein versehrendes Licht aufgesetzt wurde und den Leib-Seele-Wissenschaften (weit über Leibniz und Descartes hinaus) ein Weg zur allermodernsten Psycho-Neuro-Biochemie eröffnet. Siehe auch eigene Gedichtsammlung «Irdisches Vergnügen in g» («Sentimentalisch II», 1957/58):

Oh Lieb, mein Lieb, oh l' homme machine,
den Schwur ins Ohrenschmalz geritzt,
du wiegst, wo du die Düne trittst,
den Globus in den Knien.

P.S. Insofern LaMettries graphomanische Anwandlung schon früh für mich in Anspruch u. als psycho-phono-graphischen Wirkungszusammenhang beim Wort genommen.

22. Juli. Vor paar Tagen Dorothee beim Spaziermarsch überholt und im schnellen Vorbei nur gedacht «schöne Puppe», als sie mir auf einmal schulmädchenmäßig in den Rücken stupste. Dann gemeinsames Loslachen, Ohjadu. Abends sie aus dem Garten nach oben gelockt, um gemeinsam «Moby Dick»-Film zu sehen. Hatte schon seinen eigenen Wellengang und war mit Kirk Douglas als Käptn Ahab auch ganz proper besetzt, aber an das Strömen und Fluten und das feine Wellengekräusel der Sprache kommt im Kino so leicht nichts heran. In das Medium Film übersetzen läßt sich eigentlich nur, wenn ordentlich was los ist. Schon bei so einfachen Detailschilderungen wie «Die ursprünglich in der Großfischerei benutzte Fangleine war aus bestem Hanf und nur leicht mit Teer überstrichen, nicht etwa getränkt wie gewöhnliches Tauwerk» erwebt sich die Sprache ein eigenes Gewand noch einmal in engster Tuchfühlung zu ihren Betrachtungsgegenständen, wobei wir ihr mimetisches Wirken wortwörtlich mitverfolgen können. Alte Thesi-Mutzenbecher/Ernst-Schnabel-Übersetzung von 1946 eigentlich gar nicht so schlecht und der Kielspur des Origi-

nals selbst bei schwerer See bemerkenswert schwankungsgetreu angepaßt. A-6-Patent (für große Fahrt) an beide Übersetzer.

Und welch ein Menschen-Dichter-Schicksal wieder mal dahinter aus öffentlicher Mißachtung und Verkennung. Zweierlei Phänomene, die einen veranlassen könnten, die Feder endgültig niederzulegen. Erstens, die Uneinholbarkeit solcher literarischen Größen wie Melville. Und zum andern der unansehnliche rotzgrüne Spülsaum der Szene.

23. Juli. Beerdigung von Petra Schelm (B&M). Fünfzig rotbeflaggte junge Leute am Grab. Keine Ausschreitungen, kein Volksaufstand, keine Krawalle, nur unverhältnismäßig viel Polizei drumherum als amtlich verfügtes Straßenbegleitgrün. So wird die «Bewegung» mehr und mehr zum Leichenzug.

Sa. 31. Juli. Seit einer Woche Grippe, aber keine nur sogenannte – sie schleift sich schon seit Wochen wie ein richtiges Leichentuch übers Land. Und immer wieder die Nerven-die-Nerven, die mich mitleidslos aus dem Bett treiben. Bis z. 29. Besuch mit E. bei der Mutter in Warstade. Autofahrt an den Balksee und ein so widrig noch nie erlebtes Unbehagen in der Kultur. Wo wir früher mit hochgekrempelten Manchesterbüxen durch die Sümpfe stakten, und das Wollgras strich einem sanft um die Waden und die Rohrdommeln («Pst!») uhummten im Schilf, jetzt das ganze Gelände bis zum Uferrand mit Ytong-Steinen durchgepflastert. Auch so dänisch-schwedische Urlauberbuden-juchheirassa und Hawaiiblumenüberfallbäuche beim Federballspiel, nicht mal technisch artistisch bravourös, bloß doof. Das große Graue, das wieder mal auf mich zukommt. Spaziergänge in der Wingst – eiszeitliche Endmoräne mit ihrer höchsten Erhebung, dem «Olymp» und meinem ehemaligen Klassenkameraden Willi Eimers als Gipfelwirt – aber ich schaffte es nicht bis nach oben und schurrte nur lieblos-lustlos in den unteren Ablagerungen herum. Ein verfehltes Leben, das schon froh ist, wenn es mit der Fußspitze ein paar unansehnliche Petrefakten aufwirft. Ein Viertelchen Seeigel hier, eine abgebrochene Belemnitenspitze dort. Am Freitag mit E. nach Roseburg zurück. Magenschmerzen. Koliken.

Es ist das Leben selbst, das die wahren Entwicklungsromane schreibt, und die müssen nicht unbedingt aussehen wie bei Anaïs Nin oder Géza Csáth.

Traum. Besuch bei Walser. Sämtliches Mobiliar, Sessel, Tisch, Anrichte, Sofa, Stühle mit Rollen versehen. Ein stattlich fülliges Mädchen, das sich verabschiedet. Auf Couch hingelagert, benutze ich den rechten Fuß als Antriebspedal und radle von einem Zimmer ins andre, wobei ich unvermittelt eine Blumenvase umstoße. Wasser ergießt sich auf den Parkettfußboden, ein Blumenstrauß landet in der Pfütze. Plötzlich buntes Familientreiben um mich herum, u. a. Walsers Mutter u. ein Haufen kleiner Kinder. Die Mutter, die mich beschwichtigt, daß der Schaden gering sei. Assos: W., der sich neuerdings der DKP angenähert hat, nach meiner Einschätzung reichlich mobiler Charakter. Der erhoffte Blumenpott von Seiten neu gewonnener kommunistischer Genossen eine reichlich kipplige Angelegenheit. Auf einer zweiten Verständigungsebene als Allegorie meiner eigenen Aversionen gegen ein sogenanntes «mobiles Theater» zu verstehen.

8. 8. Nieszwang u. die Befürchtung einer neuartigen Allergie, wenn nicht Beginn einer drohenden Zwangsneurose. Vielleicht auch nur fehlgeleiteter Produktionstrieb, da tagelang wie gelähmt vor der Schreibmaschine. Finde keinen angemessenen Duktus für das Memo-Projekt «Ein Viertel Jahrhundert». Dabei ging mir die Sache zunächst ganz unangestrengt von der Hand, flotte Rapidklaue, alles notiert sich einfach so hin, eine literarische Fortschreibungsweise, die mit dem verschachtelten Periodenbau meiner kultur- u. gesellschaftskritischen Prosen kaum noch etwas zu tun hat. Selbst die Zack-zack-Dialoge meiner Theaterstücke wirken stilbildend, mutmachend, beispielgebend auf die Lust an schnellen Schraffuren voraus.

Anhaltendes Interesse an diesem randständigen Typus subjektiver Privatgeschichtsschreibung. Allerdings Sartre, «Die Wörter», vor kurzem bei Ro erschienen, trotz vorzüglicher Hochachtung der gesamten Rezensentenwelt – Hans Mayer als ähnlich konditionierter Kathedergalopper immer vorneweg – seltsam abgehoben an meinen mir eingeborenen Interessen nebst dörflich konditionierter Sehweise vorbei. Schreibt nicht ohne einen gewissen Anflug von Selbstgefälligkeit, daß er nie Höhlen gebaut und Vogelnester ausgenommen habe. Alles nur über Bücher erfahren und sich die Welt als Lesestoff angeeignet. Sein unleugbares Flair für feine und feinere Sinneswahrnehmungen insofern vornehmlich dem erotisch ionisierten Air von abendlichen Lesesaalaufenthalten und heimlich-unheimlichen Bibliotheksbegegnungen zugewandt (s. «Der Pfahl im Fleische», s. auch «Der Ekel» pp), und wer je nachempfinden möchte, wie sich nackte Lebenslust an Büchermilbenstaub verköstigt, der kann sich seine eigene reduzierte Lebenswahrheit («Ich exi – tot») hier schon eindrucksvoll vorbuchstabieren lassen.

(In tot-o! – ganz großer Mann, nur leider durch die Schule unseres Todtnau-Bergbauernbuben gegangen, was ihn philosophisch niemals auf die wirklichen Gipfelhöhen eines «hedonistischen Humanismus» geführt hat.)

9. 8. Die Mädchen aus den Sommerferien zurück und gemeinsame Autofahrt mit Erich (maisgoldener Alfa Romeo Giulia Sprint) ins Lauenburgische. In Roseburg nur mal kurz ums Haus herum, absichernde Blicke nach allen Seiten, dann weiter über die Dörfer zum Schaalsee. Ganz SH wie aus einem Bilderbuch des ausgehenden 19. Jahrhunderts geschnitten, bäuerlicher Jugendstil u. fast schon völkisch. Der Himmel in jeder Straßenkurve anders. Bäume und Sträucher an jedem Knick neu sortiert, weil einfach sich selbst überlassen. Dunkelvorgewittriger Tag, der das Blattwerk der Eichen schwarzgrün gegen den wechselgrauen Himmel abhebt, aber in mindestens 20 Farbabstufungen prunkend. Dann die winzige dörperliche Badestelle hinter Seedorf, wo sich die arbeitsunwillige Jugend der umliegenden Ortschaften ihrer wohlgewachsenen Leiber erfreute – Erich u. ich mit unersättlichen Altemänneraugen am Ufer. Al. u. Schascha (Nulli), die im Nu zwischen den angrenzenden Weidenbüschen verschwunden waren u. als Bikini-Najaden wieder hervortraten: das Gezweig wie einen Bühnenvorhang auseinanderschlagend, dann kleiner Knicks, und Hand in Hand vom ziemlich weit ausgezogenen Bootsanliegersteg ins Wasser gejumpt. Zum ersten Mal die sonst immer wild kostümierte Nulli in ihrer wahren Gestalt zur Kenntnis genommen – eher mit Augen umsogen – nahezu nackt u. ferienbraun in ihrem einschneidenden Zweiteiler, hinten zwischen den Schultern u. seitlich an den Hüften von güldenen Messingringen zusammengehalten.

Erich – bekannt, aber man wird weiter nachfragen müssen – mit bereits vertrauter Entsagungsgeste über die Schulter gegen den Rücken, aber hatte selbst die mir von Müff vermachte gepantherte Badehose dabei und sagte (was beim Notieren beinah noch nachschmerzt), «doch, ich muß da mal kurz hinterher». – Wirklich wahrer Grund, daß ich gerade ganz hübsches Fell hatte, weil halben Sommer lang mal in Bauch-, mal in Rückenlage auf dem Balkon gearbeitet, und das wollte ich zeigen. Allerdings kein besonders guter Schwimmer (gerade eben mal Frei- und zu Dreiviertelstunden hatte es schon nicht mehr gereicht), während sich unsere Fräulchens weit ins Wasser hinausgewagt hatten und mir v. ferne aus lange Nasen zogen. Schrie wie ein Ertrinkender «help-help!», was augenblicklich den bekannten Rettungsschwimmertrieb in ihnen auslöste und sie mit weit ausholenden Armen auf mich zu schaufeln ließ.

Braunblanker Fischotter Schascha als erste am Ziel, der ich mich einfach nur so auf dem Rücken dahintreiben ließ und mit Hacken u. Händen so'n bißchen rumpaddelte, aber dann fühlte ich mich auch bereits von unvermutet kräftigen Beinscheren in die Zange genommen und von ebenso kräftige Armen/Händen untergedükert, daß ich erstmal halben Liter Wasser schluckte und mich irgendwie-irgendwo festzuhalten suchte. Da sich als nächstes der goldene Rückenring anbot, meinen hilfesuchenden Zeigefinger wie einen Notanker eingehakt, und dann hatte ich sie auf einmal selbst in der Hand – die legendäre «Borstenfrucht». Nur für paar kurze Sekunden, allerdings lange genug, um uns konspirativ zuzuplinkern und wechselseitig Wasser ins Gesicht zu prusten. Dann auch schon Aleke mit blauen Froschaugen und auf und ab schwappendem Medizinballarsch zur Stelle, und wir beiden submarinen Verschwörer scheinunschuldig wieder auseinander. In gemeinsamer Dreierstaffel ans Ufer u. den etwas verloren wirkenden Erich ordentlich naßgespritzt, um ihn wenigstens andeutungsweise in unsere Wasserfreuden einzubeziehen.

17.00 und im gegenüberliegenden Gasthof ‹Strammen Max› bestellt, für die Herren paar Apfelkörner vorweg, für die Damen grüne Waldmeisterbrause. Al. in ihrem vegetarischen Wahn erstmal die ganzen Speck- und Schinkenplöckchen rausgefummelt, die ihr das Nüllchen gierig vom Tellerrand wegpickte. Erich leider noch immer ein bißchen grämlich ergraut, was ich ungern sah u. was bei nachfolgenden Pils-Tulpen richtig ernstgemeinte Gelübde in mir aufperlen ließ. Dann lustiges A-la-quatre-cœur-Geklicker und offensichtlich bereits verflogene Schatten, und weil wir vier Vollgefressenen allesamt meinten, daß nun erstmal ein richtiger Spaziergang fällig wäre, uns in zwei Kartoffelfurchen hinter- und nebeneinander über die Äcker bewegt. ER, der zum Spaß mit dem Fuß die ersten Kinderkartoffeln aufwarf, was die Mädchen über die Maßen erstaunte. Kannten Pataten nur in geschälter u. gekochter Form, das Nüllchen beinah nur als Chips oder Fritten, und hatten keine Ahnung, wie WG-mäßig die da unten im Boden zusammenklumpten u. wie hoch sie oben ins Kraut schossen. Waren auch sonst ziemlich unbeschlagen im Hinblick auf die große weite Welt außerhalb des Stadtrandes. Wußten nicht, was Bucheckern sind, Stinkmorcheln, Eier- und Flaschenboviste, Schafgarbe oder Rainfarn. Auch bei Lupinen, Rapsfluchten, Roggen, Weizen, Gerste, Hafer, Mais allgemein nur Hekuba angesagt. Endmoränen, Mergelgruben, Kies- und Grandkuhlen absolut unbekanntes Gelände und konnten keine Buche von einer Ulme unterscheiden, bis ich schließlich fragte: «Was lernt ihr heute eigentlich auf der Schule?» Erich: «Wie Che Guevara sich mit der Machete einen Pfad durch den bolivianischen Urwald gehauen hat und mit der linken Hand noch schnell paar Konterrevolutionäre erledigt u. drei Anakondas erwürgt.» Kassierte dafür sonen richtig linksradikalen Arschschubs von seiner Guerillera, der allerdings auf eine vorsorglich abwehrbereite Hüfte traf, daß das Nüllchen – plumps – auf eine Krautschütte voller eindrucksvoll gestreifter Kartoffelkäfer fiel: «I, was sind denn das für komische Dinger?!» – Erich: «Die haben die Engländer im Krieg mit ihren Bristol-Blenheim-Bombern über Deutschland abgeworfen, und dann haben sie unsere sämtlichen Kartoffeln aufgefressen, und wir haben den Krieg verloren.»

Auf der Rückfahrt nochmal langsam am Haus vorbei, worauf ER, «wenn das wirklich was wird, wird es wunderbar, so ein richtiges Malepartus». Fragte noch, was ich eigentlich mit der riesigen Tenne vorhätte – fast schon Tanzarena in dem sonst eher recht bescheidenen Räucherkätchen –, und ich sagte: «Das wirst du nicht glauben, aber das wird mal ne kleine Probebühne für meine unaufgeführten Stücke.»

19. 8. Musil-Tagebücher. Setzen viel Werkkenntnisse u. noch mehr Interesse an einer doch recht seltsam zusammengebackenen Problemnatur voraus. Ein pointillistisches Patchwork aus Selbst-, Welt- und Werkbetrachtungen, das aufs Ganze aber weder eine perspektivische Längsschnittdramaturgie noch ein sinnreich verfaßtes Selbstporträt erkennen läßt. Alles-in-allem ein ziemlich unspezifisches Geschiebe aus tektonisch wild verschmissenen Schichten

der Persönlichkeit. Im Gegensatz zu beispielsweise Ringelnatz will sich hier kein autobiografischer Lebensfaden entrollen, dessen Verlauf man über alle Höhen, Tiefen, Länder und Meere hin verfolgen möchte. Intellektueller Querulantismus bildet noch keine Organisationsform u. eine durchaus goldhaltige Geröllhalde noch keinen ernstzunehmenden Erbauungsgegenstand. Dabei stellenweise Aperçus von einer (wie sagen wir es angemessen?) fast himmlischen Sagazität, z. B.: «Ich habe 1931 Wien verlassen, weil Rot und Schwarz darin einig gewesen sind, in Wildgans einen großen österreichischen Dichter verloren zu haben.»

P.S. Mein altes Reden von der bis an den Rand des konspirativen Wahnsinns grenzenden Überschätzung Thomas Bernhards als großem Neuerer schlechthin und als lyrischem Funkeninduktor im besonderen. Hab vergessen, ob seinerzeit kurz rezensiert oder nur als Nullnummer der Saison privat zur Kenntnis genommen. Sein Gedichtband «Unter dem Eisen des Mondes», 1958 bei K & W erschienen, für meinen Geschmack damals gerade mal die Quersumme aller seinerzeit gängigen Moden u. Meinungen, und genau diesen level gehalten zu haben, zählt m. E. zu einem nachweisbar durchgängigen Erfolgsrezept. Im Zitat:

HINTER dem schwarzen Wald
verbrenne ich dieses Feuer meiner Seele
in dem der Atem der Städte flackert
und die Amsel der Angst.
Mit bloßen Händen erschlage ich diese Flammen
die der Luft ins Gehirn steigen
und in meinem Namen zittern.

Dagegen ein seinerzeit noch nicht mal einer Buchpublikation für würdig befundener Autor «Im Vollbesitz seiner Zweifel» – a b e r: wußte natürlich schon, wer er war und gegen welche geschlossene Gesellschaft von Restaurations-Rezensenten e. V. er sich erst einmal zu behaupten hatte.

Im Vollbesitz seiner Zweifel

Nicht zu predigen, habe ich mich an diesem Holztisch niedergelassen
nicht, mir den Hals nach dem Höheren zu verdrehen,
sondern mir schmecken zu lassen dies:
Matjes mit Speckstibbel, Bohnen, Kartoffeln, Einssechzig;
Aal in Gelee, Kartoffelpüree, gemischten Salat, Zweiachtzig;
Kalbszüngerl mit Kraut, Zwomark;
Beefsteak a la Meyer, Erbsenundwurzeln, Zwozwanzig;
Rührei – Blumenkohl, Einemarkdreißigpfennige;
Fliederbeersuppe: Jawoll!
Wenn die Sonne, die Löwin, sich Glut aus der Mähne schüttelt,
und der Inhaber meines Mittagstisches die Markisen herunterläßt,
mache ich's mir bequem hinter der Zeitschrift für Armeirre:
Ei!
es hat sich wieder allerhand Rühmenswertes angesammelt
in unserer Erzdiözese.

«Mahlzeit» –
Eine Marienerscheinung mehr oder weniger macht noch keinen Himmel,
aber im ganzen gewaltig ist der Elan meines unaufgeklärten Jahrhunderts,
das noch den Kot der assyrischen Großkönige abtastet
nach Kohlenstoff vierzehn,
das

den Herren der Heerscharen preist in der Unsicherheits-Relation,
das
schon mit goldenen Bombern an seinem Untergang webt –
da sollte ich konkurrieren?
drei-mal-vier-Zeilen «Norddeutsche-reimlos»?
Oh, ich habe mein Maß und mein Bett und verbleibe
meiner Geranien Poet
und der Sänger meiner Gebrechen!

Der du auch einmal kamst, Bellarmin, dein gewaltiges Herz
unter Fünftausend zu brocken,
rück Stuhl und Leib zurecht, du findest
dich durch Schwerkraft genügend belegt, du spürst,
wie sich dein Auge machtvoll ins Endliche kehrt:
– Oh Lust am Greifbaren! –
wenn aller Anspruch abfällt, und eines doppeltgebrannten Sommers
Trank dir verheißend zum Mund geht ...
Ich sehe:
Ich sehe ein großes Motiv:
Ich sehe dich:
im Vollbesitz deiner Zweifel froh,
eine vergnügte Zunge gegen das Schweinsfleisch gezückt
(die soviel Unsägliches pflügte) –
Aber auch dies ist wohl unter Brüdern
seine Erschütterung wert.

War das Benn? War das Brecht? War das überhaupt eine lyrische Voltige, die sich via Analogieschluß noch einordnen ließ? Kaum etwas von alledem, u. daß einige Outbackrezensenten das mittlerweile z. Kenntnis genommen haben, scheint mir schon ein gewisser Achtungserfolg. Bloß daß die nämliche Verkennungslinie sich nun programmgemäß noch einmal auf dem Bühnenboden nachzuzeichnen beginnt u. gewisse Abweichungen v. d. vorgeschriebenen Spielregeln sich wiederum ohne jeden Zuspruch von einflußreichen Schaumlöffelschwingern durchzukämpfen haben. Viel Arno Holz gelesen in der letzten Zeit, aber nicht der seit dem Barock eingeführten Mittelachse wegen, sondern im Hinblick auf Generationenübergreifende, genossenschaftlich erlittene Tiefschläge.

Doller Exzentrikmusikant im Grunde – bzw. umständehalber – und wenn wer überhaupt von wem was ungenanntermaßen aufgesogen hat, dann Gottfried Benn von Holz.

Es bleibt sich gleich!

Es bleibt sich gleich!
Ob du ein sogenannter Glückspilz bist,
der bunte Wäsche trägt, Coupons abschneidet
und nur Havannas zu fünf Mark das Stück raucht,
ob du am Rand der staubigen Chaussee
blödsinnig niederkniest und Steine klopfst,
es bleibt sich gleich! Nur deine Brille tut's.
Der hohle Zahn, der dem Idioten weh tut,
schmerzt auch dem besten Mathematiker.
Und die Karriere, die der Leutnant X macht,
ist grad so glänzend und verführerisch,
wie die von seinem Putzer Y;
am Ende kommt der Totengräber Z,
macht: Papperlapapp, genehmigt sich ein Nordlicht
und pfeift auf beide …

Der Ruhm?

Der Ruhm?
Ein Ding, das unter sogenannten Brüdern
fast so reell wie eine Seifenblase?
Geh, laß dir deine Nase putzen, Junge!
Ein Rollmops, den die Mitwelt mit mir teilt,
wird mir unendlich schmeichelhafter sein,
als tausend stilgerechte Mausoleen,
die enthusiastisch mir die Nachwelt baut.
Auch ist es Lüge, daß die Liebe sich
mitunter auf ein Rosenblatt verirrt.
Auf dieses Monstrum hab ich Jagd gemacht
wie ein Professor, der Botanik liest,
vom Brocken bis zum Popokatepetl.
Doch, was die Dichter mir auch vorgefaselt,
ich fand sie all mein Lebtag nur im Kuhdreck!

20. 8. Zwei Monate nun schon eisern auf dem Trecker, «Die Jahre, die ihr kennt», praktisch ein Lebenslängsschnitt, gequantelt. Organologisch betrachtet, schachtelhalmförmiges Längenwachstum, ein sich nach oben stetig verjüngender Gliederbau. Aus einem tief greifenden u. weitverzweigten Rhizom emporsprossend und an den Gelenken sich quirlständig verzweigend: so das Leben en gros et en detail u. nicht wie Gottfried Benn von seiner Sitzriesenposition aus zu meinen neigte: fächerförmig und in Orangenschnittchen um eine dubiose Mitte herum organisiert. O r a n g e n s t i l: «alle großen Gedanken der Menschheit im Sitzen entwickelt» – was man als sprechendes Bild aber lieber nicht beim Wort nehmen sollte, man geriete sonst in die Nähe meiner frühen Bennparodie von 1958:

Philosophia per anum,
in die Reseden zum Schluß –:
So gefällt dein Arcanum
Restauratoribus.

Nevertheless, ganz großer Mann, und ihm über alle Verwerfungen der 67er/68er Anfeindungen die Treue gehalten. Nicht zuletzt weil so was verdammtnochmal Deutsches und – wie meine eigenen Gedichte – kaum in eine Fremdsprache zu übertragen. Alte Beobachtung und gewiß nicht nur Köhlerglaube, daß Firstclassübersetzer sich derart vorbehaltlos mit den Objekten ihrer Verehrung/Zuneigung gemein machen müssen, daß an ein eigenes Dichten dann nicht mehr zu denken ist. In dialektischer Betrachtung, die sich im Hinblick auf dies Spezialgeschäft fast von selber nahelegt: übersetzbar u. in eine fremde Sprache zu übertragen ist praktisch alles. Man muß nur (siehe z. B. Majakowskij mit seinen zahlreichen Hupperts u. Thossens u. von Guenthers) ein ganzes Leben dran geben, wozu gemeinhin wirklich nur globale Extragrößen verlocken.

(Rh: «Sarah Kirsch, das ist ja so was von übersetzbar.»)

Abends Skat bei Lerchers. Sagte zu Müff: «In Roseburg haben die Buddhisten ein ‹Haus der Stille› eingerichtet, da findet zwischen dem 15. u. 23. Oktober eine internationale Meditationswoche statt.» M., allen Ernstes empört: «Siehst du, nicht mal in Roseburg hat man seine Ruhe!»

6. Sept. Tief in Memos versackt, obwohl endlich mal das Gefühl, nicht völlig versumpft. Anruf v. Erich u. kurzer Ab-

stecher Ise – Heldenkunde. Alte Frage, was ein Autor einem Helden als erstes mit auf den Weg geben solle – eine Krankheit oder einen Beruf – wenigstens insoweit geklärt, als die Wunden offen zu Tage liegen.

Gleich zu Anfang die Sprache nochmal auf die leidige Brunnenszene in Viterbo gebracht u. gefragt, was ihn im Krieg eigentlich nach Italien verschlagen habe. Doch vergleichsweise günstige Wendung u. seinen antiquarischen Passionen auf eine fast schon schicksalhaft anmutende Weise angemessen.

Seine Antwort so überraschend wie bedenkenswert. Daß man über Schicksal, Fügungen und dergl. ewig müßig u. fruchtlos herumräsonieren könne, weil es zunächst einmal den Glauben an höhere Mächte u. ä. voraussetze, der bei ihm auf früh veranlagte Reserven träfe.

Sein Scheißrücken z. B. eine allenfalls als blödsinnig zu bezeichnende Aberration der Natur. Daß man der Unvermeidlichkeit von politischen oder gesellschaftlichen Herausforderungen aber durchaus kalkuliert entgegentreten könne.

Frühe Kindheit jedenfalls in Marne, Süderdithmarschen, verbracht, wo der Vater als Verwaltungsjurist bei der seinerzeit vielbeschäftigten Liegenschaftsbehörde tätig gewesen sei. Eigentlich ziemlich unansehnliche Ziehharmonikahose, bereits 33 in die Partei eingetreten und darauf auch in die SA: Sturmriemen stramm unterm Kinn, dito Schulterriemen, straff geknoteter Schlips, um zwei Löcher zu eng geschnürtes Koppel, um seiner sichtlich unmodellierten Stubenhockerfigur wenigstens einen Anschein von Zusammenhalt zu verpassen. Uniforma statt innerem und äußerem Halt.

Mutter ganz anders im Vergleich und eigentlich stürmische eigensinnige Natur. Beachtliche Wasserverdrängung, immer lustig in Bewegung und geselligen Wesens, Schiff auf hoher See. Leider Frauenschaftstante auch sie u. mit sonem heidesandfarbenen Kranzkuchen auf dem Kopf, obwohl sie das Haar lieber pagenmäßig kurz getragen hätte und den kraftvollen Leib in topmoderne Kostüme gepreßt. Auch weniger Marke «NS-Frauenwarte» als in Richtung «Französischer Chic» in der Zeitschrift «Koralle».

Daß er selbst ja «eigentlich!» habe Kunstmaler werden wollen – beinah rührend entsagungsvoller Handschlenker gegen ein pastos und energisch hingezwitschertes Marschenbild auf der bereits zum Kunstobjekt-an-sich erstarrten Staffelei im Hintergrund des Zimmers: «Mensch, da war ich gerade mal sechzehn und bei Klaus Wrage und Erich Duggen und bei dem frühen Franz Radziwill in die Schule gegangen. Malte damals ganz anders als später, ‹Ostseelandschaft bei Hohwacht› z. B., muß ich dir bei Gelegenheit unbedingt zeigen – aber mit sowas war nach der Münchener Hetzausstellung ‹Entartete Kunst› von 1937 dann leider kein Staat mehr zu machen.»

Hätte ne gewisse Zeitlang in tölpelhafter Einfalt sogar gedacht, «Expressionismus», ja das kann ich. Aber um hier oben Schlick und Watt und Scholle richtig furchengetreu in die Kurve zu kriegen, hätte man mindestens ein Segantini oder ein umständehalber vom Cityglamour zu Ackerbau, Viehzucht und Kindersegen konvertierter Otto Dix sein müssen.

«Und dann hast du dich – deutscher Bildungsroman wie er im Bilderbuch steht – erstmal als Antiquitäten- und Altwarenhändler in Marne versucht?!» – Bißchen essigsaures Gurkengesicht, «na so halbe-halbe, denn wen interessierten um 1939/40 herum schon derartige Luxusartikel, außer daß man den ganzen Urväterkrempel vielleicht gegen Lebensmittel, Zigaretten und Elektroapparate eintauschen konnte. Und da saß ich denn zwischen meinen dithmarscher Bauerntruhen und neu-altfriesischen Flechtstühlen und neolithischen Aschenurnen und ‹Tellingstedter Hochzeitstellern› (das meiste davon in Kommission übernommen), und wenn ich nicht einen Edel- und Dauerkunden gehabt hätte, meinen geliebten Signore-Pittore Alfredo Molinari, der mir jeden Bilderrahmen von der Wand wegkaufte, hätte ich sicher schon nach zwei Monaten dichtmachen können.»

Eigenartige Erscheinung und in Neufeld mit seinem kleinen Twielhafen nicht so ohne weiteres zu erwarten. War als ital. Gastarbeiter nach Vollendung und Einweihung des Adolf-Hitler-Koogs hier oben hängengeblieben – einer sonst nicht sonderlich gefragten Gerda oder Hertha wegen – und weil er eher Schilder- als richtiger Bildermaler war, hatte er nach Beendigung der Eindeichungsarbeiten immer noch gut zu tun. Auch wieder eigene Vita u. wie alles, was einem an absonderlichen Lebensläufen ins Blickfeld gerät, des sofortigen Aufschreibens wert. Hatte früher mal in Deruta (ja, ich kannte), in der Nähe von Assisi (und auch das) Teller, Becher, Blumenvasen und Krüge mit einheimischen Blumenornamenten und Ziergirlanden bemalt, bis die kleine Keramikklitsche Pleite machte und der natürliche Weg eines ‹disoccupato› wiederum politischer und sozialer Umstände wegen gleich in die pontinischen Sümpfe führte. Heißt, Mussolinis mondial gefeiertes Arbeitsbeschaffungs- u. Kanalisierungsprogramm, von seinem deutschen Gesinnungsfreund u. Verehrer mit besonderer Hochachtung zur Kenntnis genommen und als sozusagen Landgewinnungswerk eifrig studiert, und als etwas später der Führer seinerseits rief, und alle-alle kamen, hatte es den nach getaner Arbeit wieder mal stellungslosen Alfredo sofort nach ganzhochoben und an die dithmarscher Küste gezogen.

Weiterer Werdegang allerdings in reziproker Reihenfolge u. nicht ganz folgenlos. In Italien von der Malerei in die Maremme verschlagen und hier nach Abschluß der Schlick- und Schlammschaufelei wieder zu Pinsel und Palette zurückverführt, weil die Neusiedler sich als erstes ans Stammbaummalen und Erfinden von Familienwappen machten: Spaten, Ähren, Dünenwälle und Strohdachgiebel als allenthalben geschätzte Vorzugsmotive, und da hatte ihnen der Zufall (der hierzuland auch ‹Vorrsehung› hieß) doch diesen italienischen Ornamentenfex und Heraldiker vor die Haustür beschert, und über Mangel an Aufträgen war nicht gerade zu klagen.

Also Italien, worauf ja eigentlich alles erst sehr viel später hatte hinauslaufen sollen, nun bereits in diesen frühen Jahren in Persona vor Ort – diretto in punto di bianco – und da unser Freund ein Einser-Lateiner gewesen war, war ihm das Parlindo-Parlando schon nach paar Monaten derart flüssig über die Zunge gegangen wie mir nach fünf-sechs-sieben Italien-Aufenthalten nicht halbwegs so fluttuante – correntemente.

21\. Dez 71. TB lange unterbrochen, weil gesamte Arbeitszeit auf die Memos verwendet. «Anfälle und Erinnerungen». Auch als literarische Verlaufsform dreigestaffelt. Als Hintergrund breit ausgezogenes Zeitpanorama – davor das umständehalber hin u. her geschubste Privatpersönchen – schließlich seine unterschiedlichen Produktionsschübe u. literarischen Ausfällungen. Erich trotz des langen Nachtrags fast gänzlich aus den Augen verloren, nur paar Telefone hin und her. Es hat sich etwas angesponnen u. zu einer Art von Weichselzopf verwirrt. Der Dandy und die Terroristin. Und ich hab sie auch noch für Monate mit diesem ganzen roten Zeugs zugeballert, weil es mich nur am Rand interessierte. Wagenbach, der mit seinen «Sozialistischen Jahrbüchern», gar seinem «Lehrlingskalender» ganz offensichtlich der eigenen Selbstabschaffung zuarbeitet.

Vorweihnachtliche Ängstigungen. In Erwartung der Mutter, die seit Jahren mit familiengeschichtlichen Studien befaßt ist u. mir wie ein unerbetenes Über-Ich über die Schulter in die Papiere blicken möchte. Werde Jahresabschluß als Buchhalter meiner selbst absolvieren. Pufftaxis u. Pss-Speisequittungen für meinen Steuermann aufbereiten, heißt, zu abschreibungswürdigen Geschäftsausgaben ondulieren. Ein Doku-Album aus unwiderleglichen Lebensbelegen.

Bei Laatzen Marx/Engels «Über Kunst und Literatur». Gleich nachgeschlagen, wie meine Favoriten abschneiden und meine Dramenvorwürfe sich von objektiver Warte aus betrachten lassen, Bd. I, S. 240: «Diese Macht asiatischer oder ägyptischer Könige oder etruskischer Theokraten usw. ist in der modernen Gesellschaft auf den Kapitalisten übergegangen, ob er nun als vereinzelter Kapitalist auftritt, oder, wie bei Aktiengesellschaften, als kombinierter Kapitalist.» Ja, genau so ist es, einerseits wie andrerseits, und so steht es fast wortgetreu in meinem «Volsinii» oder gar im «Lombard» zu lesen. Waren schon dolle Leseratten, die beiden, und selbst wo sie sich dem sogenannten Geistigen widmen, hat es Hand und Fuß. Über Freiligraths Gedichte beispielsweise: «auch die am meisten für die Ewigkeit geschriebenen Sachen haben eine gewisse Zeit, wo sie besonders gut sich rentieren und wo sie am zeitgemäßesten sind.» – «Der Text der Marseillaise ist trotz aller Begeisterung nicht viel wert, aber wieviel edler ist hier das Übergreifen über die Nationalität hinaus zur Menschheit.» – «Der Kunstgegenstand – ebenso jedes andre Produkt – schafft ein kunstsinniges und schönheitsgenußfähiges Publikum. Die Produktion produziert daher nicht nur einen Gegenstand für das Subjekt, sondern auch ein Subjekt für den Gegenstand.» – «Es war allerdings unverzeihlich von Goethe, den unmoralischen Faust zum Helden zu machen und nicht den ersten Wirklichkeitsphilosophen Wagner.» – «Es sind häufiger verschiedene Stimmungen, in denen er (Goethe) sich befindet; es ist ein fortwährender Kampf in ihm zwischen dem genialen Dichter, den die Misère seiner Umgebung anekelt, und dem behutsamen Frankfurter Ratsherrnkind resp. Weimarschen Geheimrat, der sich genötigt sieht, Waffenstillstand mit ihr zu schließen und sich an sie zu gewöhnen.» – «Die ritterliche Liebe des Mittelalters war keineswegs eine eheliche Liebe. Im Gegenteil. In ihrer klassischen Gestalt, bei den Provenzalen, steuert sie mit vollen Segeln auf den Ehebruch zu, und ihre Dichter feiern ihn ... Unser alter Wolfram von Eschenbach hat über denselben anzüglichen Stoff drei wunderschöne Tagelieder hinterlassen, die mir lieber sind als seine drei langen Heldengedichte.» Kann leider nicht alles ausschreiben, was mir als frech u. gewagt u. grundrichtig erscheint (s. Anstreichungen) – und selbst wo man andrer Meinung sein könnte, applaudiert man immer wieder der Witzfähigkeit ihres dialektischen Systems. Wie viel Licht diese beiden Dioskuren überhaupt in eine Disziplin geworfen haben, in der es zu unseren Studienzeiten (s. Heidegger) gerade eben mal bis zur Waberlohe einer «weltenden Welt» reichte. Mit einem Blick zurück nochmal auf Jakob Böhme u. seinen Projektions- und Eingebungszauber: Hans Arp als Böhmeleser viel gepriesen, und man sieht es. Die Knollen und die Bollen.

Weiter zu Al., die mir letzten Vorweihnachtsbesuch abverlangt hatte. Erzählte von einer Collage, die sie für den Zeichenunterricht entworfen habe: Lastwagen voller auf Flaschen abgefüllter Embryos auf der Fahrt durch ein weitgeöffnetes Kasernenhoftor. Junger Mann, den sie vor mir kannte, hatte Berufssoldat werden wollen, was ihm aber von Vadder Meibohm ausgeredet worden war. Finstere Träume u. Ideen, auf die ich mich eingelassen habe, mir in aufgeregter Munterkeit wie literarische Erfindungen präsentiert. Wenig Verständnis dagegen für meine eigenen Produktionen nebst Begleitproblemen. Hatte ihr erste Auflage vom «Irdischen Vergnügen» mit Widmung u. Selbstporträtelchen zugeschickt, aber es fehlt – siehe unsere Landpartie v. Juli d. Jahres – an den schlichtesten Sach- u. Vokabelkenntnissen. «Sentimentalisch» (Nie gehört, weil Schiller nicht mehr auf dem Stundenplan steht – einfacher Nachhilfefall). – «Was sind ‹Schotten›?» (Mensch, frag bei Papa nach, und laß dir mal das Schiff erklären) – «Was soll ‹spätes Haus›?» (Kennt die Anredefloskel «na, du altes Haus» nicht, und da ist der Witz natürlich schon auf dem Vorweg verschmissen) – «Ausschlappen?» («Na, was macht denn ein Kätzchen, wenn es seine Futterschüssel aus – – – schlappt?» – «Die Schuppen auf dem Kopf gezählt?» (Lutherbibel nicht mehr vorauszusetzen u. insofern «der Herr, der die Haare auf deinem Kopf gezählt hat», ein ihr bisher noch von keinem Lehrer vorgestellter Herr Anonymus). –

Hatte ja immer geglaubt, aus allgemein verfüglichen

Wörterkübeln zu schöpfen – Volkslied – Bibel – Abzählreimen – Hausmärchen – Kinderversen – Proverbs and sayings – möglicherweise Gesangbüchern – und merkte plötzlich nicht ohne gewisses Erschrecken, daß selbst schlichtere Anspielungen kaum noch mit einem öffentlichen Resonanzboden rechnen können. Ergo: Auch meine eigenen Hervorbringungen bereits im Deutschen eines Übersetzers bedürftig.

Gemeinsam mit S- und U-Bahn zur «Fontana di Trevi», Wandsbek – ihrem Eierstich zuliebe an Stracciatella u. Insalata mista gedacht. Der italienische Wirt, der die Gäste von oben herab wie Gastarbeiter behandelt. Seltsamer Masochismus einer Nobelklientel, die sich solche Abfertigungen offenbar klaglos gefallen läßt u. die eigene Duckmäuserposition noch als fremdenfreundlichen Gestus genießt. Auch das bis zu den Speiseräumen durchdringende Gebrüll im Küchenbereich für mich nicht gerade appetitanregend u. allenfalls im Hinblick auf einen gewissen Anscheißjargon im «Lombard» interessant. Dialoge alla casa. Anpfiffe hier – und verhärmtes Geseufze dort. Auch von Al. als reichlich unangenehm vermerkt u. sofort von dem Wunsch begleitet, dem Padrone mal ein emanzipiertes Geschlechterverhalten vorzuführen. Wollte statt meiner zahlen, was ich aber nicht zuließ, weil ich befürchtete, sie würde die Trinkgeldfrage nicht meistern.

Abends zuhaus das Gefühl, dem jungen Ding vielleicht doch nicht ganz angemessen mit prekären Wissensfragen auf die Pelle gerückt zu sein. Ihre Antwort so rührend wie entwaffnend: «Ich kann nicht beides, jung sein und das kennen.» – In 10/15 Minuten gleich kleines Capriccio aufs Papier gezaubert.

Manchmal hörst du mich große Namen nennen,
Dir unbekannte, doch die Antwort macht mich schwach:
«Ich kann nicht beides –
jung sein und das kennen!»
Und gern sieht man der Unschuld
ihre Blöße nach.

22.15 Benns «Stimme hinter dem Vorhang». Schien mir mittlerweile doch von sehr weit weg herzukommen u. der antisoziale/antisozialistische Individualismus nur noch halb so schneidig wie in den fuffziger Jahren. Regisseur Rolf Hädrich, mit dem zusammen ich mal Uni-Bänke gedrückt u. im Hamburger Hafen argentinische Rinderhäute über schwankende Stege balanciert hatte. Kam damals bereits auf Vespa oder Lambretta angerauscht u. hatte schon früh etwas auftragend Geblähtes in seinem Umgangston. Nun schlug das unversehens auf die Stimmen seiner willfährigen Mimen durch, fast unerträgliches Angebergebläse. Erst bei nachträglicher Lektüre fielen ganze Brocken dieser überwölbten Stukkatur wieder ab, und große leuchtende Bilder traten hervor. Als Bühnenvorwurf allerdings denkbar ungeeignet, und wer die Bretter betreten will, die die Welt bedeuten, muß sie knarzen lassen wie die Dielen in der «Fontana di Trevi». Eigenartig radikal u. realistisch seine Betrachtungen über die bürgerliche Ehe. Sie lassen etwas Intimes durchtönen, was ich allenfalls meinen Geheimpapieren anvertrauen würde. Eine Ars amandi, die der allerprivatesten Erfahrung entnommen scheint u. in Männerohren mit einem allgemeinen Resonanzboden rechnen kann:

> «Um nochmal von mir zu reden, alles vergeudet, die Kraft zu Ende, aber noch einmal dies Gesicht, das ich erwähnte,

versinken sehn, sie schließt die Augen – sein Innerstes von sich schleudern, glühend und heimlich, und in der Nähe die Wärme und die Klarheit und das Glück. Sie lieben vielleicht Ihre Frau, aber wenn Sie bei der anderen sind, werden Sie von ihr hingerissen, und wenn Sie allein sind, denken Sie an keine von beiden. Die eine steht Ihnen nahe wie Ihre Weste und die andere wie Ihre Krawatte, und Sie können doch bestimmt nicht unbekleidet gehen –»

«Im Augenblick beschäftigen mich die Fehltritte in glücklichen Ehen. Treue ist ein so ungeheurer innerer Prozeß, daß man ihn überhaupt nicht lehren oder verkünden kann. Für die Praxis gilt meine Maxime: gute Regie ist besser als Treue. Den Partner schonen, nicht merken lassen, kein Wirklichkeitsfanatismus an dieser Stelle! Aber wenn es nun mit einem durchgeht –»

«Zwei Monate später. Wir sind ja nun alle sittlich und geistig gereift. Von dem Gesicht, das ich trinken wollte, habe ich mich getrennt, ich habe ihr gesagt, sie soll bei ihrem neuen Freund bleiben, mit dem sie mich betrogen hat, ein Gurkenhändler. Ich rief an, die Stimme klang so sonderbar, ich komme gerade aus dem Bad, sagte sie, ich wußte Bescheid. Nimm dein Gebiß raus, schrie ich, zeige dem Mann, daß du nur noch zwei Zähne im Oberkiefer hast, ich liebte dich trotzdem, bei ihm erscheint es mir fraglich – das nahm sie übel. Ich halte mich an meine Frau, eine famose Person, mein sicherer Port, von dem aus unternehme ich meine Vorstöße – zickzack. In Neukölln ist eine Bar mit Tischtelefon und Saalpost, da strebe ich heute hin.»

Dies alles, so unter zugezogenen Vorhängen durch den schmalen Spalt geflüstert, doch eigentlich allerhand, und zu Lebzeiten aller Beteiligten auf eine Toleranz vertrauend, die nur noch den unübertrefflichen Sound als Entschuldigung gelten lassen kann:

> «Ich dachte an meine Sünden. Welches ist der Maßstab für Sünden? Auf meinem Tisch lag eine Sonntagszeitung, darin hatte ich Goethes Wort aus seinem achtzigsten Jahr gefunden: ‹Es gehört Mut zum Glück, habe diesen Mut!› Nicht also zur Trauer, zur Entsagung, zur Askese gehört Mut – zum Glück! Aber sagt der alte Herr, was Glück ist? Meine Glücke waren, wenn ich genau bin, alle mit Verbrechen verkuppelt: Ehebruch, Rausch, Treulosigkeit, Elternhaß, Falschheit, doppelte Moral, auch fiel mir die Wendung von Hamsun ein: ‹Es gibt nur eine Liebe, die gestohlene› – eines der wahrsten Worte der Menschheitsgeschichte –, konnte Goethe das empfehlen? Aber weiß man bei ihm überhaupt jemals, was er meint – meinte er überhaupt was?»

1972

2. 1. 72. Silvesterfeier bei dem Maler Gun Strehland. Das Atelier eine nach allen Regeln der Kunst geschmückte Li-La-Lerchenfeld-Höhle wie aus uralten Jugendzeiten und eine mir völlig unbekannte neue Generation auf den Beinen, die unsere alten Indianertänze abhottete, als wäre es der letzte dernier cri. Betrank mich in rasenden Zügen, um schnellen Anschluß zu gewinnen, und als E. u. Rosi sich unpläsiert entfernt hatten, einem wahrhaftigen Hünengrab von Weib nahegetreten, einer Norwegerin, die auf den für mich nicht gerade anziehenden Namen ‹Gert› hörte, sich meine Dionysosdithyramben aber gern gefallen ließ. Ein gewaltiges Stück Leben auf einen gewagten Schwung mit in die Kurve genommen u. gedacht, daß ich der einzige Spezialitätenliebhaber wäre. Großer Irrtum, der mich viele Gläser gekostet hatte, weil sie ganz offensichtlich auch Vorzugsobjekt von diversen anderen Herren war mit letzten Endes sogar festem Anchorman im Gedränge. Da ich mir abgewöhnt habe, mich nach Abblitzern enttäuscht an einsame Säulen zu lehnen –

Rh: Die Einsamkeit ist
eine schwierige Schwester,
auf jedem Fest
umschlingt sie mich fester.

Hallo, junger Herr,
warum so alleine? –
Sie fragen sich, wer –?
Sehr ergeben die Deine!

– gleich mein Glück nochmal bei einer gestiefelten u. geschnürten Lindner-Heroine versucht, die meine tänzerischen Ausschweifungen nicht ganz interesselos z. Kenntnis genommen hatte, aber mußte meinerseits nun bereits an mich halten, weil mir statt troubadouresker Gutturalgesänge bereits Schnaps mit Currysoße zu entgluckern schien. Merkte, obwohl sie mich mit unerwarteter Kühnheit bedrängte, daß ich nicht mehr ganz Herr meines Zentralorgans war, was mich – hause-hause-hause – ziemlich plötzlich den Keller verlassen und in den Bus steigen ließ. Es war – weil die Sterne gerade mal so verworren standen – die St.-Pauli-Linie, u. als ich am Hans-Albers-Platz ohne eigenes Zutun ausstieg, als erstes Siebis Tochter u. ihrem braven Zimmermannskerl Bernd in die Arme gelaufen, Einzelheiten verdampft, verdunstet, vergessen, außer daß ich einfach buntes Vokabelkonfetti abblies u. mich mit supralinguistischen Luftschlangen aus der Affäre zu ziehen suchte. Letztes halbes Hälmchen gezogen u. den Strom der mir entgegenstrudelnden Silvesterpassanten nun bereits wie ein Trockenschwimmer mit ausladenden Gesten zerteilt, wobei ich einer Dame ziemlich unziemlich nahegetreten sein mußte, was sofort einen ganzen Haufen graubemäntelter Herren gegen mich aufbrachte. Ich marschierte aber einfach im Gefühl noktambuler Unverletzlichkeit weiter, drehte mich noch einmal in aller Ruhe um u. drohte theatralisch mit den Fäusten, für die Ortsfremden offensichtlich ein von sich selbst belustigter Transzendentalkasper: ahjaso, eins von diesen aus dem Ruder gelaufenen St.P.-Originalen u. insofern Stofflieferant für Hummel-Hummel-Geschichten zuhause in Göggingen oder Gaggenau.

Nachts/morgens: Cioran «Die Lehre von Zerfall», aber uh – einerseits zum Ganzkleinwerden groß – bloß was die Menschheit wirklich braucht, scheint mir eher eine Lehre des Entkommens.

Eine Weltbeschwichtigungslehre.
Einen Selbstverflüchtigungskatechismus.
So ne Art von Verdunstungsbrevier.
Levitationsleitfaden.
Insprinc hapt(a?)bandun – inuar uigandun!

4. 1. Siebi-Saubermach-Tag: mein Purgatorium. Hatte auf einmal die Zwangsvorstellung, daß es die Tochter gewesen sein könnte, an der ich unsittlich vorbeigeschrammt war, aber sie sagte nur: «Sie haben sich ja so nett mit Carla und Bernd unterhalten. Sie hatten wohl so'n Lütten inne Krone.»

7. 1. 72. Gestern: trübes Innen, vernieseltes Außen. Ganzen Tag voller kleiner Wutanfälle, die sich unterschiedslos entluden: to whom it may concern. Nachts Zahnschmerzen, Arantil.

Heute gut geschlafen, aufgeklärter Kopf, neidlos vorurteilsfreie Durchblicke. Jüngers «Gärten u. Straßen», Erstausgabe 1942, neulich bei Laatzen für 3,– DM mitgenommen, und nichts will sich regen außer immer wieder mal Gelächter. «Gercy, 1. Juni 1940. Ich suchte zunächst die Hühnerställe ab und trieb dann Unfug, wie durch die Einsamkeit bezecht. So stieg ich auf einen hohen Wasserturm. In einem der Flure erblickte ich einen großen roten Feuerlöscher, und da ich diese Dinge nie in Betrieb gesehen hatte, stieß ich ihn auf den Boden und entlockte ihm einen weißen, schäumenden Strahl. Plötzlich aber wurde mir bei diesen Beschäftigungen widrig zumute und ich ging in den Ort zurück.»

«Conclusio», worauf bei ihm ja jede Gelegenheitswahrnehmung hinausläuft: Wohl weniger Fall von Weltliteratur als für die Tiefenpsychologie.

Nachmittags Auto zur Reparatur u. auf dem Rückweg bei Fichte vorbei. War ein Jahr lang in Südamerika und findet das Vaterland nur noch platt – zumal Hamburg eine wenig erhebliche anthropologische Endmoräne. Sitzt wie ein Cortez mit widerborstig gesträubtem Bart und neu markanter Zahnlücke in seinem Rohrstuhlsessel und hält mich offenbar für eine Inkarnation des literarischen Schreibtischspießers. «Was war denn hier los? Was war los?!» Entblödete mich nicht, zu sagen: «Praktisch gar nichts. Überhaupt nichts. Jedenfalls nichts, was mit deinen Tropicana zu vergleichen wäre. Habe zwei Bücher geschrieben. Ein Haus gebaut. Neues Theaterstück in Arbeit u. paar ziemlich aus der Reihe weichende Freunde und Freundinnen hinzugewonnen, aber sonst? Na, in deinem Sinne nix.» – F. verbittert über den vergleichsweise geringen Erfolg seines «Grünspan»-Romans (die güldenen Klappentext-Drommeten seinerzeit sogar noch von mir geblasen), was mich dann wirklich mal den Schullehrer rauskehren ließ. Sagte, «Hubert, das war dein erstes Tal, aber immer noch nicht der Abgrund. Nach den Wonnen der Gipfelerstürmung folgen allgemein die Mühen der Täler» – da müsse er nun schon mal durch. Von ihm als absolut erniedrigend empfundene Verkaufsrückgänge seien ganz normales Autorenfutter – aber

Ressentiments kein Stoff, aus dem die Träume sind. Im übrigen sei ich dabei, mein literarisches Besteck radikal umzusortieren und dem Theater als gesellschaftskritischer Anstalt einen neuen Bühnenboden einzuziehen. Alles nicht auf Anhieb erhebend, weil es zunächst eine Reduzierung der Ausdrucksmittel voraussetze. Verzicht auf metaphorischen Putz u. Prunk. Hätte viel Marx u. Brecht gelesen u. wäre entschlossen, mich noch einmal völlig neu durchzuprobieren. Nicht im Urwald, freilich, sondern in der kapitalistischen Raubtierarena.

Nachts: noch paar Korrekturstriche am «Lombard», obwohl Braun vor kurzem geschrieben hatte, er sei «druckreif». Immer noch sehr im Zweifel, ob meine Strichmännchen-Dramaturgie gegenüber Peter Steins Feinkostbühne u. den Folgen überhaupt je ein Aufkommen haben wird. Mordslustig find ich sie schon und, wo es richtig bös wird, fast schon zum Kringeln. Könnte jede Schüler- oder Studentenbühne mit den geringsten Mitteln in Szene setzen, n u r, wo gehen die Studis oder die Pennäler heut besonders gern in die Schule? Drittes Bild nochmal durch.

Drittes Bild

Auf dem Plateau. Armseliges Baugerüst. Willi und Alfredo ziehen an einem Strick, dessen anderes Ende sich in den Kulissen verliert.

WILLI: Wenn wir jetzt durchhalten, sind wir gemachte Leute.
ALFREDO: Ja, wenn –
WILLI: Nicht w e n n. Zieh! Ziehen!
ALFREDO: Aber ich zieh jetzt schon geschlagene drei Jahre.

WILLI: Das ist eben zu wenig.

ALFREDO: Mit voller Kraft.

WILLI: Das ist nicht genug.

ALFREDO: Wenn ich jetzt loslassen könnte, würd ich dir mal meine Hände zeigen; da würdest selbst du einen Schreck kriegen.

WILLI: Glaubst du, ich hätte keine Phantasie? Außerdem: solche Hände gibts viele. Da noch groß hinsehn, wäre reine Zeitverschwendung.

ALFREDO: Sollte das ne Beleidigung sein?

WILLI: Zieh lieber. Wenn ich schon mitzieh, kannst du lange ziehen. Du bist hier als Zieher in die Firma eingetreten, nicht als Speaker. Nimm dir ein Beispiel an mir.

ALFREDO: Ja, du! So in eigener Sache.

WILLI: Wir ziehen alle am gleichen Strang.

ALFREDO: An deinem. Und da liegt auch zwischen uns der Unterschied.

WILLI: Worum wir sehr gebeten haben möchten. Diese Maschine habe ich schon mal alleine vorfinanziert. Wenn die sich amortisiert hat, können wir weitersehen.

ALFREDO: Aber zwanzig Prozent der Fläche liegen immer noch bei mir.

WILLI: Dann zieh gefälligst für achtzig.

ALFREDO: Für zwanzig!

WILLI: Na, das ist mir vielleicht eine Logik. Phantastisch! Ich schieß vier volle Fünftel vor und soll dann nochmal für vier Fünftel ziehen. – Willst du wohl nachfassen, Trottel!

ALFREDO: Das sag bitte noch einmal.

WILLI: Nachfassen!

ALFREDO: Scheißberg. Und dafür hab ich mich von dir aus unsrer warmen Spalte locken lassen.

WILLI: Ziehen sollst du!

ALFREDO: Der wirft in zwanzig Jahren noch nichts ab.

WILLI: Ziehen!

ALFREDO: Ich hab keine Lust mehr. Sense. Ich steig aus.

WILLI: Ah, sieh einmal an, unser Herr Alfredo-Makkaroni-Papagallo. Erst sich die Vorzugsangebote reservieren und dann passen. Aber weißt du, ich beobachte dich jetzt schon eine ganze Weile. Eine ganz schöne Weile, und das sag ich dir zur Warnung: wenn es von Anfang an nach solchen Typen wie dir gegangen wäre, hätte die Menschheit seit der Steinzeit nicht den kleinsten Ruck nach vorn gemacht. Gäbe es kein Amerika und keine Trockenrasierer. Keine Computer, Laserstrahlen, Air Condition, Plastik, Nylon, Perlon, Dralon, Redon, praktisch gar nichts. Die ganze Menschheit von dem Typ wie du, und die Erde läge wahrscheinlich noch in Dunst und Wolken gehüllt.

ALFREDO *(schreit)*: Ich will meine zwanzig Prozent zurück, du Arschloch!

WILLI: Dann schneid dir gefälligst dein Stück Felsen runter.

ALFREDO: Arschloch. Arschloch.

WILLI: Du denkst zu viel. Ich befürchte, Meister, ich muß mich mal so langsam nach nem neuen Kompagnon umsehen.

ALFREDO: Heraus mit den Zwanzig!

WILLI: Freundchen!

ALFREDO: Bei deiner Bezahlung verbitt ich mir dein «Freundchen».

WILLI: Wie Sie wollen, mein Herr, aber für Leute Ihres Schlages scheint mir eine aufstrebende Firma kaum der rechte Platz.

ALFREDO: Erst das Fünftel!

WILLI: Ja, ich hätte dich stecken lassen sollen. Unten. Am Fuß. In der Schneise. Im Ritz. In deiner eigenen Scheiße. Denn du bist, was du warst und bleibst, ein Mann von unten. Und alles, was du sagst, zieht nur hinab. *(Er läßt den Strick los, und Alfredo fliegt, wie von der Sehne geschnellt, hinter die Kulissen.)*

8. 1. Anruf Eckart v. Bülow, Warstade, alter Schulfreund und «Stibier» in unserem 40er-Jahre-Antinaziclübchen. Hatte erfahren, daß Memoband «Jahre» demnächst erscheinen werde u. wollte gern seine eigenen Gedanken u. Erinnerungen schnell noch mit ins Treffen führen. Hat keine Ahnung vom Verlagswesen u. weiß nicht, daß die laufenden Prospekte bereits deadline bedeuten. Verräusperte sich öfter aus Verlegenheitsgründen (Bescheidenheit u. Besserwisserei in seltsamem Verein) und findet zu einer unbelegten Zunge erst, wenn er mit mir im Verein niederdeutsche Lokalidiome imitiert.

Mit E. im Haus, um sehnlichst erhoffte Fortschritte zu betrachten. Wenn man Handwerker nicht ständig im Blickfeld behält, macht sich alles schnell auf die Flucht, um lukrativeren Baustellen zuzueilen. Handwerk, das offensichtlich nicht nur goldenen Boden, sondern unberechenbare Sprungbeine hat. Abends gemeinsam zu Liselotte Pongratz u. kriminologisches Geplauder mit Quensel, Anstalt Roggenburg.

9. 1. 72. TV: Holländisches Fernsehen, wohin gesamtdeutsche Dialoge mittlerweile exilieren müssen. DDR-Schnitzler («Schwarzer Kanal») mit Feddersen («Rhein-Ruhr-Zei-

tung») endlich einmal a n e i n e m T i s c h. Hatten wir bereits in den frühen Fuffzigern u. im ehrenwerten Verein mit Brecht, Anna Seghers, Ernst Busch, Arnold Zweig postuliert u. nun dies! F. mit martialischer Zudringlichkeit auf Freiheit! – Freiheit! – Freiheit! insistierend: eine Art von Mauerbrecherjargon wie kurz vorm Einmarschieren. Interessant die sich wechselseitig überbietenden sprachlichen Fehlleistungen bei zwei derart ineinander verbissenen Kampfhunden. Schnitzler nennt Brandt 2x einen «Antihitlergegner». Feddersen/Verheddersen spricht vom «atomaren Patt zwischen UdSSR u. Sowjetunion». F. «Sie wärmen hier ja nur den Schnee von gestern auf», was sich im Zeichen d. herrschenden kalten Krieges doch eher als erfreulicher Beitrag zur Entfrostung der vereisten Verhältnisse interpretieren ließe. Die Verbiesterung zweier Ideologen, die unfreiwillig-zwangsgedrungen verkatschte Metaphern gebiert.

Abends mit Henry Regnier (NDR), Augstein, Gisela Stelly u. E. ins «Nanking», wo wir seinerzweit (64) unsere Hochzeit abgefeiert hatten. Die neueste Welle nach den Stürmen der Studentenrevolution eine Art von juste milieu. Man begegnet sich familiär, unaufgeregt, etwas albern, A. z. B. mit belustigten (nicht bösartigen) Anspielungen auf Rolf-Spiegel-Becker u. seinen Papagei. Bei anschließendem Rundgang mit E. durch die leeren, winddurchsausten Fleetviertel gesteht sie mir, daß sie sich während meiner Abwesenheit in Austin/Texas «zum ersten Mal richtig unglücklich verliebt habe», was allerdings aus Ich-wollte-nicht-weiter-fragen-was-für-Gründen nicht auf die erwünschte Gegenliebe gestoßen sei. War unendlich gerührt u. in einem gemeinsamen Stolz getroffen. Eine so schöne Frau, die ich heute wie damals vom Fleck weg heiraten würde, und dann solche ehrenrührigen Zurückweisungen. Was nicht heißt, daß ich bei einem glücklicheren Ausgang nicht von Eifersucht benagt worden wäre. Sie fest in den Arm geschlossen u. in das Regengeniesel hineingeweint. Meine eigenen Irrgänge und Ausschweifungen? Subterrestrisch. Maulwürfisch, und so tief vor der Welt verborgen, daß ich manchmal glaube, es gäbe sie gar nicht.

13. 1. Komplex «Studenten u. ApO» abgeheftet. Viele Staubmilben aufgewirbelt und asthmatisches Gefiepe, wobei sich vorausgreifende Befürchtungen sofort zu Erstickungsängsten verdichten. Eine Seegrasmatratze in der Brust, die mich bei jedem Atemzug zum Irrewerden kitzelt. Eigentlich gar nicht meine Krankheit, aber überfallartige (anfallsweise) Beängstigungen suchen sich ihren Spielboden immer von neuem.

Heute morgen DDR-Funk. Vorausschau auf Gastspiel Chris Barber (68 bereits einmal drüben gewesen) und im Anschluß richtig hinreißender Rock 'n' Roll. Die DDR als ein kaum mit der Brechstange aus den Angeln zu hebelndes Binnengehege, aber die Lockerungen im Überbau kaum zu übersehen/überhören. Obwohl: «Volsinii»?! Wo die Kunst über bloße Musi und Massenunterhaltung hinaus gegen eine mal so, mal so verfügte Parteilinie verstößt, rasselt augenblicklich ein eiserner Vorhang herunter. Kaum etwas anderes allerdings derart befürchtet und verfolgt wie das Übergreifen von zersetzenden ApO-Ideen und die Bildung von antiautoritären Nischenkulturen.

Eigenartig: Am Nachmittag war mir der 75-jährige Niemöller beim Zeitungsortieren durch die Finger geglitten u. am Abend taucht der nunmehr 80-jährige putzmunter im Fernsehen auf. Meine Liebe zu solchen schwer einzuordnenden Querköpfen und dann wieder meine kaum erklärlichen Idiosynkrasien gegenüber den generationsübergreifenden Devotionalienbildern unserer herrschenden Rev-Popkultur. Che Guevara – Frantz Fanon – Marighela – Malcolm X – Rudi Dutschke – RAF-Fahndungsfotos – ein nicht endenwollender Heiligenfries als Überbaudekoration unserer Undergroundaktivisten. Eine Art politischer Jesusminne, bzw. anarcho-utopistischer Marien-Kult. Wieviel näher mir meine mit edlen und oft entsagungsvollen Mühen um die Resozialisierung von straffälligen Jugendlichen besorgte Eva-Marie als eine in wahnhafte Tugendvorstellungen verrannte Ulrike-Marie. Beide zusammen – w i r – letzten Endes auf das praktisch Machbare und konkret Verbesserliche eingeschworen. Auch D-Land-D-Land als ein auf ganz lange Sicht und von linkspatriotischer Warte her herbeigesehntes Großesundganzes.

18.–19. 1. Fahnenkorrektur «Jahre» und Schlußkapitel, wo die Memos naturwüchsig in das laufende Kalendarium übergleiten – ein fast magisch erlebtes Überwechseln von einem Tempus ins andere. Eben noch «Es war einmal» u. nun v. einem Tag auf den anderen: Es ist heute, es ist jetzt, es ist hier. Ein gewisses Unbehagen an dem Druckbild. Dieses fliegenschißkleine Nonpareille-Gewebe meiner epochenübergreifenden Aufsätze u. Generalbilanzen – obwohl Manthey von seiner neu erklommenen dnb-Warte aus «hoch-hoch»! rief.

21. 1. Zus. mit E. nach Berlin, «Hotel am Steinplatz» – ein fast liebenswert veränderungsresistentes Reservat im aktuellen Schlachtengetümmel. Wände immer noch hochgeka-

chelt mit den bekannten Künstler-, Sportler-, Politiker-, Angeberglanzpostkarten und ihren eigenwillig verquirlten Unterschriften. Auch bereits von den mittleren Sechzigern her vertraute Wirts- und Bediensteten-Gesichter, leicht gealtert, aber immer noch gut erkennbar – eine Menschheit, wie wir sie uns wünschen. Still vergilbend, unaufwendig in die Jahre kommend, aber immer noch alert u. auf dem Kiwief: «Hallo, Frau R., Herr R., wie schön, Sie mal wieder unter unserm Dach zu sehen!»

Sa. 22. 1. Durch die martialische Übergangsschleuse Friedrichstraße (Notiz Rh: «Aber Übergang Friedrichstraße natürlich auch kein Ausweg») zu Hans Bunge nach Berlin Ost. Ist geschieden – seine uns lange u. lieb vertraut gewesene Frau, die sich in andere Sphären verloren haben soll – aber frage in derart delikaten Fällen nie nach Einzelheiten, um jede Zudringlichkeit zu vermeiden. Nun gleitet eine neue Freundin in wagemutig geschlitztem Seidenkleid wie eine Gestalt aus der chinesischen Oper durch seine bescheidene Hausmacherresidenz in den «Hackeschen Höfen». Schön zu Augen gehende Art-Deco-Fassaden bis in den dritten Hinterhof rechts hinten, nur offensichtlich keine Fliesenlegerkolonne in Sicht, um die nur noch lose hangenden Kacheln vorm Absturz zu bewahren. B., der sich aus der Kostümwerkstatt des Theaters paar Stoffreste mitgebracht hatte, um seine Sessel neu zu beziehen, was ich mit Wohlgefallen sah, weil auch wir uns in Roseburg zwischen Sperrmüllmöbeln recht wohnlich eingerichtet haben.

Kamen leider gar nicht richtig z. Reden, weil Bunge sich wegen Mängelrügen an seinem Trabi durch zwanzig Amtsstuben der Verkehrspolizei hindurchtelefonieren mußte.

Gegenstand der Verklagung zwei abgerissene «Schmutzfänger» am Heck seines Zweitakt-Töff-Töff, und da ging es denn von «Hier spricht Dr. Bunge» über «ich bin meiner Schmutzfänger wegen vermahnt worden» bis zu der leisen Andeutung einer allgemeinen Mangelwirtschaft «Sie sind im Augenblick im Handel nicht zu haben», durch die halbe Hauptstadt. «Buchbinder Wanninger» live, bis dem Fragesteller selbst sein ewiges «Hier spricht Dr. Bunge» wie ein Gummiflappen aus dem Mund hing. Was mir als dem Leben abgelauschte Gesellschaftssatire noch ein gewisses Zuschauer-/Mithörervergnügen bereitete, verkehrte sich im Gespräch mit dem Bühnenbildner Wenzel dann zu leibhaftigem Unmut. Hatte sich im Zeichen meiner seinerzeitigen Bühnenkonjunktur hochgradig für meine Konstruktionsvorschläge erwärmt u. auch sichtlich um den Auftrag bemüht, um unter Einfluß des von mir spendierten Intershopwhiskys nun schluckweise den Beerdigungsunternehmer herauszukehren u. das Stück als ganzes herunterzumachen. Zunächst sich devotest geduckt u. in mir selbst den beglückenden Eindruck kamerad- bzw. genossenschaftlicher Kooperation hinterlassen, wie sie mir in D-Land-W nur selten zuteil geworden war. Nun wie weggeblasen das alles. Theatralischer Budenzauber von gestern. Und statt herzlich praktischen Einvernehmens besserwisserischer Parteigänger der anderen Seite. Welcher Seite? Würde sagen, einer wetterwendigen Schauspielertruppe, die ihre Nasen zunehmend in den herrschenden Westwind hängt u. ihre Hälse nach nichts so sehr verrenkt als den manieristischen Torsionen u. affig überzogenen Sprechweisen der Stein-Bühne. Grenzüberschreitende Modetorheiten, gegen die ich im Alleingang nicht ankomm. Zumal dann nicht, wenn sie sich im Osten auch noch als systemkritische Wendung gegen eine von der

Brechtbühne am Schiffbauerdamm festgeschriebene Generalbaßlinie versteht. Daß in meinen «Volsinii»-Anweisungen etwas vollkommen anderes, Drittes zur Wahl steht, spielt in diesem ungleichen Kampf zwischen vergnüglicher Gesellschaftskritik u. privatistischer Ausdrucksgymnastik überhaupt keine Rolle. Professionell konditionierte Wendehälse, denen es einzig um das Kopieren von offensichtlichen Erfolgsmustern geht, aber nicht um das gemeinsame Erarbeiten einer neuen Guckkastendramaturgie. Man müßte sie mit dem Rohrstock nudeln.

Auf der kaum noch vergnüglichen Rückfahrt mich nochmal in meine Bühnenanweisungen u. Beschreibungen nebst Skizzen meiner Kostümentwürfe vertieft. Alles doch sehr praktisch-dialektisch bedacht u. vom wirklich vorhandenen Bühnenboden her entwickelt.

Einrichtungsprobleme – Lehrmittelfragen

Die Einrichtung des Stückes «Was heißt hier Volsinii?» für das Deutsche Theater Berlin hat Eingriffe in die Druckfassung erforderlich gemacht, die zum Teil taktisch, zum andern strategisch zu verstehen sind. Zu den taktischen Abänderungen zählt zum Beispiel, daß das Stück auf eine theatralisch wirksame Spieldauer heruntergekürzt wurde. Das Stück hatte sich von vornherein als ein Angebot an Dramaturgie und Regie verstanden, und Autor und Regisseur haben die 20 Bilder umfassende Szenenfolge in gebotener Freizügigkeit auf einen 15-Bilder-Bogen mit einer Pause nach dem 8. Bild reduziert.
Als neu ins Auge fallen werden dann vor allem die gründlich revidierten Szenenanweisungen. Sie hängen

hier nicht allein mit den veränderten Konditionen einer Bühnen- gegenüber einer Lesefassung zusammen, sondern mit einer geschärften Definition der theatralischen Mittel als Anzeigemittel. Schon die Rowohlt-Fassung hatte versucht, einer falschen Historisierung so weit wie möglich vorzubeugen und Einrichtungsfragen als ideologische Ausrichtungsfragen zu begreifen. Da es das Stück darauf abgesehen hat, Verblendungstechniken und Verpackungstricks der Oberen als Mittel ihres Klassenkampfes einsichtig zu machen, ging es für uns zunächst darum, eine durchgehende Dramaturgie von Einwickelungsverfahren zu entwickeln. Zu ihren allgemeinsten Voraussetzungen gehören eine offene Bühne, die offene Installation aller Schauplätze, offener Kostümwechsel, wo er als Rollen- oder Positionswechsel begriffen werden soll.
Die etruskische Kapitale Volsinii als ein Modell spätkapitalistischer Herrschafts- und Handelsformen unserer Tage steht für eine Gesellschaft, in der permanent verkauft, verschinscht, verhandelt, verhökert, verpackt und eingewickelt wird, was man sich als Ware gemeinhin nur ungenügend realisiert: das Gemeinwesen selbst. Man kauft ein Orakel auf oder Volksvertreter ein. Man schlägt ganze Truppenteile um wie eine schon angegangene Fracht und macht selbst Leichen für den Beerdigungsmarkt mobil. Man spekuliert den Bauern den Boden unter dem Hintern weg und versucht, aus Volkserhebungen noch Profit zu ziehen. Man trägt Gesinnungen mit sich herum, wechselt die politischen Lager wie man Warenlager räumt und haut, in die Enge getrieben, schließlich die ganze Stadt auf den Kopf. Dies alles hat eine Dramaturgie in Rechnung zu stellen, die den groben Handlungsverlauf, eine von Mühen und Fehlschlägen beglei-

tete Volkserhebung, die Tricks der Konterrevolution und die mörderischen Auswirkungen der von höchster Stelle erbetenen Intervention sinnvoll ins Bild setzen will. Sie tut es am besten durch die Andeutung einer sehr künstlichen Emballagenwelt, die die Stadt nicht nur optisch verschachtelt darstellt, sondern als eingeschachtelte Ware, als in Kisten verpackten Handelsartikel, als glanzkartoniertes Umschlagsgut.

Für die Berliner Uraufführung denken wir an sehr wenige Grundelemente, drei Trickbaukästen von den Ausmaßen 2,20 mal 1,30 mal 0,80 Meter und zwei Stelltreppen von 2,00 Metern Höhe. Die Trickkästen sind so beschaffen, daß sie, äußerlich stabil, handlich, begehbar, solide, die Insolidität der Herrschaft im wahrsten Sinne des Wortes beinhalten. Mit Deckeln und doppelten Böden versehen, dienlich als Durchgangsportal und als Geheimdurchschlupf, aufklappbar an den Seiten und mit ausziehbarem Dekorationsmaterial reichlich ausgerüstet, können sie praktisch alles darstellen, was in diesem Spiel verstellt zutage treten soll. Z u t a g e t r e t e n: denn: das Publikum soll an keiner Stelle in Zweifel gelassen werden, daß die Mystifikationen Methode haben und – egal, ob ein Devotionalienhändler seine Wunder aus dem Kasten zieht oder das hohe Volsinii seinen Geschäftspartnern blühende Wirtschaft vorspiegelt – aus der gleichen Ecke kommen. Umdekoration, Umstellung heißt hier also durchgehend: Einblickgabe in Formen und Methoden der Verblendung. Allen technischen Illusionsmitteln ist die Rolle von Aufklärungsmitteln zugedacht. Bühnenzauber dient methodisch der Entzauberung ideologischer Vorspiegelungen. Es ist freilich wünschenswert, daß an geeigneter Stelle dann auch die Grenzen einer Verblendungsmaschinerie kenntlich gemacht werden. Von dem Zeitpunkt an, als den Unteren ihre Lage zunehmend deutlich wird, verlieren die Trickkästen sichtlich ihre Wunderkraft. Sie können insofern nicht nur Verpackung ausspucken, sondern auch besetzt, infiltriert werden; nicht nur ideologische Emanationen entlassen, sondern Verschwörer, subversive Elemente herein. Bis – gegen Schluß – plausibel gezeigt wird: jetzt nehmen die niederen Leute höchst handgreiflich die Stadt in Besitz, jetzt bauen sie sich ein Gemeinwesen nach ihren Zwecken und in eigner Regie.

Entsprechend einer Bühnenkonzeption, die durch Verhüllung enthüllen will, ist die Verpackungsfrage auch für die Kostüme konstitutiv. Den rastlos restaurierenden Altertumswissenschaften nicht ins Konzept zu pfuschen, schlagen wir Entzauberungswissenschaftler vor, auf keinen Fall der vollendeten Vergangenheit nachzueifern, sondern im Dekorations- den Zeitgegenstand freizulegen. Schon der bloße Gedanke an maßgeschneiderte Geschichtstreue bringt alles in einen falschen Rahmen mit Entrückungscharakter, Schmierenindividualismus und «Gebensiegedankenfreiheitsire». «Eine einheitlich raschelnde und knisternde Verpackung aus Papier», wie sie noch die Buchfassung nahelegte, genügte dann freilich nicht mehr der neu erarbeiteten Enthüllungsstrategie. Stattdessen ergab die Gliederung der Kostüme in klassensignifikante Gewänder brauchbarere Aspekte. Ausgehend von der Erfordernis offener Kostümierung oder Umkostümierung ist dabei zunächst an Trikots als eine Art neutralen Elementarkostüms zu denken. Weiter, in groben Zügen, an eine Dreigliederung in Herren-Oberbekleidung, Plebejerröcke und Sklavengewänder, besser, sparsame Applikationen für Unfreie.

a) Die Herren: Um die Herren einer Stadt «lebhafter Industrie und üppigen Sinnengenusses» bei ihrer Bedeutung zu packen, genügt es nicht, sie einfach schlechthin als ‹bedeutend› darzustellen. Luxusgeschöpfe im wahrsten Sinne des Wortes, untätig, aber konsumierend, möchten wir sie uns am ehesten als repräsentative Luxusgefäße vorstellen: Prachtvasen, Prunkamphoren, Imponierurnen. Da sie von produktiver Arbeit himmelweit entfernt sind, kann ihre äußere Gewandung gar nicht künstlich genug sein. Sie sind nicht die Produzenten des Wohlstandes, aber seine Profiteure und Schausteller. Sie haben ernsthaft nichts zu transportieren als ihre besitzergreifende Anmaßung und – ihr Fassungsvermögen. So sollten sie auch schon äußerlich in ihrer natürlichen Bewegung gehindert erscheinen, ihre Gesten sich auf Karikaturen menschlicher Motorik reduzieren. Da sie nicht nur eine Stadt, sondern auch das Bild unserer Bühne auf lange Zeit beherrschen, möchten wir zwar, daß sie das Interesse des Zuschauers auf sich ziehen, nicht aber dessen sprungbereites Identifikationsbedürfnis. Wie die Erfahrung lehrt, kann kein raumfüllender Bühnenschurke schurkisch genug sein, nicht noch so etwas wie Anteilnahme zu erwecken, es sei denn – man setzt sein Volumen als aufgeblasen bereits voraus. So soll der Blickfang, den unsere Nobelmänner bieten, nicht auf den Eindruck von vitalen Schreckensmännern zielen, sondern auf eine Sensationierung, wie sie von aufgeblähten Spottfiguren ausgeht. Erscheinen sie kolossal, so sind sie doch erschütterbar, kaputt zu kriegen.

b) Die Damen der Herren: Weniger ausladend als die Herren, eher wie keramische Rarissima: kostbare Balsamarien, überzüchtete ägyptische Fayencen. Mit einem Anflug von Lächerlichkeit auch sie, könnten die

Puppenköpfe, ähnlich wie bei klassischen Kitschgefäßen, als Gefäßöffnungen, Schmuckschnäuzchen, Ziertüllen auslaufen. Nebeneinander gereiht erscheinen sie als dekorativer, aber inhaltsarmer Repräsentationsfries.

c) Die Plebejer: Sie sind ihrer sozialen Stellung nach Freibürger. Zwar größtenteils verarmt, proletarisiert, sollten sie dennoch nicht in malerische Lumpen gehüllt werden. Sie verfügen über Grundsätze, bürgerliche Maßhaltetugenden, Rechtschaffenheitsansprüche und sollten eher diese als ihren desolaten ökonomischen Zustand zur Schau stellen. Zu empfehlen wären am ehesten sehr schlichte Zweckröcke, eine Art von Überfallgewändern mit berufsständischen Symbolen und Insignien. Ihr Mangel an äußerem Putz soll sie deutlich nach oben hin abgrenzen – gegebenenfalls auch nach unten. Ein philiströses Saubermannsethos ist das Höchste, was sie sich leisten können. Ihre schmucklose Graumäusigkeit kann, als Tugend überkompensiert, zum Ausdruck einer ganz spezifischen Borniertheit werden: nicht zuletzt gegenüber den als putzsüchtig empfundenen Unfreien.

d) Sklaven und Sklavinnen: Im allgemeinen im sehr allgemein gehaltenen Grundkostüm zu denken. Als selbst total verdinglicht, sollten sie so wenig an äußeren Dingen mit sich führen wie nötig. Freilich: da sie eben nicht eine freie Naturerscheinung sind, sondern unfreies Eigentum, unfreiwilliger Besitz, sollten besitzanzeigende Attribute, Eigentümermarken, Firmenstempel den Warencharakter unmißdeutbar anzeigen. Wie es einer durchaus wertvollen Ware entspricht: ein auffälliger, überstilisierter Helmputz zum Beispiel bei den Fechtern, ein augenfälliges Zieremblem bei den Musik-, Tanz-, Badesklaven oder -sklavinnen. Trotzdem bleibt die Dominanz von körperlicher Vitalität und Grazie unangetastet. Die Warenmarkierungen, draufgepappt oder aufgesetzt, können sogar den Eindruck der mißlungenen Domestikation und Eingemeindung kontrapunktisch herausstreichen. Im Gegensatz zu den schwergewichtigen Herren, die sich vor lauter Status kaum noch normal gebärden können, aber auch deutlich von den Plebejern in ihren schmucklosen Umstandsröcken abgesetzt, läßt ihre naturale Stofflichkeit am ehesten noch Elementargesten zu, Äußerungen einer gesellschaftlich randständigen Unmittelbarkeit. Inwieweit auch diese ihre Grenzen hat und Spontaneität noch kein Wert an sich ist, sollte aus der Handlungsweise des Musiksklaven Muze plausibel abzulesen sein.

23. 1. – 19.00 Abflug E. nach Hbg., ich zu Schlenz, Niebuhr 76. – 5 Parteien in der opulenten Bürgerwohnung, u. a. ein 80-jähriges Ehepaar, das sich in der anarchischen WG-Wirtschaft ganz still zu verhalten und zu akkommodieren versucht. Grüßen jeden Eintretenden mit ausgesuchter Höflichkeit/Freundlichkeit, reichen unentwegt Hände zu, warten lauschend am Türspalt, ob die Gemeinschaftsküche frei ist, u. schlüpfen bei Gelegenheit schleunigst hinüber, um ihr Hafersüppchen zu kochen.

25. 1. Besuch bei Peter Schneider und Wagenbach. Ideen sind wieder mal (immer noch) im Umlauf, bei denen ich mich frage, wieweit die Verfechter bereit sind, dafür persönlich geradezustehen. Von mir aus gesehen eiserne Standpunkte hoch oben im rosig sonnenuntermalten Ideengewölk. Richtig rausrücken tut keiner was. Ich als unwillkommener Fragesteller.

26. 1. Zu Röhrbeins, wo gerade eingebrochen worden ist. Wie Karin mit wogendem Gewölbe (besser wie die beiden Schlepper «Energie» und «Ausdauer» in der gischtenden See) mit der Versuchung kämpfte, «die Bullen anzurufen, aber nicht wegen demda» – blonder Mähnenschmiß gegen den zweimeterlangen Schlägermützen-Lenin mit dem roten Zierschleifchen am Revers, wie er als Paradeposter auch in HH in jeder klassenbewußten Abweicherwohnung hängt. Als nach guter Dreiviertelstunde ein Polizist erscheint, eine Art von professioneller Déjà-vu-Erleuchtung: «Die Wohnung kenn ich. Hier haben wir schon mal Hausdurchsuchung gemacht.» Beim Abnehmen der Fingerabdrücke auf allen möglichen Gegenständen plötzlich ein Rohrbruch von Ressentiments in völlig unerwartete Richtung. Daß er immer diese Drecksarbeiten machen müsse. Daß er unterbezahlt sei u. eigentlich eine Stellung in Australien annehmen könne, wenn an ihm «nicht so'n ganzer Schwanz von Familie» klebte. Wunderte sich über den Wandkachelspruch «Brecht die Macht der Monopole», dessen Sinn ihm trotz Karins hochelaborierten Erläuterungen nicht recht aufgehen will. Machte ihn – im Zweifelsfall «Volksvermögen» immer noch probatere Indoktrinationshilfe als Marx u. Mandel – auf seine eigenen Finanzsorgen aufmerksam und reimte ihm einfach aus dem Stegreif was vor: «Was uns fehlt, das ist die Kohle./Brecht die Macht der Monopole!» Er lacht, dippt freundlich an die Mütze u. verabschiedet sich ohne häßliche Nebengedanken.

Im Taxi. Studenten mit lang wallenden, gut gepflegten Nazarenermähnen, die ganz offensichtlich einer Demonstration entgegenhasten. Fahrer: «Na, da sind se ja wieder. 1500 Läusefälle stand jestern inne Bezett. Det kommt davon, wenne Rejierung zu schlapp iss. Wenn se solche Lausejungen zuläßt. Jetz' ham ja neuerdings schon Kinder 'n freien Willen. Dreijährje! Nischt ham se. Wenn bei mir 'n Dreijährjer nich essen will, denn jibs ehmt den janzen Tach nischt, fertich, basta.» – Ich mit Bleistift u. Blöckchen eisern hinter ihm: schade nur, daß man nicht zu jeder Zeit überall sein kann. Volkes Stimme, die mit meinen Bühnenplebejern allerdings kaum noch etwas zu tun hat, weil sie ihren ‹freien Willen› längst an Springer u. seine Bezett verkooft haben. Hat vor kurzem Armbanduhren an alle Berliner Taxifahrer verteilt, um sie minütlich wissen zu lassen, was die Stunde geschlagen hat. Mario Puzo: Der Pate läßt grüßen.

27. 1. Nacht bei Schlenz verbracht – bereits in den Fuffzigern aus der DDR nach Westberlin rüber u. später «Fluchthelfer» nach dem Mauerbau, aber «gern gesehener Gast auf allen Demonstrationen». Obwohl kommunistische Ideen jeder Couleur ihm fremd bis antipathisch sind, pflegt er Freundschaften quer durch alle Gruppierungen u. gestattet sogar, daß ein SEW-lastiger Kommunardenzirkel während seiner Bürozeit Schulungsséancen in seiner geräumigen Wohnung abhält. Hatte keine Ahnung davon und tappste morgens schlafblind, valiumgrau u. mit klaffender Nachtanzughose in die frischgewaschene Illuminatengemeinde hinein. Lauter leuchtende Apfelbäckchen, zum Anbeißen schön, heute mal die Frauenfraktion unter sich, aber waren so innig in den «Kurzen Lehrgang» u. ihre eigenen fleißig erarbeiteten Positionspapiere vertieft, daß sie mich gerade mal als vorüberwehendes Gespenst zur Kenntnis nahmen.

Rückflug HH, und man ist froh, nicht gleich wieder von sonem Taxichauffeur mit dem Springer-Chronometer am

Handgelenk in Gespräche verwickelt zu werden. Abends mit Rosi u. Müff TV: Film über Schwule, der mir allerdings kaum zur Sympathiewerbung tauglich schien. Eingeblendet eine Lehrerin beim Sexualkundeunterricht: «Und was haben wir da?» – «Und was passiert, wenn das Blut in den Schwellkörper gerät?» – «Richtig, eine Erektion!» Wie anmutig im Vergleich dagegen unsere guten alten Aufklärungssprüchelchen Marke «VVM»: «Zitrone – Banane/An der Ecke steht ein Mann/Zitrone – Banane/Er lockt die Mädchen an/Zitrone – Banane/Er nimmt sie mit nach Haus/Zitrone – Banane/Er zieht sie nackend aus» pp.

Erzürnt über Röhl, der Ulrike-Serie plant. Hat natürlich gewisse Intimkenntnisse, über die sonst keiner verfügt, aber soll die Schnauze halten – als die Wahrheit abnehmen wird es ihm sowieso kein Mensch auf der Welt. Die Heilige und ihr Vermarkter. E., die von gemeinsamer Studienzeit her auch so einiges zu erzählen hätte, hat bislang jedes Interview verweigert, was ich als Haltung bewundernswert finde. Alles will irgendwie mitreden bei diesem ganzen Partizipationsspuk. Von der Wundererscheinung höchst persönlich berührt worden sein. Habe mich in «Jahre» ja auch geäußert und ihr ein psychogrammatisches Medaillon gewidmet, aber mich doch entsprechend im Rahmen gehalten. E., die Röhl anrief, aufgebracht u. mit der angebrachten moralischen Eindringlichkeit.

28. 1. Verlag u. Fahnenkorrekturen nochmals überprüft. Mit Freimut Duve und Manthey beim Nanking-Chinesen. F. D. mit ausgesuchten Spezialkenntnissen über lokale Verflechtungen (richtiger, einem schon sehr gediegenen Billardfilz) zwischen SPD, Hamburger Großkapital, Handelskammer und Springerkonzern: welch ein Machtapparat und welche

Verwahrlosung jeder Gewaltenteilung. Anschließend zu Al. u. in der richtigen Laune, ihr bei einer BILD-Collage/Montage für Kunstunterricht zur Hand zu gehen. Bildzeitung als Klappfigur, die sich – rosa Gummihandschuhfinger an beiden Seiten – Seite für Seite selbst zu erblättern vermag. Ein sich bei jedem Griff wüster und widerlicher eröffnendes Innenleben aus Mord, Totschlag, Kinderschändung, Kriegsbrandstiftung, Hof- und Sportberichterstattung: An alle Unholde! Wurde richtig arbeitswütig und mordslustig das Kind beim gemeinsamen Herumhantieren u. bedrang mich mit blauen Bittstelleraugen, noch zu bleiben u. das gelungene Produkt zu begießen, aber schob meinerseits dringende Verlagsbesprechungen vor, die ich konkret bereits hinter mir hatte. Anschließend zu Müff, der sich das Rauchen abgewöhnt hat u. in zwei Wochen fett geworden ist.

29. 1. Anruf von einem Freund meines «Volksvermögens» – DDR-Rentnerbesuch. Sprach mecklenburgisch wie eine singende Säge. Als ich ihn abschließend fragte, welchen Namen ich mir notieren dürfe: «Fick – wie das Wort.»

Endlich lange geplanten Brief an Böll geschrieben, der irgendwo geäußert hatte, «BILD ist nicht nur Krypto- oder Neofaschismus, sondern nackter Faschismus». Solidaritätssignal über alle Zweifelsfragen hinweg. Wenn er Leute für seinen Schützengraben sammle, ich wär dabei!

29. 1. Roseburg – und das Haus verwaist bis vermummt. Gerade eben noch Stoff für mein seit Jahren geplantes Handwerker-Stück. Abends zu Röhl, der sich einsichtig bis zerknirscht zeigte. Trabten mitsammen eingehakt durch den Schnee (er in seinem knöchellangen «Mausbiber», s. auch

unter Perry Rhodan, den er sich Heft für Heft einzieht) u. hörte mir später bei Sekt u. Cognac Ulrikes flehentliche Liebesgeständnisse an («Es folgt dem Hirschen die Hirschkuh», s. Bert Brecht), Zeugnisse einer an Hörigkeit grenzenden Anhänglichkeit noch zur Zeit ihres selbstgewählten Berliner Exils. Alles sehr zu Herzen gehend u. zur Aufhellung meines Gemüts schließlich durch ein Tonbanddokument früher Luruper Erziehungsexperimente ins Vergnüglichere gewendet. Statt liberalistischem Laissez-faire u. grünstichigem Summerhill-Geist eher Szenen aus Hoffmanns «Struwelpeter»-Bilderbogen: «Die Hände auf den Tisch! hab ich gesagt. Und das jetzt schon zum 2. Mal. Also bitte etwas plötzlich!» – Röhl: daß unser famoser Verfassungsschutz Ulrike immer nur «unter ihrem Künstlernamen Ulrike Meinhof» gesucht habe, eine Gespensterjagd sozusagen, bzw. die Verfolgung einer literarischen Schattenexistenz, die mit ihrem amtlichen Personalausweis alle Fahndungsraster u. Filterstationen mühelos habe unterlaufen/überflügeln können.

30. 1. «Jahre» als Nr. 1 der neuen «Rowohlt-dnb-Reihe mit dem roten Rand» nun bereits unterwegs u. insofern schon im Vorhinein in ein riskantes Rampenlicht gerückt. Schwere Grippe, die alles wegpolstert, Hoffnungen sowohl wie Bedenken. Setze ja immer gern mal Bücher in die Welt, wie sie so o. ä. von niemandem anderen gewagt werden (s. VVM), u. da kömmt es natürlich drauf an ... Kopfschmerzen, die ich sonst gar nicht kenne, verklebter Hals, juckender Rachen. Fahnenkorrektur – doch ob auch zum Bessern? Heinemann-Einladung an diverse deutsche Dichter, eine absolute Novität im gestörten Kommunikationsgeflecht zwischen Literatur u. Politik. Hektografierter Wisch: «Wenn finanzielle Dinge Ihnen die Annahme der Einladung er-

schweren ...»: In Versalien ERSCHWEREN nachgemalt, dann Angabe beider Konten, Postbank, Commerz.

31. 1. Anruf Frank Grützbach (ehemals Film-Assi von Helmut Herbst, Literarisches Colloquium: «Abends wenn der Mond scheint»), nun zu meiner Überraschung zum Böll-Adjunkten avanciert. G. mit Dank u. Grüßen von B.: Ich hätte ihm «einen so famosen Brief geschrieben», könne aber im Augenblick nicht persönlich antworten, da in Vorbereitungen für SU-Reise verwickelt. Immerhin als Epistolograph gewürdigt, was meinem allgemeinen Interesse an subjektiven Mitteilungs- oder Vermerkungsformen entgegenkommt. Unschätzbarer Vorzug gegenüber meinen auf ganz anderen Ebenen angesiedelten Theater-Experimenten, daß sich keine Zweit- oder Drittinstanzen zwischen den Autor u. seine Adressaten schieben. Bei Memos u. Tagebüchern womöglich ganz vorteilhaft, wenn man gar nicht so aufregend viel erlebt hat, nur paar selbstleuchtende Details augenblicksgetreu wahrgenommen. Was Ernst Jünger alles so nebenher beim Erbsenlegen beobachtet! Als Gefahr dabei freilich immer heimlich mit im Spiel: Das Sichverlieren in einer kleinkrämerhaften Erbsenzählerei.

Rudolf Woller, ZDF: Film über «Spartakus». Bildmaterial, das angeblich für sich selbst sprechen soll. Es sprach aber fortlaufend nur Roland Kimmich vom RCDS, krächzende Hetze, wie sie heute schon wieder bei jeder Anstalt ein Sprachrohr findet. Von beachtlichem ästhetischen Reiz die Sprech- u. Klatschchöre. Vergleichsweise grobe Agitationsmittel, aber durch wechselnde Rhythmen eindrucksvoll organisiert.

1. 2. 10° minus. Grippe. Elbe eist langsam zu. Kreiselnde Schollen in der Fahrrinne, am Rande u. in Ufernähe eisern unbewegt. Anruf Hans Bender, der im WDR Faecke vertritt, daß er Ms. nicht mehr einrichten könne, wozu er freilich 3 Monate Zeit gehabt hatte. Stattdessen das bekannte Sprüchelchen: «Arbeiten Sie mal etwas für uns, es wird auch gut bezahlt, 2000 Mark.» Sendung D-Land-Funk über Mäzenatentum. 15 247 Millionäre in der BRD. Eine einzige Spendierhose würde mich halbwegs mit dem System versöhnen können.

Jetzt schon wieder im Zweifel, ob ich am 8. zum Heinemann-Schriftsteller-Empfang fahren soll. 2 Tage Zeitverlust, um dann vielleicht gerade 2 Minuten lang mit H. zu sprechen.

Hatte 1965 mal ein kleines H.-Porträt verfaßt («Plädoyer f. eine neue Regierung», rororo aktuell), und daß ich in seinem Kreise nun als Quizmaster/Moderator tätig werden soll, bezeugt natürlich eine gewisse rührende Anhänglichkeit. Es ist leider nur so, daß mir solche Rollen nicht liegen u. daß ich außer meinen eigenen – randständigen – Berufsbeschwerden keine Innungs- oder Verbandsinteressen vertreten kann.

2. 1. Luft feucht, klebrig. Anruf Schütte (FR), der Ulrike-Kapitel vorabdrucken will. Verlag hat Ms. «Jahre» rechtzeitig an alle möglichen Sender u. Zeitungen geschickt, ohne jegliche Resonanz, siehe Bender, WDR, u. von Interesse scheint einzig was grad die politisch aufgeheizte Szene bewegt. Habe gar nichts gegen FR, aber zahlt ja auch nur für die Gesinnung u. nicht für den Stil, was praktisch heißt, ein Viertel. Abends nervöse Hustenanfälle, Zwangsjucken, Zwangsniesen, wobei der bloße Gedanke an solche Attacken neue An-

fälle auslöst. Adiphen. Valium. Hexoral-Spray. Durenat. Eine Rolle als Sandwichman für die Pharma-Industrie schiene mir nicht ganz außer der Welt. Als Idee nun leider zu spät, für jedes erwähnte Präparat die entsprechende Anzeigenseite einzuwerben.

3. 2. Sonne diffus, Glast, Petroleumdunst untermischt. Kopf benommen, das ganze Herz voller Wut, ein erboster rebellierender Zweitakter. Backlash auf ganzer Front. Kein Mensch will vorabdrucken oder senden. Nachmittags im Radio, daß ein Georg von Rauch wegen Polizistenmordes zu 12 Jahren Knast verurteilt worden sei. Die Welt wieder mal als ein allumfassendes Man-glaubt-es-nicht! Pastorentöchter und Professorensöhne, die sich ihrer Vaterkomplexe in effigie zu entledigen suchen, u. unsere sentimentalischen Sympathisanten verschleichen sich wieder mal wie Fürze um die Ecke, wenn statt des «Marsches durch die Institutionen» ein ultimatives «Sit-in» angesagt ist. Muß wieder raus aus meiner Höhle. Öffentlich zulangen. Sehe nur leider keinen halbwegs konkreten Hebelpunkt im Gelände, weil auch «konkret» sachte, aber sicher zu einer kaum noch ernstgenommenen Winkelpostille verkommt.

5. 2. Finanzgespräche bei Rowohlt. Projiziere etliche Vorhaben an die utopienabweisende Wand des Hauses. Sammelband Gedichte, politische Aufsätze, Recherche für Gruppenpsychogramm B & M, was von keiner der kriegführenden Parteien her mit der nötigen Objektivität in Angriff genommen werden kann. Wegner fragt mich nach meinen finanziellen Vorstellungen, u. ich pokre gleich wild drauflos: 100.000 Deem. W.: «Na, da streichen wir zunächst mal ne Null.» Abends zu Wolffheims, wo auch Winne Fedder u. Sibylle, die

freundlichen Glanz verbreitet. Kniet sich vor mich hin u. beißt mir ins Knie. Müff, der mir einreden will, ich hätte «keine Chance», und er wolle mit mir «um sie kämpfen».

5. 2. Sonne. Mehliger Kopf. DDR-Sportnachrichten über Winterolympiade in Sapporo. Hat ja, was die Leistung, dito Medaillen anlangt, durchaus etwas vorzuweisen, was an mir als gesamtdeutschem Patrioten nicht völlig vorbeigeht. Wenn da bloß nicht alles gleich zum Surplus des Systems hochgerubelt würde. Ziemlich unerträgliche Selbstbelobigungsgirlanden in einer doch wohl eher Non-Bananenrepublik.

7. 2. Milde Luft, 8° plus. In Erwartung v. Anruf Bundespräsidialamt, wo man mich tatsächlich als Ausgleichs-Equilibristen ins Auge gefaßt hat. Statt dessen Aleke, daß ich neulich zu früh weggegangen sei u. sie mit ihren Gefühlen u. Gedanken alleingelassen hätte. Sei anschließend mit hochrotem Kopf auf ein Fest gestürzt und habe dort einen Jungen zum Tanz aufgefordert, was mangels einer lenkenden Hand allerdings auf ne ziemliche Holterdipolterpartie ausgelaufen sei. «Ich hatte das Gefühl, als ob ich Kopfsteinpflaster unter den Füßen hätte.» Dann mit jemand anderem auf seine Bude, wo sie – wieder mal bzw. immer noch mit ihren «Gedanken total durcheinander» – aber bald fortgelaufen sei. Heute nun, mit gegen mich gerichteten «Rachegedanken», eine Silvesterbekanntschaft aufgesucht und dem jungen Mann «an den Schwanz gefaßt», aber er habe «aus Übersättigung nicht gekonnt». Nun säße er nebenan u. hätte ihr vorgeschlagen, sie mit in ein Haus zu nehmen, «das er plötzlich erworben haben will». Sagte zu ihr, das würde wohl ein Privatpuff sein, und da könnte ich als Spezialitä-

tenliebhaber ja mal vorbeikucken. Wut, Eifersucht u. ein seltsames Mitleidsweh, die in meiner Brust wild durcheinanderwogen. Trotzdem das ganze wüste Gemisch mit der Zeit von einer gefühlsundurchlässigen Eisschicht überwachsen. Dies jetzt durchstehen noch u. ihr selbst das Messer für den Trennungsschnitt zuspielen, obwohl Vadder Meibohm mich neulich nochmal ins Gebet genommen hatte: «De Lotse will von Bord gohn? Nee, dat geiht nich. Anners löppt mi de Deern noch vollends ut'n Roor» (zum Verständnis für die in 50 Jahren Externen «aus dem Ruder»). Sie zum Schluß: Wenn ich sie halten wolle, solle ich s o f o r t zu ihr kommen. Ich – nun bereits in eine undurchdringliche Eislinse eingeschlossen –, nee, das ginge leider nicht, weil auf der anderen Leitung warte gerade der Bundespräsident, und auch anschließend sei hier noch lange kein Ladenschluß.

Dann Anruf KP-Kantstein wg. Notstandsresolution. Dann Ohl, Theater Köln, wg. 50er-Jahre-Revue. Schließlich Döhring vom Präsidialamt, aber alles gleitet und schießt bei anhaltend starkem Seegang nur wie losgerissenes Treibgut an mir vorbei. Weiß schon gar nicht mehr, was ich im einzelnen ausgemacht u. abgesegnet habe. Meine mehrerlei Leben, die kaum noch was miteinander zu tun haben. Aber immerhin Leben!

Drüben die Elbtunnel-Ramme (Lüfterbauwerk Süd), die jetzt schon monatelang die Spundwandpfeiler in den Ufersaum rummst und selbst noch in 500 m Entfernung die grünen Großmuttersherrygläser im Biedermeierschränkchen aneinanderklingeln läßt. Bereits beim «Bäcker» nebenan u. gar im «Lotsenhaus» oder bei Niemann tanzen einem die Kartoffeln auf dem Teller rum und jumpen die Schollen über Bord. Tief in «Lombard»-Korrekturen versunken – die böse

Szene, wo Wilma und Eurydike um die Rolle der Loreley bei den Gipfelfestspielen kämpfen – als ein zages belegtes Stimmchen sich noch einmal am Telefon meldet u. reumütig um ein Gespräch in Dammtornähe bittet. Trafen uns bei der U-Bahn Hallerstraße, wo ich neulich mein Auto hatte stehen lassen, u. gondelierten hip-to-hip durch ein bis zur Unkenntlichkeit hochgemöbeltes Pöseldorf, alle Gemütlichkeit raus und kaum noch als Hamburgensie wiederzuerkennen. In den «Psdfr. Bierstuben» trotzdem lustig mit Jubitulpen u. Kakaobechern angestoßen. Nach 5 Doppelten beide zufuß z. Dammtorbahnhof, naßtote Grünanlagen, unangenehmes Niesel-Geschniesel, wenige Leute im Geschwindmarsch an uns vorbei, aber als ein Trupp angeschickerter Messe-o.ä.-Besucher lärmig u. ausgelassen auf uns zukam, ratsch, den grün-weiß-rot gestreiften Pullover hochgerissen u. lasziv mit den Birnchen geschlackert. Sagte, «Al! – mach dich nicht lächerlich! Und mich gleich mit dazu!» Aber es lachte gar niemand, sondern starrte nur neugierig, neidisch ergriffen und fast hochachtungsvoll hinter uns her. Dann der Bahnhof. Dann der Zug, schneller als wir ihn eigentlich erwartet oder herbeigewünscht hatten. Dann die zögernden Stoffstiefelchen, ob sie wirklich schon wegmüsse oder ob wir nicht noch die nächste Bahn abwarten wollten. Aber ich sagte, es wäre für sie die letzte, und nun mal hopp, und nur schnell nochmal vom Abteil aus die Pfötchen gegen die Scheiben gepatscht, letzter Poststempel Dammtor, allerdings schneller verdunstet als der Zug außer Sicht. Ja, es ist so. Und es ist sogar herzrührend. Aber gerade deswegen kann es nicht so bleiben.

9. 2. 72. Rückflug Lufthansa-City-Jet Bonn-Hamburg. Gestern auf dem Flughafen zuerst auf das ungleiche couple Scholz-Doutinee gestoßen, paar Bubblegumsätze, kaum ge-

meinsame Ansichten v. d. Welt, fremde Sphären. Im «Hotel Steigenberger» in meinem abgetragenen Parka u. blauen Rollkragenpullover zunächst wie ein beatnik gemustert, aber da edelgewandete Freunde und Kollegen mich fast schon hc-mäßig begrüßten, beim Empfang mit besonderer Höflichkeit abgefertigt. Harun al Raschid im Bettlergewand zu den Irdischen niedergestiegen. Koffer hoch, Klo, Zähne geputzt, dann in allmählich gebotener Eile zum Bundespräsidialamt, wo die Wachen vor uns salutierten und das Protokoll seinen seit Jahrzehnten eingebimsten Verlauf nahm. Umgangston im Dienstgebäude bemerkenswert unangestrengt kommod, Einrichtung auffällig bescheiden bis démodé, beinah kleinkariert und in nichts an den mächtigen Industriestaat erinnernd, der sich in ihr repräsentierte.

Weiter zum Palais Schaumburg, wo die Lüsterpracht schon einiges mehr von sich hermachte und befrackte und weißbehandschuhte Butler sich meines Parka und meiner speckigen Schirmmütze und meiner Flickenfäustlinge annahmen, als wären es Reichsinsignien, allerdings, um sie dann so unauffällig und schnell wie möglich in der hintersten Garderobenecke verschwinden zu lassen. War wie bei anderen Rats-, Staats- und Magnatenempfängen in meinem Werktagshabit aufgekreuzt – Cordhose und Pullover-kombination, a. Rolli, b. Vaui – und fühlte mich zum ersten Mal in meinem Leben beschämend fehlangezogen. Richtung Proletlook, der mir zunehmend peinlicher erschien, als dann auch noch das Fernsehen angerollt kam u. der Präsident und Frau Hilda mich huldvoll herzlich ins Gespräch einzubeziehen suchten. Habe außer meinem abgetragenen Hochzeitsanzug aber ja wirklich keine herzeigbare Festtagskleedage, nicht mal passablen Zweiteiler, seltsamer Eindruck gewiß auch bei den Kollegen, die sich zu wundern schienen, warum Heinemann gerade mich an seine grüne Seite beschieden hatte. War schon froh, daß er seinerseits ausschließlich private Verwandt- und Bekanntschaft hinzugeladen hatte, richtig zivilistischer Freundschaftskreis, nur das obligatorische Cordon bleu dann doch bißchen allzu allgemein und an meinem durch Evas Hammelbraten-mit-Bohnen-und-Preiselbeeren verwöhnten Gaumen vorbei.

Appetitmindernd außerdem, daß ich für die überheizten Räume viel zu warm angezogen war u. den Umständen entsprechend nicht mal einfach den Vaui über den Kopf ziehen, über die Stuhllehne hängen und mich anschließend kämmen konnte. Und worüber sollte man plaudern – mal in die eine und dann gleich wieder die entgegengesetzte Richtung – da Essen und Reden für mich seit jeher zweierlei Gnaden sind. Kann beim Kauen mit den kaputten Zähnen nicht auch noch gleichzeitig Sätze von mir geben. Kriegte die Lippen kaum auseinander. Eine vernagelte Situation.

Bangte die ganze Zeit lang dem Augenblick entgegen, wo es an mir sein würde, die Stimme zu erheben, um die Diskussionsleitung zu übernehmen – Diskussionsleitung? – Ich? – der ich mich auf der Brettlbühne zwar jeder Zeit aus der Privatschatulle ins Weltall zu entäußern vermag – aber im Moderatorenfach nachweislich eine Zero-Zero-Nummer bin. Im Vergleich jeder Robert Walser oder Franz Kafka ein weitaus überlegener Talkmaster. Trotzdem nahte – Mamma gli turchi! – unaufhaltsam der Moment, bzw. nahte nicht nur, sondern kam auf mich zu, war da, und dann tupfte der Präsident sich grad nochmal den Soßenrest von den Lippen und eröffnete aufmunternd seine Hand – drei – zwei – uuuuund meine Lippen taten sich auf und meine Wörter begannen sich zu beflügeln, und ich verteilte die längst auf ihren Einsatz gewartet habenden Stimmen so vorurteilsfrei und gerecht, daß man mich am Ende für einen leibhaftigen Sultan Saladin hielt, der über alle Rang- und Glaubensunterschiede hinweg noch der letzten Piepsmaus einen kleinen Meinungsbeitrag entlockte. Die unter meiner, an unseren Jazz-u.-Lyrik-Auftritten trainierten Taktführung sichtlich aufblühenden Kollegen. Das aufmunternde Gezwinker von Frau Hildas menschenfreundlichen Krokodilsaugen. Das mich rückbelebende, so bestimmt wie bescheidene Auftreten Hochhuths, der nicht bloß allgemeine Ansichten, sondern positive Sach- und Datenkenntnisse vorzuweisen hat: ein curulischer Ausgewogenheitsgestus, der seine halbseitige Gesichtslähmung und das linke fast blicklose Auge völlig vergessen läßt. Und schon wieder vorbei die Vorstellung. Dank des Vaterlandes. Freundliches präsidiales Schulterklopfen in Betr. der dann doch wohl ganz gut gemeisterten Moderation u. abschließende Shakehands: eine merkwürdig schlaffe u. weich skelettierte (fast schon als entbeint empfundene) Hand in meiner durch die hinter mir liegenden Land- und Bauarbeiten gehärteten.

Abends mit Bingel, Härtling u. Fichte im «Bierstübel». Spaßeshalber mal überschlagen, was über Tag u. Abend so durch mich hindurchgeflossen war – ganze Ströme! Im Flugzeug 3 x Bloody Mary. Um 17.20 Schoppen Mosel. Um 18.00 doppelten Weinbrand, 19.00 2 Gläser Sekt u. im Verlauf der Diskussion 2 doppelte Klare, 2 doppelte Weinbrände, 1 Gl. Weißwein. Fortsetzung Kneipenverzehr: 3-facher Malteser, 1 kl. Bier u. auf dem Zimmer nochmal 3-stöckigen Cognac. Viel Restenergie, und da kein Tanzboden in der Nähe, wo man sich die Prozente wieder hätte raushotten können, kleine Passepartoutbriefchen auf Steigenbergerpapier, bis die Kunstledermappe leer war.

Von irgendwo und überall
Sehr herzlich grüßt ein Flügelphall.

Also schon ziemlich naturgetreu, was man sonst eine Schnapsidee nennt, und am folgenden Morgen eher erleichtert als bedauernd zwischen meinen Rückreisepapieren verstaut.

10. 2. Auf dem Flugplatz ganze Clans von gold- und silberbehangenen Praliné-Negern, krachbunte Überwurfgewänder u. verwegen rum- u. numgeschlungene Wickelröcke u. mich sofort an einige unverhohlene Spitzen Heinemanns erinnert gefühlt. Wahrhaftige Heerscharen von schwarzen Potentaten u. ihren Prinzengarden unterwegs, um Entwicklungsgelder für ihre privaten Prunkpaläste u. Swimmingpools einzuwerben – eine Heuschreckenplage. H., der zwar keinen Namen erwähnte, als er von «gewissen Herrschaften» sprach, die bei Auslandsreisen gleich ihre gesamte Sippschaft mit sich führten, um sie bei Regierungsstürzen (in Abwesenheit) sicher in befriedete Schweizen hinüberzuretten. Aber unschwer herauszuhören, daß er den kürzlich auf Bittstellertour vorbeigerauschten Menschen- und Diamantenfresser Bokassa meinte. Schon bemerkenswerte Zumutung, welchen Monstren u. Plagegeistern ihrer Länder u. Völker man gelegentlich aus reiner Staatsräson die Hand schütteln müsse. Blickte halbheimlich auf die seine, ob er sich nicht etwa schon einen bösen Grind zugezogen hätte.

Abends bei Oertels, wo Haug von Kuehnheim erzählte, daß für Hubert Fichte eine handgemalte Tischkarte «Frau Fichte» vorgelegen habe. Erst in letzter Sekunde durch ein getipptes Namensschild ausgetauscht.

11. 2. – 4 Stdn. geschlafen, dann Verlag, Umbruchkorrekturen «Jahre, die ihr kennt». Doch ganz gehaltvolle Wundertüte, die etwas ans Licht bringt, was mir selbst vorher noch nie so klar gewesen war: in voller Länge mich. Auf dem Rückweg kurz bei Al. vorbei und Schularbeiten («Komm wir wollen in den Garten gehen», Gertrud Kolmar) dazu 1/2 Fl. Whisky, um meinen mit ganz anderen Dingen befaßten Zwangskadaver wenigstens für 2 Stdn. verlassen zu können. War mir bei GK bis zum Schluß nicht klar, ob es sich wirklich um eine lyrische Schiffsschaukel handelte oder nur um Kitsch für Kinder. Gegen 22.00 zuhaus, wo E. im neuen bunten Hosenanzug auf mich gewartet hatte. Es berührte mich an einem Zusammengehörigkeitsnerv, der mir meine ganzen Verworren-/Verworfenheiten fast schändlich erscheinen ließ u. ich ihr unendlich gut war. Sehr spät noch Telefongeklingel u. auf der andern Seite kein Echo – nur ein verschnupftes Atmen. Hörer haßvoll aufgeknallt, öffentlich lamentiert u. innendrinnen f. mich Gelübde, Gelübde, Gelübde.

13. 2. Großer Aufräumetag u. in Gedanken an neue Projekte. Besuch von Rino Sanders (Toscolano/Cecina), der berichtete, daß sich Haffner begeistert über mein Ulrike-Medaillon (in FR) geäußert habe. Hatte bei E. um Antibabypillen nachgefragt, deren Vertrieb in Italien untersagt ist. Wahrhaftige Panikanwandlungen, sehr hübsch in Szene gesetzt, auf seine alten Tage nochmal ein Kind gezeugt zu haben. Be-

schwörende Selbstansprachen: «Nein, das ist unmöglich! Nein! das darf nicht sein!» Lebt, seit er eine gut dotierte Lektorenposition bei Ro aufgegeben hat, in freien (= finanziell beengten) Verhältnissen, und ich hörte so etwas heraus wie: «Wenn ich jetzt eine Jahresration kaufe und dann doch ein Kind bekomme, welche sinnlos verschmissenen Lire!»

14. 2. Anruf Dieter Zimmer, daß er den Ulrike-Aufsatz so gern in der ZEIT gebracht hätte! Gemischte Gefühle. Einerseits die Genugtuung, meine Fähigkeit als Porträtmaler gewürdigt zu sehen, andererseits die Entwürdigung durch das aktuelle eingeengte Interesse an szenenläufigen Reizartikeln. War mir zu fein, ihm zu sagen, da gäbe es doch noch weitere Anekdoten, Episoden, soziobiografischen Zündstoff die Fülle, aber weiß natürlich schon, daß sich gerade stilistisch aus dem Rahmen fallende Bücher nur dort eröffnen, wo sie einer allerallgemeinsten öffentlichen Neugier entgegenkommen.

15. 2. Versucht, Röhl zu erreichen, wo sich ein Kind meldete, Papa gäbe gerade ein Fernsehinterview u. würde mich am Abend zurückrufen. Nach paar Stunden nervschindendem Gewarte gleich wieder in Zwangsanwandlungen verwickelt, daß das Ulrike-Porträt ihm oder Peter Coulmas mißfallen haben könnte. Diese mich ständig begleitenden Befürchtungen, befreundete Personen gekränkt, beleidigt oder in ihrer Selbsteinschätzung herabgesetzt zu haben. Kann nach den erfolglosen u. erniedrigenden Jahren, von denen niemand nichts weiß – sechs-sieben Jahre verfehlter Hoffnungen auf eine Anerkennung meiner theatralischen Experimente –, nur noch Zuspruch ertragen, u. der geringste kritische Kratzer rührt sofort an mein innereingeweidliches

Harmoniesystem. Als Gedanke, daß meine gesamten weltlichen Belustigungen nur das trotzige Kompensat einer nicht abreißen wollenden Kette von kaum erträglichen Zurückstufungen u. Hintansetzungen sind. Hatte ehrlich gehofft, mit antizipierendem «hohen muot» dem Theater einen kleinen abweichenden Schubs nach vorn versetzen zu können, bis man mir von den unmöglichsten Seiten her bedeutete, daß ich mittlerweile rettungslos vermorschte Bühnenplanken betreten hätte.

Bis 4.00 morgens Zeitungen ausgeschnitten f. ZEITROMAN o. ä., aber die Helden und -Innen der laufenden Szene scheinen mir weit weniger interessant als der kleine Spiralnebel von poetisch behauchten Figuren um mich herum. Finanzielle Lage dabei von Tag zu Tag desolater. Stillegung von landwirtschaftlichen Betrieben wird allgemein subventioniert – werde wild in den kapitalistischen Kulturbetrieb hineindrohen, den Betrieb in meiner Lit-Klitsche einzustellen. Hört Ihr das Schweigen?! Donnergrollt es euch nicht als unverzeihliches Versäumnis ins Bewußtsein ???

Rino Sanders, der noch einmal vorbeikuckte und mich in dem ganzen grauen Buchstabenmüll herumwirken sah: In die «Welt» brauche er nur e i n m a l hineinzusehen, um Bescheid zu wissen. Najanun, Bescheid weiß ich auch, aber darum geht es ja gar nicht, siehe Marx, d. h. die Welt zu erkennen, sondern genossenschaftlich auf sie einzuwirken. Habe in Verfolg meines täglichen Ausschneidedienstes auch mit den Jahren erst richtig mitbekommen, in welchem Maße ein privatkapitalistischer Indoktrinationsbetrieb höchst massiv in unsere wirklich vorhandene Welt hineinfunkt. Bundesdeutsche Innenpolitik – Ostpolitik – Wehr- u. Aufrüstungspolitik – Eingemeindung in die NATO, alles klar. Aber die

Einflußnahme reicht ja viel weiter und bis tief ins Unterfutter unseres nur noch scheinbar demokratisch verfaßten Gemeinwesens hinein. Senatoren werden gemacht oder ab-serviert. Die Hochschulpolitik ihrer Selbstbestimmung beraubt und in der Besetzung ihrer Lehrstellen ferngelenkt. Praktisch das gesamte hansestädtische Korporations-, Vereins- und Verwaltungswesen aus den Angeln gehoben und zu einem willfährigen Marionettenset umdirigiert – ein mit Händen zu greifender Modellfall für die Verwandlung einer sogenannten Freien und Hansestadt in eine ‹total institution›. Von hier aus gesehen selbst die Wandzeitungen unserer Unis u. die Umlaufzettel einer disparaten Opposition noch als letzte Leuchtzeichen von ununterkriegbaren Minderheiten zu lesen.

16. 2. Zu Röhl, der wider alles Erwarten von meinem Ulrike-Porträt recht angetan war. Nahm im Hinblick auf sich selbst nur an dem Begriff «Kotzbrocken» Anstoß, obwohl ich ihn nur als Zitat verwendet hatte. KRR: «Da hätte dann (in Klammern) dahinterstehen müssen, ‹was er in Wirklichkeit gar nicht war›.» Er besäße vielmehr «eine hochdifferenzierte Seele», und seine Lust, sich mit anderen Leuten anzulegen, egal, ob er dafür Prügel beziehe, beweise vor allem seine «unbestechliche Zivilcourage». Oft sehr niedlich in Hervorkehrung seiner vorteilhaften Eigenschaften u. erscheint mir als Unterhaltungsfeuerwerker immer noch unübertrefflich. – Nachts Asterixlektüre. Wirklich hübsche Rückwärtsutopie, dies vertrallte u. verknaupelte Fabelreich, u. in der sich nahelegenden Übertragung ROM = USA u. ihren vergleichbaren hegemonialen Hochmut ein wahrhaftiges Erbauungsprodukt.

17. 2. Mit dem Gefühl zum Briefkasten, wenn man gut ausgeschlafen hat, bedarf es eigentlich keiner weiteren Ermunterungen von außen. In die hormonal influenzierte Hochstimmung hinein um 14.00 Anruf einer schluchzenden u. bis auf den tiefsten Daseinsgrund zerrütteten Al. Schmetterte ihr ein fürchterlich lebenslustiges Donnerwetter entgegen, aber lenkte den Kahn – da ich die Folgen nicht absehen konnte – augenblicklich wieder in befriedete Gewässer. Himmelja, bin weder blöd noch blind, und erkenne in ihren Konvulsionen das unlösbare Leiden ihrer einsamen Wochenenden und einer von Gott und der Welt u. auch mir im Stich gelassenen Einzelgängerinnenexistenz. Aber ich kann diese Flammen nicht löschen, und ich sehe in ihrer unstillbaren Liebe auch schon längst keine Himmelsmacht mehr, sondern ein Höllenfeuer, dessen Funkenflug ich mit allen Mitteln der (Überredungs-)Kunst auszuweichen suche. Weiß überhaupt nicht mehr, wie die Sache zu einem gütlichen Ende zu bringen ist. Selbst der Vater bittet mich – nein, nicht um Beendigung des unhaltbaren Zustands – sondern um noch ein ganz klein bißchen «Bistand bit to 'n Abbi».

17. 2. Besuch von Ohl u. Krämer wegen Theaterprojekt. Haben tatsächlich 10 000 Märker für ein noch zu schreibendes Stück aufgetrieben, schienen guter Dinge u. rochen gewaltig nach Herrenparfüm. Fragte mich u. dann sie, warum man nicht lieber gleich den «Lombard» aufführen wolle – das sei doch ein Stück (ja, Filetstück) direkt frisch vom Schlachthof des herrschenden Kapitalismus u. insofern bloody comedy. Fehlte nur noch'n bißchen Musik u. Goodwill von der Direktion. – Anruf Wagenbach, der sich von meiner Titelbebilderung hingerissen zeigte – telefonische Purzelbäume.

Abends bei Hertha Borchert (der Mutter des Dichters), die ihren 77. mit mir nachfeiern wollte – eigentlich einen Wiedergeburts-Tag. Ihre Beziehung zu dem 26- bis 28-jährigen Maler Christopher Stunt, die sie richtig neu beschwingt und verjüngt, aber auch ins gesellschaftliche Abseits gedrängt hat. Zeigte sich in verwegen aufgeföhnter Marlene-Dietrich-Tolle – alle biederbürgerlichen Grenzen ihres familiären oder freundschaftlichen Umgangs kühn überschritten – und fragte mich, was nach ihrem Tode mit den Christopher-Briefen geschehen solle. Spürte fast so etwas wie die Versuchung, posthum noch einmal mit einer Surprise aufzuwarten und den Briefwechsel zu veröffentlichen. Riet ihr von allen unkalkulierbaren Abenteuern ab – auch ich hätte einige Seekisten voller Konterbande im Haus, Tagebücher nebst beigelegten Postalien – also alles verschnüren, versiegeln u. in den tiefsten Kellergewölben der Stabi auf sich beruhen lassen. Testamentarische Verfügung obendrauf: «Zur Einsichtnahme erst 50 Jahre nach meinem Tode freigegeben». «Aber dann lebt Christopher ja noch, und wer weiß, in welchen Verhältnissen, und der muß vielleicht auch noch seinen Segen dazu geben.» Sagte zu ihr, «Zuerst wirst du mal in aller Ruhe 100 werden, und dann rechne nochmal 50 Jahre dazu, das geht weit ins nächste Jahrtausend hinein, und Christopher feiert vielleicht gerade seinen – ja, auch schon Hundertsten – also bitte!» –

Nachts Zeitungsausschneiderei, und die gesamte Welt wieder mal ein einziges Gemorde u. Gemetzel. Während Hekatomben um mich herum hinsinken und in irgendwelchen Abfallgruben verschwinden, umtanzt mich meine Katze und beißt mir auffordernd in die Hacken. Ja, gleich geht's wieder auf die Treppe, u. ich schmeiß dir das Bärchen hoch und du tatzt es mir wieder herunter.

Wochenende 19./20. 2. Nach Roseburg, um mit Müffi die Heizung zu montieren. Zwei Tage lang mit dem Schlagbohrer den Zementboden der ehemaligen Waschküche aufgebrochen und die Heizungskanäle nachgeschnitten. Trotz ununterbrochener 8-Stunden-Arbeit und einem Gefühl, als ob die Arme von innen blau wären, ein überraschender Erholungsschubs. Plötzlich Ohl mit einigen hochgewachsenen Fidus-Gestalten (lauter blonde Gaston Salvatores) herein, um uns a. bei der Arbeit zuzusehen und b. in politische Diskussionen zu verwickeln. Ließen es ein Weilchen über uns ergehen, bis Müff in einer aus vulkanischen Tiefen aufsteigenden Handwerkerwut einen glühenden Schwefelaschenregen über sie niedergehen ließ: Hier könnten sie die ihnen offenbar unbekannte Arbeiterklasse mal richtig am Wirken sehen, und wen sie mit ihrem Agitationsgeschwafel eigentlich gegen wen aufwiegeln wollten?! Ihn gegen mich als Arbeitgeber oder mich gegen ihn als unbezahlten Kleinunternehmer? Malte ihnen die Tenne als durch Eigenarbeit erwachte Probebühne aus, was ihnen schon wieder irgendwie imponierte – aber ich dachte immer nur: Erst die Kölner Entwicklungspiepen überkommen lassen und dann wie ein Verrückter ran an das neue «Handwerker»-Stück. Meine (begrenzte) Phantasie, die sich immer nur an real vorgegebenen Themen entzünden kann. Erst danach die sich während der Arbeit entwickelnden Perspektiven bis an den Rand des Wahnsinns weitertreiben.

3. Stadium: Eröffnung eines Loches

Pape führt die beiden Handwerker herein: blaue Monteuranzüge, rote Schirmkappen, Handwerkskästen. Handwerker ziehen die Kappen ab, setzen die Kästen nieder, nicken in die Runde.

PAPE: Hier. Also. Die Langerwarteten!
FRAU: Ja, treten Sie näher, meine Herren. Sie kommen wie gerufen.
1. HANDWERKER: *(Reicht Hände)* Wir kommen immer wie gerufen, das ist unsere Art.
2. HANDWERKER: *(folgt auf dem Fuße)* Wir kommen nie ungerufen.
PAULINE: *(Bietet ihren Platz an)*
1. HANDWERKER: Nein, bitte keine Umstände. *(Blickt sich um, steuert auf das Bett der Großmutter zu)* Umstände kosten Zeit und Zeit ist Geld. *(Streckt der Oma die Begrüßungshand unter die Decke und läßt sich spitzärschig auf der Bettkante nieder. 2. Handwerker tut es ihm nach).*
2. HANDWERKER: *(Blickt und nickt herum)* Jawoll – jawoll! –
1. HANDWERKER: Nichtwahr? – *(Pause)* – Im übrigen, da ist Süden, wollt ich nur mal sagen. *(zeigt)!*
2. HANDWERKER: *(zeigt)* Norden!
1. HANDWERKER: *(sachlich)* Westen.
2. HANDWERKER: *(auftrumpfend)* Osten!
1. HANDWERKER: Da geht die Sonne auf.
2. HANDWERKER: *(nickt begeistert)*
1. HANDWERKER: Das ist s e i n e Spezialität.
2. HANDWERKER: *(nickt glücklich)*
1. HANDWERKER: Er ist von uns der Frühaufsteher.
2. HANDWERKER: Und e r der Spätzubettgeher. Wir ha-

ben uns nämlich die Uhr nach unseren ganz persönlichen Vorlieben aufgeteilt.

1. HANDWERKER: Das Zifferblatt und die Windrose. So bleibt keine Minute unseres Lebens ungenutzt.

FRAU: Wie praktisch.

PAPE: Ja, das ist praktisch.

PETER: *(blasiert)* «Praktisch» ist gut und schön, Hauptsache, sie kriegen alle hier vertretenen Ideen richtig unter einen Hut.

2. HANDWERKER: Ideen? – Pitter? –

PETER: *(blickt ruckartig auf)*

2. HANDWERKER: Achso – das ist der Pitter, wenn wir vorstellen dürfen.

1. HANDWERKER: Und das der Pollux. – Also, die Ideen – eins – zwei – drei – vier – fünf – sechs – sind sechs voneinander abweichende Ideen ein unlösbares Problem für uns?

2. HANDWERKER: *(Mit dem Rechenschieber operierend)* Ne ungerade Zahl wär schwieriger.

1. HANDWERKER: Wie ich mir gedacht hab. Bleibt die Frage nach dem jeweiligen Druck.

PAUL: *(mißtrauisch)* Druck?

1. HANDWERKER: Klar. Druck muß schon dahinter sein. Ne Idee ohne Druck ist auch für uns nur wie ne Steckdose ohne Strom.

2. HANDWERKER: Wie'n Wasserhahn ohne Pumpe.

1. HANDWERKER: Wie'n Piepvogel ohne Luft.

FRAU: *(verwirrt)* Piepvogel?

1. HANDWERKER: Ganz logisch. Gnädige Frau, um einen Vogel fliegen zu lassen, brauchen wir zunächst einmal so was wie einen – na, Himmel. Einfacher: einen luftgefüllten Raum.

2. HANDWERKER: Der fällt im Vakuum runter.

1. Handwerker: Die Atmosphäre.

2. Handwerker: Die nötigen Atü.

1. Handwerker: So ist das. Stellen Sie sich vor, eine Idee von einer bestimmten Dichte in der einen Ecke *(zeigt auf die Großmutter)*, eine abweichende Vorstellung in der andern *(zeigt auf das Paulinchen)*; ein vermittelnder Gedanke vielleicht hier *(zeigt auf Paul)* und völlig unberechenbare Spannungen sonst noch so in der Gegend *(wedelt mit dem Finger herum)* – das muß sich doch irgendwo auf einen gesunden Mittelwert einpendeln –

Pape: Den haben wir immer im Auge gehabt. Das ist unser oberstes Bauziel.

Oma: Ich will in der Stube bleiben! Ich will nicht weg.

1. Handwerker: *(demonstrativ)* Zum Exempel.

Pauline: Da sind aber andre dagegen. Andere sagen, daß die Oma uns die ganze Sicht verstellt.

Paul: Wogegen man die Wand da *(zeigt)* einfach wegnehmen könnte. *(Es klopft an der anderen Seite)*

Pape: Die Problemwand ist die. Hören Sie doch.

1. Handwerker: Das Problem wie es leibt und bleibt, die ganze Welt in der Nußschale. – So bilden sich aus Verdichtungen und Verdünnungen der Ideen sogenannte elektrische Räume, sogenannte Funkenkammern, sogenannte Entladungszonen –

2. Handwerker: Mordsdonnerblitzdinger!

1. Handwerker: Sehen Sie, e r nun wieder. Hat keine Schule besucht und ist bei armen Leuten aufgewachsen, aber wo die entscheidenden Sprüche gekloppt werden, ist er immer vorneweg. – Jedenfalls, damit Ihnen bei den hier herrschenden Hochspannungen nicht die ganze Bude auseinanderfliegt, kommen wir –

2. Handwerker: Die getreuen Eckarts –

1. Handwerker: Die uneigennützigen Ratgeber –
2. Handwerker: Pitter und Pollux und –

Paul: *(ungehalten)* Was von Ihnen verlangt wird, ist eine neue Raumordnung, die der Strukturverbesserung der Familie dient.

1. Handwerker: Gut, daß Sie das jetzt schon sagen, mein Herr. Das ist zu Anfang überhaupt noch kein Problem. Wenn die Kubikmeter hier erstmal vergeben sind, können wir von uns auch nur noch'n bißchen mit Moltofill. *(geht zur Rückwand, fährt mit der Hand einen Winkel nach, tatscht an die Tapete)* Hm – Hm –
2. Handwerker: Krebs. Bock. Salpeter. Schwamm. Von der total verzogenen Flucht ganz zu schweigen.
1. Handwerker: 'n reines Gotteswunder, daß Sie nicht alle schon schielen. Solche aus dem Winkel fallenden Wände ziehen automatisch sämtliche Seh- und Kopfnerven nach sich.

Pape: *(zur Frau)* Das war ein Handwerkerscherz.

1. Handwerker: Mein werter Herr, 'n klarer Scherz am rechten Platz, da wird sich kein Handwerker sträuben. Über Wände wie diese kann der Fachmann nicht mehr lachen.
2. Handwerker: *(hat Wasserwaage angelegt)* Als ob die Menschheit völlig umsonst das Lot und die Wasserwaage erfunden hätte. *(schüttelt Kopf)* Als ob der rechte Winkel um die Jahrhundertwende noch nicht bekannt gewesen wär. *(es wummert von nebenan)*

Pape: Die Krachmacher sind schlimmer. Da. Bum – bum – bum – bum – bum – So geht das jetzt jeden Abend und am Wochenende schon ab Mittag.

1. Handwerker: Der Wurm ist überall. *(legt das Ohr an die Wand)* Chotsverdoori! die ist ja bereits in der Substanz

verletzt. Das kommt einfach daher, weil die drüben nicht vom Bau sind.

PAPE: Wie ich gesagt hab.

2. HANDWERKER: Wir können doch noch'n Pups von'm soliden Hammerschlag unterscheiden. *(neues Wummern)* Na, nur immer rein ins Mark.

FRAU: Huch! *(nimmt Hand vor den Mund)*

1. HANDWERKER: Und immer das falsche Werkzeug! Was die mit'm dicken Lehmann veranstalten, macht'n richtiger Fachmann mit der bloßen Hand. Seine zum Beispiel. Die nannten sie schon Thors Hammer, als wir noch auf Walze waren. Die hat die Wucht des Tornados.

2. HANDWERKER: *(pocht gegen die Rückwand)*

PAPE: *(zeigt zur Seite)* Direkt gegenan. Die müssen d i r e k t kontra kriegen.

1. HANDWERKER: Und wenn e r da durchstößt? Nee. Dann müssen wir denen noch ihre Einbauschränke bezahlen. *(zum 2. Handwerker)* Komm. D i e nochmal.

FRAU: Phantastisch. Jaaaa.

PAPE: Das klingt wie Langemarck, Verdun.

1. HANDWERKER: *(haut)* Düppel!

2. HANDWERKER: *(haut)* Jericho!

PAPE: *(begeistert)* Valmy! Die ganze Menschheitsgeschichte.

FRAU: *(zu Pape)* Merkst du, wie die schon leiser werden im Vergleich?

PETER: Was soll das sinnlose Gewummer. Bei dem Krach kann doch keiner mehr denken.

PAPE: Gedacht kann später werden. Komm, Junge, pack mit an.

FRAU: Laß uns erstmal diese Schlacht austragen, Peter, und du wirst sagen – *(Die Wand bekommt ein Loch, durch das die Sonne einfällt)*

PAULINE: L i c h t! –

1. HANDWERKER: Nichtwahr? Licht kann eine ungeheure Überraschung sein.

2. HANDWERKER: So ist das. Das Gewöhnlichste von der Welt am ungewohnten Ort, und die ganze Menschheit steht Kopf.

PAULINE: Eine Leuchtwand!

1. HANDWERKER: Ein vollkommenes Lichtloch. Eben noch alles schwarz wie die Nacht, und plötzlich ist da etwas hemmungslos am Strahlen. *(Paul und Pauline drängen sich heran)*

2. HANDWERKER: Das will ich aber sagen! *(rückt einen Sessel vors Loch, setzt sich und läßt sich die Sonne ins Gesicht scheinen)* Gewaltig! Wunderbar! Ich für meine Person könnte da den ganzen Tag davor sitzen. Wie die einem in die Augen spritzt. Wie ne Verrückte. Und – zack! eben hat sie noch einen draufgeschmissen, unsere Dolle. Nochmal richtig nachgelegt.

PAULINE: *(Setzt sich zum 2. Handwerker)* Schön, Mutti.

FRAU: *(Mit Anzeichen von Eifersucht näher)*

2. HANDWERKER: Richtig. Probieren geht über Studieren.

FRAU: *(dreht und wendet das Gesicht in der Sonne)* Schön ist sie schon –

1. HANDWERKER: Schön – aber? –

2. HANDWERKER: Nix aber! *(Macht der Frau den Sessel frei, die sich hineingleiten läßt)* Stellen Sie sich bitte vor, die würde ausfallen. So urplötzlich wie sie hier auf einmal eingefallen ist. *(greift der Frau um die Schultern)* Na?!

PAULINE: Manche Gedanken sind nicht zum Ausdenken.

2. HANDWERKER: Das will ich meinen.

PAPE: So umfassend wie die Sonne ist aber auch so leicht nichts mehr auf der Welt. Ich will damit nur sagen, daß Ihr Beispiel vielleicht doch ein bißchen hinkt.

FRAU: Sie ist nicht übel, Heinz. Bestimmt nicht. Wenn man die Augen nur genügend fest schließt, könnte man meinen, man wäre in der Sommerfrische.

1. HANDWERKER: Auch ein Gesichtspunkt. Aber was reden wir? Von Löchern hat das Denken der Menschen schon immer seinen Ausgang genommen. Haben Sie das eben gesehen, das Alpenveilchen, wie das seine kleinen Tüten aufriß, vom Strahl getroffen? Die Zimmerlinde, wie sie zusammenzuckte? Nicht auszudenken, daß es mal Zeiten gab, als es die noch gar nicht gab, alles dunkel, alles trübe –

2. HANDWERKER: Unser Rotgoldstrahler. Unsere Lichtpumpe.

PETER: *(besserwisserisch)* Das steht alles schon viel besser bei Nietzsche in der «Morgenröte». «Die Lichtschauder des Südens»

1. HANDWERKER: *(applaudiert)* Ja! Das sind die Gedanken, die doch fällig sind.

FRAU: Wie ihr so daherredet, könnt ihr einen aber auch in Stimmung versetzen. *(streift die Schuhe ab, hält die Füße vor die Öffnung)* Und der Wind – wie er einen an den Fußsohlen kitzelt.

2. HANDWERKER: Bitte! – Wind – *(Unterarmschlenker)*

1. HANDWERKER: Ein natürlicher Sohn der Sonne. Ein normaler illegitimer Abkömmling. Nach d e r streckt sich nämlich alles. Selbst die Wissenschaften. Selbst der Papst. Und wie lange hat der nicht versucht, dagegen anzurennen mit seiner ganzen katholischen Kirche und allen seinen Heiligen. Mit der dicken Bibel noch in seiner Hinterhand, und was ist?

PAULINE: Nun laßt mich aber auch mal bißchen mit ins Geschehen! *(macht es sich vorm Loch bequem, blinzelt, knifft die Hände zum Häschen)* Oh schick. Wie Kino. Ich kann den Hasen machen.

OMA: *(plärrend)* Und ich den Wolf! – Ihr sollt mich da hinschieben! *(Schnappt mit den Fingern)*

PETER: *(stürzt zum Fenster, reißt Projektionsleinwand hoch)* Ihr Irrenhaus, ihr! *(Licht vom Fenster)*

FRAU: *(strafend)* Peter. Das hätte ich von dir am allerwenigsten gedacht.

PAUL: Der Peter ist der größte Spielverderber von der Welt. Komm, Ömchen, jetzt fahr ich dich mitten ins Licht. Wo man Ausblick hat und gleichzeitig ins Zimmer kucken kann.

OMA: Ja, du bist mein Paulemann.

21. 2. 72 Archiv geordnet, B.-u.-M.-Materialien sortiert. Abends zu Christine Brinck, die oben an der Elbchaussee im alten CC-Souterrain wohnt. Gespräche mit Peter Homan u. Beate Sturm (den rechtzeitig Erweckten u. Abgesprungenen), die dann auch wirklich mit ein paar kleinen Pss.-Bröckelchen herausrückten. Z. B. daß auch von Rauch geschossen haben solle. Daß sich einmal eine Pistole im Zimmer entladen habe u. Marianne Herzog von einem Heizungssplitter in den Rücken getroffen worden sei. Der ganze unverhohlene Haß der B. S. auf die sogenannte «Elite», was nur noch einmal die BKA-Erkenntnis bestätigte, daß es tatsächlich streng gezogene Ranglinien zwischen «Offizieren» und «Soldaten» gebe. Die «Elite» in ihren Entscheidungen u. strategischen Planungen eisern vom niederen Fuß- u. Schußvolk abgekapselt u. keine Einmischung von unten her duldend. Auch die Presse habe sich längst diese Statusunterschiede zu eigen gemacht u. berichte «immer nur von den großen Vier-Fünf-Sechsen». Hörte dabei etwas

für mich Seltsames u. Vermerkenswertes heraus. Neben allen möglichen Vorbehalten auch den Neid einer Kleindarstellerin auf die teils im Untergrund, teils im Rampenlicht operierenden Charakterdarsteller, d. h. eine Art Klassenhaß im RAF-Kollektiv. Vollends unbegreiflich für mich, wie eine mit so vielen guten Gaben gesegnete Journalistin wie Ulrike sich in solche desolaten Verschwörerkreise hat hineinziehen lassen. Der mir schon physiognomisch höchst widerwärtige Baader mit seinem autoritären Zuhälterwesen u. dito Fotzenjargon als Leit-Hammel einer militanten Betschwesterngemeinde. Im Vergleich Klaus Röhl mit seiner verlästerten «Polit-Porno-Postille» zwar alles andere als ein Heiliger, aber doch kultivierter u. von allen möglichen Bildungswässern genetzter Spätaufklärer. Statt des Unterweltcants ein bereits mimisch erkennbarer Widerwille gegenüber vulgärsprachlichen Unfeinheiten u. instead of mit Goethe-, Gryphius-, Fleming-, Angelus Silesius- oder Brechtzitaten bestens gewappnet. Hubert Fichte, der mir mal en passant verraten hatte, daß er demnächst einen großen Raddatz-Roman schreiben wolle. Ich: interessant, weil mir so etwas öfter im Hinblick auf Röhl durch den Kopf gegangen sei. – Grappa Bisotti bis morgens früh um drei. Werde solche Recherchen nicht sehr lange weiterbetreiben können. Kann ja nicht vorher alle Abspringer, Kronzeugen, Sympathisanten, Geheimnisträger pp unter den Tisch trinken, um am Ende paar Fliegenschisselchen mit nachhaus zu bringen.

P.S. Fritz Jott betreffend. Als er in den Verlag eintrat, ein Herrensöhnchen, das mich von einem Tag auf den anderen aus der mir von Ledig vergönnten Dichtermuße riß und mich mit seinen unnachahmlichen Abschmeißgesten unentwegt mit Mindermanuskripten eindeckte. Hatte gewisse Gehaltsunterschiede wohl nicht recht zur Kenntnis genommen u. gemeint, daß ich meine paar Piepen durch einen Fulltimejob zu rechtfertigen hätte. Hatte – worauf mich E. neulich wieder mal aufmerksam machte – einen derart mordsmäßigen Rochus auf ihn, daß ich gesagt hatte, ich würde demnächst einmal Überstunden machen u. ihm seine Verlagssuite von oben bis unten mit Tinte vollgießen. Dann die sich anschließende Frage, ob er es wagen würde, mit Polizeigewalt gegen mich vorzugehen. Geglättete Wogen mittlerweile, aber – eine Romanfigur ganz bestimmt.

22. 2. Anruf Gisela Stelly, daß ich beim Bundespräsidenten doch diese grandideldöse Nummer pp ... und ob wir nicht am Freitag mit Zimmers, Karasek, Karla Vorbeck u. Andreas Wiesand («Spiegel»-Schriftstellerenquete) vorbeikucken möchten. Sagte wieder mal ja in der bekloppten Hoffnung, daß sich das Gespräch über Schriftstellernöte allgemein einem konkreten Einzelfall zuwenden würde u. vielleicht sogar ein mäzenatisches Rühren in Augsteins Brieftasche wekken. E. schon früher einmal zu mir, daß der Mann eigentlich ziemlich einsam sei und einen Freund außerhalb seines eigenen Betriebes suche. Ich: und ich suche einen Mäzen u. das könne sich bei einigem Goodwill beiderseits sogar vorzüglich ergänzen. Leider schätzten seine gewesenen u. anwesenden Frauen (Maria, Marianne, Gisela) meine «Sauf-Freß- u. Venuslieder» weit höher ein als der lieber in ganz andere, steuerlich abschreibbare Künste investierende Verleger. Netter Brief v. François Bondy, der mein Ulrike-Medaillon gern in den «Basler Nachrichten» abdrucken möchte. Ja, Ulrike, Ulrike, Ulrike u. das schier unstillbare

Interesse an den HL-Hauptfiguren unseres heimlichen Mitspieltheaters. Was ich selbst f. moderne Klassik halte: eine prähistorische Kalkformation.

Ganzen Tag über Enzensberger-Gedichten, die ich für TV besprechen soll. HME, der sich nach seinen gesellschaftspolitischen Luftbuchungen u. Art-doku-Manierismen plötzlich als erstaunlich gelenkiger Entfesselungskünstler erweist, aber nicht um Aufstände zu entfesseln, sondern sich mit unglaublichem artistischen Geschick der Verantwortung zu entwinden. Immer wieder mal Anlaß, an Heine zu erinnern: «Als Cyrus die Revolte der Lyder gestillt hatte, befahl er ihnen (–) und schöne Künste zu treiben. Seitdem (Von da an?) war von lydischen Emeuten nicht mehr die Rede, sondern nur noch von lydischen Kupplern u. Artisten» (nachschlagen! – aber wo?) Abends endlich, ah, «Romantische Schule»: «Als Cyrus die Revolte der Lydier gestillt hatte, wußte er den störrigen freiheitssüchtigen Geist derselben nur dadurch zu bezähmen, daß er ihnen befahl, schöne Künste und sonstige lustige Dinge zu treiben. Von lydischen Emeuten war seitdem nicht mehr die Rede, desto berühmter aber wurden lydische Restaurateure, Kuppler und Artisten.»

Weißweinpräsent von einem Leser – Pfarrer Klaus Heintz aus Kleinottersweiler –, das schon wochenlang herumlag, da ich unangeforderten Manuskriptbatzen in der Verpackung vermutet hatte. Mit E. in solidarischem Verein zwei Bocksbeutel geleert u. über paar allerletzte verbliebene Leuchtfunken am grau-in-grauen Hoffnungshorizont parliert. E. in ihrem ununterkriegbaren und auch durch ultralinke Gehässigkeiten nicht zu entmunternden Reformeifer. Ich, der sich die bessere Welt eher als ein sympathetisches Geselligkeitsnetz um die halbe Welt herum vorzustellen vermag. Beide Kurt-Hiller-Leser/Schüler (wer kennt schon: «Ich bin kein Optimist u. kein Pessimist, ich bin ein Meliorist») u. insofern lebenslang nach haltbaren Genossenschaften Ausschau haltend. Als unlösbarer Rest im Glase leider immer noch die von Marx so bezeichnete «ökonomische Scheiße». Geld für zwei Jahre! Lächerliche 10.000 Mark, um mein nicht zu bremsendes Vergnügen am Theater wenigstens um ein Minimümmchen zu unterfüttern. Eifrig u. lustvoll betriebene Horvath-Lektüre. Kaum erreichbares Vorbild, aber: wer so tief im Mundartlichen verwurzelt ist, gar im Weanerischen, wo das Gemütliche u. das Ungemütliche so nah beieinander hausen, kann sogenannte Volksstücke ganz anders angehen als jemand, der via Plattdeutsch oder Missingsch gerade mal die Höhe einer Ohnsorgbühne erreicht. Was einem zu entwickeln bleibt, ist allenfalls ein knapp geschneidertes Kunst-Idiom, das seine Anleihen wechselnd bei Knast-, Puff-, Asozialen-, Penner-, Disco-, Szenen- u. sonstigen Anmachjargonen bezieht.

TV: Nixon in China. Der Eindruck eines wohlerzogenen u. scheinbar aufgeräumten Schuljungen mit zwangsneurotisch verkniffenen Bügelfalten an der Seite eines sich breitwandig räkelnden Buddhas. Was einerseits zu begrüßen ist, wirft bereits die Schatten einer martialischen Allianz voraus. Typische CIA-Konstruktion, die sich – divide et impera – auch als arglistiges Komplott gegen die SU lesen läßt. Eigenartig dies Entenschnabelgesicht mit den beiden Pingpongbällen in den Backentaschen u. der Billardkugel als Kinnspitze. Der Weg vom Flughafen in die Innenstadt: überbreite Magistralen, die bei meiner 55er Visite noch mächtig belebt waren – Lastwagen, Rikschas, Fahrräderheerscharen, paar Partei- u. Bonzenlimousinen, an Stricken gezogene Holz-, Gemüse- und Kleinwarenkarren – jetzt wie im Fluge durch den «großen Wind» leergeblasen. Von ganz hoch oben her wird einmal kräftig gepustet und die Myriadenmassen verschwinden in ihren Höhlen u. Gehäusen. Können auf Anpfiff genau so plötzlich wieder hervorbrechen.

Um 1.30 betrunken u. betrübt vor fränkischen Bocksbeuteln.

25. 2. 72 Anderthalb Stunden TV: Bundestagsdiskussion Ostverträge. Barzel: «Hier wird mit zu leichter Hand über anderer Menschen Schicksal geredet.» Dann mich an HME-Rezension versucht. Ein schlingerndes Subjekt, das sich nirgendwo richtig orten u. auf ein paar verbliebene moralische Restposten festlegen läßt. Es ist fast noch bedenklicher. Wo ich mich in «Jahre» gerade noch des verbliebenen roten Fadens in meinem Curriculum zu vergewissern versucht hab, werden dort die vor kurzem noch eisern behaupteten Positionen leichtfertig, leichtsinnig, leichtfüßig geräumt. Was bleibt, ist das hübsche Bild eines Faschingsprinzen, der seine zerfetzelten Manifeste u. Glaubensartikel mit graziösen Verabschiedungsgesten hinter sich wirft. Früher hat man uns gelegentlich in einem Atemzug genannt, was mich immer schon etwas gewurmt hatte, weil wir selten als Dioskuren in die Arena getreten sind. Heute muß ich mich von mir selber fragen lassen, welcher Prosa-Robespierre, welcher kommunistische Tugendrichter mich eigentlich veranlaßt, solche Contra-Revolutionen mit Mißmut zu betrachten, da doch auch ich – beinah täglich – zwischen widersprüchlichen Stellungnah-

men hin und her schwanke. Der Unterschied scheint mir – über alle charakterologischen Eigenheiten hinweg – fast schon axiomatisch philosophischer Natur: einem Schwanken vor Ort und einem Schwanken in der Zeit. Während ich vor allfälligen Zweifelsfragen meine Brüche auf einen sozialverträglichen Nenner zu bringen und mich dialektisch neu zu erörtern suche, scheint Enzensbergers Längsschnittentwicklung eher früh erwitterten Konjunkturkurven zu folgen, wobei nur ein reizbedingtes Strömungsverhalten als bleibende Kennungslinie auszumachen ist. Aufs Gesamt gesehen erscheint er mir gelegentlich viel entspannter als ich, was allerdings kein Wunder ist, weil er sich gewissen bedrohlichen Hochspannungen (schon der ewig problematischen zwischen Freiheit u. Gleichheit) gar nicht erst aussetzt. Die (H)-m.E. schönsten Gedichte «Die Freude» und «Die Scheiße». Letzteres so lehrreich wie entzückend: ein herausforderndes Kabinettstück.

24. 2. Traum: Vermische Salpeter, Schwefel u. Holzkohle in einer Petri-Schale u. spreche dann unvermittelt/vermittelt vom «Pulver meiner Jugend». Setzte Kaliumpermanganat hinzu, verrührte das ganze, löste es in Flüssigkeit auf und schluckte es herunter. Dann die redundante Wiederholung: «Dieser Geschmack, von –? – ja – dieser Geschmack von – Permanganat!»

(Assos/Analyse: In Kriegs- u. Jugendzeiten viel mit Sprengstoffgemischen herumexperimentiert. Das Heraufbeschwören des «Pulvers meiner Jugend», das ich bereits verschossen zu haben glaube. «Permanganat», das mich sofort an einen früheren «Perm»-Traum erinnerte, d. h. frühe geologische Formation, die mich schon damals an das Wort permanere denken ließ. Meine alte Versuchung u. schönster

Tagtraum, die Freudsche Traum-Theorie nochmal völlig neu anzugehen, ohne diesen ganzen frühkindlich ödipalen Tiefenkleister, der alle späteren lustvoll oder angstbesetzten Entwicklungsverläufe gänzlich außer acht läßt. Weiter und im Hinblick auf HME gefolgert: so rückstandslos möchte ich mich eigentlich nicht gern von meiner brisanten politischen Vergangenheit verabschieden.)

In Versuchung, Röhl anzurufen und wegen Festanstellung bei «konkret» nachzufragen. Der Kerl kennt meine Sorgen u. übersieht sie, weil ich eine öffentlich kaum noch im Handel befindliche Figur bin.

Fortsetzung Bundestagsdebatte. Nachmittags zu Al. u. ihr den Begriff «Imperialismus» an Einzelbeispielen zu erklären versucht. Nicht bloß russisch-sowjetischen, sondern vornehmlich US-amerikanischen (Guatemala, Bolivien, Uruguay, Chile, Venezuela, Panama pp). Ihre neue Schule – Namen erfragen! – übrigens gar nicht so doof u. zurückgeblieben wie ich zeitweilig annahm. Auch politisch v. einer zumindest sozial-liberalen Aufgeklärtheit, u. was eine Schülerin mit positivistisch erhobenem Zahlenmaterial zu belegen versteht, wird entsprechend positiv als Leistungsnachweis verbucht. Sehr im Gegensatz zu Nullis anarchosyndikalistisch verräuchertem Utopopeium. Pabba Meibohm mal wieder an Bord u. teils beunruhigt, teils mit mir auf meiner Seite. «Oppe Schaul löppt dat jo allens prima vöran, man de Deern is ja sau verknallt in di, un wenn du mol ne Tiedlang nich doorbüst, denn neiht se mi ut'n Huus.» Sagte: «Max, ick heff jümmer mit opene Koorten speelt un ick hol mi all sowiet trüch as dat eben geiht. Overs mannichmool, na du weest ja –» ja, er wußte, «as de

Deern is jo sone lütte Mitsnackerin, un von mi ut kass hüüt noch'n beten hierblieven.» – Konnte aber weder noch wollte ich u. beim Abschied dann gleich wieder diese wortlos verlaufenden Buttermilchblicke u. mit schlechtem Gewissen aus dem Haus u. mit noch viel schlechterem wieder Zuunsnachhause. Alles paar Schritte zu weit mittlerweile u. kann v. mir aus immer nur wieder Gaze – Gaze – Gaze drüber breiten.

25. 2. Müde. Mißgelaunt. Niedergedrückt. Absagebrief von Deiters (NDR Feature), der unter vielen Vorwänden u. Entschuldigungen darzulegen versucht, warum er keine «Jahres»-Auszüge senden kann. Ziehe mit meinem hochbeladenen Thespiskarren nebst Memo-Konvolut nun schon unentwegt von Haus zu Haus, von Anstalt zu Anstalt – e i n F a h r e n d e r, der vom Zug der Zeit leider längst überrollt ist. Man sollte Schulden machen – unverfroren wie Caesar in dem Brecht-Roman «Die Geschäfte des Herr J. C.» – vorzugsweise in einer Höhe, daß die Gläubiger einen nicht mehr fallen lassen können. Dann das Geld auf Theaterstücke verwenden, eins nach dem anderen, egal ob man hinterher in den Schuldturm kommt. D. E. Zimmer in ZEIT über «intermediales Denken», was sich zunächst zwar kunstsoziologisch solide anhört, aber letzten Endes nur auf intermediale Geschmacks-Geschäftsabsprachen ausläuft. Heißt, man muß sich einlassen oder ist (s. TV) als Kunstproduzent absolut u. relativ weg vom Fenster. Es ist schlimmer. Ich sehe allenthalben nur Wände sich gegen mich auftürmen u. nicht die geringste Stelle, wo man sich ein Lichtloch erbohren könnte. Röhl, der mit einem gewissen Wagemut seine eigenen wirtschaftlichen Ziele verfolgt, die m i r allerdings auch nicht weiterhelfen. Habe in allen Zweifelssituationen zu

ihm gehalten, was man mir dann als «Nibelungentreue» nachgetragen hat – n u r, von dem Nibelungenschatz ist an mir kein einziges Goldfädchen hängengeblieben.

25. 2. Abends bei Augstein. Anwesend Gisela Stelly, Zimmer, Karasek, Botts, Raddatz, Vorbeck/Wiesand. Zunächst lockere, dann zunehmend einschneidende u. trennende Gespräche über diese bereits vom Ansatz her verzogene «Schriftsteller-Sozialenquete», die soziale als Familienstandards definiert. Die bereits zur fixen Idee verfestigte Meinung in diesem bestbetuchten, wohlversorgten u. höchst honorierten Meinungsmacherkreis: daß die Lust zu schreiben alle damit verbundenen Risiken aufwiege. Von ganz hoch oben her verfügte Verelendungstheorien mit dem Dichter als familiär alimentiertem Pflegefall in der Mitte. Beispielsweise: Frau verdient – Lehrerin – Ärztin – Krankenschwester – Laborantin – Journalistin – Managerin – Politikerin o. ä., was ich als besonders verletzend empfand, weil es den freien Schriftsteller zwangsläufig zu einer von milden Zuwendungen abhängigen Parasitärexistenz verdonnert. Kenne sie doch aus engster-nächster Bekanntschaft bis Befreundung alle-alle, A. B., B. C., C. D., E. F., G. H., u. kann glaubwürdig bezeugen, daß sie sich nicht mal zu einem Waltherschen Mädchen-Minnelied oder einem nach der Natur gemalten Eheroman aufzuraffen wagen. Und es sind in jedem einzelnen Fall genau jene statistisch relevanten Subsidien, die sich wie ein lähmender Pilzbefall auf ihre gar nicht recht zur Entfaltung kommenden Schmetterlingsflügel legen. – Vor paar Tagen gerade Erich nach seinen Einkommensverhältnissen befragt u. ob Gesa seinem etwas lahmenden Laden finanziell ein wenig auf die Socken hülfe. «Gottes willen, dann müßte

ich ja jeden Fuffi hundertmal umdrehen, ehe ich ihn mit immer noch schlechtem Gewissen einer netten Gelegenheit unters Strumpfband lanciere.»

Als zweiter Teil der mir immer saurer aufstoßenden Debatte: Die Bemühung um einen alle Medien übergreifenden Berufsverband. Im Resümee also i c h als armes Selbstanbieterschwein shoulder to shoulder mit hochdotierten u. festangestellten Rezensenten, die meine Bücher verreißen oder sie gar nicht erst für besprechungswürdig erachten. Allen ist pudelwohl bei dieser Laborkonstruktion, nur mir ist hundeelend.

Wochenende 26.-27. Februar. Mit Müff beim Heizungsbau in Roseburg. M. in Meisterlaune u. mit dem entsprechenden Altgesellenhumor: «Zentnerschwere Weiber stemmen und sich bei der Arbeit dann am Schaufelstiel festhalten.» Kameradschaftliche Hochgefühle absolut jenseits eines selbstreferenten Ringvereins, der sich für einen Modellfall von liberaler Gesellschaft hält.

28. 2. 72. Träume: farbig, plastig, eindrucksvoll bewegt. Kriminalaffäre im Meinhof-Milieu. Eine Art Flughafenförderband, auf dem in bunter Reihenfolge sogenannte corpora delicti herantransportiert werden, u. a. ein Gegenstand, den Uwe Nettelbeck noch schnell vor dem Zugriff des Verfassungsschutzes abgestoßen hat. Dann mein alter Webpelz, den ich einmal bei Röhl hatte hängen lassen u. den er Rudi Dutschke auf seiner Flucht ins Ausland mit auf den Weg gegeben hatte. Mich sofort als Alteigentümer zu erkennen gegeben, allerdings unter der Schutzbehauptung, ich hätte ihn vor kurzem ins Leihhaus gebracht. Keinerlei Furcht, auch nur den Anschein eines Verdachtes auf mich zu lenken.

Eher ein bißchen kiebiges Auftreten u. meiner untadeligen Haltung in allen politischen Zweifelsfragen wegen von einem Gefühl der Unangreifbarkeit/Gefeitheit beseelt.

Wieder mal zweierlei bedauert, 1.: den außerordentlich flüchtigen Stoff nicht sogleich nach dem Erwachen notiert zu haben. Und 2. daß Freud nie genügend berücksichtigt hat, wie tief die Aufregungen der Zeit in unser somnambules Geistertreiben eingreifen. Als Märchenvorwurf, wie man sich mit gewissen Zauberkräutern (magischen Substanzen) einen Zugang zu den Traumbezirken anderer Personen verschaffen kann. Z. B. durch die Ungunst irdischer Verhältnisse getrennte Verliebte, die nach dem Genuß solcher Übergangsdrogen in ein gemeinsames Elysium aufsteigen u. dort die Wonnen einer chymischen Hochzeit ganz konkret auskosten können.

Sich ein paar hedonistisch behauchte Stunden miteinander machen.

Morgens TV-Studio (Zilligen), Aufnahme Enzensberger-Rezension. Mein unausgeschlafenes, aufgedunsenes Gesicht zwischen überhitzten Blendlampen. Rede ohne rechtes Dabeisein auf die Kamera ein: verbale Verrenkungen als Folge eines krankhaften Selbstbeobachtungszwangs. Immer wieder Kleists «Marionettentheater» u. die leider bis heute noch nicht in greifbare Nähe gerückte Utopie eines zweiten Weges um meinen verstörten Globus herum. Bei den Flachmanninoffs des laufenden Medien-Betriebs vielleicht gerade mal als ein Anflug von Lampenfieber bekannt.

Trotzdem der fast verbissene Entschluß, mich gegen alle Vorbehalte inniger auf die Audio-, Video-, Print-Medien einzulassen u. Laufbahnen zu verfolgen, die ich meiner eigenen Künste wegen eigensinnig außer acht gelassen habe.

22.30 «Biografie» von Max Frisch, Regie wieder mal Rolf Hädrich, aber die unleidlichen Dialoge gewiß nicht ihm allein anzulasten. «Ich werde Sie auf Händen tragen – Sie eignen sich dazu.» – «Fahr vorsichtig – ich meine, flieg vorsichtig!» – «Ich werde Sie auf Händen tragen – bis wir zwei Rechtsanwälte brauchen.» Aber was ist denn das für ein grauenhafter Upper-Middle-class-Jargon u. welch sinistrer Pfeifenputzerhumor, der in aller Behaglichkeit seine nicht endenwollenden Rauchschwaden abbläst. Gesamte Personnage dito von einer gehobenen Belanglosigkeit (der Held Verhaltensforscher; die weibliche Hauptperson Übersetzerin, die kleinen Verlag oder Galerie aufmachen möchte; im Vorraum wartend ein Architekt aus Brasilien) – na, und wenn solch ein demimondialer Set dann erst ins Plappern gerät u. sich gar aufs Philosophieren verlegt ...

Tagsüber: Zeitschriften/Zeitungen voll vom Nixon-Mao-Treffen, das sich mir immer deutlicher als diplomatisches Ränkespiel enthüllt. Ein gewisses grimmiges Vergnügen einzig an der ideologischen Verwirrung unserer Hausmacher-Maoisten. Sehe sie hilflos, haltlos, orientierungslos in ihren roten Mao-Bibeln blättern u. dabei auf Sprüche stoßen, die sie bislang immer überlesen hatten. Beispielsweise: «Natürlich müssen die Jugendlichen von den alten Leuten und anderen Erwachsenen lernen, müssen sich die größte Mühe geben, mit deren Einverständnis auf allen Gebieten eine nützliche Aktivität zu entfalten.»

Tcha, demmalos! – Aber wo – Aber wie – Und in genossenschaftlichem Einvernehmen mit wem?

Schon jetzt vorauseilende Zwangsvorstellungen betr. Lesung am 1. März in Berlin. Heißt in Erwartung bekannter Betriebsstörungen durch «Schwarze Hilfe» u. «Anarchosyndikalisten», die das Podium entern u. sich als erstes des Mikrophons bemächtigen. Vielleicht einfach in aller Ruhe u. mit einem Anflug von divinatorischer Selbstbelustigung Platz nehmen. Zuerst Bücher u. Manuskripte umstandslos rauskramen u. sie um mich herum ausbreiten. Tapeziermesser u. Gasolino aus einem Jutebeutel ziehen u. sie links u. rechts neben die Leseunterlagen plazieren. Dann Pistole entsichern u. durchladen. Mitgeführte Marillengeistflasche entkorken, sich gemütlich einen eingießen, kurz dran nippen, bißchen Mineralwasser nachgießen und mit so kleinen Beschwichtigungsgesten andeuten: es wird sich im Rahmen halten. Dann mit gemessener Umständlichkeit Lesebrille hervorkramen, durchlinsen, Gläser putzen und in absolut zivilistischer Tonlage und so dicht am Mikro wie möglich: «Meine sehr verehrten Damen und Herren.» – Immer noch nicht ganz verwunden mein Auftritt im Hamburger Rep-Club, wo ich in bester Laune u. voll des guten Glaubens alle Solidaritätsleuchter aufflammen ließ, um dann von revolutionären Wichtelmännern zuerst an- u. schließlich ausgepfiffen zu werden.

Tagebuch: eigentlich auch nur sone Kleenex-Wickelrolle. Man wischt'n paarmal den Schreibtisch ab u. sich dann auch gleich noch die Hirnschale aus und betrachtet die anhängenden Fusseln interessiert als authentische Zeitdokumente. Immerhin noch nicht ganz so ridikül wie Max Frisch: «Fahr vorsichtig. Ich meine, flieg vorsichtig!»

29. 2. Graugoldener Tag. Sonne wie aus dem Pfefferstreuer. Morgens Post, Bausparkasse, Rechnungen, Caritatives, nachmittags Besuch v. Beate Sturm (ehem. BM-Kreis) u. offensichtlich eins von jenen Abi-1-2-Mädchen, die eine nicht zur Selbstbestimmung gelangte Jugend hatten nachholen wollen. Hinterher habe sie die Welt nur noch diffus wahrgenommen u. in kaum noch zusammenhängenden Partikeln erlebt. Psychologisch alles andere als uninteressant, bloß wie man aus solchen Erinnerungsfetzelchen mal ein Gruppenporträt zusammenstoppeln soll?

Meine Interessen besser auf ein neues Theaterstück «ERFINDER» verwenden. Es gibt Lebensläufe, wie man sie sich schwerlich ausdenken kann – z. B. das Doppeldrama der beiden Lilienthalbrüder – und die szenisch sogar mit den einfachsten Mitteln so phantastisch wie anschaulich auf die Bühne zu bringen wären.

Otto Lilienthal: 1848–1896. Zuerst Experimente mit Jungstörchen. Zusammen mit dem (gehbehinderten) Bruder Gustav Messungen von Sprungweiten, Flügelspannung pp – dann Widerstand der Bauern u. Anschuldigungen wegen «Tierquälerei». In der Nähe ihres Wohnhauses in Bln. Aufschüttung eines «Fliegebergs». Ausflügler als Publikum.
Zur Finanzierung seiner Versuche Gründung eines «Zehn-Pfennig-Theaters» im Osten Berlins, wo er selbst als Schauspieler auftritt. 1878 Heirat u. bald darauf Eröffnung einer eigenen Werkstatt. Herstellung eines neuartigen Schlangenrohrkessels, den er sich patentieren läßt. 60 Arbeiter, die am Gewinn beteiligt werden. Technische Interessen u. soziales Verantwortungsgefühl bereits beim Vater angelegt. Radikaldemokrat. Ausführliche Skizzen für ein «Lehrbuch der Re-

chenkunst». Nach der Revolution von 1848 entziehen die adeligen Grundbesitzer der Umgebung ihm die Kundschaft. Das Geschäft in Anklam geht bankrott. Die Mutter Sängerin u. Gründerin v. Wohltätigkeitsvereinen. Beide Brüder verkehrten im «demokratischen Gasthof», wo schon Fritz Reuter getrunken hatte. Später subventionierte Otto das «Berliner-Ostend-Arbeiter-Theater». Eigenes Stück in Anlehnung an Hauptmanns «Weber» mit dem Titel «Moderne Raubritter». Schilderung, wie ein kleiner Fabrikbesitzer durch gewissenlose Geschäftsleute zu Grunde gerichtet wird. Bruder Gustav, der wegen eines Hüftleidens nicht an den Flugversuchen Ottos teilnehmen konnte, ertüftelt den «Anker-Steinbaukasten» (eine Jahrhunderterfindung auf dem Spielzeugmarkt) u. muß das Patent gemeinsamer Schulden wegen für ein Butterbrot (1000,– Mark) verkaufen. Verliert in langwierigen Patentstreiten sein gesamtes Vermögen. Am 9. August 1896 Ottos Absturz u. Bruch der Wirbelsäule. Hatte eben die Biografie von Karl Dieter Seifert verschlungen («Otto Lilienthal – Mensch und Werk». Verlag Sport u. Technik, Neuenhagen b. Berlin, 1961), als sich das Drama mir augenblicklich vom Bühnenbild her zu entfalten begann: Der flinkfüßige Otto in seinem sinnreich gegliederten Flugapparat in die Höhe steigend und wieder sacht zu Boden gleitend, und daneben der gelähmte Gustav vor seinem weiß-rot-blauen Baustein-Ensemble mit Dialogen hüber und nüber, ihre unterschiedlichen Künste und den betrüblichen Zustand der Welt betreffend, als ich auf einmal in TV-Übertragung von Handkes «Angst des Tormanns beim Elfmeter» geriet und mich aus den Höhen einer tragischen Groteske in die Niederungen des zeitgenössischen Nerventheaters versetzt sah. Eine f. mich nachgerade unerträgliche Mischung aus Kinoverismus (der nicht wahr ist) u. ansprüchlich überhöhtem Sprachgebaren (das mir die reine Unnatur scheint). Beides läßt sich eigentlich überhaupt nicht amalgamieren außer in unserem schlierenziehenden Kino oder bei meinem (m e i n e m ?!) «Verlag der Autoren».

1. März. Tag wie Graupensuppe so grau mit paar unvermuteten Blutorangespritzern. Bißchen Papier umgeschichtet, das durch Neuanordnung fast schon so etwas wie Dramaturgie erkennen läßt. Brief vom deutsch-rumänischen Autor Paul Schuster, der sich bei mir wegen seiner Flucht in den Westen entschuldigt. Hatte ihm öfter mal Scheineinladungen für BRD-Veranstaltungen zugeschickt, dabei Bögen mit VS-Briefkopf verwendet, aber was tut einer nicht alles, wenn einem jemand schreibt, in der Bukowina würde meine Jazz-und-Lyrik-Platte (Philips Twen) als ganz großer Geheimtip gehandelt. Meinen Segen darüber, und wird sich selbst noch früh genug über die mörderischen Existenzbedingungen im hiesigen Kulturbetrieb wundern.

15.50 Panam-Flug nach Bln. Seit kurzem nicht einmal mehr Kekse u. Tee zur Bedienung – zuviel überflüssiger Luxus für die kurze Strecke. Am Flughafen von SFB-Mädchen abgeholt u. Interviewchen im Hinblick auf die Lesung am Abend. Als ich beim Chinesen in der Kantstraße esse, höre ich plötzlich meine eigene Stimme im bis zum Anschlag aufgedrehten Lokalfunk, eine Peinlichkeit, die ich schnell mit Malteser fortspüle.

Als ich um 19.30 im Lit-(Buchhändler?-)Keller eintraf, allemöglichen guten Freunde und Bekannten bereits um den Ausschank versammelt: Richard Anders, Bissinger, Born, Klaus Roehler, H.-P. Krüger, Riedel, auch Paul Schuster («Fünf Liter Zuika») mit entsprechender Pflaumenschnapsfahne, zu meinen Ehren gehißt, also im Gegensatz zu meinen ganzen paranoiden Befürchtungen altvertrauter Geselligkeitskreis u. ein herzliches Rühren in meiner bereits verholzt geglaubten Brust. Schön zu sehen, daß noch nicht sämtliche privaten Positionslaternen vom Zugwind der Zeit ausgepustet oder erstickt worden sind. Bei gegebener Lage der Dinge ja immer zweifelhaft, wer noch Gutfreund u. wer bereits politischer Gegner ist, obwohl auch dies von mir aus habituell mit einem «na das soll uns nicht trennen» z. Kenntnis genommen wird.

Dann Beginn der Vorstellung. Das Licht fiel aus. Nachfolgend u. eigentlich folgerichtig auch die Heizung, und das Publikum verharrte frostklappernd u. schafsgeduldig in der düsteren Eishöhle. Las bei Notbeleuchtung wie in eine menschenleere Dunkelkammer hinein, Anfang «Jahre», goldene Jugendzeit, braune Nazizeit, leider nicht der geringste belebende Reflex seitens des gemischten Publikums auszumachen, nicht der kleinste Kicks eines aufmunternden Gegnickers, kein Erkenntnisseufzer bei einem Transzendentalbonmot, und erst bei «Materialistische Analyse einer Neurose» plötzlich ein vernehmlicher Ruck von erheiterter Anteilnahme. Offenbar kann man gar nicht radikal genug von den eigenen privaten Kümmernissen sprechen, um das Herz der Kundschaft zu rühren, und erst wo alle Scham- und Verhaltenheitsgrenzen überschritten werden, zerfällt ein steinwollgraues anonymes Kollektiv in lauter empfindsame Einzelseelen, die sich ihrer eigenen Schwierigkeiten und Verschrobenheiten in einer verständnislosen Gewöhnlichkeitswelt bewußt werden.

Anschließend mich leider auf das obligatorische u. insofern unvermeidliche Diskussionsgebafel eingelassen, was das fluidale Einvernehmen augenblicklich wieder zu prosaischem Alltagsstaub entwandelte. Roehler, der wie früher schon einmal unser gemeinsames u. scheinbar verbindendes Geburtstagsdatum (d. 25. Okt. 29) zur Sprache brachte u. meinen frühen politischen Scharfblick in Frage stellte. Ich: daß das allerdings ein bemerkenswerter Stichtag gewesen sei, der schwarze Börsenfreitag in den USA, dessen weitreichende Bebenwellen bis ins Kindbett meiner Mutter durchgeschlagen seien. Zweitens, daß es auch in politicis aus dem Rahmen fallende Frühbegabungen gäbe – freilich nicht so leicht nachzuweisende wie musikalische oder gar mathematische Extravaganzen –, für die ich ihm aber die erwünschten Zeitzeugen gern bei Gelegenheit vorstellen wolle. Und wenn er die brenzligen 40er Jahre in der landesüblichen Naivität u. insofern in selbstverschuldeter Unschuld verlebt, verjuxt, verträumt, kritiklos abgerissen habe, dann hätte er «vermutlich die ganze Nazizeit verpennt».

2. März. Nach langer Nacht und – leider! – Ouzo-Abusus bei Schlenzer geschlafen, nur für kurz u. um 9.00 morgens noch eine Valium 20 geschmissen. Nun ist beim Schlaf – einem allersubtilsten Aggregatzustand der Person – mit verbissnem Willen freilich gar nichts zu erzwingen, u. irgendwann tritt dann eine Verspanntheit ein, wo selbst die Drogen nicht mehr greifen. Gegen 14.00 immer noch grauwach und die Augen kaum in der Lage, den unabgeschlafenen Diazepamnebel zu durchdringen. Unfroh zu Wagenbachs, auf die ich mich eigentlich sehr gefreut hatte, um die Umbruchexemplare «Lombard» zu korrigieren. Was die Bühnen gemeinhin nur als Projektionen betriebsblinder Zeitgeist-Strategen zu entwickeln vermögen, wenigstens als Lesetext etwas herzeigen lassen. Leider nicht gerade in ein von Frohsinn u. unbeschwerter Wiedersehensfreude belebtes Haus geraten.

Katja-lobesam-sorgenreich auf leisen Sohlen umherschleichend, unentwegt in kleine Arbeitseinheiten verwickelt, beinah unanwesend, eine blakende Petroleumlampe, nur von Zeit zu Zeit kleine graue Unmutswölkchen abblasend. Klaus geschäftig zwischen Telefonen u. Betriebskonferenzen und mit allenfalls gelegentlich gespendeten «Hähäs» aus schief verkräuseltem Mündchen, aber es schien mir auch nicht mehr richtig naturfrisch u. eher aus der Requisitenkammer abgerufen. Nur die Töchter mordsfrech u. auf einen biologischen Quantensprung zu lasziven Ungeheuerlichkeiten herangereift. Einerseits antiautoritär verzogen und zum anderen vor Lebenslust aus allen Nähten krachend. Schrie nach Schnaps, weil meine Nerven mit mir abzuzittern drohten.

Abends Barack Palinka bei Schlenz u. Schach bis morgens um vier. Schl., der jede Nacht ahasverisch mit seinem zusammengerollten Wachstuchschachbrett in der Manteltasche durch die Kneipen schweift, um nach Partnern oder Partnerinnen Ausschau zu halten. 2 x gegen ihn gespielt u. 2 x verloren.

3. März. Nässe u. Kälte. Versucht, mit einigen Leuten ins Gespräch zu kommen, die Ulrike noch aus ihrer Berliner Zeit gekannt hatten, nur daß keine mir früher mal gut bekannt bis wohlvertraute Person richtig Licht geben wollte. Alles scheint auf seine besondere Art verwickelt gewesen zu sein u. ist es ganz offensichtlich noch immer, ein mir fast spukhaft erscheinendes Verschwörersyndrom. An welche Tür ich auch klopfe, überall belegte Zungen, verkniffene Lippen, zugenagelte Münder. Schließlich Besuch bei Sarah Haffner (alias Margret Brandt) u. ein durch keinerlei ideologische Vorbehalte getrübtes Wiedersehen nach 5/6 Jah-

ren. Schon bißchen grau der Wuschelkopf, aber auch auf meinem Privatkalender sind schon längst keine mittleren sechziger Jahre mehr angezeigt. War überrascht über ihre inzwischen beeindruckend angewachsene Bildergalerie: Eigentlich Pop schon seit ihren frühen Anfängen u. noch ehe sich eine neue Weltwahrnehmung zur art verklärte. Immer wieder bedrückend zu sehen, wie schwer es auch die Schwesterkünste haben u. wie mühevoll es ist, nur zweidrei Bilder pro Leben auf dem Markt abzusetzen. Was bei den Bildenden durchkommt, sind meist ein paar x-beliebige Personen, die nicht durch kompositorische Einfälle, sondern durch technisches Unvermögen auf sich aufmerksam zu machen verstehen.

Sämtliche Zeitungen machen mit dem Tod v. Thomas Weisbecker auf, gestern in Augsburg erschossen, auch Professorensohn wie von Rauch. Doch wohl etwas voreilige Annahme meinerseits, die Anarchoszene mittlerweile für befriedet zu halten. Eine gewisse ideenleitende Schicht der gehobenen Bourgeoisie, die nicht nur mit den Nerven völlig durcheinander scheint, sondern auch im Hinblick auf jeden humanistisch fundierten ‹contrat social›. Eine mir allenfalls noch psychopathologisch erklärbare «Wut auf das System» scheint es unversöhnlich auf den Bruch mit dem sogenannten establishment angelegt zu haben – und zwar nicht im Zeichen einer ihrerseits vertragsbrüchig gewordenen Tyrannei, sondern in den milden Kalmen einer sozialliberalen Koalition, deren schritt- oder scheibchenweise Meliorisation mir u. den meinen ein nicht zu tief und auch nicht zu hoch angesetztes Ideal scheint. Höchst aufschlußreich dabei, daß an unseren aufgerührten Universitäten so zweifelhafte Zwangsherren wie z. B. Hofstätter unangefochten über alle kritischen Einwände hinwegregieren, und wer als erste die Blitze auf sich lenkt, sind linksliberale Freigeister, die sich um einen sozial verträglichen Modus vivendi bemühen. Aber natürlich, gerade sie versauen den Alles-oder-nichts-Rigoristen das Schema und müssen unter dem Rubrum «repressiver Toleranz» als bevorzugte Zielscheiben herhalten.

Selbst der kommunistische Teil meiner Seele empfindet sich angesichts allfälliger Geistesverwirrungen noch als staatstragend.

Ingrid Krüger (seinerzeit von der «Welt» zu «konkret» übergewechselt u. jetzt im Wagenbach-Kollektiv), die mich in mir unangemessen erscheinender Süffisanz ansprach, daß «man in Berlin viel Negatives» über meinen Ulrike-Vorabdruck in FR vernommen habe. Man sei «gegen das Psychologisieren!». Schien mir in Früh-Apo-Zeiten ganz patente Person, war mit Nicolas Born befreundet, richtig klassenbewußtem Sozi, und konnte über jedes ahnungsvoll angeschärfte Bonmot richtig herzlich lachen: «Die Krüger geht so lange zum Born bis sie bricht.» Scheint mittlerweile allerdings mit vielem gebrochen zu haben und man fragt sich oder, richtiger fragt sich schon nicht mehr. Wo solche psychografischen Medaillons doch gerade zu meinen besonderen Künsten zählen, und sie bringen sogar noch etwas ans Licht, was psychisch labile Naturen lieber im Dunkeln belassen sehen möchten.

Zog den Friesennerz über u. empfahl mich für spätere Zeiten der Selbstbezweifelung als gern verfüglicher Irrenarzt. – Bei Rückflug schärfste Gepäck- u. Körperkontrollen u. war rückblickend froh, ohne Schuß-, Stich- und Schreckwaffen angereist zu sein.

Die gesamte politische Szenerie anscheinend noch ziemlich vulkanischer Boden (Phlegräische Felder) – es blast und gast allenthalben vor sich hin, und der ungaren Sympatheterie scheint kein Ende. Mich wieder mal an meinen eigenen verwackelten Kopf gefaßt u. ihn als geradezu kardanisch equilibriert empfunden.

8. März. Im Hinblick auf neuen Anflug Berlin Brief an Mahler geschrieben – einfach mal sehen, ob Retroversionen wirklich stattgefunden haben u. inwieweit vermummte Schildträger der «Bewegung» ihr Visier – u. sei es nur spaltbreit – zu öffnen bereit sind. Keine unbedingt sympathische Zeiterscheinung, aber wer rauskriegen will, muß sich rühren. Dito höfliche Anfrage bei Frau Barbara Morawiecz (nach Einschätzung E.s eher Intimfreundin u. Vertraute v. U. M. Auch Beziehungen z. Peter-Brückner-Kreis vermutet) – aber wem geht es im Augenblick überhaupt noch darum, statt hirnrissige Ideen zu bebrüten, real existierende Menschen vor einem verhängnisvollen Marsch in die geschlossene Anstalt zu bewahren.

Herrn
Dr. Horst Mahler
1 Berlin 30
Wittenbergplatz 5-6

Peter Rühmkorf
2 Hamburg 52
Oevelgönne 50

den 8. März 1972

Sehr geehrter Herr Dr. Mahler,

Karin Röhrbein hat vor einiger Zeit verschiedentlich versucht, Sie in meinem Namen und im Interesse einer Unternehmung anzurufen, von der sie meinte, daß diese Sie nicht ganz unberührt lassen würde. Ich bin dabei, er-

stes Material für eine Studie zusammenzutragen, die untersuchen möchte, welche Zeit und welche Gesellschaft welche Privatverstörungen bewirken konnte, mit welchen Mitteln sich betroffene Individuen zur Wehr setzten und wie sich schließlich aus den Überschneidungen von scheinbar ganz individuellen Lebensläufen Gruppen herausbildeten. Nun weiß ich natürlich nicht, inwieweit Sie solche Fragestellungen wirklich interessieren oder ob Sie vor solchen Problemen nicht lieber die Tür zuschlagen möchten. Egal, ich frage einfach mal bei Ihnen an, ob Sie mir nicht eine Audienz gewähren könnten; möglich, daß Ihnen immerhin ein gewisser caritativer Wert eines solchen Unterfangens nicht ganz ungut erscheint.
Ich bin vom 10. bis etwa 18./19. März in Berlin (mit Unterbrechung am 14. und 15.) und wäre Ihnen dankbar, wenn Sie mir inzwischen eine kleine Antwort geben würden: P. R. c/o Gerhard Schlenzig, Berlin, Niebuhrstr. 76 (Tel. 881-86-87).

Mit freundlichen Grüßen bin ich Ihr sehr ergebener

10. März. Schon wieder Flug nach Berlin. Um 16.00 Vortrag über Kinderkunst u. Kinderverse in AKADEMIE, Hansaviertel. Zunächst Herburger, der beim Lesen kein Ende finden konnte, weil ihm nicht die erhoffte Resonanz entgegenschlug, was beides auf seine Art mißlich ist. Hatte sich vermutlich in der Altersgruppe verschätzt und auch den latent auf der Lauer liegenden Spielgeist des Völkchens nicht richtig einkalkuliert, bis ihm irgendwann ein entmutigendes «Wann ist denn endlich Schluß mit dem Quatsch?» total die Tour vermasselte. Tat mir leid u. ließ mich meiner eigenen Vorstellung mit einiger Skepsis entgegenbangen –

war als ‹Schlußlicht› vorgesehen, und es wurde ein Glanzlichtelchen. Kleines aufgekratztes Grüppchen um mich herum, das sich gar nicht lassen konnte und in bewundernswerter Unbefangenheit seine Verse, Lieder und Sprüchelchen ins Mikrophon brüllte, quietschte, leierte, sang und trällerte. Eine wundersame Gattung, wo ein Wort das andere gibt, eine Strophe die nächste nach sich zieht oder Variationen hervorlockt, Blödsinn u. Tiefsinn alles bunt durcheinander. Anmutig und allgemein als rührend empfunden ein kleiner Mulattenjunge, der den ganzen langen ‹Erlkönig› von der ersten bis zur letzten Zeile aufsagen konnte u. zu Recht mit heftigem Beifall bedacht wurde. Wieder ganze Arena voller Freunde – Haufsio, H. P. Krüger, Klaus Stiller, die Wülfings, Nanni und Köhler – eine seltsam gesellige Stadt.

Abends kurz noch über die Grenze u. zu Bunges. Gemeinsam ins Theater, «Donna Rosita bleibt ledig», und wieder mal so ein Lorca, der mir nicht schmeckte. Zu viel Bühnenblut, von Zuckerschnee überpudert. Ließ mich vollkommen tot u. kalt u. dachte bei mir, daß mein Ungefallen an zweierlei deutschem Theatergewese wohl an meinen eigenen Augen liegen müsse. Immerhin viel braves Bildungsbürgertum im Saal, das sich zum Zwecke richtig hübsch angezogen hatte. Ich immer wieder mal in Sekundenschlaf versackend, eingenickt-eingeknickt und dann rumms mit dem Kopf auf die Rückenlehne meines Vordermannes geknallt.

15. 3. – 10.33 Abfahrt nach Dortmund und ein schönes diesiges Blau über einige 100 Kilometer verheißungsvoll hingestreckt, also richtig «Frühling läßt sein blaues Band ...» In D. dann allerdings als erster Eindruck ein Hotelrestaurant

mit dem Namen «Bahnhofsblick», was mir nicht gerade einladend schien und am ehesten noch den «drei Paßbildern» entsprach, die man mir im voraus für Presse u. Veranstaltungskatalog abgefordert hatte. Auch war kein Abholer/Cicerone am Zug, wie es allgemein üblich ist, im Hotel kein Grußbilett oder sonstiges Aufmerksamkeitszeichen bei der Rezeption hinterlegt, nicht mal eine Telefonnummer, an die ich mich hätte wenden können, also abends allein u. zufuß zum «Museum am Ostwall», wo die Lesung stattfinden sollte. Der Empfang durch die beiden Kultursachverständigen Herren Wolf u. Thiemann (o. ä.) entsprechend frostig bis unhöflich und die drei Einführungssätze vor Beginn auch nicht gerade zum lustigen Loslegen ermunternd. Das Publikum zunächst von fast einschläfernder Geduld, anscheinend schon jahrelang hinter dem Gatter gehalten u. insofern unsicher, ob man bei Bedarf lachen oder applaudieren oder wenigstens versonnen nicken dürfe. Erst in der unvermeidlichen Diskussion plötzlich von der Aggressivität losgelassener Hofhunde: «Möcht' mal fragen, ob Se ne unbewältigte Vergangenheit ham?!» War Gottseidank durch u. durch erkältet, fast schon taub, so daß ich meiner Geburtsstadt angemessen begegnen konnte: «Nee, Vergangenheit, schon alles klar, aber I h r e Gegenwart wohl in diesem musischen Kreis eher einem Mißverständnis zu verdanken.» Erstes Wiedersehen mit D-Mund nach meinem Geburtstag am 25. 10. 29.

Kühler unpersönlicher Abschied. Sachlich Tasche gepackt. Blicklos lieblose Pfoten berührt. Dann wie eine Erleuchtung/Erlösung Dr. Ursula Krechel, Dramaturgin am hiesigen Theater, die die Gelegenheit nutzen wollte, «Lombard»-Gespräche mit mir zu führen. Noch sehr junge Frau, eigentlich Mädchen, von beeindruckender Intelligenz u. einem lebendigen Trierer Gesicht, Nase leicht, aber hübsch gehöckert u. von Lust an der Sache erleuchtete braune Haselmausaugen. Nur im Hintergrund leise lauernd eine Art von schwer beschreiblichem Weltschmerz. Trug Maxirock, der mir eine nicht absolut Venus-von-Milo-mäßige Unterpartie zu kaschieren schien, aber man kann sich täuschen. Manche scheinbaren anatomischen Unebenheiten werden bekanntlich erst durch gewisse modische Extravaganzen wie sogenannte «Humpelröcke» erzeugt u. durchaus gelungene Amplitudenschwünge durch blödsinnige Kunstschneiderei ihrer natürlichen Anmut entfremdet. Ihr zum Schluß noch die VDA-Szenenanweisungen mit auf den Weg gegeben u. mit fast beschwörenden Worten ans Herz gelegt.

LOMBARD GIBT DEN LETZTEN
oder Wer Schluckt wen?

«Das Stück ‹Lombard gibt den Letzten› stellt wirtschaftlichen Konkurrenzkampf am Beispiel zweier konkurrierender Gastwirtschaften (einem Tal- und einem Gipfelwirt) dar. Dieser methodischen Einengung der Weltwirtschafts- zur Froschperspektive entsprechen theatralische Vorgänge, in denen durchweg mit handlichen und übersichtlichen Mitteln um Vorherrschaft gekämpft wird: ein Strick, ein Seil ist ein Produktionsmittel, ein Revolver ein Druck- oder Antriebsmittel, ein Bauklotz eine sinnenfällige Stufe zum Erfolg, ein Steckfähnchen – egal, ob krönendes Emblem auf einem Neubau oder zweckdienliches Markierungszeichen von Landvermessern – ein Symbol der Inbesitznahme. Wirtschaftlicher Machtzuwachs läßt sich plausibel im Lego-Verfahren demonstrieren. Um

Gründerklima zu erzeugen, genügt ein Griff in den Ankersteinbaukasten, wobei ein Schubs gegen das Bauklotzensemble den Gründerkrach genau auf die richtige Bumsmusik einstimmt. Auf keinen Fall sollte man den Spielraum mit naturalistischem Genre verstellen.

Um zu zeigen, auf welchem Niveau gespielt wird, sollen uns einfache Hintergrundplakate genügen: aufragendes Gefels hier, ein ausladender Panoramablick dort.

Auch der Sprechgestus der konkurrierenden Personen ist als aperspektivisch verkürztes Idiom zu lesen – drastisch, naiv und naturwüchsig, soweit es die Verhältnisse nahelegen, die freilich sind nicht so, was die Naivität gleichzeitig als Gesellschaftsprodukt erscheinen läßt. Ein unterentwickeltes Bewußtsein erfaßt die Welt und ihre zum Himmel schreienden Unterschiede (der Klassen) und Gegensätze (ihrer Interessen) im großen und ganzen als widerspruchslos. In ihm rückt das geringste Private in unzulässige Nähe zum wahrhaft Weltbewegenden, koagulieren Geschäftssinn und sentimentale Triefsinnigkeit zu weltanschaulichem Qualster. Ein solcherart zerrüttetes Bewußtsein verschätzt sich pausenlos im Hinblick auf die subjektiven Möglichkeiten und die objektiven Steig- und Fallhöhen und statuiert, wo es sich was zusammenredet, unentwegt traurige, schreckenerregende oder seltener rührende Exempel seiner Zusammenhanglosigkeit. Die Einstimmung auf solche unfreiwillig sich entblößende Unmündigkeit erfordert vom Schauspieler nicht nur den Entschluß, von erlernten Sprechweisen abzusehen, sondern das offenste Ohr für besonders vertrackte Reibetöne. Am besten, man halte sich so eng wie möglich an den Wortlaut, der nicht nur Infos mitteilt, sondern auch die Musik macht.

Um einem befürchteten Mißverständnis vorzubeugen, sei zum Schluß noch einmal auf die Rolle des Rollstuhls in der zeitgenössischen Dramatik und – die Funktion der Alfredo-Figur in unseren Zusammenhängen hingewiesen. Auf den ersten Blick mag auch unser Rollwagenmann nur als einer jener zahllosen Immobilisten erscheinen, wie sie als dunkle Symbole menschlicher Bewegungs- und Kontaktarmut die Ruhestandsszene bilden, er ist deren Gegenteil. Er ist die entwickelte Definition einer Daseinsweise, deren Mangel an Entwicklung und Perspektive gern zu einer humanen Kondition umgefälscht wird. Was uns per Saldo voraussetzungslos, das heißt, ohne Hinweis auf seine Herkunft und seine sozialen Zusammenhänge vor Augen geführt wird, das wird hier (samt seinem ausgerenkten Selbstverständnis) auf die Ursachen seiner Verstümmlungen untersucht. Aus diesem Grunde und weil es uns um die Darstellung von Arbeitsverhältnissen geht, die Marx in sehr viel allgemeinerem Sinne ‹klinisch› nennt, möchten wir uns das Fahrgestell auf keinen Fall als blinkende Chromkutsche für Privatpatienten vorstellen. Besser denken wir an ein roh gezimmertes Dreirad, mit dem der Betroffene in den mörderischen Konkurrenzkampf radelt wie zu einem Seifenkistenrennen.»

Wieder drei Biere und drei doppelte Slibowitze. Wenn alles nach Wunsch gedeiht, stehen mir also drei NRW-Premieren ins Haus: «Volsinii» in D-Dorf, «Lombard» in D-Mund und «Handwerker kommen» in Köln. Möglicherweise auch alles nur ein riesiges dreistöckiges Wolkenkuckucksheim. Auf der Rückfahrt Notizen u. meine teewurzelhaft verkrumpelte Beziehung zu Al. überschlagen. Im Speisewagen Margerite zerzupft und das Blumenorakel befragt – es geht – nein, es geht nicht mehr – noch ein ganz kleines Weilchen – nein, das läuft dann schon wieder auf Dauer hinaus. – Einen Schnitt machen? – Aber wie? – Ihr ein Messer in die Hand spielen, daß sie dies bis zum Gehtnichtmehr vertüdelte Band von sich aus kappt? – Tcha, und dann ist sie weg, und ich hau mir vor den Kopf und wünsch mir den alten unhaltbaren Zustand zurück. Also: am besten ganz organisch auseinanderfaulen lassen diesen unhaltbaren Casus Cruxus und dann einfach auf die natürliche Heilkraft des Herzens warten.

P.S. Interessant das in jeder Hinsicht ambivalente Krrrr- Phonem: zugleich Schaden anzeigend u. Schaden verscheuchend in einem: verkrumpelt – Crux – Krankheit – Kreuz – Krebs – Krach – krächzen – krauchen – Krüppel – kriechen – krumm – kritzeln – kratzen – Krätze – krud – Krimskrams – Krabauter – Kräkelei – Krusch – Krempel – kreischen – kreißen – kraus – Kralle – Kröte – Krieg – Krampf – Krise – kritteln – kraß – Kritik – last not least Herbert Kremp («Die Welt»): Krrrr! Krrrr!

In der Nähe von Uelzen von zwei Kerlen aus meinen Ursilbenträumen herausgerissen, die nach einem 3. Skatpartner Ausschau hielten, u. obwohl ich mich mit meinem Tabu eigentlich in ganz guter Gesellschaft fühlte, mich zu einem «kleinen Spielchen» verleiten lassen. Kriegte beim ersten Durchgang auch ganz passable Karten in die Hand und spielte für meine begrenzten Künste gar nicht so übel, bis sie meinten, daß ein Pfennigspiel den Reiz noch etwas erhöhen würde, was mir billig, weil relativ risikolos schien. Sagte «Letztes Spiel» und bei Durchsicht meiner Karten augenblicklich «Grand Hand» an, kriegte «Contra», sagte «Re», sie «Bock», und als es nach ziemlich flottem Durchlauf ans Zählen ging, lag ich tatsächlich mit drei Augen in Führung.

Was nun folgte, war für mich so merkwürdig wie auf eine beinah bedrohliche Art amüsierlich. Hatten sich offenbar eine hundsgemeine und bombensichere Partie ausgerechnet, die beiden Großmeister, was ihnen freilich gegen alles Fintieren entglitten war, so daß sie sich in kaum bezähmbarer Wut anzuschreien begannen, das hätte man so, nein so machen müssen, eine schon ziemlich unerquickliche Szene, die fast unausweichlich auf eine Prügelei auszulaufen schien, als ich ihnen so nebenbei eröffnete, daß ich ein passionierter Risikospieler im einem Hamburger Skatclub wäre, Meisterschüler von Henry Kollarz und dem dänischen Exzentrik-Skatologen Verner Witting, und dann wollten wir bitte mal Kasse machen u. ich meine Manuskripten-Tasche packen. War des schwer durchschaubaren Spektakels wegen leider für ein paar winzige Augenblicke lang unaufmerksam, weil der eine Kombattant wie vom Watz gebissen unvermittelt die Abteiltür aufriß u. das Durchgangsfenster herunterzog: «D a ! E i n F e u e r !», etwa so, als ob ganz Bardowick in Flammen stünde. Ließ mich – Tropf! Naivling! Oberdussel! – durch das theatralisch inszenierte «Feurio! Mordio!» aus dem Abteil u. in den Gang verlocken, und dann war es mal eben ein allerbescheidenstes Frühjahrsfeuerchen in einem Schrebergarten, und als ich mich immer noch siegessicher auf meinen Winnersessel zurückzog, hatte der andere Kümmelblättler die Karten klammheimlich umsortiert und führte mir die glanzvoll durchgezogene Partie nochmal Wurf für Wurf vor Augen, mit dem Ergebnis, daß ich das scheinbar problemlose Spiel genau um jene drei Punkte verfehlt, die ich ihnen vorausgehabt hatte. Zahlte – wutknirschend – die mir abgeforderten 70 Mark – ein Drittel meiner Heuer –, hinterher mich selbst anklagend u. noch in Wut über eine Wut, mit der ich nichts anfangen konnte, weil Spielschulden für mich immer noch Ehrenschulden sind, u. die müssen beglichen werden.

Abends zuhaus von E. dann fast mitleidig ausgelacht: ob ich denn keine Zeitungen läse (ich?! Der Dauerausschneider!) u. noch nie was von Trickbetrügern gehört hätte, die seit einigen Monaten die Bundesbahn unsicher machten u. es besonders auf besoffene Buweh-Soldaten abgesehen hätten. Hatte das Schwein also hinter meinem Rücken schnell noch die Karten manipuliert, und weil ich selbst beim Nachzählen nicht das absolute Ober-As bin, mir den glücklichen Durchmarsch vermasselt. Alles scheint es auf mein klein bißchen Geld abgesehen zu haben. Das Finanzamt. Die Kontributionseintreiber. Die Baubehörde in Ratzeburg. Die ständig mahnenden Handwerker. Und nun auch noch diese Falschspieler – eigentlich Trickbetrüger alle zusammen.

18. März u. abends Erich. Up ewig unbeweglich u. am immer gleichen Platz die Staffelei mit einem wunderschön windbewegten See- und Marschenbild – einziges Relikt aus frühen Hoffnungsjahren, als er noch glaubte, eine Karriere als Marinemaler vor sich zu haben. Im Gesamtzusammenhang eines welt- und wetterentrückten Altherrenzimmers unverzichtliches Glanzlicht auf einer mitten im Verblühen erstarrten Nature morte. Trotzdem als erstes natürlich nach dem laufenden Leben gefragt, das allerdings schon etwas bewegter aussah, weil sich Schascha (Nulli) «jeden Tag als eine andere» fühle und das auch öffentlich zeigen wolle. Heißt im Augenblick gerade ziemlich struppig befranste Lederstrumpfkluft mit gewaltigen Klumpatschhacken an

den Füßen, schon ne ziemliche Monstrosität, die er aber mit einem gewissen belustigten Gleichmut zur Kenntnis genommen habe. Momentane familiäre Fluoreszenzen ohnehin schon ein bißchen zuviel, obwohl nicht ganz ohne Grund, weil sein unter der Hochbahntrasse geparktes Auto jeden zweiten Tag mit kleinen Doppelherzen und «Ich-liebe-Dich»-Sprüchen verziert werde. Schlimmer noch die sich häufenden Briefposten mit den unverkennbaren zackenreichen Schriftzügen der Lehrerin, die dem ersehnten Familienfrieden nicht gerade zugute kämen. Einziger Vorteil: daß sie Gesas immer auf der Lauer liegende Verdächte in eine falsche Richtung lenkten und ihm selbst das Hochgefühl ungerechtfertigter Beschuldigungen vermittelten. Sagte: «Also, manchmal fühl ich mich wirklich schon wie der Vietkong. Während sie mich im dritten oder vierten Tunnelstollen vermutet, bin ich längst in den sechsten oder siebten abgetaucht, nur daß dieses ganze Fahndungs- und Camouflierwesen doch ein bißchen über meine Verhältnisse geht. Mensch, ich hab doch zu tun. Muß mich bei jedem Ankauf vergewissern, ob eine über 10 Grenzen eingeschmuggelte Buddhastatue wirklich echt ist oder nur ein erstklassig gemachtes und mit 20 Gütesiegeln versehenes Falsifikat. Von den neuerdings den Kunstmarkt überschwemmenden Kurt-Schwitters-Muckis völlig zu schweigen ...»

Wollte gerade groß loslegen, was ihm auf diesem Gebiet schon alles passiert, bzw. dann eben doch nicht passiert wäre, als auf einmal eine von Lehrerkonferenzen total abgehetzte Gesa hereinplatzte und unser kameradschaftliches Küchenidyll kaputtsäuberte. Sieht mich sonst zwar nicht ungern in Erichs Gesellschaft – wenigstens keine Weiber! – aber schien so einen gewissen Geheimniskrämergeruch doch einigermaßen umstandsgetreu erwittert zu haben, und um die konkreten Herrschaftsverhältnisse wenigstens im Küchenbereich klarzustellen, drängte sie Erich mit richtiger Ellenbogenmacht vom Kühlschrank fort, als er gerade zwei ultimative Flense für uns an Land ziehen wollte. Begann die Fächer leerzuräumen u. das Kühlfach zu enteisen: «Du mußt erst die Milch aus der Dreieckstüte austrinken, bevor du ne neue aufmachst.» – ER: «Tut mir leid, aber die roch mir schon bißchen jenseitig.» – G.: «Dann muß sie doch weg!» – Paar Sekunden später: «Du mußt erstmal den Käse und die alte Wurst aufessen – die Mortadella hatte ich gerade gestern für mich selbst gekauft!» – Stellte ihm/uns den ganzen rustikal-romantischen Eichenholztisch mit Dosen, Schachteln, Tuben, Flaschen, Salat- u. Tomaten-Frischhaltebeuteln voll – also doch wohl schon ziemlich martialische Attacke auf unser vertrautes Miteinander – bis ich sagte, das wäre «genau das richtige Aufbruchssignal» u. erst im Flur klammheimlich zu ihm: «Mensch, für solch einen Aufzug darfst du dir – m i n d e s t e n s – drei heimliche appuntamenti erlauben!» – Er im Fahrstuhl dann noch einmal listig, daß er sich von seinem Karosserieschneider einen Briefkasten in sein Kabrio einbauen lassen würde – «stille Post» für seine Verfolgerinnen – geliebte sowohl wie unerbetene.

20. März. Nachrichten von vorvorgestern, mittlerweile als unterschiedlich facettiertes Spektralband landesweit von Kiosk zu Kiosk durchgezogen und heute im «Spiegel». Feltrinelli, der sich bei unsachgemäßem Herumhantieren mit Dynamitstäben an einem Hochleistungsmast selbst in die Luft gesprengt hat. Kann die Zeichen der Zeit allmählich schon nicht mehr deuten, es sei denn als politischen Surrealismus oder – was wohl auch nicht ganz v. d. Hand zu weisen

ist – als ein global kontagiöses Paranoiasystem, dem zumal die überprivilegierten Eliten unserer gemäßigten und halbwegs befriedeten Breiten erliegen. Eigentlich alles Urwaldmythen – Che Guevara, Marighela, Frantz Fanon und die Folgen – und solche feuergefährlichen u. jeder irdischen Vergnüglichkeit abholden Schriften wie Marighelas «technische Ausbildung des Stadtguerillero» hatte ich bedenkenlos an so jugendliche Knallkörper wie Nulli hingeliehen. In der irrig-naiven Meinung, daß es sich um soziologischen Studierstoff statt um praktische Zundelanweisungen handele.

(«Die erste Stufe der technischen Vorbereitung des Stadtguerillero wird im ‹Zentrum zur technischen Perfektionierung› vermittelt, aber zu diesem Zentrum kann nur derjenige zugelassen werden, der schon ein ‹Vorexamen› geleistet, d. h. die Feuerprobe in einer revolutionären Aktion, in der Auseinandersetzung mit dem Feind geleistet hat.» – rororo 1453, S. 47 ff)

Daß auch andere Lesarten möglich sind (Fememord von rechten Ultras, ‹Ordine nuovo›, MSI, Democristen, CIA und Mafia in logenbrüderlichem Verein), natürlich nicht mit Sicherheit auszuschließen. Und wer rechtzeitig die richtigen Bücher gelesen hat, z. B. L. L. Matthias' «Die Kehrseite der USA», traut der CIA schlechthin jede Schandtat zu. Andererseits das von mir schon öfter beschriebene «Schwanken vor Ort und Schwanken in der Zeit» und der Gedanke an ein vermasseltes Gesellenstück im Sinne Marighelas allzu plausibel, um es bedenkenlos von sich zu weisen.

Mich auf Schiller-Goethe-Briefwechsel u. «Gespräche mit Eckermann» zurückgezogen. Eckermann als (unbestallter) Augur von Goethes weit ausgreifenden u. gelegentlich schon recht kühn aus der Richtung weichenden Adlerflügen. Schwer begreiflich, wie solch eine praktisch aus der Dienstbotenperspektive berichtende Repetierperson sich überhaupt zu solcher stilistischen Größe hat erraffen und eine unverkennbare Eigensignatur hat entwickeln können. Ein bewundernswertes Amalgam aus dem, was dem ALTEN so en passant über den Lippenrand krümelte und was sein geneigter Sentenzenbäcker daraus gemacht hat.

21. März. Erster Tag auf dem Balkon. Gier unter Linden. Heute morgen allerdings bereits von divers fraktionierten Wutanfällen aus der Fassung gebracht. Anruf Ohl – der es eigentlich gut mit mir meint, aber leider nicht so kann wie er möchte –, daß das Kölner Theater die in Aussicht gestellten 10 000 Mark nochmal hälfteln und die Hälften auch erst in Etappen anweisen möchte. Muß dringend an die Kuddl-Schnööf-Rezension, um wenigstens an ein paar Mark greifbaren Geldes ranzukommen.

Siebi über ihren bereits verloren geglaubten Sohn Hermann: «Ich will mal sagen, 'n gutes Wort findet überall noch'n Ort. Ich hab dann auch mit ihm gesprochen. Bald gar nix gesagt. Aber seitdem geht das.» Allenthalben um mich herum Schicksale und Lebensläufe von großer Merkwürdigkeit und psychologische Wirrnisse noch in der bescheidensten Hütte. Ab 17.00 Heizungsbau mit Müff. Ließ mich drei Stunden lang Gewinde mit der Kluppe schneiden und sagte: «Ja, Handwerk hat goldenen Boden, aber bis zu dem muß man sich erstmal mit aller Kraft durchfräsen.»

22. März. Steffens «Kuddel-Schnööf»-Geschichten gelesen – wirklich witzige u. genau auf den Kapee-Punkt hin kompo-

nierte Genrestückchen. Agit-Platt – politische Ohnsorg-Komödien – u. m. E. allererste Humoristenklasse. Allerdings rettungslos in einem Regionalidiom verwurzelt wie etwa Schureks «Zitronenjette», Hans Müller-Schlössers «Schneider Wibbel» oder Niebergalls «Datterich» und insofern nur im kleinsten Rahmen bühnentauglich. Fühlte mich bei der Lektüre immer wieder an mein jahrelanges Ringen um das Volksstück als Klassenkomödie erinnert und spürte zum ersten Mal so etwas wie ein innungsgenossenschaftliches Rühren. Werde ihn in der Rolle eines mittelständischen altländer Bauern interviewen, dem die Jauche ausgebliebener Kredite wegen bis zum Hals steht, und der sich von Kuddl die systembedingte Plattmache von Klein- und Mittelbetrieben als kapitalistischen Vernichtungsfeldzug beipulen läßt.

Ab 17.00 wieder pünktlich auf der Baustelle und die Heizungsrohre isoliert. Müff, der sich während der Arbeit richtig fidel trank u. Geschäftsgeschichten aus dem normalen Wirtschaftsleben erzählte. Hätte zu einem Verhandlungspartner in Göttingen, der ihn im Preis drücken wollte, gesagt: «Darüber können wir ja mal in ‹Panorama› diskutieren, und zwar mit Merseburger als Moderator», was den Handelsmann völlig aus der Fassung gebracht hätte. Hatte Merseburger allerdings mal in unserer «Partyrepublik» der mittleren Sechziger kennengelernt, wo die beiden ungleichen Kerle ein unvermutetes Gefallen aneinander gefunden hatten. Längst verblühte Zeiten und auseinandergedriftete Befreundungen, aber für Müff immer noch für eine Bluffnummer gut.

Im Anschluß gemeinsam zu K.s und erfahren, daß der bei dem Schußwechsel mit Graßhoff (BM) schwer verletzte Kriminalbeamte Eckardt im Krankenhaus gestorben sei. Mich entsetzt, daß die Nachricht bei dem Dichter H. W., der Lehrerin A. M. und der Buchhändlerin R. K. ohne jedes Bedauern u. eher mit einem häßlichen Grinsen zur Kenntnis genommen wurde. Alles Gegner der Todesstrafe. Fanatische Verfechter von antiautoritärer Kindererziehung u. repressionsfreiem Schulwesen. Propagandisten u. -Innen von ökologischem Landbau und artgemäßer Hühnerhaltung, aber leider keine durchweg liebenswerten. Abends nach Oevel zurück u. Capriccio:

Hühnerhaltung artgemäß,
reuelos zu genießen:
Ich sitze auf entspanntem Gesäß
und wende die Imagines
hübsch goldgebräunt an Spießen.

23. März. In der «Welt» nennt Rollmann (CDU) Graßhoffs Pistolenschüsse «feigen Mord». Das sind sie – trotz meiner gesammelten Vorbehalte gegenüber dem gesamten martialischen Verein – ja nun wirklich nicht. Die Auseinandersetzungen finden neuerdings in freier Feldschlacht statt, und wer das eigene Leben dabei riskiert, mag alles mögliche sein, verrückt oder durchgeknallt, nur eben gerade nicht «feige».

Nachmittags mit Otto zum «Abschleppdienst Rudi». Otto in niedlichem Bedauern: «Nun können unsere Autos nicht mal mehr auf dem Möllner Autocrash miteinander kämpfen!» Dann der ganovenhafte Abwracker, der O. fürs bloße Verschrotten 30,– DM abknöpfen will. Als der ein schiefes Gesicht zieht und meint, daß es da doch noch allerhand auszuschlachten gäbe, die frech rausgerotzte Belehrung: «Je mehr ich da hinkuck, um so teurer wird das. Also 45 Mark und keinen braunen Pfennig weniger. Wenn Se nich wollen, können Se gleich von hier aus ne andere Firma anrufen. Hier herrscht nämlich freie Marktwirtschaft.» – Mir zur Lehre zugezogen, daß man bei solchen Jargonen die Ohren schon von Berufs wegen ganz weit aufmachen muß. Es ist genau die zur Kenntlichkeit entwickelte Abzockersuada des ganz normalen Kapitalismus, die nicht bloß auf Rudis Schrotthalde, sondern auch auf der Bühne den Ton angeben sollte. Gleich noch paar Korrekturen am «Lombard» vorgenommen. Wagenbach wird die Umbruchexemplare überm Kopf zusammenschlagen.

24. März 72. Review: gestern abend noch Erich. Findet immer mehr Gefallen an seiner Rolle als Modell und weiß manchmal nicht, was er als erstes erzählen soll: laufende Amouren oder militärgeschichtliche Extratouren. Ihn ermuntert, bei seinen Italienischkursen in Marne fortzufahren und sich endlich mal in Uniform zu zeigen. Schien etwas längerer u. verwundenerer Weg, als von mir angenommen, aber dann flutschten die Histörchen nur so aus ihm raus, als ob es gestern gewesen wäre.

Um dem Schicksal vorauszugreifen, bzw. etwas wie Schicksal gar nicht erst aufkommen zu lassen, sich sofort nach Kriegsanfang als Reserveoffiziersanwärter Z. b. V. beim Wehrersatzamt Heide Holstein gemeldet. Dabei immer heimlich mit im Kalkül, daß «freiwillig» vielleicht noch gewisse Optionen offenhalte u. sein Huckauf, sein Makel, sein Alp nochmal gnädige Engelsflügel hinter ihm ausbreiten könne. «Also irgendwas bedingt Kavaumäßiges – kleine Schreibstubenhockerposition in der Etappe oder Nachschubsicherung von ganz weit hinten her, statt sofort auf'm Absatz kehrt und ab an die Front und dann auch gleich totgeschossen.»

Fand ich in Anbetracht der Umstände als Haltung eigentlich okay u. die sich anschließende Szene im Musterungslokal beinah bühnenreif. TÜV-mäßige Erfassung seines bodies u. seiner Reflexe nebst Probe auf Herz, Nieren, Lunge, Leber pp im Rahmen des Üblichen u. auch mir aus WE- und sonstiger Lagererfahrung bekannt. Nur bei «Drehn-Se-sich-noch-mal-um!» abschätzig hin u. her flitzende Blicke zwischen Stabs- u. Oberarzt, aber genau in der von ihm vorauskalkulierten Richtung von ‹bedingt kavau› u. eventueller Verwendlichkeit in logistischen Bereichen, was ihn richtig hochgemut bis übermütig gestimmt habe.

Zur Aufnahme der Personalien, Vorbildung u. Interessenrichtungen dann an etwas robustere, heißt niedrigere Dienstgrade weiterverwiesen, «ja, und das mußt du dir nun mal einfach ganz realistisch ausmalen. Du stehst immer noch nackt u. wie ein in Habachtstellung erstarrter Regenwurm vor sonem ebenfalls auf seinem Platz hinter der Schreibmaschine festgenagelten Oberfeldinquisitor, bloß, daß du natürlich immer lustig drauflossabbeln kannst und der das dann in Maschinenschrift aktenkundig machen muß. Name – ja, von der Lieth, aber mit th und nicht mit dt – Beruf des Vaters – der Mutter – Parteizugehörigkeit – Mitgliedschaft in NS-Verbänden – Schulbildung – Werdegang – Abschlüsse, Zeugnisse, Diplome – schließlich berufliche Tätigkeiten u. eventuelle Spezialkenntnisse – worauf ich, Idiot einerseits, aber dann auch wieder wie vom Teufel geritten, lang und breit erzählte, daß ich eigentlich Kunstmaler und Zeichner hätte werden wollen, und auf die bereits erwartete Frage ‹technischer?› wie aus der Nullacht geschossen ‹nein, ganz richtig Kunst-, d. h. Kunstmaler wie

Elk Eber oder wie Sepp Hilz oder Adolf Ziegler oder wie in den zwanziger Jahren bekanntlich auch der Führer, bei dessen Landschafts- und Architekturbildern ich mir sogar ne ganze Menge abgekuckt hab›.»

«Blickte mich seinerseits allmählich aus ziemlich verkniffenen Arschlochaugen an, der in jeder Hinsicht überforderte Schreibstubenhengst, aber ich dachte nur, jetzt nicht wackeln, jetzt mal sehn, wer bei solchen Fragen die Oberhoheit hat, und dann setzte ich noch einen drauf u. sagte, daß das ja gar kein Staatsgeheimnis wäre u. in ‹Mein Kampf› alles nachzulesen, daß auch der Führer u. Reichskanzler mal als Landschafts- u. Gebäudemaler angefangen hätte, bloß daß meine Talente dann doch an eine gewisse Grenze gestoßen wären. Schließlich – in bewußt parodistischer Anspielung auf eine allgemein bekannte A. H.-Maxime: ‹Und ich beschloß Antiquitätenhändler zu werden.›»

«Na, wer hatte hier nun in Wahrheit wen auf dem Korn u. wer wollte hier auf keinen Fall am Ende der Dumme sein? Weil, mir floß das alles vollkommen selbstverständlich u. scheinunschuldig über die Lippe, während er das irgendwie ordnungsgemäß in seine Formblätter einzutragen hatte, und da fragte er mich doch wirklich in aller Untermenscheneinfalt ‹a n t i was sind Sie gewesen?› Na, du kennst mich, und in wirklichen Ernst- u. Zweifelsfällen weiß ich schon, daß man den Bogen nicht überspannen darf, weshalb ich ihm die Q-U-I-täten einfach wie ein Schullehrer in die Maschine diktierte: Antiquitäten! – wie antike Sessel – alte Truhen – alte Gobelins – alte Uhren – altgermanische Bronzegeräte – alte Kronleuchter – und da ging ihm plötzlich auch der seine auf: ‹Ach, das meinen Sie, haben wir doch selbst zuhaus im Flur zu hängen, kann man viel Geld mit verdienen, aber kostet auch ne ganz schöne Stange, na das wissen Sie ja besser als ich.»

«Hatte dann aber doch allmählich die Schnauze voll von mir und expedierte mich – ‹Kriegsfreiwilliger von der Lieth abtreten! Werden zu gegebener Zeit von uns Nachricht erhalten.› – mit sowohl sichtlich wie hörbar wiedergewonnener Oberhoheit in die Umkleidekammer.»

«Hand an die Schläfe gezackt, nackte Enkel zusammengerissen, flotte Kehrtwendung, alle ungern gezeigten Blößen frei zur Schau gestellt, aber immerhin stramme Waden wie ein Bälgetreter im Meldorfer Dom und durch jahrelanges Equilibristiktraining jeder Zeit in der Lage, den hauchfeinen Hinker unmerklich auszugleichen. Bloß bevor ich die kommißgraue Kassettentür dann endgültig hinter mir zugeschlagen hatte, hörte ich gerade noch so was wie ‹Dieser Tintenkloon› und ‹dem werde ich – werden wir› – naja ‹Hammelbeine› oder so etwas in dieser Richtung, und ich marschierte, I'm the Champ, you know, richtig kingsizemäßig den langen Gang zurück auf die Klamottenkabinen zu und dachte nur noch eines: Schnaps! Oldesloer Korn! Ålborger Linienaquavit! Flensburger Malteser! Gammeldansk! Rendsburger Witwen-Rum! Büsumer Doppelkümmel! das vor allem, denn das hatte mein Alter in soner Art von SA-Unterführerseligkeit immer wieder auf dem Piano runterklaviert, wenn er sein Täglichbrot (‹Zum Begriff des Gesamtminderwerts und der Mängelhöchstgrenze nach den Kartoffelgeschäftsbedingungen des Reichsnährstandes›) hinter sich hatte: ‹Lisa, Lisa, schenke dem SA-Mann einen Doppelkümmel ein!›, Gotteswillen, was für hirnverbrannte Zeiten, und um wie viele Grade wir beiden damals schon aus der Richtung, du auf die deine, ich auf die meine, was nicht heißt, daß ich mich so was Edles wie 'n Antinazi hätte nennen können. War 'n paar Nummern zu groß für meine kleinen Quanten, aber etwas anderes auch nicht gerade Zeitgemäßes schwebte mir irgendwie als Ideal vor Augen, und das war eine Existenz als Dandy oder Dékadent, was ziemlich direkt mit der Lektüre von Adolf Bartels ‹Geschichte der deutschen Literatur› von 1902 zusammenhing. Hatte bei uns einen Ehrenplatz in der mit Schiebeglas versehenen Büchervitrine, weil mit einer persönlichen Widmung des Verfassers an meinen Herrnpapa versehen – ‹Herrn Dr. Gustav von der Lieth, dem Wahrer deutschen Bauern- und Bodenrechts› – muß ich dir wirklich mal mitgeben, nur damit du siehst, aus welchem Faulschlamm man sich damals in Dithmarschen erstmal rauswühlen mußte, um sone Art von Individuum zu entwickeln.»

Buch untern Arm geklemmt, lieber Abschied, eisenbewehrten Fahrstuhl runtergerasselt u. mich gefragt, was ich doch alles für seltsame Freunde habe. Abends im Bett dann gedacht, «mal richtig was zum Einschlafen», aber statt in seligen Schlaf von einem Wutanfall in den nächsten geraten. Nicht der gewesenen Zeiten, sondern der bleibenden Anhaftungen wegen. Rühren heute schon wieder bzw. immer noch in diesem Modder herum u. wollen Denkmäler setzen u. literarische Zirkel gründen und das völkische Erbe wachhalten, und keine Guerilleros in Sicht, die mal zum langen Marsch durch die süderdithmarscher Marsch ansetzen.

> «Hilfe kann natürlich nur eine wirkliche Volks- und Rassenpolitik großen Stils bringen, eine gesunde Heimat- und eine kräftige Weltpolitik, und eben diesen muß auch die Kunst entsprechen. Sie ist im Völkerleben wichtiger als man denkt; denn sie gibt die Stimmungen, Überzeugungen, die großen Gefühle, die stolzen Gedanken. Aber

bisher ist es noch nicht einmal gelungen, das böse Judentum in der Literatur in nennenswerter Weise zurückzudrängen. Nach wie vor beherrscht es die deutschen Theater, und es treibt auf ihnen eine wüste Sensationswirtschaft, indem es bedenkliche ausländische Größen und die eigenen dekadenten Talente mit allen Mitteln fördert, den deutschen Talenten aber die Entwicklung möglichst erschwert. Was haben wir uns nicht in den letzten Jahrzehnten auf unsern Bühnen alles gefallen lassen müssen, Maurice Maeterlinck und Maxim Gorkij, Hermann Heyermans und Gustav Esman, Oscar Wilde und Hugo von Hofmannsthal, Bernard Shaw und Gustav Wriedt und dazu die ganze Gemeinheit der französischen Ehebruchsposse! Jüdisch ist dann auch die ausschlaggebende Kritik der deutschen Tagespresse (man sehe sich Typen wie Alfred Kerr an!), und selbst die großen Revuen deutschen geistigen Lebens wie «Deutsche Rundschau», «Neue deutsche Rundschau», «Deutsche Revue», «Literarisches Echo» usw. sind jüdisch oder gehen doch mit dem Judentum, das auch eine ganze Anzahl Professoren der deutschen Literatur stellt. Gerade in den letzten Jahren sind die Anstrengungen, das deutsche Literaturleben ganz in Judenhände zu bringen, gewachsen, beinahe krampfhaft geworden; keine Zeitschrift-Neugründung («März», «Morgen», «Neue Revue», «Hyperion» usw.), die nicht von Juden ausging oder doch in ihrem Geiste unternommen wurde. Dazu die seelenverwüstende Wirtschaft der sogenannten Witzblätter vom «Simplizissimus» an, das Überbrettl- und Kabaretttreiben, die Bestrebungen für die Nacktkultur – wahrlich, man darf in unserer Zeit, wenn jemals sagen, daß das Judentum die Dekadenz sei.»

24. März 72. Gegen 18.00 mit Müff in Roseburg (Heizung) verabredet. Um den Tag noch ein bißchen zu beleben, kurz bei Al. vorbei, die mir uuuunbedingt ihre 20 Testpflästerchen auf dem Rücken vorführen wollte (alle möglichen Allergenproben ihres Haut- und Heuschnupfendoktors), was sie beinah wie ein von Man Ray entworfenes Readymade aussehen ließ. Drehte und wendete sich vor mir, als ob es eine eigene künstlerische Hervorbringung zu bewundern gäbe, und ich lachte entsprechend u. belobigte den allerdings ziemlich surrealistischen Anblick. Gemeinsame Fahrt über Wandsbek (Steakhouse) und dann weiter über die Dörfer nach Trittau beschlossen, wo ihre Mama sie in der Eisdiele auflesen und wieder nach Barmbek zurückbringen wollte. Nach lustigem Gefresse (sie gemischten Salat mit Ei u. Oliven, ich Filetsteak medium mit baked potatoes and sourcream) bei Stapelfeld Kurs über Braak nach Großensee usw. genommen, nur was ich ihr eigentlich hatte zeigen wollen, eine staatsche Pappelallee, wie es sie in ganz SH nur dreimal gibt, im Verlauf der letzten paar Wochen gefällt und zu entseelten Festmeterpaketen zusammengeklammert. War bereits vorauszusehen gewesen, als die kurvenreiche Strecke einiger Autounfälle wegen in Verruf gekommen und die ansehnlichen ladies mit rostroten Kreuzen gebrandmarkt worden waren. Nun das Henkerswerk also vollendet und von mir als «Blutrache des Volkswillens an unschuldigen Naturgeschöpfen» bezeichnet. Befluchte gerade noch das von keinem Kunst- und Natursinn mehr gelenkte Planungs- und Begradigungswesen, als auf einmal Evas lautere Weltverbesserungsstimme im Autoradio ertönte – die von allen Seiten her gegen sie und ihre Bemühungen um eine Strafvollzugsreform aufgetürmten Widerstände u. der hindernisreiche Marsch durch die unbeweglichen Institutio-

nen –, was mir augenblicklich wie ein Gewissensblitz ins Genick fuhr und mich selbst um ein Haar das Steuer verreißen ließ. Einigermaßen gedankenvolle u. entsprechend wortkarge Weiterfahrt nach Trittau – «Du behandelst mich manchmal so, als ob ich gar nicht richtig wahr wär» – und das Kind verabredungsgemäß bei der mit eigenem Wägelchen angereisten Mama abgeliefert. Dann über Schretstaken – Talkau – Tramm nach Roseburg, wo an Skrupel der einen oder der anderen Art schon gar nicht mehr zu denken war und munterer Arbeitsgeist die bereits hübsch zu Augen gehende Tenne belebte. Gemeinsam mit Müff letzte Dichtungen überprüft, Wasser eingelassen, abgedrückt, und zu allen Göttern der Schmiedekunst gebetet, griechisch-römischen wie germanischen, daß sich bloß nicht irgendwo ein geheimes Leck eingeschlichen haben möge. Zu Lerchers nach Niendorf und Skat bis 2.00 morgens.

25. März. Bei L.s geschlafen, wo die Plumeaus nach Erbsensuppe rochen, was mich an frühe Jugendzeiten erinnerte, als ich einmal bei der Familie unseres Hausmädchens Helma genächtigt hatte. Früh aufgestanden u. Müff geholfen, den gewaltigen Geräteschuppen des Vorbesitzers Lührs abzureißen. Das den ganzen body heilsam durchströmende Glücksgefühl beim Herumhantieren mit Hämmern, Stemmeisen, Schmiedezangen und Kuhfüßen. Der von mir nur mit erheblichen Kraftanstrengungen zu handhabende ‹dicke Lehmann› – und auch das. In den Nachmittagsnachrichten immer noch die Ostverträge zur Disposition, weil sie winden sich, weil sie wollen es nicht. Wölben alle nur denkbaren Einwände der Welt zu schier unüberwindlichen Barrikaden auf, und das alles nur um zu camouflieren, was sie wahrhaftigen Wortes sind: ferngesteuerte Unpatrioten. Auch in San

Salvador der Präsident Sanches Hernandez durch von CIA-Geldern influenziertes Militär gestürzt – im ZDF ohne jeden aufklärenden Kommentar als südamerikanische Operettenrevolution abgehakt. Öffentlich-rechtlicher Medienverbund bis in eine Tiefe verwurmt, die von außen her kaum noch Einblick gestattet – und wer weiß, bis zu welchem US-nahen Maße auch unser D-Land noch verblöden und erblinden würde, wenn wir Augsteins ‹Spiegel› und Nannens ‹stern› nicht hätten. Abends: Vicky Leandros als Zentralgestirn Numero Eins beim «Grand Prix Eurovision». Fußball: Bochum gegen Hannover 96 mit einem Spieler namens Rühmkorb. Name keineswegs Schall und Rauch. Wollte ihn siegen, bzw. mal richtig was abliefern sehen, aber sein Können hielt sich im Rahmen.

26. März. Ein Riesen-Schatten-A, das die Sonne auf meinen beigefarbenen Zimmerteppich malt u. behutsam wieder zurücknimmt. Micio, das Fettmännchen, das das Spiel angeregt beobachtet u. die entweichende Figur mit den Krallen zu erhaschen u. festzuhalten sucht.

In der «Welt», daß Genscher Polizei und Grenzschutz «effektiver aufrüsten will» (also genau, wie wir es seit ewigen Zeiten vorausgesagt hatten) und – auf der Gegenseite Baader-Meinhof-Visuals wie zum Abschuß freigegebene Zielscheiben. Sowie «Lombard»-Quartheft bei Wagenbach raus ist, ihn ernstlich ersuchen, die politische Szene nicht weiter durch Guerillero-Kampfschriften aufzuheizen. Hat schon im vorigen Jahr ziemlich verantwortungslos herumgezundelt – «Kollektiv RAF – Über den bewaffneten Kampf in Westeuropa» – Berni Kelb: «Betriebsfibel» («Ratschläge für die Taktik am Arbeitsplatz») – «Sozialistisches Jahrbuch 3», André Gorz: «Zerschlagt die Universität» pp pp –

doch alles hochexplosives Zeugs u. wird ihm noch die ganze Bude auseinandersprengen.

Keine Ahnung, ob man ihm und gar Leuten wie Dreßen noch in ihre verballerten Köpfe reinreden kann, aber versuchen sollte man es wenigstens – nicht genossenschafts-, aber freundschaftshalber.

Die unausweichlichen Perspektiven mir auch andererseits klarer vor Augen denn je. Unsere Home-made-Stadt-Guerilla wird bis ans Ende ihrer schönsten Lebensjahre hinter Gittern verschwinden, und die sympathisierende Schickerilla zieht sich wieder auf die neu erblühende Belletristik zurück.

Rh: Tristebellik – Belletristrik

Und nach einigen 4-5-6 Jahren kommt nur noch einmal im Quartal ein auf der Durchreise befindlicher Sympathisant zu Besuch.

Abends Besuch von Otto u. eine liebreizend angetrunkene Eva. O., der erzählte, daß er «Jahre» mit großem Vergnügen gelesen hätte, ein Genuß, der sich bei Vorabdruck in FR nicht habe einstellen wollen. Kenn einer andrer Leut's Köpfe.

27. 3. Montag – ‹Spiegel›-Tag u. Raddatz mit einem nicht unsympathischen Nachruf auf Feltrinelli. Schon ziemlich grandiose Figur, oberste Upperclass u. mit einem verhängnisvollen Zug zum Underground, eine Zwiespältigkeit, die für R. allerdings gerade mal phänomenal exciting scheint. Analysen – psychologische sowohl wie scheinkriminologische – ziemlich flach drüberhin. «Wieso fand sich über drei

Tage hin nicht die Brille des extrem Kurzsichtigen?» Antwort eines kurzsichtig-astigmatischen Analytikers, der in seiner Jugend mal Bomben entschärft hat: Weil man bei solchem Feingefummel mit Zündern und Drähten natürlich die Brille abnimmt, die bei Explosionen dann irgendwohin fliegen kann.

28. 3. Fahrt mit Zilligen (NDR) nach St. Peter Ording, Interview Jochen Steffen. Erzählte, daß er in den späteren Fuffzigern Leser von «Leslie Meiers Lyrik Schlachthof» gewesen sei und ihm dabei gewisse Kronleuchter aufgegangen seien. Habe sich dann vor einer Kommission für Auslandsstipendien als ‹konkret›-Abonnent zu erkennen gegeben und das scheinbar ungefährdete Stipendium nicht bekommen. Big Brother had been watching all the time.

Steffen, der in lockerer Zweieinigkeit mit einer weiteren Mietspartei in einem riesengewaltigen Strohdachhaus residiert, aber was heißt hier schon residiert? Inneneinrichtung von beinah schon beschämendem Kleinbürgergeschmack, Marke Lampenschirm mit Spirituosenaufklebern und bißchen handgetöpfertem Kulturgut auf den sofaüberspannenden Stringregalen. Toilette, Sitzbadewanne und Waschmaschine in einem mit Reinigungsartikeln und Putzutensilien vollgestopften Kämmerchen. Leider versäumt, mir weitere Einzelheiten zu notieren, wie überhaupt man bei solchen Besuchen zunächst einmal alle Räume durchstreifen und den Bilderschmuck und die Einrichtungsgegenstände vermerken sollte.

Sonne strahlendheiß, dazu herbster Wind in den Dünen. Steffen, der mir während eines kurzen Spaziergangs erstmal Volks- und Weltwirtschaftskunde für die untere Mittelstufe erteilte. Malte mit einem Strandweidenzweig paar

Schlichtformeln seines ökonomischen Basiswissens in den Sand: B = K + I + S (Bruttosozialprodukt gleich Konsum plus Investitionen plus Staatsausgaben) – und schon wieder der Wind drüberweg und die durchaus eingängige Gleichung unter mehlfeinem Wüstenstaub begraben.

Wurden uns ohne großes Drumrumgerede augenblicklich einig, das Interview auf Platt zu führen, wobei ich mich bei Tee und Rum im angrenzenden Wellenbad derart ohnsorgmäßig in meinen Part als bäuerlich-reaktionärer Kleinbetriebler hineinsteigerte, daß er mir vorschlug, gemeinsam einen neuen Typ von populärem Polittheater zu entwickeln – also genau das, was mich schon seit einigen Jahren beschäftigt. Fast unheimlich glockenblumenblaue Leuchtaugen in seinem wind- und wettergeröteten Dickschädel. Wundersam knastreiches u. in all seinen Widersprüchen absolut erbaulich zusammengebackenes Individuum, das mich wieder mal an meinem abgrundtief verwurzelten Basis-Nihilismus zweifeln ließ. Und wie weit weg das alles von jenen ungaren Feltrinelliaden, die ihr Unwohlsein in der eigenen Privilegiertheit durch regressiv revolutionäres Bombengebastel zu entsühnen suchen. Letzten Endes ist ihm selbst der Ausgang der demnächst anstehenden Wahl völlig schnuppe. «Denn sünd wi wedder inne Opposischon und wi mookt 'n Theoter op!» Übrigens sei Willy Brandt an seinem Hupka keineswegs unschuldig. Wehner habe zu Genscher gesagt, wenn der Brandt so weitermache, würde er (HW) wieder in die Emigration gehen. Genscher habe «darauf wie ein Mondkalb gekuckt». – Auf der Rückfahrt mit Z. über unterschiedliche Narren parliert. Hundenarren, die nichts Schlimmes darin sähen, wenn ihre Lieblinge den Blumennarren ihre Beete vollschissen, und Vogelnarren, die in ihren Kleingärten heimlich Katzengift auslegten. Offenbarte mich ihm (mit einem gewissen Vergnügen am Bangemachen) als (moderaten) Waffenliebhaber, der nie ohne entsicherten Gasolino auf öffentliche Volksfeste gehe, was ihm ungläubig verschreckte Augen machte.

29. 3. E. verreist u. sofort die Mutter in der Leitung, die glaubt, mir zur Hilfe eilen zu müssen. Sie mit der Ausflucht ferngehalten, daß ich beim Rundfunk zu tun hätte. Nachmittags zu Al., die nach Wurzelresektion mit blutigem Mundschurz um mich herumhüpfte u. wieder mal als Kunstwerk zur Kenntnis genommen werden wollte. Bißchen Erdkunde und Geschichte und dann weiter zu Erich, wo die Vorgartensträucher vorzeitig mit buntgemalten Ostereiern geschmückt waren. ER, daß manche Leute die Eier gar nicht früh genug raushängen könnten, obwohl doch jedermann wisse, daß der Parterrebewohner Pohlmann grad ne Prostataresektion hinter sich habe. Über die Damen dieses und jenes. Erstens, daß Gesa eine Zeitlang wie vermummt herumgeschlichen sei, sone Art von endogener Depression, aber die Zeiger wiesen inzwischen sichtlich wieder nach oben: «sie wird schon wieder frech zu mir». Zweitens die Lehrerin (Irmi) mit einer völlig unerwarteten Attacke auf jenes neuronale Reizzentrum, in dem seine künstlerischen Interessen und sein geschäftlicher Abenteurersinn fast schicksalhaft miteinander verbandelt wären. Bis an die Schizogrenze vertrickste Offerte, gemeinsam mit ihr nach NY zu fliegen, um eine in jeder Hinsicht schwindelerregende Erbsache möglichst täxfrei über die Bühne und anschließend umstandslos über den Teich zu lancieren. Absolut einmalige Okkasion: eine Sammlung von an die 60/70 Blättern (Zeichnungen, Lithos und Zinkätzungen einer drüben hoch bis höchst gehandelten «Ashcan-artists»-Gruppe, Everett Shinn, George Bellows,

Robert Henri, William Glackens u. John Sloan), nach dem Tod ihres Lieblingsonkels testamentarisch an seine Lieblingsnichte überschrieben, wobei ER ihr entscheiden helfen solle, was man tunlichst drüben verkaufen und was aus Liebhabergründen nach HH, d. h. nachhaus überführen. Hätte «suppentellergroße Krakenaugen gemacht», als sie ihm einfach paar supergenial hingehauene Boxkampf-Skizzen von Bellows und Kohlezeichnungen von Sloan als Beraterhonorar in Aussicht stellte, aber natürlich – heavens! – auch verdammt verfänglicher Köder, an dem er sich nochmal heillos verschlucken könne.

Dazu alles noch in den Sommerferien, wo er Schascha mal auf seine alten Indianerpfade nach Viterbo und Tarquinia hatte entführen wollen. Hatte den Satz kaum beendet, als sich plötzlich die Schiebetür hinter seinem Rücken öffnete und eine offenbar immer noch verdüsterte Gesa einen graugelben Saatkrähenschnabel durch den Spalt steckte: «Na, ihr beiden Geheimniskrämer, was ihr euch immer zu erzählen habt. Sieht ja allmählich so aus, als ob Frauen bei euren Gesprächen unerwünscht wären.» – Erich, erstaunlich schnell gefaßt, wenn auch auf eine unmutig verkniffene Art: «Nicht in dem Maße, aber Lüngi und ich haben uns gerade mal überlegt, ob wir in den Herbst- oder Sommerferien mal gemeinsam nach Italien fahren.» – «Und was sagt Eva dazu?» – «Na, was wird sie sagen? Daß so alte Italomanen wie Erich u. ich ruhig mal gemeinsam auf Bildungsreise gehen sollten – aber nicht in meinem alten FIAT, weil das würde ne reine Werkstättentour.»

(Bißchen unhöflich früh mich verabschiedet, aber absolut keine Lust, mir zum x-ten Mal ihre Krankheitsgeschichte anzuhören. Würde am Ende wieder auf «Sexualität und Gewalt» oder «Gewalt gegen Frauen» auslaufen, schließlich die neuen Covers von «konkret», aber ich kenne die Welt und den Widerwillen gegen visuals von gefesselten Frauen, hinter dem sich gemeinhin nicht viel mehr als der Vorwurf verbirgt (s. Klopstock: «Da band ich sie mit Rosenbändern»), daß ihr Kerl kaum noch Anstrengungen unternehme, sie an sich zu fesseln. Früh zu Bett u. in geruhsamer Liegelage den Tagesablauf notiert. Scheiß Kugelschreiber, der schon bei leichter Verkantung des Blocks nicht mehr richtig faßt und sichtlich den Dienst verweigert.

29. 3. Hörfunkaufnahme («Kunst u. Politik» – zum Ersten, zum Zwanzigsten, zum Dreißigsten, zum Letzten!), wo ich mich an mehreren Stellen peinlich versabbelte, z. B. bei den Ausfälligkeiten gegen Springer, die ich einfach so nebenhin hatte abkrümeln lassen wollen und die sich just durch die Absicht unliebsam verdickten. Dann bei einem Statement in eigener Sache (meine gesammelten Theatermalaisen), wo ich schon im voraus befürchtet hatte, daß auch eine in Selbstironie gefaßte Betrachtung als Eigenlob verstanden werden könnte. Immer Kleist («Marionettentheater») mal wieder u. selbst bei mehrfachem Durchgang dieser schier unauflösliche Kloß im Hals.

Nachmittags richtig gute Geschichte von Rosi über kleine Rechenaufgabe in ihrem Deppenstadl. Saßen zu sechsen um einen Tisch herum, und als sie fragte, wieviel Beine sich wohl unter dem Tisch befänden, tauchten zwei kleine Mongos augenblicklich ab u. zählten ordnungsgemäß (doch obviously richtig durch): zwei – vier – fünf. Hatte sich einer zufällig ein Bein unter den Arsch geklemmt gehabt, u. dann wurde nochmal neu geknobelt u. herumgerätselt, bis die Pausenklingel läutete und am Ende tatsächlich doch noch 12 Beine zusammengekommen waren. Und da quatschen sie auf den Gymnasien u. privilegierten Johann- u. Christianeen v. Leistungsstress u. autoritärem Erziehungswesen herum. Aber Feltrinelli u. s. zielloses Rumgereise/Gerase mit seiner ungeratenen Geliebten natürlich viel interessantere Lehrgegenstände. Soll die reiche arme schöne u. mit viel weltzugewandtem Humor u. praktischem Organisationssinn gesegnete Inge doch tatsächlich verlassen u. sich mit einer (bolivianischen?) Mezzominorennen durch Macchia u. Maremmen geschlagen haben. Zu was u. worauf zu? Meine, zu welchem universalgeschichtlichen Sinn u. Ende und mit was für menschenfreundlichen Utopien im Partisanengepäck? Allenthalben bis an die Wahnsinnsgrenze verworrene Curricula um mich herum, was mich vielleicht einfach kalt lassen könnte, wenn ich nicht auch Erich sich in vergleichbaren Dornengestrüppen verfangen sähe. Hätte – ungare Nulli – neulich das gesamte ihr zugedachte Monatssalär an eine dieser obskuren Ital-Gruppen hingespendet («Brigate rosse», «Sinistra Proletaria», «Potere operaio» o. ä.), was er gerade noch unter Zuhilfenahme von 2. Fl. ‹Montepulciano vecchio› habe wegschlucken können. Bloß nicht groß in so altbekannte wie quälende Diskussionen sich verwickeln lassen, dann schon lieber mal «Bandiera rossa» scheineinig u. zweistimmig in seinem Lustkabuff abgesungen u. anschließend ab in die Kiste.

30. 3. Eigentlich haben alle richtig was zu erzählen oder bewegen sich zumindest auf dramatische Verwicklungen zu, nur mein eigenes Leben ziemlich bedeutungslos außen vor.

Neulich ja, ganz drolliger Sketch, als ich Mieke-Marieke bei Thomas-I-Punkt einen Badeanzug hatte spendieren wollen, aber in keiner Größe ein passendes Duo aufzutreiben war. Oben die niedlichen Williaminen, für die sich auf jedem Grabbeltisch sofort ein entzückendes Oberteil gefunden hatte, aber die dazugehörigen Büxen, ihrer Medizinballgröße wegen, fast hörbar aus den Nähten krachend. Tröstete sehr u. sagte, so etwas wären eben Liebhaberspezialitäten, u. da müsse man schon ein bißchen gewagt kombinieren. Wollte gar nicht aufhören mit dem Anpassen u. mich bei jeder neuen Anprobe mit in die Kabine ziehen, aber ich sagte, Ale-Male-Dicksteert, dat is all 'n Blick wert, bloß nicht gerade vor diesen Denunziantentanten, die hier überall rumschwirren, und da wollten wir doch lieber unser eigenes Geheimnis bleiben.

Leider ist es gerad dies, was ihr überhaupt nicht zusagt. Möchte sich am liebsten mit mir zusammen frei herumbewegen u. sich in der gesamten Öffentlichkeit blicken lassen. Mal in die Oper, ins Theater, ins Museum gehen. Ähnlich wie Erich Arm-in-Arm mit Nulli übern Rathausmarkt flanieren u. auf jeden Fall zum nächsten Jazz-und-Lyrik-Auftritt mitgenommen werden. Aber ich sagte, «ein nächstes Mal gibt es da vorerst nicht, weil mir das letzte bis zum absoluten Schnauzevoll gereicht hat». – «Dieser schöne Abend da in der Passage, wo wir beiden uns kennengelernt haben?» – «Ja genau, weil da nämlich die Kapeiken vorn in der ersten Reihe solche ‹Batman›- und ‹Phoebe-Zeitgeist›-Hefte vor unsern Augen in die Höhe gehoben haben: Das wäre die wahre Literatur!» – Hatte sie in ihrem eigenen kleinen Durcheinander gar nicht bemerkt, aber ich mit sicherem Blick erfaßt und in meinem Gedächtniskarton (Ecke Langzeithaß) gespeichert.

P.S. s. auch nochmal unter Feltrinelli, dem sie bei massomeno vergleichbaren Auftritten ins Gesicht gebrüllt hatten: «Wir wollen nicht deine Ideen! Wir wollen deine Piepen!» Und da hatte dieser Upperclass-Masochist doch tatsächlich geglaubt, sich mit weiteren Spenden aus der Affäre ziehen zu können. Bei mir nicht. Bei uns allen dreien nicht. Und ich hatte anschließend noch zu Michel und Schlütel gesagt: Das nächste Mal bereits dick unterstrichen aufs Plakat: «Foyer Kunsthalle. Kerzenlicht. Eintritt drei Mark u. keine Diskussion.»

31. 3. Mit E. u. Callo Patsch nach Roseburg, Heizung isolieren. Müff schon ärgerlich, weil sich die geschlitzten Kunststoffrollen besser zu zweit zurechtschneiden u. anpassen lassen. In der P.-family kaum unter dem Deckel zu haltende Pubertätsturbulenzen. Als saisonaler Streitgegenstand Hasch u. Bücherklauen, in der Szene schon seit längerem als «Klaufen» verniedlicht, was mich als Produzenten nie sonderlich amüsiert hatte. Frage von Susanne, ob ich schon mal Hanf geraucht hätte. Aber sicher, aber klaro, und präsentierte ihnen Müffels «Dichtungshanf – Für alle Gewindedichtungen».

(Interessant u. des Nachfragens wert, warum männliche – d. h drogistisch ineffektive – Pflanzen im Volksmund als «Sünderhanf» bezeichnet werden. Vielleicht, weil die ganze Kraft hier in den Bast geht u. sich daraus die besten Henkerseile drehen lassen. Auf der Reeperbahn (= Seilschlägerbahn) heute kaum noch in den Discos u. allenfalls in Altenteilerwohnungen zu erfragen.)

Abends zu Ingo-Psycho-Mummert, der bei «konkret» als eine Art Seelenberater f. verkorkste Jugendliche fungiert.

Mir 'n bißchen zu dicke aufgetragene Küchenkultur, zumal im Hinblick auf Ingos immer flusiger geschriebene Artikel. Hummerscheren mit Nußknackern geöffnet, Knoblauchsoße, Lammbraten, Salate, Rotwein Beaujolais Villages. Auch so'n abgebrochener Studiker als Briefkastenonkel u. Kinderverführer, der anscheinend sogar Privataudienzen gibt.

Röhl, den ich um feste Anstellung gebeten, u. Ledig, bei dem ich Vorschußsümmchen erbettelt hatte, lassen nichts von sich hören. Nur die Handwerker immer wieder prompt mit Abschlagzahlungen für anstehende Gewerke vor der Tür. Nachts noch in ZEIT vom Vortag geblättert u. unversehens auf Christa Rotzolls Rezension von «Jahre, die ihr kennt» gestoßen. Was ich immer «Autobiographie als ein Stück privater Sozialgeschichte» genannt hatte, nun mal just so als Schnurrensammlung u. öffentlicher Klatschgegenstand zur Kenntnis genommen. In der Lit-Beilage dann allerdings Handkes «Kurzer Brief zum langen Abschied» groß mit Karasek-Interview umwunden und an den Himmel unseres literarischen Pantheons erhoben. Hatte selbst schon mal reingekuckt u. als doodlangweiliges Szenenprodukt empfunden, aber natürlich, Szene ist nun mal Szene, u. die Saisonberichterstatter sind ein mafios verkletteter Durchstecherverein. Soll mich wundern, von wem man demnächst den in Mantheys dnb-Reihe erscheinenden Tretjakow besprechen lassen wird. Im Zweifelsfall Frau Sibylle.

1. April 72. Größe – Röte – ein sich an sich selbst besaufender Tag, und dann plötzlich an der Elbe lauter kleine lebendige Privat-Osterfeuerchen. Abends mit Otto und Antje zum Strand u. die still verweilenden Bürger u. Bürgerskinder vor ihren knisternden Sparflämmchen betrachtet. Eber-

hard Zamory getroffen, der nochmal erzählte, wie die KP-Studentengruppe mich 1955 als Teilnehmer einer «Gesamtdeutschen China-Delegation» vorgeschlagen hatte, und dann das allgemeine Entsetzen, als ich auf die Vorzugsofferte herausplatzte: «Aber ich mag doch gar keinen Reis.»

3. April. Zweiter Ostertag u. zu nervös, um mal richtig bürgerlich feiertäglich auszuschlafen. E., die Redetexte in betr. Strafvollzugsreform korrigiert. Die Mutter tief in «Brigitte»-Artikel über Eva u. ihre Rocker versunken, was allerdings mehr öffentliches Aufsehen macht als meine literarisch viel zu hoch angesetzten Extravaganzen. Immer wieder überraschend für mich, mit welcher Fürsorglichkeit sie sich gerade um den härtesten Kern der in Vierlande einsitzenden Knakkis kümmert. Dagegen äußerste Vorbehalte gegenüber Defraudanten, Betrügern, Scheck- u. Urkundenfälschern o. ä., d. h. einer Spezies, die mir schon wieder interessant erscheint.

Im Türausschnitt vierfach abgesetzte Himmelspartien: graublau – klaviertastengelb – graphitgrün – alle Schiffe in klaren und fast grell herausgestrichenen Farben. Bißchen Tretjakowlektüre u. schon begreiflich, mit welcher sichtlich von Futterneid unterflossenen Gereiztheit Benn auf dessen Berliner Massenveranstaltungen reagierte. Allerdings, was heißt hier u. in vergleichbaren Fällen dann wieder schon Futterneid? Das sinistre Wort bietet sich allzu leicht an, wo faktisch doch Programme, Richtungen, Positionen, Charaktere u. im Zweifelsfall literarische Wertvorstellungen aufeinanderknallen. Wie oft mich selbst schon vergleichbaren Idiosynkrasien ausgesetzt gesehen u. sie dann ganz ähnlich beantwortet: «Die deutsche Literatur saß zu Tretjakows Füßen und klatschte begeistert und enthusiasmiert. Tretjakow wird sich über diesen Beifall sehr gefreut, wahrscheinlich aber auch amüsiert haben, dieser kluge Russe wußte natürlich genau, daß er hier nur einen propagandistischen Abschnitt aus dem neuen russischen Imperialismus entwickelte, während die biederen deutschen Kollegen es als absolute Wahrheit nehmen. Als welche Wahrheit? frage ich mich nun. Welche Psychologie, frage ich mich, steht hinter dieser russischen Theorie, die in Deutschland so viele Jünger findet?» – Als epochenübergreifendes Problem sogar von siedendheißer Aktualität, man sollte dabei nur nicht gerade an Handke, Strauß u. Thomas Bernhard denken.

Meine eigene Position? Also zeitlebens doch wohl ständig im Kreuzfeuer. Sich mal gegen die eine Richtung u. dann wider die andre zur Wehr setzen müssen. Und als «Klassenlektüre» von keiner Seite her ernsthaft in Anspruch genommen.

Beim Schlafengehen immer noch jeden Abend ein paar Seiten Eckermann, bis das aufgeklappte Buch mir irgendwann entgleitet u. ich nach einigen Stunden unter seinen über der Nase ausgebreiteten Flügeln erwache. Dieses redliche Sichabpuckeln für eines anderen – höher gestellten – Mannes Gloriole. Allzeit bereit, dem Genius die Sprechtüte vors redselige Maul zu halten, und dann rauschen auch schon die Götter-, respektive Großmannsworte nur so raus wie aus einem Zitatenautomaten.

Tretjakow: «Unser Epos ist die Presse» (S. 96 ff) – u. nachfolgend das fast schon zur Selbstparodie verruinierte Hohelied auf die sowjetische Massenpresse. Nicht zu fassen, was er sich alles an individuellem Feinsinn abgekniffen (d. h. exstirpiert) u. dem Scheinideal auktorialer Anonymität geopfert hat, um am Ende mit der sozi-realistischen

Verfrachtung in ein Massen-Arbeitslager belohnt zu werden. Seine Vorstellungen von einer flächendeckenden Indoktrinationsindustrie eigentlich erst in unseren Tagen zu einer freilich kapitalistischen Blüte entfaltet. Axel Springer mit seinem gesamten Spektrum von BILD über BZ bis zu «Welt» und «WamS» als radikalreaktionärer Breitband-Epiker.

Als P. S. vom Tage. Wieder mal von Ulrike Meinhof geträumt. Wenn sie schon in meinen nächtlichen U-Labyrinthen derart häufig herumgespenstert: welchen unermeßlichen u. schwer auslotbaren Unterbodenbereich wird sie dann erst im Überbau unserer linken Schickerilla für sich erobert haben. – Einigermaßen surreale Szene: Ulrikes Kopf, der mit Bandagen umwunden u. in einem Pappkarton verstaut wird. War verwundert, daß man uns den Anblick der Szene verwehren wollte, obwohl wir ihr Gesicht längst erkannt hatten. Dann U. von 2 Nonnen sanft bei den Armen gepackt und unseren neugierigen Blicken entzogen. Plötzlich KRR an meiner Seite, dem ich erzählte, daß man Ulrike trotz der Verhüllung/Maskierung an ihrem Lachen habe erkennen können. Beim Lachen könne man sich nämlich nicht verstellen – was man schon bei den Hexenproben in alten Inquisitionsjahrhunderten gewußt habe. Röhl – aufs äußerste empört –: «Meine Ulrike ist keine Hexe!»

(Nach dem Erwachen sofort versucht, das Vexierbild aufzulichten u. ihm mit dem Asso-Computer auf die Spur zu kommen – ohne auch nur ein Fünkchen von einer Aha-Erleuchtung.)

4. April. Nach 5 Std. Schlaf aufgewacht, nochmal Valium 10, aber durch schreibmaschinenpapierscharfen Sonneneinfall neben dem schlaff anliegenden Rollo um die allzu sehnlich erwartete Wirkung gebracht. Pressespiegel im Rundfunk. Nahezu alle Zeitungen eröffnen mit der großen Vierfrontenoffensive des Vietkong oder den gelockerten Einreisegenehmigungen DDR für Westberliner Bürger. Nur «DIE WELT» beklagt im Verein mit dem mittlerweile seines ikonenhaften Goldgrundes verlustig gegangenen Solschenizyn die immer noch spürbaren Schikanen durch sowjetische Behörden. Der unsägliche Herbert Kremp, der dann nochmal von der anderen Seite her erwartungsgemäß mit einem ideologisch kontaminierten Leitartikel nachfaßt. Statt den kleinen Fortschritt zu loben, fordert er in unglaublicher Anmaßung die Reisegenehmigung für alle Ostberliner Bürger. Argumentationslinie wortwörtlich folgendermaßen: «Sie würden nämlich etwas Gefährliches erleben, was wir schon gar nicht mehr spüren: Die Freiheit!» – Wenn man solche Propagandaprosen nur in die richtige Ordnung rückt, scheinen einem die Befürchtungen u. Restriktionen der anderen Seite bereits wieder halbwegs begründet. Das wohlfeil verfügliche Wort «Freiheit» als Rammbock gegen das gesamte System u. selbst die Einklagung von sogenannten «Menschenrechten» auch nur ein Kuhfuß, um das selbstverständlich auf seiner staatlichen Autonomie beharrende Dings-dadrüben aus den Angeln zu hebeln. Abends Anruf Klaus Röhl, ob ich in TV Pasolinis «Theorema» gesehen hätte – der Held sähe nämlich genau so aus wie er (KRR). Meine vielleicht nicht gerade überhöfliche Antwort: ich hätte grad eben von «diesem abgewichsten Typ» gesprochen.

5. April. Während der nordvietnamesische Gegenangriff rollt u. rollt u. rollt, macht Springer mit der par ordre du Mufdi verfügten Schlagzeile auf: «Saigon tritt zum Gegenangriff auf die Kommunisten an». Mich sofort an die Frontbegradigungsparolen des OKH erinnert gefühlt, und wieso dann nicht einfach so weiter im altbraunen Klartext: «SIEG ODER BOLSCHEWISTISCHES CHAOS»?

14.00 Mutter zur Bahn, dann zu Al. u. Schularbeiten: Guy de Maupassants «La Fiselle» und Huxleys «Brave New World». Letzteres vor etwa 20 Jahren zuerst gelesen und sofort wieder an ein altes Mißbehagen erinnert. Bin allemal für künstliche neue Welten und von ganzem Herzen gegen solche verbiesterten Outsiderhelden. Auf dem Heimweg dann wieder das Rumflitzen von mittlerweile fast selbständig fluktuierenden Neuronen in meiner Entschuldigungszentrifuge. Wo bin ich gewesen? Bei Mantheys? Bei Zenko? Bei Erich? Da E. noch bei Cadriens war, meinen regendurchnäßten Mantel an der Heizung aufgehängt, um ihn bei Eckermannlektüre dann völlig zu vergessen. Als ich unten die Flurtür klappen hörte u. halb schlafblind die Treppe runtertrappste, hing der inzwischen getrocknete Mantel schon wieder ordnungsgemäß an seinem Haken neben dem Garderobenspiegel. Sagte was von «Fabrik», weil die konnte in keinem Fall angerufen u. nach mir gefragt haben, was mit ironisch verzogener Backe zur Kenntnis genommen wurde.

6. 4. Sich allmorgendlich seine Identität durch die Katze bestätigen lassen. Im fordernden Miauen u. in den Umschnurrungen eines befreundeten Haustiers seiner selbst gewiß zu werden: Ah, natürlich, ich bin's! Elbe basaltgrau mit einem aufreizend verrücktroten Segelboot mittendrin. Neun Stun-

den lang Zeitungen ausgeschnitten u. die wechselnden Wahrheiten vom Tage zur Kenntlichkeit collagiert. E-mal-wieder, daß ich diesen ganzen wesenlosen Quatsch nie im Leben wieder ans Licht ziehen würde. Am besten alles unbesehen über den Gartenzaun kippen u. der bereits anrollenden Flut zum Fraß vorwerfen. Frage nur immer, wer denn all diese Waldens u. Kremps u. Görlitze außer mir noch in ihrem alltäglichen Sudel vorführen und dem Richtschwert der Nachwelt überantworten würde. Dichterworte haften, und was dem einen sein «Hauptpastor Goeze» und dem andern sein «Ritter Atze» war (siehe Lessing, siehe Walther), wird sich nie mehr aus einer unrühmlichen Erinnerung verlieren.

Bundespräsident Lübke gestorben und schadensbegrenzende, heißt verbrämende Nachrufe allenthalben. In Enkhausen (Nomina sunt Omina) aufgewachsen, 35 Häuser, 450 Einwohner, und seine Zwergschulapologien insofern ein lernpsychologisch leicht erklärliches Bildungsprodukt. Hat sich bei der Eidesformel 2x versprochen, was mir allerdings eher in psychoanalytisch erklärungsbedürftige Dunkelzonen fällt. Ist unter den Nazis zwar 20 Monate lang eingespunt gewesen, allerdings nicht aus politischen Gründen, sondern veruntreuter Gelder wegen. Robert Neumanns Titulierung als «KZ-Baumeister» im alten «konkret» m. E. alles andere als hergeholt und L.s Funktion als Bauleiter in zwei KZ-Außenstellen des Raumfahrtzentrums Peenemünde u. beim Barakkenbau in Neu-Staßfurt (Verlegung eines Flugzeugwerkes in unterirdische Schächte) kaum einfach als Infiltrat aus trüben DDR-Quellen abzutun. Was die Bundesarchive hermetisch verschlossen halten, geben die real existierenden DDR-Sammelsurien natürlich liebend gern preis, und da sollte man sich lieber mal shoulder-to-shoulder an die Aufarbeitung unserer braunen Vergangenheit machen. Von «Bewältigung» nicht zu reden – «bewältigt», d. h. aus der Welt geschafft werden, kann hier ohnehin garnichts. Überhaupt – «Vergangenheitsbewältigung» – welch ein widerliches Wort – warum denn nicht gleich ‹aus dem Gedächtnis tilgen›. Man könnte nachträglich zur ApO überlaufen.

Durch alle unterschiedlich schlingernden Nachrichten unbezweifelbar siegreich an allen Fronten vorwärts bewegt sich der Vietkong. Mittlerweile auch nichts mehr von den wochenlang fast schon magisch beschworenen «Nachschubschwierigkeiten» u. der schon öfter vermerkte Frontbegradigungsjargon wie weggeblasen. – Eckermanns Goethe-Paraphrasen nachhaltig bewundernswert u. erbaulich. Als Prosakonstrukt fest u. elastisch zugleich wie etwa Thonet-Biegeholz-Möbel. Gelobt sei das alte Gymnasium (beispielsweise in Winsen an der Luhe) und der seiner selbst kaum bewußte Schaffensfleiß der kleinen Leute aus Niedersachsen. Ubi anybody has been born or brought up, that songs he rings out comparatively incondizionamente.

7. 5. Manthey am Telef. zusammengeschissen wegen nicht erfolgter Geldüberweisungen. Um 14.00 Anruf Hersteller Steen (gute Seele u. dito Tischtennispartner): «Sie wollten Herrn Ledig sprechen?» – Ich: «Nein, Herr Ledig hatte mich gern sprechen wollen», und dann auch prompt der Prinzipal in der Leitung, «m e i n l i e b e r R ü h m i !» – also allzeit jovial, wie wir ihn kennen und ihm bei gewissen berechtigten Vorbehalten nie richtig gram sein können. Trotzdem wieder mal schwierig, ihm klar zu machen, daß sogenannte «Vorschüsse» substantiell verdammt späte «Nachschüsse» sind, weil vorgeschossen hat ja zunächst

einmal der Autor mit seinem ganzen Nervenfleiß u. seiner gewiß nicht gering zu schätzenden Schreib- = Lebenszeit, und wer sich als säumiger Schuldner erweist, ist in jedem Einzelfall der Verlag, von dessen Konten sich die Honorare offenbar gar nicht trennen mögen. Volks- u. Betriebswirtschaftslehre mal von der Produzentenseite her betrachtet, aber es hat sich da offenbar eine sozial kaum noch hinnehmbare Verrechnungsweise eingeschlichen, die man für ganz normales Geschäftsgebaren hält.

Am Strand ein strahlend mennigfarbener Sandräumer mit einer maisgelb leuchtenden Bedienungsfigur auf ihrem schwankenden Hochsitz. Gewisse Arbeitsvorgänge, die von ihrer eigenen Ästhetik nichts wissen u. ohne den bildenden oder beschreibenden Künstler nur als betriebsblindes Gewerkel abgehakt werden könnten. Nicht bloß Kapital u. Arbeit, sondern auch Arbeit u. ihre ästhetische Wahrnehmung gehen getrennte Wege.

Das fast roh gerauchte Halsrohr u. das gesamte fein verzweigte Bronchial- und Atemsystem voller Schmerz u. Schleim u. Wutrotze. Auch das seit einigen Tagen verspürte Gejuck an Arsch u. Eichel ziemlich unleidlich. Denke an Pilze u. verliere mich in quälenden Verdächtigungen, obwohl ich neulich in «Vital» o. ä. gelesen habe, daß mykologische Mißhelligkeiten auch durch die Einnahme von Antibiotika provoziert werden können. Muß das neugewonnene Wissen sofort an Erich, Müff u. Schlenzer weitervermitteln – um ihnen schadensbegrenzende Argumente gegenüber allzu geläufigen Beschuldigungen an die Hand zu geben. Also: immer Sulfonamid- oder Penicillinröhrchen, bzw. -salbentübchen auf den Badezimmerkonsolen auslegen.

Schulfunk: Robbe-Grillet «Jalousie» (=Eifersucht). Noch reaktionärer u. langweiliger als seinerzeit bei der Lektüre vermerkt. Wieder mal so'n halbtotes sinnentleertes Ding, das zu seiner Belebung erst der Notbeatmung durch seine Interpreten bedarf. Aber solche Bälgetreter finden sich natürlich zuhauf. O großer u. bis heute hin nie gebührend zur Kenntnis genommener Alfred Döblin: Das Schicksal eines Verfolgten, dem auch als Heimkehrer nie der verdiente ökonomische Erfolg zuteil wurde. Im Zusammenhang interessant, wie tief gerade deutsche Juden meine eigene literarische Entwicklung beeinflußt haben. Döblin, der mich schon während meiner Schulzeit zur Kenntnis nahm u. meine Jugendgedichte im «Goldenen Tor» abdruckte. Kurt Hiller, der unsere Monatszeitschrift «Zwischen den Kriegen» sowohl als Beiträger wie als ständiger Muteinbläser begleitete. Der Ro-Lektor Willi Wolfradt, der die Einsendungen eines ihm unbekannten jungen Mannes aus dem täglichen Abraum herauspolkte u. sie dem Verleger mit geradezu enthusiastischen Lobeshymnen empfahl. Der große Dirigent Hermann Scherchen, der meine erste Jazz+Lyrik-Platte (damals Sprecher noch Westphal) mit zumindest dreigestrichenem Applaus begrüßte u. den Verfasser 3x in sein Schweizer Domizil einlud, was dieser in Unkenntnis von Scherchens Rang u. Bedeutung nur gerade mit einem netten Dankeschön-Brief quittierte u. bei mehreren Italientouren die kürzere St.-Gotthard-Route vorzog, statt den Umweg übers Tessin zu nehmen.

Beim Überschlagen versäumter Danksagungen mich fast erschrocken an den in «Jahre» mit keinem freundlichen Wort bedachten Willi Wolfradt erinnert. Hatte den Junglektor – der sich immer ein wenig Spielraum für den Autor

P.R. zu erkämpfen oder zu ermogeln suchte – in der großzügigsten Kollegialität unter seine Fittiche genommen u. ihn u. a. mit der Kunst der literarischen Spurenanalyse vertraut gemacht. Als Kunstschriftsteller i. R. (früher Monograf von Feininger u. Grosz u. erbitterter Gegner des späten Chagall) allerdings das Niveau der Ro-Gutachten in derart einsame stilistische Höhen getrieben, daß ich zunächst nur seinen überhöhten Ansprüchen zu genügen trachtete u. nicht so sehr den erwünschten Rapid-Retournagen der Verlagsleitung. Seltsamer, aber mir seinerzeit gar nicht so recht zum Bewußtsein gelangter Lebenslauf eines jüdischen Intellektuellen, der sich aus sprachlich-literarischen Gründen wieder für die Rückkehr ins alte Heimatland/Feindesland entschieden hatte, um im Ro-Verlag gerade eben mal einen kleinen Rückzugswinkel auszufüllen. Etwas quälende u. allseits als kontraprogrammatisch empfundene Szene, als wir «konkret»-Leute Wolfradt zu einem Einführungsvortrag f. eine Tucholsky-Ausstellung in der Stabi gewonnen hatten, u. W. – statt Tucho als politischen Anreißer u. Zubeißer zu würdigen – seine Rede auf die eher entmutigende Sentenz auslaufen ließ: «Die beste Nation ist die Resignation.» Empfahl sich denn auch bald, gebeugten Rückens, offensichtlich von einem Weh bedrückt, das wir seinerzeit weder zu teilen noch gebührend zu würdigen vermochten.

Spätnachmittags TV-Aufnahme. «Jahre» nebst gewissen piezoelektrischen Entladungen über Dichters Los u. Leid. Das heikelste Buch der Saison beginnt sich im kleinen erlesenen Sympathenkreis einer gewissen Aufmerksamkeit zu erfreuen. S. auch Heinrich Daniel Rühmkorffs «Funkeninduktor» (trotz des doppelten f ein direkter Vorfahr), dessen Erfindung man im damaligen D-Land keinerlei praktischen Nutzen abzugewinnen vermochte. Bis er, auf dem Umweg über Frankreich, schließlich am Hof des Bei von Tunis einen Kronleuchter in die Luft sprengte und der ganzen an elektrodynamischen Phänomenen interessierten Welt einen (allerdings etwas martialischen) Kronleuchter aufsetzte.

9. 5. Auftritt in Kempowskis Leselaboratorium. Als erster Ohreneindruck Raddatzens trötende Aufgekratztheit. Ein jüdischer Geschichtsprofessor namens Grab, offenbar Heine-Spezialist, den man hätte kennen sollen u. der seinerseits sogar mit meinem «Volksvermögen» vertraut war u. mich über «Toilettenverse» ins Gespräch zu ziehen suchte: «In diesem Häusel sitzt ein Geist ...» Schien mir nicht unbedingt den Geist des Buches zu treffen und war vor Heißhunger derart ungesellig bis unwirsch, daß ich die belegten Brote lautlos u. lieblos in mich hineinschlang. Sagte kein Wort, nickte nur still bestätigend vor mich hin u. sah mich fasziniert an seiner porösen Trinkernase fest.

K. als Selbstabhefter u. Aktuarius in eigener Sache, der seine fast überpingelig geführten Ordner vor uns eröffnete: Jugend- u. Heimatfotos, vergrößert u. auf Hochglanz gezogen, «Besonnte Vergangenheit» im Metro-Goldwyn-Mayer-Look. Die Übermacht der Devotionalien u. Reliquien: Medaillen, Siegel, Broschen, Anstecknadeln, Laufzettel, WHW-Abzeichen pp, in unparteiischer Objektivität zusammengetragen u. aneinandergereiht. Gelte zwar selbst als Allsammler, der sich noch von jedem Studentenjob ein Andenksel aufbewahrt hat und sich aus Zeitungen/Zeitschriften einen zeitgeschichtlichen Hintergrund erschnippelt. Nur nie die Zeit gehabt, den Krimskrams ordnungsgemäß zu schichten, abzukasteln oder auf Ordenskissen hinzubetten. K.s vielleicht sogar begründete Klagen: «Wenn dies Buch raus ist, was soll ich noch schreiben?» – Allerdings, wenn der Berg der Erinnerungen abgetragen ist, stellt sich für jeden Autor die Frage, ob er wirklich noch lebt u. was er nochmal Neues wagen will.

Spaziergang mit Eckart Kleßmann durch den schneidenden Wind. Leuchtblaue, leicht gerötete Augen, von dreifach gestaffelten Tränensäcken sorgenvoll unterfangen. Eigentlich das ganze Gesicht ein bißchen verknittert u. vergnattert, aber wenn er ins Erzählen gerät, über Brockes, E. T. A. Hoffmann, Claudius, Hagedorn, Hippel, hochkomische Künstleranekdoten, wo eines sich ans andere reiht, Kuriositäten u. Erotica immer frisch vorneweg. Drei Fasanenhähne, die neben uns aus dem Gebüsch hochknatterten wie Katjuscharaketen.

10. 4. Verlag. Finanzverhandlungen mit Ledig. Entweder 8000,– DM bar auf die Hand oder 10.000 in zwei Raten. Möchte mal wissen, was die höheren Angestellten hier (oder gar bei ZEIT, «Stern» u. «Spiegel») im Monat verdienen, ich seh bei Besuchen ja immer nur höchstgehandelte Bilder à la stagione an der Wand. Es ist schon immer etwas teurer gewesen, einen schlechten Geschmack zu haben.

Klaus Juncker (Theaterverlag), der berichtete, daß «mein Freund Utzerath» die Volsinii-Regie in D-Dorf übernehmen wolle. Kaum daß Ost-Berlin gecancelled hat, sind meine Aktien im Westen bemerkenswert gestiegen. Als ich ihm von meinem Dortmunder «Lombard» erzählte, konnte er sich einiger Bedenklichkeitsfalten nicht entkneifen:

«Das erzählen Sie mal nicht überall rum, sonst kommt unser Projekt noch wieder ins Wanken.» Abends Anruf Ohl, um den Köln-Vertrag nochmal zu meinen Ungunsten zu modifizieren. Als ich ihn nach Utzerath fragte, von dem ich bisher nur einen krachbunten TV-Sternheim zur Kenntnis genommen hatte, replizierte er gekonntest auf Ostpreußisch: «Uuuut-ze-raaat, na, will mal sajen, najachen, vielleicht 'n bißchen konservatiefchen.» War sehr beruhigt, weil lieber dies als das Theater als moralische Strafanstalt.

11\. 4. Der Öltanker «Mönchen-Gladbach», 1944 in der Nordsee gesunken und vor einigen Tagen von einer Prospektorenmannschaft angebohrt. Ölaktien, die augenblicklich einen gewaltigen Freudenhopser nach oben machten, weil man ein riesiges Lager unter dem Schelf vermutete. Nach Bekanntwerden des Irrtums sofort ruinöse Kursstürze u. zahlreiche um ein Vermögen gebrachte Spekulatiusse. Mit solchen Realsatiren aus dem wirklichen Wirtschaftsleben verglichen sind unsere gesamten gesellschaftskritischen Dramen (auch die meinen) doch fast schon bescheidene Lachstücke.

Auf der Linken kommt auch gar nichts mehr voran. Außer natürlich eisern u. unermüdlich der Vietkong.

Anruf der Mutter: «Was knackt denn da so scheußlich?» – Ich: «Das ist der Verfassungsschutz.» – Sie: «W e r?» – Ich: «Der Verfassungsschutz!» – Sie: «Der Verpackungsschutz?» – Ich: «D E R V E R F A S S U N G S S C H U T Z!!» – Sie (ganz erleichtert): «Ach so d e r . . .»

Mittagessen bei Niemann, der immer wirtsmäßig würdig mit der Serviette überm Arm serviert. Als ein Jugoslawe (beim Elbtunnelbau beschäftigt) eine Kiste Bier abgeholt hat, N. in verschwörerischer Vertraulichkeit: «Die saufen vielleicht was weg, diese Ausländer! Sieben Kisten pro Tag! Aber soll ich die denn zu Wittmund abziehen lassen?!»

Die Kastanie vorm Haus wie ein Schlafbaum für grüne Jungfledermäuse. Die noch eingefalteten Flügelblätter. Als Gedanke für eine neue Surprise-Art: Hier vorm Fischrestaurant mal ein riesiges Kruzifix an den Baumstamm zu heften. Vielleicht auch die ganze Lindenallee lang ein Marterl neben dem andern. Ganz Hamburg würde sich bekreuzigen.

Der ehemalige Bootsbauer Lührs, der sich auf seinem Hinterhof ein imaginäres Marinemuseum eingerichtet hat. Eine Ausstellung von so nach u. nach zuammengesammeltem Strandgut, paar Wrackteilen, einer Galionsfigur, Kompassen, Sextanten, verknotetem Tauwerk und als oberstem Interessenmagneten einen präparierten Walfischpenis. Macht unter dem Künstlernamen «Käpt'n Lührs» selbst den Museumsführer und lauert mit sturmgesträhltem weißen Schifferbart eigentlich nur auf die der einzigen wirklichen Surprise zugewandten Glotzaugen. Immer wieder probates Vexierrätsel: «Na, un watt hebbt wi door»?

Gerüchte vom Selbstmord Ulrikes. Es war kaum durch die Abendnachrichten gegangen, als auch schon Otto u. Antje unten vor der Haustür standen u. sich austauschen wollten. Waren selbst in gewisser Weise aufgewühlt – immer noch als ob jemand von uns aus unserer Mitte gerissen wäre – andererseits mit der genügenden Distanz, um nicht gleich wieder dem alten Sympathiezauber zu verfallen. Wußte von Otto, daß er bei uns mal in seiner Lieblingsrolle als Barfußsanitäter an Ulrikes Bettkante gesessen hatte, aber da ich nicht wußte, ob Antje wußte, gab ich mich mit Maßen verhangen.

13. 4. Starke Sonne und ich mittendrin (Rh). Viel Gelärme vorm Haus, als ob die Vögel den gesamten Himmel gepachtet hätten mit ihrem unaufhörlichen Liebesgepiepe. Zum Strandweg runter und mit weit ausholenden Schritten immer dem Spülsaum nach, dokumentareife Auslagen, fast schon neue Kunstrichtung, nature morte in statu nascendi. Einem ungelungenen Ehepaar nachgestiefelt, offenbar aussichtslos in Zank vertieft, fast bedrohlich scharfen Kurs aufs-Wasser-zu haltend, sie jaulend, er brüllend. Dreimal an ihnen vorbei u. wieder zurück u. in ewiger Redundanz nur das immer gleiche Leitmotiv mitgekriegt: «Ins Wasser»!

14. 4. Im TV-Studio u. Steffen-Filmchen betrachtet. Ganze Kantine voller Freunde u. guter Bekannter (Aust, Ibel, Brackrock, Susanne Patsch pp), nicht bloß von Alltagssorgen verschontes, sondern reichlich verwöhntes Völkchen, das sich in mir bekannter Manier, bekanntem Gemurr über die begrenzte Auswahl u. die Minderqualität der Gerichte ausließ. Fand ich reichlich ansprüchlich u. im Vergleich mit meinen beschränkten Verhältnissen fast schon degoutant. Doch in jeder Hinsicht frugales Angebot u. in Anbetracht der subventionierten Kantinenpreise ein sowohl unverdient als undankbar genossener Luxus.

(Ich mit meinen clandestin eingenommenen Nachhilfemärkern u. den mir v. Zeit zu Zeit v. Erich spendierten Dusendern. Auf meine gelegentlich mal gestellte Frage: «Warum tust du das alles für mich»?, E R: «Weil ich an dich glaube und mir letzten Endes ein literarisch gelungenes Porträt von dir erwarte.» Auch der Heidedoktor Wallus seit Erscheinen von «Jahre» jeden Monat mit DM 100,– als «Kleinmäzen» mit v. d. Partie. Große Liebe zu einer ganz kleinen Welt, die ich im Lauf eines mehr als vierzigjährigen Lebens von mir habe einnehmen können.)

Auf der Rückfahrt derart v. Rührung unterflossen, daß ich mir kleinen Abstecher via Ise nicht verkneifen konnte. War zu Haus. War allein. Hatte seit undenklichen Zeiten mal wieder Probierpinsel in div. Farbpötte getaucht u. vor Unbehagen über durch jahrelange Untätigkeit nicht gerade gereifte Fähigkeiten zu Ablenkungslektüren gegriffen. Suetonius' «Vitae imperatorum», von der Forschung natürlich längst mit äußerster Reserve betrachtet, aber hol sie der Teufel, diese ganze Besserwisserwissenschaft. Wollte mir gleich das Augustuskapitel vorlesen, die unsichere Herkunft, das sich Durchbeißen eines halbwegs Niedergestellten, die zahlreichen Krankheiten, die unschöne Gesichtsakne, das ein wenig zu kurz geratene Bein, die Kaschierung des Makels durch eine verdickte Sandale, die Selbstertüchtigung durch forciertes Marschieren, aber ich bat ihn, anstelle von, doch lieber das eigene Curriculum zu verfolgen, immer straight den vierziger Jahren nach u. ohne Abschweifungen gen Philippi 42 vor.

Spätsommer 41 in gewisser Weise in Wartestellung u. von örtlichen Luftabwehrbehörden mit zivilen LS-Aufgaben betraut. Alliierte Bombardements des gerade frisch erblühten Adolf-Hitler-Koogs als einschneidender Gesprächsstoff, auch Gefährdung der wunderschönen Eisenbahnbrücken bei Hochdonn u. Rendsburg u. weitreichende Organisations- und Kooperations-Maßnahmen, die über ehrenamtliche Tätigkeiten hinaus bald auf irgendetwas Hauptberufliches auszulaufen schienen, bis man ihm unversehens von seinerzeit befugter, aber heute vergessener Stelle aus ein zweckdienliches Studium in Braunschweig nahelegte. Braunschweig? Die braunen Schweiger. Alle möglichen Witze, die damals in kleinen Abweicherkreisen zirkulierten. Andrerseits die nicht unbemerkt gebliebene Lehrtätigkeit eines TH-Professors namens Kristen, der dem Bau von Schutzbewehrungen für Stahlbetondecken sein Leben geweiht und dem Reichsmarschall seine Seele verschrieben hatte – eine teils geachtete u. v. uralt Insiderkreisen belachte Außenseiterfigur, aber im dithmarscher Luftschutzbund eine gut benamste Adresse. Vitamin-B-Spritzen, einem Amtskollegen u. Korpsbruder seines Vaters zu verdanken, die die erwünschte Immatrikulation für das WS 41/42 dann im Zweiwochentempo auf die richtige Schiene brachten u. ihm sogar eine Gratisunterkunft f. 1-2 Semester in Aussicht stellten. Also Fortuna allerwege u. der ihn zum ewigen Bleiben verlockende Anblick eines Pflichtjahrmädels namens Christine (Stina), gerade mal eben 15 Jahre alt, u. nach 2 Wochen Aufenthalt, Erich hier, Stina da.

«Eigentlich glücklichste Zeit meines Lebens, wenn die eigentlichen Tage von Aranjuez nicht noch in ungewisser Zukunft vor mir gelegen hätten – bellum italicum – und der bernsteinblonde Langobardenzopf einer suora Velia», der alle anderen Erinnerungen nochmal golden überpinseln sollte. Lyrische Anwandlungen unseres Freundes, die ich bei aller Neugier bremsen mußte, um den biografischen Längsschnitt wieder einigermaßen in eine chronologische Ordnung zu bringen, von seinem kurzen Studienaufenthalt in BS zu der so früh damals gar nicht erwarteten Einberufung zur «Luftschutztruppe Z. b. V. der Luftwaffe» im sächsischen Wurzen-Bennewitz. Dort als Lieblingsschüler Kristens bereits als große Schutzbunkerbau-Kanone avisiert u., mit den schmeichelhaftesten Warenbegleitpapieren versehen, fast hochachtungsvoll in Empfang genommen.

Medizinische Nachmusterung etc. insofern nur noch eine Formsache. Eingliederung in die laufenden Reserveoffiziersanwärter-Lehrgänge ohne jedes bürokratische Brimborium u. der Umgangston von beinah schon zivilistischer Zuvorkommenheit. Dabei für einen habituellen Täuscher u. Vertuscher sogar hochinteressante bis brisante Lehrinhalte u. im ganzen ein richtiges Breitbandstudium in allen nur denkbaren Camouflage- u. Verhüllungstechniken: Einnebelungsverfahren vermittels Chlorsulfonsäure – Konstruktion u. Plazierung von Scheinanlagen, heißt räumlich versetzten Faksimiles von Verschiebebahnhöfen, Eisenbahnbrücken u. Industriekomplexen – Umgang mit hitzeresistenten Chemikalien u. sogenannte «Erfolgsfeuerdarstellungen» – Kampfstoffkunde im allgemeinen u. Kunstschutzmaßnahmen im besonderen – eigentlich alles halb so martialisch wie er es sich vorgestellt hatte u. im Verein mit Tunnelbau, Bunkerbau, Luftwarndienst, Verdunkelungswesen, Fluko, Eluri usw. eine durchaus interdisziplinäre Geheimwissenschaft im nach außen hin eisern abgeschotteten Zirkel einer eigenen Illuminatenloge.

Hatte mit der praktischen Umsetzung nur wenig zu tun. Eher logistische Koordinationstätigkeiten vom Schreibtischsessel aus. Also kein Gewuchte, Gehebe, Gebastel, Geschleife, Gezerr – nur sone Art von Planungsbüro, auch Patentamt, in dem die ständig einlaufenden Erfindungen u. Gedankenblitze der praktizierenden Schlosser, Schreiner, Klempner u. Elektrotechniker auf ihre Verwendlichkeit geprüft u. als Modellversuche in Auftrag gegeben wurden. Wäre – außer im späteren Umgang mit Kunstfälschungen – eigentlich nie einer aufregenderen u. interessanteren Tätigkeit nachgegangen als damals in Wurzen-Bennewitz u. erst später, d. heißt, paar Jahre nach dem Krieg belehrt worden, daß dort im Muldetal mal Ringelnatzens Wiege gestanden hätte. Zu meiner Verwunderung einfach nur mal so aus dem Stand zitiert:

Flucht

Du segelst allein. Es soll niemand dabei sein.
Doch tausende Fischlein begleiten dein Boot ein Stück
Des Weges. Aber du willst ganz frei sein,
Schaust weder nach rechts noch nach links noch zurück.

Nur fort! Nur weiter! Du willst das Vergangene
Vergessen. Fort! Du glaubst an den rechten
Gradaus fliehenden Weg ins Glück.

Hinter dir, hinter Glas und Draht und Eisengeflechten
Blicken dir lange nach: Gefangene.

Du glaubst deiner Richtung. – Mit Hilfe des Windes,
Der Strömung segelst du weiter und reist
Und reist und reist. Und die Sehnsucht des Kindes
Erkennt sich allmählich, altert, vergreist.

Nun und? – Aber die Wellen umspielen
Dein Boot. Es folgen dir Himmel und Licht.
Fremde Ziele passierst du. Von deinen Zielen
Das schönste, das einzige – kommt nicht in Sicht.

Hering in der Nordsee? Papagei
In Aschaffenburg? – – Wer ist ganz frei?

Und, «Ja», sagte ich, «es ist sonderbar, aber es ist so. Vor Gottfried Benn steh ich stramm, aber vor Ringelnatz knie ich.»

15. 4. Grauer Tag, auch innen. Heißenbüttel, Träger des – dreimal darf man raten – Büchnerpreises u. festangestellter Redakteur beim SWF soll meine «Jahre» sowohl im Funk u. dann auch gleich in SZ verrissen haben, sehr giftig, sehr abfällig, so richtig von oben nach unten. Wer die Gründe kennt, wundert sich über gar nichts mehr. Hatte in den mittleren Fünfzigern seine «Kombinationen» mal «eine literarische Schrumpfzone» genannt, in der kein wirkliches Leben u. dito menschliches Fühlen mehr aufkommen wolle. Nun zahlt er verspätet zurück und man muß sich doch wieder wundern. Wie tief die Hiebe seinerzeit eingeschnitten haben u. wie lange der Haß sich gehalten. Welche Mühe heut immer noch, sich auf literarisch kaum beackertem Boden voranzubewegen, bis man merkt, er ist nicht bloß steinig, sondern allenthalben vermint. Nur der Vietkong marschiert ungebrochen siegreich voran. Immerhin, jetzt auch An Loc genommen, und man liest es als Hoffnungszeichen sehr allgemein. Wie eine auf nichts als ihre überlegene Waffengewalt gegründete Hegemonialmacht mit Napalm,

Streubomben u. Agent-Orange-Entlaubungsmitteln gegen ein kleines todesmutiges Völkchen vorgeht, u. das alles noch im Zeichen von «freedom and democrac». Unsere Schutzmacht. Unser durch keine Regierung je in Frage gestellter Supervisor in einer so benannten «atlantischen Wertegemeinschaft»?!

Dabei ist jedes Reden von Moral (von Kampfmoral ganz zu schweigen) nichts besseres als ekle Camouflage. Die US-Militärindustrie, die noch schnell ihre auf dem normalen Konsumweg kaum absetzbaren Bomben u. Granaten abschmeißen u. ihre längst aus den Nähten platzenden Raketenbunker für noch widrigere Weiterentwicklungen leerräumen will. Werde mich jeder noch so übelbeleumdeten Pazigarde anschließen u. dieser bis ins Mark verdorbenen Supermacht ein paar deutsche Reißzähne zeigen.

Anruf des aus Anstalt «Vierlande» entwichenen Zigeunerprimas Edu Zikade. «Ich hab Ihre Frau tierisch lieb, und wenn die'n bißchen jünger wäre, würd ich auch was mit ihr anfangen. Auch wenn die verheiratet ist.» Sagte zu ihm, «na, nun häng dich mal nicht gleich auf, aber auch keine anderen, bloß wo Eva im Augenblick ist, keine Ahnung!» Ihm nicht verraten, daß E. gerade einem anderen Bengel nachstellte, der ebenfalls nicht vom Ausgang zurückgekommen war u. partout nicht in den Bau zurückwollte. Hatte ihn nach langer Telefonrecherche in einer berüchtigten Ausbüxerkneipe erwischt u. predigte zu ohrenerweichender Rockmusik 2 Stdn. lang auf ihn ein, informations- u. sicherheitshalber immer wieder mal bei mir anrufend. Ihre Rokker – ihre Spezies – ihre ganz besonderen Lieblingsstrolche – u. wenn einer von denen mal bei uns zu Haus aufkreuzt, eigentlich ganz liebe u. folgsame Lämmerschwänzchen u.

jeder einzelne mit ner mordsinteressanten Lebensgeschichte im Schlepptau.

16. 4. Langer Spaziergang mit E. nach Falkenstein. Der noch von Warburg angelegte «Römische Garten» allerdings nur noch halb so römisch wie er mir in meiner 51er Verrücktenzeit in der Elsa-Brandström-Nervenklinik erschienen war. Am Falkensteiner Ufer u. etwas nördlicher neben der unterspülten Rissener Zuckerfabrik nach Petrefakten gesucht, wo noch Schiffe aus dem letzten Weltkrieg ins Wasser hineinrotteten u. verteerte Ankerketten sich wie moribunde Meeresungeheuer aus dem Schlamm herauszuwinden suchten.

E., die einen sehr hübsch gezeichneten Seeigel fand, ich einen Herzmuschelabdruck in einem vierschrötigen Sandsteinziegel. Beides zeitlich nur schwer zu klassifizieren, weil in eiszeitliche Geschiebeschichten zwischen Elster u. Saale eingebettet.

Zuhaus mich wieder an die «Handwerker» heranzuarbeiten versucht. Diese lange vernachlässigten u. bereits ein wenig erkalteten Figuren. Abends in Nachbargärten paar apriljunge Magnolien gepflückt und die Vorstellung, mir richtig taufrische u. noch kaum eröffnete Blüten in die Stube zu holen.

17. 4. Spiegelrezension «Jahre» und, nun ja, man gerade mal so'n bißchen Erzählstoff agglutiniert. «Viele Schlachten, aber nie meine Identität verloren», immerhin, solche Donnerkeile sitzen u. verfehlen ihre Wirkung auf zitatenhungrige u. selbst etwas ausdrucksschwache Leser nicht. Aber diese ganzen Mühen des Anfangs, gar der ökonomische Jammer meiner Wander-, Lehr- u. Gesellenjahre nur mit

der professionellen Ironie von festangestellten Großverdienern zur Kenntnis genommen. «Glückloser Dramatiker»: und auch das! Meine, wie leicht sich das hinschreibt u. zugleich als Vorurteil festnagelt, wo doch die eigentlichen Bewährungsproben noch erst ausstehen, und der tertiäre Sektor vielleicht auch mal eine Aufgabe darin sehen könnte, solche Vorurteile in Frage zu stellen. Brecht und seine Bemerkungen gegenüber Hella Wuolijoki: dem nicht gerade Modegängigen auf seiner schwierigen Tour voranzuhelfen.

Zusammen mit Rosi imposanten Schlagbohrer gekauft: absolut auf den Dollpunkt unserer laufenden Heimwerkerei zugeschnitten erscheinendes Geschenk für Müffis Geburtstag. Hübsche Geschichte beim Spazierengehen. R., die unerwarteten Liebhaberbesuch bekommen hatte, aber vergessen, die Pille zu nehmen. Gingen zu zweit zur Nachtapotheke und klingelten anhaltend, als ob es um einen Fall auf Tod u. Leben ginge. Nach drei Minuten endlich Licht und ein humpelnder Greis in Hosenträgern vorm Durchreichekläppchen. Der Freund sehr ernsthaft, «ich hätte gern zwei Präservative», worauf R. einen Lachanfall bekam. Der aus dem Schlaf aufgeschreckte Nachtdiensthabende, der sich brüsk abwandte: «Aber das ist! – das ist doch wohl!» – dann die Klappe zugeknallt u. die Lichter gelöscht.

Nachmittags Mareks Beerdigung. Ledig schniefend und total aus dem Leim. Seine Abschiedsrede bis zur Unvernehmlichkeit in Rotz, Schleim und Tränen ersaufend. Erst bei konkreten Auflagehöhen und Verkaufszahlen – s. «Volsinii»: «Wo Worte fehlen, da laßt Zahlen sprechen» – fängt er sich wieder und gewinnt seine Fassung zurück. Bei Namen wie Haschi oder Max sackt die Stimme allerdings gleich wieder weg und verliert sich in hilflosem Hadesgebrodel. Im direkten Anschluß leider der unleidliche Bonner Hofberichterstatter und Anekdotenschinder Henkels mit gemeinsamen Kriegserinnerungen, die Mareks seinerzeitiges Durchhaltebuch «Wir hielten Narvik» von allen Makeln freizuwaschen sucht, «womit ich ihn nicht gleich zum Widerstandskämpfer hochstilisieren will». Freimut Duves freimütige Entgegnung, daß eine Phrase wie «nicht zum Widerstandskämpfer hochstilisieren» heute schon wieder mit einer gewissen dubiosen Zuhörerschaft rechnen könne. Folgend Ernst von Salomon, der sichtlich u. hörbar Thors Hammer schwang, um dem Verstorbenen ein paar Weißblechmedaillen auf den Sarg zu nageln. An den Sohn Max gewandt, als gelte es, ihn bereits an der Bahre zum Ritter zu schlagen: Da fahre ein großer Vorgänger und Schrittmacher dahin, aber es gäbe ja noch tüchtige Nachkommen. Der Rest? Eine mir etwas aufgesetzt erscheinende Theaternummer aus inszenierter Sentimentalität und wohlfeilem Bühnenzauber.

Während der Sarg wie von Geistermächten in den Verbrennungsschacht abgesenkt u. eingesogen wurde, sang Peter Ahrweiler Mareks Lieblingssong «Good bye Johnny», im synästhetischen Akkord mit den langsam aus der Welt in die Unterwelt entgleitenden Kranzschleifen u. Blumengebinden eine ihrer Wirkung allzu sichere Rührpièce, wobei selbst noch das schräg durch die funeral-sakralen Kapellenfenster fallende Spätnachmittagslicht zum bestellten Arrangement zu gehören schien. Ach, wenn doch alle Freunde u. Freundinnen einfach draußen im Gras gesessen und gemeinsam gesungen hätten!

Sah den ollen Alterthums-Aficionado u. Interessenkameraden ungern unter solchen Operetteneffekten dahinfahren u. gedachte seiner in wehmütiger Anhänglichkeit.

Mit welcher Herzlichkeit der damals bereits hochberühmte Mann den jungen Ro-Lektor Rü in den Verlag eingeführt hatte. U. mit welcher zweieinigen Aufmerksamkeit/Begeisterung wir paar Jahre später über die Verwandtschaft des Hethitischen mit seinen indogermanischen Sprachwurzeln debattiert hatten: «nu ninda-an ezzateni vâdar-ma ekutteni» (Nun wirst du das Brot essen und dann wirst du das Wasser trinken) – eigentlich kaum zu glauben, wie die Verwandtschaft mit dem Althochdeutschen immer schon faustdick auf der Hand lag, u. auf einmal so einleuchtend, daß die Wissenschaft sich nach Hroznýs Entdeckung noch jahrelang an den Kopf faßte.

Im Verlag dann das bekannte Mixtum compositum: einerseits Freundschaftsgeist und andrerseits Gummimasken. Ledig, der Bismarck-Korn wie Schampus einkippte, bis die Rührseligkeit von einem Schluck auf den andern von ihm wich und die Weihestimmung sich hörbar verweltlichte – «Protestanten, Katholiken/Heut ist Fromms Reklamefikken!» – und L. sich plötzlich seiner (na, wie nennt man solche Verwandtschaftsverhältnisse?) ebenfalls von mir geschätzten Schwipp-Mutter Maria Rowohlt zuwandte, die in Begleitung eines Herren mit allergischer Wangenflechte am Nebentisch saß. Stand auf, näherte sich schwankend, gestikulierend, schnaubend, schließlich tobend – offenbar eine unausgetragene Familienfehde, die sich zum Anlaß entlud –, um sich abrupt von den beiden loszureißen und zu uns herüberzusegeln: «Ich k a n n es nicht mehr hören! Wenn du d a hingehörst (mit pendelnd suchendem Zeigefinger auf den Flechtenmann u. noch einige andere Personen weisend) – «ich gehöre – hier» – und sein Armwedel schien sich seine eigene Kumpanei zusammenzuwinken – «Hier zu Manthey» – «Hier zu Rühmi» – «Zu diesen allen hier. Aber du mußt ja wissen, in welche Gesellschaft du dich begibst, solche Ratgeber! Ich kann den Kerl nicht mehr sehen!» Begann dann, weil auch wir nur ein stummverschrecktes Bild abgaben, Flaschen umzustoßen, mit Gläsern zu werfen u. blindwütig auf den Tisch einzutrommeln, ein aufgezogener und offenbar durch nichts auf der Welt zu bremsender Schreckensautomat.

Der betroffene Gemeinte, der beruhigend auf Maria einzureden suchte, «komm mach dir nichts draus, das wird sich alles legen». Auf die Scherben zeigend: «Das ist ein Fall für den Ober!» – immer wieder «ein Fall für den Ober» – «ein Fall für den Ober» –, als ob er hätte sagen wollen «ein Fall für den Psychiater» – Eigentlich eindrucksvolle Allegorie: offenbar unheilbar zerdeppertes Familienporzellan, die anklagenden Scherben, Bruchstücke, Splitter zur Erledigung an das Dienstpersonal verwiesen.

Interessant für mich, daß die von mir nicht gerade höchst geschätzte «Spiegel»-Rezension offenbar bereits ihre Wirkung getan hatte und die Wertschätzung meiner Person sich um einige entscheidende Grade gehoben hatte. Endlich ein brauchbarer Aufkleber für die Nummer 1 in Mantheys neuer dnb-Reihe! Endlich ein ernstzunehmender Reflex, in dem man wieder sich selbst bespiegeln konnte. Wo alles vorher bereits gebibbert und sich gefragt hatte, ob dieses seltsame Buch im roten Leuchtrahmen überhaupt mehr als 100 Leser finden würde.

18. 4. In der «Welt» die immer gleichen Fangfragen, wer die «Geheimprotokolle der Moskauer Vertragsverhandlungen» von 1970 überhaupt «in die Öffentlichkeit lanciert hätte». Sie selbst wissen gar nichts, außer was sie mit aller Macht wollen. Die ihnen ungenehme SPD/FDP-Koalition aus

dem Gleis und schließlich zu Fall bringen. «Unabhängige Tageszeitung», phantastisch und darunter u. innen drinnen dann gleich die gischtende Hetze. – 18.00 Schriftstellerverband, die Umwälzpumpe für Tabaksqualm u. Resolutionsprosen.

Um 21.00 Müffis 40. Geburtstag gefeiert, unser Schlagbohrer als Paradegeschenk zwischen Büchern und Schnapsbuddeln unübersehbar in der Mitten. Da zunächst keine Damen im Spiel waren, verleitete der Anlaß die Männer zu wechselseitigen Freundschaftsbeteuerungen, zumal sie sich in meinem Buch fast alle wiedergefunden und in den nettesten Farben hatten betrachten können. Selbst der zugeknöpfte Getreidesack Klaus Luckow konnte sich der allgemeinen Geselligkeitsseligkeit nicht entziehen und lieh mir beim Abgang gegen 5.00 früh 50,– DM, weil ich mit Michel Hauptmann u. Claus Sarcander noch eine Sankt-Pauli-Runde drehen wollte. In der Bernhard-Nocht-Str. kurz in einer Neger-und-Exoten-Bar festgemacht, M. H. bereits derart schläfrig, daß er wie ein abgebundener Chewing-Gum am Tresen klebte u. weder zum Weitermarschieren noch zum Verfrachten in ein Taxi zu bewegen war. Cläuschen S. (immer hübsch mit c, bittesehr!) u. ich flüsterten vorsichtshalber nur von einer Sektprobe, an der uns noch gelegen wäre, dann aber auch schon im Husch aus der Tür u. von einem Probierstübchen ins nächste, bis wir uns in einem Spezialitätenkabinett von einer nackten Aphroditentriade was vorferkeln ließen. Wollten uns mit allerlei Sau- u. Zauberwörtern noch zum Bleiben veranlassen, aber wir gaben uns so freizügig wie reserviert, weil wir uns beide nur ungern voreinander entkleiden wollten.

19. 4. Abends Bürgerversammlung «Altonaer Hafenverein». Man beklagte-bis-verfluchte die Strandaufschüttung im oeveler Westend, was ein naturwüchsiges Idyll bis zum Nonplusissnixmehr verruinieren würde. Ein tiefliegender u. selbstreinigender Sandstrand, von Bezirkswegen in die Klauen von sogenannten «Landschaftsbildnern» geraten, die kein unschuldiges Fleckchen Erde mehr sich selbst überlassen können, sondern jedem wind- und wassergeformten Naturgebilde ihren kolonisatorischen Daumenabdruck aufpressen möchten. Der Altlotse Willem Schwenn i. R.: «un denn lett jede Flut disse Kunsswiesen avsuupen, un de Gummiartiekeln hangt door inne Weiden rum.» Nachts Lektüre von Gorsens «Sexualästhetik». Bilder von Mühls Schlacht- u. Ausweide-Ritualen, die mich gänzlich wider meine Natur zu reizen begannen u. mich hinter Eckermanns Goethe Zuflucht suchen ließen. Doch sehr erbauliches Flechtwerk u. keineswegs nur bemäßigende Altherrensprüche. «‹Je höher ein Mensch steht›, sagte Goethe, ‹desto mehr steht er unter dem Einfluß der Dämonen, und er muß nur immer aufpassen, daß sein leitender Wille nicht auf Abwege gerate›». Halte Mühl nun zu allerletzt für so was wie einen hochstehenden Geist u. auch nicht für eine reich oder fein gebildete Natur. Eigentlich eine autoritäre Abrichtungsmaschine, bei der Narzißmus u. Nazismus sich bereits gefährlich nahe kommen. Leider bringt die Sexual- als Sozialgeschichte immer wieder solche Monstren hervor, aber leider auch ungeprägte Unschuldswesen, die in der Unterwerfung eine Art perverser Selbstfindung erleben.

Später paar Kapitel Céline («Reise ans Ende der Nacht»), und obwohl nicht einmal ein Übersetzer genannt wird, weht mich der Wind von einer gänzlich anderen Seite her an. Nein, hier schreibt kein von sich selbst überzogener Weltenmetzger, sondern ein armes Nervenschwein itself, das sich mit jeder in die Enge getriebenen Sau zur Richtstatt geprügelt sieht und dessen fast schon humanistisch zu nennender Haß eher einer mordgierig-blutrünstigen Mitmenschheit gilt.

«Bevor ich nach Hause zurückkehrte, ging ich noch ein bißchen auf die Place Blanche.

In der Rue Lepic ist ein noch größeres Gedränge als sonst. Ich gehe hin, um zu sehen, was los ist. Vor einem Metzgerladen hatte sich eine Menschenmenge angesammelt. Man wurde halb totgedrückt, wenn man sehen wollte, was da innerhalb des Kreises war. Es war ein riesengroßes Schwein. Es stöhnte da in dem Gedränge, wie ein Mensch, der sich schrecklich unwohl fühlt. Und man quälte es unablässig. Die Leute zogen es an den Ohren, um es zum Quieken zu bringen. Es wand sich und riß sich fast die Beine aus, weil es so am Strick zerrte und flüchten wollte, es wurde immer weiter gequält und schrie immer lauter vor Schmerz. Und die Leute lachten immer mehr.

Das große Schwein suchte sich in dem bißchen Stroh zu verbergen, das man ihm gelassen hatte, und das flog ihm noch davon, wenn es grunzte und hineinschnoberte. Es wußte nicht, wie es den Menschen entfliehen sollte. Soviel verstand es. Es ließ Wasser, soviel es nur konnte, aber das half ihm auch nichts. Auch nichts, daß es grunzte und quiekte. Es war nichts zu wollen. Die Leute unterhielten sich großartig. Der Metzger, der hinten in seiner Bude stand, winkte seinen Kunden, rief ihnen Scherzworte zu und fuchtelte mit einem großen Messer herum.

Er war auch guter Laune. Er hatte das Schwein gekauft und zu Reklamezwecken angebunden. Er hätte sich bei der Hochzeit seiner Tochter nicht besser unterhalten können.

Immer mehr Leute liefen vor dem Laden zusammen und sahen zu, wie das Schwein nach jedem Fluchtversuch sich schwabbernd in seinem rosa Fett am Boden wälzte. Aber das war nicht alles. Man ließ einen kleinen, bissigen Köter auf das Schwein los und reizte ihn dazu, es anzuspringen und in das fette, zerfließende Fleisch zu beißen. Darüber wurde so gelacht, daß alles stehen blieb. Die Polizei mußte die Menge zerstreuen.»

Szene eigentlich sehr nah bei Döblin: «Und haben alle einerlei Odem, und der Mensch hat nichts mehr als das Vieh» (151) – aber ob C. (1932) je etwas von D.s «Alexanderplatz» (1929) gelesen hatte, keine Ahnung.

«Viehmarkt Auftrieb: Schweine 11 543, Rinder 2016, Kälber 1920, Hammel 4450.

Was tut aber dieser Mann mit dem niedlichen kleinen Kälbchen? Er führt es allein herein an einem Strick, das ist die Riesenhalle, in der die Stiere brüllen, jetzt führt er das Tierchen an eine Bank. Es stehen viele Bänke nebeneinander, neben jeder liegt eine Keule aus Holz. Er hebt das zarte Kälbchen auf mit beiden Armen, legt es hin auf die Bank, es läßt sich ruhig hinlegen. Von unten faßt er noch das Tier, greift mit der linken Hand ein Hinterbein, damit das Tier nicht strampeln kann. Dann hat er schon den Strick gefaßt, mit dem er das Tier hereingeführt hat, und bindet es fest an die Wand. Das Tier hält geduldig, es liegt jetzt hier, es weiß nicht, was geschieht, es liegt unbequem auf dem Holz, es stößt mit dem Kopf gegen einen Stab und weiß nicht, was das ist: das ist aber die Spitze der Keule, die an der Erde steht und mit der es jetzt bald einen Schlag erhalten wird. Das wird seine letzte Begegnung mit dieser Welt sein. Und wirklich, der Mann, der alte einfache Mann, der da ganz allein steht, ein sanfter Mann mit einer weichen Stimme – er spricht dem Tier zu – er nimmt den Kolben, hebt ihn wenig an. Es ist nicht viel Kraft nötig für solch zartes Geschöpf, und legt den Schlag dem zarten Tier in den Nacken. Ganz ruhig, wie er das Tier hergeführt hat und gesagt hat: nun lieg still, legt er ihm den Schlag in den Nacken, ohne Zorn, ohne große Aufregung, auch ohne Wehmut, nein so ist es, du bist ein gutes Tier, du weißt ja, das muß so geschehen.

Und das Kälbchen: pr-rrr, ganz ganz starr, steif, gestreckt sind die Beinchen. Die schwarzen samtenen Augen des Kälbchens sind plötzlich sehr groß, stehen still, sind weiß umrandet, jetzt drehen sie sich zur Seite. Der Mann kennt das schon, ja, so blicken die Tiere, aber wir haben heute noch viel zu tun, wir müssen weitermachen, und er sucht unter dem Kälbchen auf der Bank, sein Messer liegt da, mit dem Fuß schiebt er unten die Schale für das Blut zurecht. Dann ritsch, quer durch den Hals das Messer gezogen, durch die Kehle, alle Knorpel durch, die Luft entweicht, seitlich die Muskeln durch, der Kopf hat keinen Halt mehr, der Kopf klappt abwärts gegen die Bank. Das Blut spritzt, eine schwarzrote dicke Flüssigkeit mit Luftblasen. So, das wäre geschehen. Aber er schneidet ruhig und mit unveränderter friedlicher Miene tiefer, er sucht und tastet mit dem Messer in der Tiefe, stößt zwischen zwei Wirbeln durch, es ist ein sehr junges, weiches Gewebe. Dann läßt er die Hand von dem Tier, das Messer klappert auf der Bank. Er wäscht sich die Hände in einem Eimer und geht.»

Mich erinnert, daß unser Gartenstück auf dem Lande hinten durch einen Maschendrahtzaun begrenzt war und das Gelände dann steil wie eine Kaimauer gegen die angrenzende Schlachtstätte unseres Dorfmetzgers abfiel. Die grünen Türen der Viehställe hälftig geteilt wie sogenannte «Klöntüren», nur daß hier wenig geplaudert, aber viel gequiekt u. gebrüllt u. abgemurkst u. herumkastriert wurde. Die halbstarken Ferkel einfach ruckzuck an de Achterbeen gepackt u. über die Planke geklinkt, dann die kleinen Säckelchen zack aufgeschlitzt u. die glitschigen Eier in die Blutjauche abkleckern lassen. Bei den Hammeln – was mir die Bauernjungens dann erst erklären mußten – die schon stattlicheren Säcke mit Bindfäden oder Schusterzwirn abgeschnürt u. insofern v. jeder Blutzufuhr unterbunden, bis die Natur ihr Werk getan hatte u. das torfbraun verdorrte Gekrumpel einfach wie verblühte Rosen abgeknipst werden konnte. Rückblickend jetzt so eine Art von Versäumnisgefühl, im meinen Memos nicht weit genug gegangen zu sein. Kinderspiele, ja, aber alles noch durch Unschuld entschuldigt u. mit der wirklichen Wahrheit nicht bis in jene Jahre vorgedrungen, als wir bereits gymnasiale Oberklassen besuchten u. uns die 14-15jährigen Volksschulabgängerinnen als Dienstmädchen ins Haus geliefert wurden, richtig freche Dinger dabei, mitten in diesem voll verführungsfähigen Alter, wo die Neugier von ihnen ausgeht u. das beziehungsvolle Anbuffen u. die lasziven Hüftstöße so beim zufällig-mutwilligen Aneinanderentlangstreifen schon gar – bloß daß ich den süßen Berührungen nicht zu folgen wagte u. den unmißverständlichen Versuchungen letzten Endes auswich. Alles nur einer religiös-moralischen Vergatterung wegen, die von Haus aus über mich verhängt worden war und die sich mit den Jahren zu einem gewissen Gitter zwischen mir u. meiner Mutter verhärtet hatte. Freundliches Auskommen miteinander, aber bitte keine Berührungen. Unlieb erduldetes Gestreichelt, fühllos zur Kenntnis genommene Küsse und jeder liebevollen Annäherung unter Vorwänden ausgewichen.

Gewisse Andeutungen dieser verqueren Mutter-Sohn-Konjugation gegenüber Erich geäußert, dem sie ziemlich abseitig schienen, weil sich bei ihnen zuhaus, allem braunen Mief u. der gemütlichen Reserve gegenüber dem Vater zum Trotze (der sich lieber einen gradgewachsenen Sohn als solch einen korsettgestützten Schlappmichel gewünscht hatte) wenigstens in sexuellen Dingen nichts derart kompliziert verzwirbelt hatte. Etwas Kasinokameradschaftliches. Absolut unsentimentales u. gewissermaßen in Militärmetaphern gekleidetes Aufklärungswesen. Verhütung als wehrtechnische Gegenmaßnahme. Bloß keine Maid vom Lande anbocken u. ihr vorzeitig 'n Kind beipulen. Rechtzeitig Präser aus seinem «Be-ut-ko» («Beischlafutensilienkoffer») abgezweigt u. ihm etwas grinsemannmäßig in die Westentasche gesteckt. «Kannst ja mal in sone Gelegenheit geraten, irgendwie achterndiek oder bei euren HJ-u.-BDM-Heimabenden», was er wohl ein bißchen geniert, aber eigentlich als ganz in Ordnung z. Kenntnis genommen habe.

Initiationsweihen dann allerdings erst in Braunschweig. Stina, das furchtlose Pflichtjahr, das alles mögliche konnte, aber vor allem Tierstimmen nachahmen. Das Brunftgebrüll von Stieren, das sanfte Kuhgemuhe, Hühnergegacker, Hahnengekräh, Geschnatter von Gänsen, Schweinsgegrunze, Entengequak, aber auch jeden Sprosser u. jede Nachtigall anpiepen, daß die Mitbewerber in dem weit ausladenden Hintergarten ganz verrückt wurden u. unentwegt die Baumwipfel wechselten. «Dann die scheue Goldammer mit ihrem ‹zick› u. ‹zikürr› u. der gedehnten Schlusskadenz ‹zizi zizizi zih› (bi us upn dörpe seggen se ümmer: ‹Wie – wie – wie hab ich dich lieb›), bis wir alles Schriftdeutsch vergessen hatten u. nur noch um die Wette zwitscherten u. meckerten u. rumwauwauten u. die Wirtsleute uns für völlig plemplem hielten.»

War auch sonst ganz musikalisches Haus gewesen, «allerdings mehr kommißmusikalisch, wo der Alte nach Feierabend fast commentmäßig das Klavier auf Trab brachte, Militärmärsche seine Leib- und Magenmusik: ‹Es braust ein Ruf wie Donnerhall› – ‹Prinz Eugen, der edle Ritter› – ‹Der Gott, der Eisen wachsen ließ› – ‹Es stand ein Soldat um Mitternacht› – ‹Die blauen Dragoner, sie reiten›, wo die kleine Zwitschermadame alles mitsang, obwohl nicht mit der gleichen Begeisterung und auch nicht ganz so textsicher wie bei den Piepmätzen: ‹Wann fahren sieben Gleiten hell zu den Dünen empor.› Bis sie mich eines Tages fragte, ‹was sind denn bloß ‹Gleiten› u. und wieso gerade sieben?› –

War 'n typischer Selbstversorgerhaushalt gewesen wie – na, wer damals eigentlich nicht? Hatten ne ganze Batterie von Kaninchenställen unten im Hinterhof, die Stina alle selbst zusammengezimmert hatte, wie ihr übrigens alles Handwerkliche so flott von der Hand ging wie mir das Witzereißen. Und dann radelten wir praktisch jeden Abend zusammen in die Landschaft, um auf den nahen Kuhweiden Löwenzahn u. Breit- und Spitzwegerich zu stechen und ganze Felder von Geißblatt-Giersch abzumähen, um dann wieder mit Ochsengebrüll und Wieselgefiepe und ‹Wollt dem Kaiser wiedrum kriegen Stadt und Festung Belgerad› nach Hause zu juckeln, sie mit ihren etwas keuligen Maronenröhrlingswaden immer forsch vor mir her, daß mir bei jedem ansteigenden Hang der Hartledersattel immer heftiger gegen den Damm drückte – ‹Der Gott der Eisen wichsen ließ› – und mir einer abging, der mir fast die Hornknöppe von der Lederhose abriß. Jedenfalls neben Kristens Schutzbewehrungskünsten immer wieder sie. Und als ich dann eines Tages unangeklopft in ihre Spitzbodenkammer trat – weiß nicht mehr, was ich wollte, außer irgendwie in ihre Nähe gelangen – und sie hatte gerade Bluse und Unterhemd runtergelassen und diese frühhellenistischen Spitzpyramiden hingen einfach in die blaue Emailleschüssel auf sonem eisernen Dreifuß rein, schnellten ihre Arme/ Hände zwar augenblicklich bathsebamäßig in die Höhe, um die Blößen – nein, nicht eigentlich zu bedecken, sondern sie irgendwie in Form zu bringen – und wir küßten uns wie zwei rauschige Schweine, bis sie sich auf einmal von mir freimachte und mich aus ihren jägermeisterbuddelgrünen Augen wie ein Stück Viehfutter ankuckte: «Teuf noch'n beeten bit hüt Oobend, un so klock Middernacht kloppst du an mine Döör, un dann kast du mi binnen singen heuren, ‹Vadder slöppt, Mooder slöppt. Ich bün alleen!›»

(P.S. Braunschweiger Platt nachschlagen, hörte sich in Erichs onomatopoetischen Nachahmungen ganz klein bißchen anders an als bei mir.)

20. 4. Ganzen Tag mit halbwegs stenogetreuen Abschriften von andrer Leut's Leben verbracht u. alle sind lustiger als das meine. Dann halbe Nacht lang traurig, zu wissen, daß man in meinem Alter keine wirklichen Entdeckungen/Erfindungen mehr macht u. das Romaneverfassen nicht meine wirkliche Kunst ist. Seit meiner frei gewählten – eigentlich nur durch Ra. veranlaßten – Demission bei Ro mich vergleichsweise rückhaltlos dem Theater verschrieben, aber

sämtliche Hoffnungen auf eine Art von Metamorphose in der Puppenhülle steckengeblieben. Nur gelegentlich dringen die Stimmen meiner dramatis personae wie Sirenengesänge aus der Vermummung heraus, u. ich spüre eine Art von verzweifeltem Flügelgeruckel.

Suhrkamp-Dramatiker-Stipendium zu gleichen Teilen an Gert Jonke u. Gaston Salvatore. Aus dem einen kann vielleicht nochmal was, aus dem andern wird niemals was werden. Gestern 5000-Mark-Hebelpreis an Kurt Marti, den freilich neidlos vergönnt, weil er sich schon sehr früh für meine Jugendgedichte eingesetzt hat. Heute endlich auch die Heißenbüttel-Rezension zu Gesicht gekriegt u. schlimmer als ich gedacht hatte. Unterstellt mir «Ruhmsucht» als wesentlichen wenn nicht eigentlichen Schaffensantrieb. Achnajachen, wenn es denn so heißen sollte, würde man sich doch weltenweit in der allerbesten Gesellschaft befinden. Um wieviel delikater es sich z. B. ausgenommen hätte, wenn er mir schlicht und einfach Geldgier nachgesagt hätte. Bloß von solchen bis ins hohe Rentenalter abgesicherten Versorgtheitswarten aus verkneift man sich lieber solche sinistren ökonomischen Anspielungen.

Mönninghoff (Rowohlt/Presse pp), der berichtete, daß die «Jahre» in der «WamS» auf Platz 3 der Sellerliste stünden. Rezensent solle allerdings Schwierigkeiten bei dem Wunsch nach Besprechung gehabt haben. Kaum verwunderlich bei der Fülle der Ausfälle gegen D-Lands Mauermeister No. Zwo. Und trotz alledem freut man sich über den Vorzugsplatz auf deren (wie auch immer zusammengekommener) Werteskala.

14.00 zu Al., nur weil sie mit halb abgesoffener Stimme am Tel: Gestern so'n schönes Wetter und sie so furchtbar allein, daß sie den ganzen Tag geweint habe. Stehe dem immer so ratlos wie gerührt gegenüber, Tränen über mich in HH, u. riß mich unwirsch aus meinem Tagewerk heraus, um ihr mit Kenntnissen u. Knowhow für ihr belangloses Zeugs beizuspringen. Von einem wechselseitigen Bildungswerk, wie ich es mir einmal erhofft hatte, kann sowieso nicht ernsthaft die Rede sein. Möchte auch gern mal bißchen belehrt u. bereichert aus den Fortbildungskursen hervorgehen u. nicht bloß entleert u. müde wieder nachhause. Wollte mich auch um 19.00 noch nicht loslassen, wenigstens im Auto ein Stückchen mitgenommen werden, was ihr Abschiedsweh freilich nicht stillte, sondern nur in die Länge zog. Als ich sie in Eppendorf abgesetzt hatte u. langsam losrollte, jagte das Schulkind noch halben km mit meterlang flatternden Haaren neben mir her, um dann eher bei der Ampelkreuzung Marktplatz anzugelangen als ich in meiner slowly-goely-Kutsche. Ergriff mich mit nicht gerade wildestem, aber doch so gewissem Gewissensweh, dabei immer von der Befürchtung begleitet, keinen Deckel mehr für diesen Flammentopf zu finden.

Gleich nochmal zur sittlichen Erbauung bei Mantheys vorbei u. als erstes gemeinsam über die unausweichliche kapitalistische Verwertungswelt gehetzt. M., für mich einigermaßen unvermutet: «Weißt du, wer in deinem Buch überhaupt nicht vorkommt?» – Rätselte zunächst ein bißchen herum und sagte dann mit bedauernder Stimme «Willi Wolfradt!» – Es war schlimmer, peinlicher, geheimnisvoller u. auf dieser Welt überhaupt nicht wieder gutzumachen: «Deine Mutter!» Ich: «Nein, du irrst dich, sie wird bereits auf der ersten Seite erwähnt u. auf der zweiten noch einmal, u. auch nicht gerade ehrenrührig.» – M.: «Ehrenrührig nicht gerade, aber ehrpusselig schon u. immer in Verbindung mit Verboten u. Ermahnungen u. moralischen Vorbehalten.» Kriegte richtig kleinen Schrekken u. fragte, «und sonst nichts?» – «Nee, nur so, als ob sie dich am liebsten in sonem Schreberkäfig hätte halten wollen – u. dann pladdern die unterdrückten Proteste nur so aus dir raus, die schweinischen Kinderverse und das Doktor- und Schlachterspielen u. das Pimmelvergleichen hinter der Schultoilette.» Nachts zuhaus nach einer mir noch schwach erinnerlichen Hebbelstelle gesucht, u. da klappte das Tagebuch auch schon demonstrativ an einer mit Blaustift markierten Stelle auf: «In den Eltern unterdrückte, in ihrem Blut zurückgehaltene Lüste werden der Fluch der Kinder.»

21. 4. Endlich einmal ausgeschlafen – die Augen frei, die Brust, die Bronchien, die gesamte Eingeweideseele – aber nur, um mit der Post vom Tage bei vollem Bewußtsein einen unerwarteten Schlag vor den Kopf in Empfang zu nehmen. Ein von allen guten Geistern verlassener Brief der Mutter, die die «Jahre» gelesen hat u. nun allen Ernstes glaubt, ich hätte sie denunziert u. sie müsse das Dorf verlassen. Alles, was sie ein törichtes Unschuldsleben lang unterm Deckel gewähnt hatte – meine uneheliche Geburt, der Kaspervater, ihre fingierten Adoptivdiplome – nun der gesamten Lesewelt (insbesondere all den Pharisäern und Schriftgelehrten meines Heimatdorfes) als Zeugnis ihrer Schande z. Kenntnis gebracht u. ihr als Jammerlappen um die Ohren gehauen. Ihr ganzes in Frömmigkeit gefaßtes Religionslehrerinnenleben ein Falsifikat. Ihre Stellung als Sorgenschwe-

ster u. in Notlagen aufgesuchte Ratgeberin der halben Gemeinde unterspült, untergraben, unterhöhlt. Meine mokanten Bemerkungen über die geringen Hinterlassenschaften meines Vaters – insbesondere die für Schüleraufführungen gedachten Stellpappen einer Haustiermenagerie (Ziegen, Schweine, Hühner, Kühe, Gänse) eine kränkende Familiensatire. Alles in allem ein Indizienfeldzug gegen ihr naiv inszeniertes Geheimleben, das mir längst von außen her zugetragen worden war, und das ich selbst für ein offenes Geheimnis gehalten hatte.

Nun haben Wahnvorstellungen u. Selbsttäuschungen immer sehr unterschiedliche Gesichter u. die Nachschleifsel unabgegoltener Schuldgefühle schon eine sehr sonderbare, wenn nicht wunderliche Färbung.

Gleich den Hebbel nochmal herausgesucht u. mich auf eine peinliche Art bestätigt gefunden. Eine seltsame Mischung aus Ekel, Zorn, Mitleid, Rührung u. Widerwillen jetzt plötzlich auf meiner Seite u. das widrige Gefühl, mich an langen grauen Mutterhaaren verschluckt zu haben. Um ihr nicht weiter wehzutun, nie wieder meine eigene Lebenswahrheit schreiben können. Aus familiären Rücksichten nie mehr mein Innerstes nach außen wenden dürfen u. selbst ad infinitum zum Fintieren u. Camouflieren u. zum Spurenverwischen verdonnert. Ergo das angeerbte Sündenbewußtsein meiner Mutter ächzend weiterschleppen zu müssen – es sei denn es auf allegorische Geisterbühnen zu versetzen, «Die Handwerker kommen», eine psychoanalytische Burleske, in der sich – oder meinetwegen auch mich – erkennen mochte wer wollte. Sah sie ungern von so viel lächerlicher Selbstverkennung entstellt, meine von Herzen gutartige und in allen Fragen des politischen Alltagslebens bis zur Verwegenheit mutige Mutter, um die mich manche von erdrückenden Vaterkomplexen belastete Freunde oft beneidet hatten.

Wieder mal das Bedauern, kein Romanschreiber oder Novellenautor zu sein, der seine frühen familiären Prägungen und Verbiegungen auf teils ausgedachte, teils lokker übermalte Zweit- und Drittpersonen übertragen kann. Privatkomplexe in erzählender Prosa zu allgemein interessierenden Psychogeschichten ummodeln. Literarische Formen entwickeln, die die Erinnerung an real existierende Personen u. Lebensumstände gar nicht erst aufkommen lassen. Muß das «Handwerker»-Stück weitertreiben. Eine häuslich-familiäre Überdruckkammer als theatralisch-allegorische Guckkasten-Konstruktion mit verstellbaren Bauelementen, in der abgewürgte Wünsche, widerstrebende Begierden, heimliche Interessenkämpfe von gewissen Handwerker-Kobolden (recte Bühnenarbeitern) einfach als praktisches Einrichtungs- und Umdekorations-Problem in Angriff genommen werden. Mit doofem Realismus ist hier gar nichts mehr zu gewinnen. Den zweiten, den anderen Weg um die Welt rum versuchen: Das absurde Theater mit allen Mitteln der Komik (Groteske) auf den Boden hausgemachter Alltagskomplexe herunterholen.

P.S. Erich vor ein paar Tagen: «Also immer schön frech und wahrhaftig bleiben!»

22. 4. Morgens auf der Terrasse: starke Sonne, frischer Wind. Ganzer Kopf noch voll nachhängender Spinnenweben u. Erinnerungsfusseln aus einem angeerbten Lügenleben (Was du ererbt von deinen Müttern hast ...). Die Geschichte mit dem «Lügenkaninchen» nicht zu vergessen. Hatte im Alter von vielleicht 8/9 Jahren bei den Nachbars-

jungens für 50 Pf. ein allerliebst geschecktes Kaninchen erworben u. zu Hause erzählt, daß es mir auf dem «alten Postweg» zugelaufen sei. Bei dem Verhandlungskomplott von einem Lehrerkollegen d. Mutter durch die Ligusterhecke beobachtet u. die Nachricht schneller im Haus als ein neues Ställchen gezimmert. Von da an das Tierchen nur noch mit dem Parianamen «das Lügenkaninchen» bedacht, was ihm selbst so sehr zu mißfallen schien, daß es den Makel auf seine Art zu vergelten suchte. Bei jeder Annäherung an seinen Verschlag pflegte es sich auf einen kaum merklichen Ruck umzudrehen u. dem Besucher/Fütterer (also meistens mir) einen scharf kalkulierten Urinstrahl zwischen die Augen zu schießen. Lief dann jedesmal auf die Belehrung hinaus, daß auch kleine Lügen lange Strafen nach sich ziehen, was so lange währte, bis das längst zum «Pißkaninchen» umgetaufte Tier schließlich schlachtreif schien und von besagtem Denunziationspädagogen mit einem Knüppelhieb ins Genick erledigt wurde. Ein weiteres Blättchen aus unserem «Herrnhuter Losungskalender». Eine Großtante meiner Mutter war bei einer schwierigen Herrschaft in Stellung gewesen und hatte den Auftrag bekommen, zum Wochenende Besen u. Scheuerbürsten zu besorgen. Da sie gerade unglücklich verliebt war, hatte sie über dem privaten Kummer die dringliche Anweisung völlig vergessen, bis sie sich spät am Abend – die Herrschaften waren bei einem benachbarten Gutsbesitzer zum Diner eingeladen – ihres nun nicht mehr gutzumachenden Versäumnisses bewußt wurde. In der berechtigten Furcht, gescholten u. vielleicht sogar entlassen zu werden, warf sie sich auf die Knie u. flehte den lieben Herrgott um Hilfe und gnädigen Beistand an, und – das Wunder wurde wahr, ihre Gebete wurden erhört, weil pünktlich wie das Amen in der Küche plötzlich ein armer

Bürstenbinder an die Tür pochte, der sich vielmals entschuldigte, daß er zu so später Stunde noch ... womit ich nur nochmal sagen wollte, mit welchen Heilsgeschichten bei uns die kleinen Kinder verdorben wurden.

Anregend der dnb-Cooper «Tod der Familie». Bei der Lektüre fällt einem unentwegt etwas zu sich selbst ein. Z. B.: daß ich tief unbewußt unsere nicht ganz regelrecht ausbalancierten Lebensverhältnisse reproduziere, in denen an Vaters Stelle nur ein mysterienumwobenes Loch klafft. Mein in jeder Hinsicht negatives Verhältnis zu Vaterschaftsambitionen u. Erzeugerfreuden. Die Abtreibungsdramen mit meinen Studentenfreundinnen Gundel und Rosinchen, und mein verzweifeltes Bemühen, einen zugänglichen Vertrauensarzt aufzutreiben, gar die seinerzeit üblichen Zuhälterhonorare. Kannte nur einen Menschen auf der ganzen gottverlassenen Welt, der soweit bei Kasse war, mir das Honorar vorzuschießen, meinen lieben Klempner- u. Gerätebauerfreund H.W., dem ich das großmütig Hingeliehene dann in klitzekleinen Portionen zurückerstattete. Als er in den krisenanfälligen Sechzigern allerdings selbst in die Bredouille kam u. den drohenden Konkurs abzuwenden suchte, glaubte er, daß die vorgeschossenen Gelder noch nicht abgegolten seien, was mich in die äußerste Bedrängnis brachte u. ein fast schon archaisches Freundschaftsverhältnis in die Brüche gehn ließ. Hatte mich paarmal im Fernsehn gesehen u. hielt mich insofern für solvent, u. tatsächlich räumte ich für ihn mein gesamtes Köntelchen leer, 3000,– DM auf einen Schlag, was dann wirklich an den letzten Notgroschen ging. Leider bei Handwerkerkonkursen nur ein unmaßgebliches Armesündersümmchen, das dann programm-, obwohl nicht gerade erwartungsgemäß in seinem Insolventengully vergurgelte.

Als bei mir mittlerweile die Steuer vorstellig wurde, begann ich, leise mahnende Briefchen zu schreiben, dann ernstlich bittende, fast verzweifelte, schließlich himmelherrgottssakramentsmäßig drohende, ohne daß mich je eine Antwort erreichte. Kein Ersuchen um Stundung. Keine Schilderung seiner Verhältnisse. Kein erklärendes Tippselchen. Also gornix, und da das Rosinchen mittlerweile einen hochmögenden Rechtsanwalt geheiratet hatte, bat ich dort um eine so behutsam wie möglich gehaltene Art von Anmahnung, nicht ahnend, daß in diesem Berufszweig alles sogleich büromäßig als Auftrag notiert wird. Rückte dann nämlich sofort mit scharfem Geschütz an, der Herr Kanzleivorsteher, u. begab sich in persona an den Unfallort, was mir unendlich peinlich war u. mir letzten u. unguten Endes nur ein saftiges Anwaltshonorar ins Haus bescherte. Alles mir bis heute nachgehend, weil ich bei diesem besonderen Freund mal das Blechschneiden u. das Dachrinnenbörteln u. das Isolieren mit geölten Falzpapieren gelernt hatte – eine in den Unbilden der kapitalistischen Bereicherungswelt tragisch abgebuddelte Freundschaft. Nachmittags nach Roseburg, und nichts ist vom Fleck gekommen. Weder in Holz noch in Stein noch in Reet.

Kurzer Besuch beim Zimmermann Rathjens, der die Schützenkönigwürde anstrebt u. mich immer wieder vertröstet. Unterhalten uns meist so parlando-scherzando, was dem Fortgang der Handlung aber nicht sehr zugute kommt. Warnte ihn immerhin, daß wir die Sache auch mal von der andern Seite her aufziehen könnten u. ich ihn in meinem «Handwerker»-Stück als konkurrenzlosen Schlumpwerker porträtieren. Als er mich mit schief verzogener Backe musterte, sagte ich: «Ja, fürs Hamburger ‹Ohnsorg-Theater›, und das wird dann auch gleich noch im Fernsehen gesendet, und da müssen Sie dann sehen, wie Sie in Büchen u. Umgebung damit zurechtkommen.» Würde ihn natürlich nicht bei seinem wahren Familiennamen nennen, aber ‹Fiete Ratlos› wäre doch ein ganz hübsches Pseudonym.

23. 4. Morgens Südbalkon: Starke Sonne, frischer Wind, «Handwerker»-Stück zügig weiter im Text. Nachmittags über Wedel-Uetersen nach Elmshorn (Tante Lala, Onkel Ernst), wohin sich die Mutter geflüchtet hat, nur weg von der Nachbarschaft, raus aus dem Dorf, wo offenbar jeder meine Bücher liest. Auch Mutters Vetter Onkel Reinhold und Tante Hertha zur Stelle, die ich nicht bei ihrem Vornamen anzusprechen wagte, weil ich nicht mehr wußte, ob sie Hella oder Hertha hieße. Die Mutter als erbarmungswürdiges graubleiches Nervenbündel, die weder etwas von dem Buch noch von ihrem Jammer erzählt hat und wie ein zitterndes frierendes Spätzchen durch die Räume flattert. Möchte (was alle anderen interessierte) auf keinen Fall auf das document fatal zu sprechen kommen, immer nur zuschaufeln, bedecken, abwiegeln u. andere belanglose Unterhaltsamkeiten vortragen. Zeitgenössischer Schriftsteller in seinem Zweiundvierzigsten! Verklemmt wie ein Vorpubertätler, nur in eine hauchdünne Schnapslinse gefaßt u. immer in der Furcht, daß sie reißen könnte. Wer Schuldgefühle sät, kann – wieder mal siehe Hebbel – immer nur Haßgefühle und Abwehrreaktionen ernten. – Abends TV: «Klassenfoto» (Eberhard Fechner), sehr ansehnlich. Nachts: auch als Dramenschreiber Impulsschreiber bleiben. «Der weiße Peter». Das absurde Theater in die häusliche Überdruckkammer zurückholen, der es seine literarischen Tourette-Grimassen verdankt.

Nachts: «Handwerker» durch, aber absolut gemütskalt u. nur als theatralisches Mienenspiel betrachtet. Ist das «Ubu»? Sind das Horvath, Dürrenmatt, Frisch? Eine Art von Supra-Karl-Valentin, was mich nicht stören würde?! Meine, alles nicht ganz, bzw. nicht mehr, aber überall ein bißchen gelernt u. das dann frei nach der zwangsgedrungenen Natur zu einem eigenen Hausmacher-Idiom voranentwickelt. Wer Ohren hat, zu hören, Augen, zu sehen ... aber man kennt ja die Affenliebe von Eltern zu ihren eigenen Hervorbringungen, besonders den fehlwüchsigen oder ungeratenen.

5. Stadium: Der weiße Peter

In Abwesenheit der Familie während der Bauarbeiten hat sich die als Aufsichtsperson im Haus belassene Großmutter ihr gewaltiges Bett ins Wohnzimmer rücken und dort fest installieren lassen. Es füllt fast die gesamte Bühnenmitte aus, man sieht mächtige Konsolen und Winkelhaken. Unten als Verblendung lasierte Ofenkacheln mit Emblem. Zur Seite weg: Ofenrohr, in den Raum ragend. Oben Laufschienen und Haltegestänge wie über Krankenhausbetten. Frau Pape, putzend, später Paul.

FRAU: *(Mit Putzlappen und Eimer. Drückt das Tuch aus, beginnt das Gestänge zu wienern)* Der Wahnsinn regiert, und ich kann ihn sauberhalten. *(Kopfschüttelnd, verbittert)* Fettfinger! Das nimmt den Dreck an wie nichts Gutes.

PAUL: Wenn man über den ersten Anblick weg ist, wirkt sie schon wieder ganz organisch.

FRAU: *(flennt)* Alles kaputt macht sie uns. Hier. Nichts als Rohre und Stangen.

PAUL: Man muß die alte Frau eben nehmen wie sie ist. Die

kann man nicht mehr ändern. *(sieht ins Ofenloch)* Paßt mal auf, in einem Monat können wir probeheizen.

FRAU: Nicht mal die Öffnung haben sie inzwischen zugemacht. Da fliegen die Vögel rein.

PAUL: *(sieht ins Bett)* Pst! Die Oma schläft. Die soll am besten weiterschlafen bis sie fertig ist. *Die beiden Handwerker kommen munter und aufgeräumt herein. Sie tragen so etwas wie einen Taucherhelm.*

2. HANDWERKER: Da haben wir aber mal wieder was aus dem Boden gestampft, was Alterchen?!

1. HANDWERKER: Ich reib mir jeden Tag aufs neue die Augen. Wir sind die ganz großen Wuracher. *(Sie balancieren die Glocke über dem Bett hin und her)* Kommt das jetzt Loch auf Loch?

2. HANDWERKER: Das backt ohne Kitt. Also, *(sie setzen ab)* und jetzt kannst du ruhig wieder mit'm dicken Dubbas. *(haut mit Schraubenschlüssel auf die Glocke).* Für d i e ist der Schall jetzt weg. *(zur Frau)* Guten Morgen, gnädige Frau. – Aber wer wird denn weinen angesichts von solchem einsamen Weltenwunder. So was hat garantiert kein Nachbar in der ganzen näheren Umgebung.

1. HANDWERKER: Da mußt du lange suchen. *(legt der schluchzenden Frau den Arm um die Schulter)* Natürlich, so zu Anfang ist das noch'n bißchen schwer sauberzuhalten. All die Ecken und Kanten. Lassen Sie das aber erstmal verkleidet sein, dann hat es einen völlig anderen Pfiff.

2. HANDWERKER: Über vollendete Tatsachen soll man überhaupt nicht heulen. *(Zieht einen Flachmann aus der Tasche, schraubt ihn auf und reicht ihn der Frau zu)* Na, mal'n Schlückchen aus unserer immer startbereiten Samariterpulle?

FRAU: *(wischt Tränen fort)* Die Liebe ist hier raus.

2. HANDWERKER: *(drängt mit dem Flachmann)* Nix. Nix. Die kommt wieder.

1. HANDWERKER: Trinken ist nicht schlimm.

2. HANDWERKER: *(Drückt der Frau die Flasche in die Hand)* Da sind Sie in der allerbesten Gesellschaft. Die halbe Menschheit säuft.

1. HANDWERKER: Die hat teilweise schon Zustände. Bis auf die Muselmänner. Na, die haben andere Sorgen.

2. HANDWERKER: Mit'm Tröpfchen Malteser nehmen Sie doch niemandem was weg. Singen wir nochmal'n Trinklied?

1. HANDWERKER: Hic Malta – hic salta –

2. HANDWERKER: Neenee, nich so was Gebildetes, *(singt)* Da droben auf dem Berge, da steht ein Gerüst. Da werden die Frauen elektrisch geküßt.

FRAU: *(Hat getrunken und kickst)* Um Gottes willen. Haben Sie das eben gehört?

2. HANDWERKER: Schiet is das nich.

FRAU: Ich krieg aber Schluckauf.

2. HANDWERKER: Das ist ein gutes Zeichen. Da sind Sie auf dem richtigen Wege.

1. HANDWERKER: Nur nicht aufhören darf man *(hilft ihr).*

FRAU: *(kichert)* Ich muß auch lachen, *(kichert)*

2. HANDWERKER: Alles gut. Alles vollkommen normal.

1. HANDWERKER: Er ist der große Fachmann. Was durch d e n alles schon hindurchgelaufen ist! – Ganze Flüsse! –

2. HANDWERKER: Aneinandergereiht kann das stimmen.

FRAU: Es wirbelt so, es perlt.

1. HANDWERKER: In solcher Stimmung hat Alexander mal den Indus überschritten. Völlig im Kleister. Nicht zu vergessen Goethe. Der hat sich zwei Flaschen Mosel täglich genehmigt. Fast mehr als er gedichtet hat.

FRAU: *(erhebt sich und bewegt sich taumlig-spiralisch)* Ist das immer so, daß man tanzen möchte?

2. HANDWERKER: Wer tanzen kann, ist fein raus. Pitter zum Beispiel. Ich trink meist nur im Sitzen.

FRAU: *(dreht sich)* Ich bin eine Schraube. – Nein! – Was sind denn das für Gefühle. Die gehören verboten.

1. HANDWERKER: Nicht wahr? Und sind trotzdem erlaubt. Dafür wird sogar geworben.

2. HANDWERKER: Über Schnaps könnt ich Ihnen viel erzählen.

FRAU: *(schließt die Augen)* Nein!

1. HANDWERKER: Sind Sie blind?

FRAU: Das Gegenteil. Ich seh doppelt. Sagen Sie, kriegt man davon den Drehwurm?

1. HANDWERKER: Nicht, wenn man dagegenhält. *(Faßt Frau Pape um die Taille)* Passen Sie auf, wer nur gehörig gegenandreht, der wickelt sich wieder ab. *(tanzt mit ihr)* Der schnurrt das raus wie 'n Brummkreisel.

FRAU: Aber Sie! Sie machen mich ja ganz außer Atem. Die Puste bleibt mir weg. *(nimmt die Hände vor das Gesicht)*

1. HANDWERKER: Was jetzt?.

FRAU: Ich weiß nicht, was ist. Ich muß auf einmal weinen.

1. HANDWERKER: Das ist ungewöhnlich, aber nicht schlimm.

2. HANDWERKER: Schlimm ist überhaupt nichts. Nicht bei diesen sternenklaren Markenschnäpsen. Wissen Sie was? Der Pitter und der Pollux führen Ihnen jetzt mal etwas vor, wobei Sie augenblicklich wieder lachen müssen. *(steigt auf die Bettkante und greift nach einem Holm im Gestänge)* Oh! – Olympia! *(ein dilettantischer Aufschwung)*

1. HANDWERKER: Das Wort der Wörter. Und nun – Achtung! – *(trommelt auf seinem Handwerkskasten)*

2. HANDWERKER: *(Macht eine verkrakelte Bauchwelle)*

Frau: *(Mischung aus Schluchzen und Gackern)*

2. Handwerker: Ich kann noch ne Fratze, die Sie garantiert noch nie gesehen haben. *(balanciert grimassenziehend)*

Frau: *(Gickst albern)* Oje. Jetzt kommt wieder das andere.

1. Handwerker: So dicht liegt das zusammen. Lachen und Heulen. Tod und Tanzen. Gicksen und Glucksen. Blühen und Verderben. Und nun die Todeswelle, *(trommelt auf seinem Kasten)* einundzwanzig – zweiundzwanzig – dreiundzwanzig – *(2. Handwerker ruckelt wie ein Affe am Gestänge)* Die schafft er keineswegs immer –

Frau: *(Klappt in die Hände)* Oh ja, die Todesrolle.

1. Handwerker: Pst! Das ist für ihn Gift in solchem Zustand. *(Trommelt)*

Frau: Die kriegen Sie nicht fertig in diesem Zustand. Die schaffen Sie nie. *(bereits gekreischt)*

2. Handwerker: *(nimmt Schwung, während 1. Handwerker schneller trommelt, will sich hochschwingen, läßt Stange los und plumpst neben das Bett)*

Frau: *(juchzt auf, nimmt verschreckt die Hand vor den Mund. Stille)*

1. Handwerker: *(Da hinein läßt er abrupt den Kasten fallen)*

Frau: *(gickert wieder unfreiwillig)*

1. Handwerker: *(Sieht dieses Unglück und lacht!)* Jetzt wo zum ersten Mal echt Grund zum Lamentieren ist. Jetzt ganz genau. *(heran)* Unser armer gestürzter Pollux. Unser Pechpollux. Will Ihnen ne kleine Freude machen, und wie wird ihm das gelohnt?

2. Handwerker: *(röhrt)*

1. Handwerker: Er schlürft und seufzt.

2. Handwerker: Aujaujaujau. Aujau.

1. Handwerker: Ein Anblick zum Heulen, und noch nicht mal in der Krankenkasse. Für den ist niemand mehr zuständig.

FRAU: Sie können aber doch alles.

1. HANDWERKER: Bis auf erste Hilfe. Das ist bei uns wie bei Jesus. Immer den ganzen Kopf voll andrer Leute Probleme, bloß als es um ihn selbst ging: ex, sense.

2. HANDWERKER: *(nickt)*

FRAU: Er hat genickt, haben Sie das eben gesehen.

1. HANDWERKER: *(nickt)* Das Nicken des Todes.

FRAU: *(beugt sich und kniet sich nieder)* Er guckt schon wieder natürlich.

2. HANDWERKER: *(plärrt lauter)* Aujaujaujau. Komm, Frau, komm.

FRAU: Er hat nach mir gerufen. *(faßt ihn an)* Sie haben soeben nach mir verlangt, nicht wahr, Herr Pollux. Sie sind mir nicht mehr böse.

2. HANDWERKER: Kommen, Frau. *(entblößt den Bauch)* Anfassen. *(Frau legt Hand auf)* Auajaua. Schnaps! *(Frau reicht ihm die Flasche zu, er trinkt)* Und nun du.

FRAU: *(Trinkt)* Aber nur, wenn Sie mir versprechen, daß Sie mir wieder gut sind. *(trinkt)* Wenn Sie mich nie wieder so furchtbar vorwurfsvoll angucken. *(trinkt)* Versprechen Sie mir das, Pollux? *(Reicht ihm die Flasche)*

2. HANDWERKER: *(Setzt die Flasche vorsichtig ab, betastet sich)* Ajau. Ajau.

FRAU: *(streichelt seinen Bauch)* Nichts. Alles weg. Das böse Wehweh, das kleine. *(Pustet in die Finger)* Da fliegt es. *(blickt auf und sieht wieder 1. Handwerker)*

2. HANDWERKER: *(Nickt ernsthaft)* Unser armer Menschenbruder. Ich hol den Samariterkasten. *(ab)*

FRAU: *(animiert, kneift Pollux in den Bauch)* Alles weg. Alles wegwegweg – ! –

2. HANDWERKER: *(öffnet die Hose, linst hinein, dunkel-ahnungsvoll)* Blut!

FRAU: *(fährt ihm mit der Hand in die Hose und schnell wieder heraus)* Nichts! Einwandfrei trocken. Hier. *(zeigt Hand)*

2. HANDWERKER: *(wackelt auf dem Hintern und quiekt)*

FRAU: *(droht ihm mit dem Finger)* Pollux!

2. HANDWERKER: *(Wackelt, greift jetzt mit beiden Händen in die Hose)* Es juckt. Es juckt.

FRAU: Jucken ist gut. Jucken ist jetzt das allerbeste Zeichen. Das bedeutet, daß Sie auf dem direkten Weg zur Genesung sind. *(gibt ihm einen Klaps)* Herr Pollux.

2. HANDWERKER: Aujau. Ohja. *(zieht sich auf einen Zug die Hose aus)*

FRAU: *(halb wieder auf)* Nein, jetzt übertreiben Sie, Herr Pollux. Von dem, was jetzt noch ist, nehm ich Ihnen nichts mehr ab. *(faßt ihn aber noch einmal an)* Geh! Zieh dich wieder an. Wenn einer kommt, was soll er denken?!

2. HANDWERKER: *(greint)* Schlapp! – Ab! –

FRAU: Das denkt kein Mensch. Jeder denkt was anderes.

2. HANDWERKER: *(lauter)* Mein Leben als Mann ist aus. Davon können Sie sich als Frau überhaupt kein Bild machen.

FRAU: Pst! – Unsinn! – *(faßt ihn an)* Das ist schon wieder im Werden. Das hat sich in diesen wenigen Minuten völlig normalisiert. Sehen Sie selbst. Den Rest muß die Natur machen.

2. HANDWERKER: *(setzt sich halb auf, stiert)* Das soll ein Steifer sein? Huhuhuhu! –

FRAU: Das ist normal. Vollkommen genug für den Augenblick.

2. HANDWERKER: Haben Sie ne Ahnung von mir.

FRAU: Ich verstehe mehr als Sie denken. Ich hab drei Kinder. *(von der Seite ist der 1. Handwerker mit einem Rotkreuzköfferchen hereingekommen. Frau Pape bekommt einen Schreck)* Siehie – kommen aber spät. Ich dachte schon, Sie würden gar nicht mehr eintreffen. Ihr Freund hat sich hier nämlich eine furchtbare Verwundung zugezogen. Ein Männerleiden.

1. HANDWERKER: *(öffnet umständlich das Köfferchen und tritt interessiert näher)* Ah-da! Ahjajaja –

FRAU: Und? Ist das etwa kein Krankheitsherd? Dürfen wir ihm unsere Hilfe versagen, nur weil das eine sehr persönliche Verletzung ist?

2. HANDWERKER: *(Geckert, holt sich die Flasche, trinkt)*

FRAU: Geht das schon wieder los? *(nimmt ihm die Flasche weg gießt Schnaps in die Hand und reibt ihn ein. 2. Handwerker strampelt und krakeelt)* So helfen Sie mir doch mal halten. Der gehört vermutlich zu denen, die man zu ihrem Glück gewaltsam zwingen muß. So ein Wildfang! *(gibt ihm Klapse. Pitter kniet sich nieder, auf den Brustkasten des Pollux. Er reicht zwei Schienen und aufgerollte Binden zu)* Dochdoch. Was wir angefangen haben, wird auch zu Ende gemacht. *(Sie legt die Schienen an, beginnt zu wickeln. Der Penis wird zum weißen Knüppel)*

1. HANDWERKER: Ja. Jetzt gedeiht es. Fabelhaft. Wie gelernt. Unter Ihren Händen beginnt sich unser Pollux zusehends zu erholen. Wissen Sie, wie ich Sie in Zukunft nennen werde, gnädige Frau? Den Engel der Baustellen.

FRAU: Ein Wildfang. Aber ein lieber.

1. HANDWERKER: Praktisch ne Diplomarbeit.

2. HANDWERKER: Ah – ah – ah –

1. HANDWERKER: Sehen Sie, wie der sich freut. Völlig natürlich nach dem überstandenen Schreck. Wir sind schließlich auch nicht unsterblich.

FRAU: *(nimmt ihr Handtäschchen von einer Stuhllehne und holt ein Fläschchen mit Nagellack heraus. Malt ein dickes rotes Kreuz auf die Bandage)* So. – Und so. –

1. Handwerker: Glänzend. Jetzt kann kein Mensch mehr erkennen, was sich inzwischen alles abgespielt hat. Ein Siegel der Verschwiegenheit. *Eine Tür klappt. Herein: Peter. Er bleibt wie angewurzelt vor der Gruppe stehen.*

Frau: Peter? – Du?! –

Peter: *(will auf dem Absatz herum und hinaus)*

1. Handwerker: Herr Peter! Herr Peter!

2. Handwerker: *(Klatscht zweimal in die Hände. Peter bleibt stehen)* Wem er kommt, dem steht er. *(Peter will wieder fort)* Hiergeblieben wird. Lassen Sie uns nur nicht mit Ihren schmutzigen Gedanken allein, junger Mann.

Peter: Ja, die Jauche tritt hier schon über die Schwelle.

1. Handwerker: Blödsinn. Haben Sie noch nie was von erster Hilfe gehört?

Frau: *(steht auf, noch ein wenig betrunken und kipplig)* Peter, komm laß es dir erklären.

Peter: *(wendet das Gesicht ab)*

1. Handwerker: Nein, hinkucken, hin. Da kann jeder Paster sein keusches Auge drauf werfen. Das ist ein garantiert neutraler Betriebsunfall. Unterm Schutz des roten Kreuzes, oder können Sie etwa keine Symbole lesen, junger Freund.

2. Handwerker: *(hält sich die Leisten)* Huhu – Huhu –

Peter: Ihr Irrenhaus. Ihr Schweinestall. Laßt mich raus.

Frau: Peter! –

Peter: Ich sags dem Vati. Ich will losgelassen werden.

1. Handwerker: *(betrübt bedrohlich)* Will losgelassen werden. Sagts dem Vati.

2. Handwerker: Ganz traurig. Beinah hoffnungslos.

1. Handwerker: Das geht auch nicht mehr über Krankenschein.

2. Handwerker: Nee, das ist jenseits.

1. HANDWERKER: Eine geistige Verwirrung.

FRAU: Nicht auszudenken, was der Junge in dem Zustand alles in die Welt setzt.

PETER: *(schreit)* Vati! Paul!

FRAU: *(Hält ihm den Mund zu. Sucht nach einem Stopfer)* Ein Dings, Herr Pitter, ein da –

1. HANDWERKER: So ist es. Tupfer, Schwester. *(reicht ihr Mull)*

FRAU: *(stopft es dem Peter in den Mund)* Du hast doch nicht etwa dreckige Gedanken, Peter?

PETER: *(strampelt)*

1. HANDWERKER: Der ist knackevoll.

2. HANDWERKER: Der läuft schon über.

1. HANDWERKER: Lassen Sie den so unaufgeklärt in die Welt reinplatzen und Sie können was erleben.

FRAU: *(bindet dem Peter noch eine Binde um Kopf und Mund)* Nur zu deinem Besten. Wirklich, Peterle. Sowie du eingesehen hast, daß du so nicht weiterkommst, machen wir dich augenblicklich wieder los.

PETER: *(Tritt nach Frau Pape)*

1. HANDWERKER: Nee, ich muß schon sagen.

2. HANDWERKER: Ich leider auch inzwischen.

FRAU: *(schrill)* Ambulanz! Assistenz!

2. HANDWERKER: *(springt munter auf und naht mit Bandagen. Der Peter wird mit Macht eingewickelt)*

PETER: *(grunzt unter Binden)*

1. HANDWERKER: Die richtige Welt ist eigentlich irrsinnig einfach. Man muß sie nur nicht künstlich mißverstehen wollen.

FRAU: *(Küßt die Verbände)* Ein krankes Kind ist immer noch besser als ein böses Kind.

24\. 4. «Der Weg nach oben» (TV) u. laut «Spiegel» Jack Claytons sozialkritische Geschichte eines Provinzkarrieristen (1958) entpuppt sich beim späten Wiedersehen als typische US-Happyend-Plotte. Am Schluß der sozusagene Held an der Seite einer Millionärstochter. In einer Zeit gedreht, als die moralische Substanz der Kinomoneymakers so mies war, daß der schöne Schein von gestern heute bereits wie Billiglack wegblättert.

TV: Wdhlg. von Eberhard Fechners «Klassenfoto», Teil 2. Kenne Fechner ja durchaus privat und weiß, wie wenig er öffentlich von sich hermacht – und dann diese Könnerschaft, die nicht nur aus dem Schneideraum kommt, sondern einem starken Charakter zu verdanken ist. War überrascht, was die Doku-Gattung in ihrer scheinbaren Objektivität noch an humanistischer Tendenz zu vermitteln vermag. Auf der einen Seite Wirbitzki (o. ä), der Wohnblöcke mit 600 Apartments aufzieht und (heute noch!) «gesundes Erbgut» fordert u. Tucho u. Brecht als «dekadent» bezeichnet. Auf der andern dann ein kleiner Kürschnermeister in New York, ä Jid, dem es ein unbegreifliches Rätsel scheint, daß deutsche Kriegsgefangene in den USA von Kellnern bedient wurden, während die schwarze Blaskapelle draußen im Regen Sandwiches essen mußte. Fehlte mir nur noch die letzte, die wirklich infernalische Bilanz: eine heimliche Wahlverwandtschaft von paar Topvertretern zweier Herrenrassen. General Patton, der in seinem geisteskranken Konkurrenzkampf mit Montgomery am liebsten gleich mit den Deutschen zusammen gen Moskau gezogen wäre.

Die Sensation vom Tage. «Konstruktives Mißtrauensvotum» von CDU/CSU gegen die herrschende SPD/FDP-Koalition. Was daran «konstruktiv» sein soll, entlarvt sich als pure Destruktion, wenn man unsere bayerischen Schmierenkomödianten Strauß u. Stücklen ihre kaum noch kaschierte Wut in die Mikros abrotzen sieht. Diese Bayern u. ihre seit Nazizeiten unverminderte Zusammenscheiß- u. Heruntermacherrhetorik. Brandt u. Scheel dagegen wie seriöse Firmeninhaber.

Bei der Strauß-Rede Zwischenruf von Marx (CDU), daß der Kanzler leider nicht anwesend sei – der packe wohl schon seine Koffer. Es ist dieses Denunziantische, unverhohlen Heimtückische u. gauleiterhaft Auftrumpfende, was auf der Rechten zunehmend die Musik macht u. sich in D-Land nach und nach zur öffentlichen Stimmung auswächst. Hat sich ja schon mal in Großen Zeiten aus dem Staub gemacht u. soll sich am besten wieder nach Schweden verpissen.

25. 4. Es wird sich noch einmal rächen, daß die SPD dem Volk keinen historisch-materialistischen Volkswirtschaftsunterricht erteilt hat.

Vier Seiten langen Brief an die Mutter geschrieben. Ein Bebengebiet, das sich nicht beruhigen will, aber befürchtet, die falschen Worte gewählt zu haben.

Marek: «Der erste Amerikaner»: 150 000 Exemplare. Werbekosten: 360 000,– DM.

Nixon über Vietnam-Krieg: «Akt der selbstlosen Hilfe.»

Als ich vom Einkauf lustig pfeifend den Schulberg herunterkam, unten an der Biegung Schwenns Hund, der mich wütig verbellte u. nicht passieren lassen wollte. Hatte leger mit Sunil- u. Persilkartons herumgeschlenkert, was bei ihm offensichtlich den Paketbotenbeißreflex ausgelöst hatte. Sagte, «Herr Schwenn, so geht's aber nicht, daß zivile Spaziergänger vor beißwütigen Hunden Angst haben müssen. Ich fuchtel Ihnen ja auch nicht einfach mit ner entsicherten Pistole vor der Nase rum.» – «Nee, das dürfen Sie ja auch nicht, das ist polizeilich verboten.» –

26. 4. Morgens TV in Lokstedt, wo ich von mehreren Seiten aufgefordert wurde, Moorweiden-Rede zu halten. Abgelehnt, weil ich so schnell nicht schreiben, auch nicht schlußfolgern könne. Zunehmender Widerwille gegen jede Art politischer Schaustellerei. Anruf v. Klaus Röhl: er demonstriere am Schreibtisch. Ab 15.00 weiter Bundestagsdebatte über Mißtrauensvotum verfolgt, bebend vor Wut, während Micio sich in Frieden auf der Großvatersessellehne räkelte.

Rief die Mutter an, die meinen Brief tatsächlich in die falsche Kehle bekommen hatte u. sich vor lauter Nervosität unentwegt räuspern mußte. Als wir auf die Debatte zu sprechen kamen, allerdings gleich wieder gefaßt u. klare Kriegstrompete: «Wie die reden, da bei der CDU, als ob das alles Nazis wären.» Schickte Kuß elbabwärts u. dachte für mich: «Die dritte Sache» (Pelagea Wlassowa).

27. 4. Panam-Flug mit E. nach Berlin. Dort der Taxifahrer als erstes, er rauche nicht, um dieser Regierung keine Steuern zukommen zu lassen. Auf dem Beifahrersitz «National- und Soldatenzeitung». – In Bln-Kreuzberg bei Flora Eisenblätter Punktsterngläser gekauft (6 u. 10 Mark, früher 4), Mittags Bundestagsdebatte im Hotelradio, wobei E. auf ein-

mal unwiderstehlichen Hunger kriegte, der auch auf mich übergriff. Suchten vergeblich nach einer Kneipe oder Restaurant mit Fernseher, dann zu Schlenz (Apparat kaputt), dann im Geschwindmarsch wieder zurück ins Hotel, wo von Hassel gerade verkündete, daß Barzel mit seinem Mißtrauensvotum gescheitert sei. Abends mit Nicolas Born und den beiden Buchs im Friedenauer ‹Biberbau› essen u. erfahren, daß sich alle möglichen Leute bekannter- oder unbekanntermaßen in die Arme gefallen wären. Der schöne Gedanke, daß eine humane u. aufgeklärte Politik so tief bewegen kann. – Born, der in dnb-Reihe neues Gedichtbuch mit beigefügten poetologischen Erörterungen herausgeben möchte. Ihm von letzterem abgeraten. Zur Sprache gebracht, daß wir vermutlich alle neu schreiben lernen müßten. Vom Tagebuch aus, vom Parlando her, überhaupt bei den subjektiv colloquialen Verständigungsformen anknüpfend. – Weibliche Menschenwesen, deren bloßer Anblick uns vor 10 Jahren noch hatte erzittern lassen(z. B. A. B.), die mit der Zeit einfach nette patente Frauen geworden sind.

28. 4. In der «Volksbühne» Treffen mit Utzerath, Engelhardt, Kistner. Anschl. mit Utz über die Grenze zu Bunge, der viel postumen Wirbel um unser altes geschleiftes und nun neu zur Restauration anstehendes «Volsinii» machte. Volsinii novi. Der Bühnenbildner Wenzel, der seine alten Modelle wieder herausgekramt u. sie technisch auf Westniveau angehoben hatte. Die bloße Aussicht, für eine BRD-Bühne tätig zu werden, hatte seinen Basteltrieb mächtig belebt und alle kritischen Einwände auf einen Luftzug vergessen lassen. Utz, dinarischer Typus, ruhig und munter, fühlte sich durch unser Castor-und-Pollux-Verhältnis aller-

dings ein bißchen an den Rand gedrängt. Natürlich möchten B. u. ich ihm unsere alten Vorstellungen am liebsten als verbindliches Modell aufs Auge drücken u. ihm dennoch so etwas wie den Schein von individueller Entscheidungsfreiheit vergönnen, was Utz sogleich durchschaute u. mit freundlichem Gebrumm begleitete.

Bei Übergang Friedrichstraße wieder die allerpingelichste Überprüfung meiner grenzüberschreitenden Schriften. Volkspolizist, der f. einige Minuten in meinem «Volsinii»-Exemplar herumblätterte, bis ich zu ihm sagte: «Nun lesen Sie sich aber nicht fest. Sonst gehn Sie hinterher gar nicht mehr ins Theater, das wäre doch schade.» Sein Kollege, der sich ähnlich ausführlich an meiner Tragetasche zu schaffen machte u. einen Pullover zu Tage förderte: «Was ist denn das?» – Ich: «Das ist mein Zweitpullover.» – Er: «Wegen der Kälte?» – Ich: «Ja viel kalt heute – brrrr – brrrr.»

Zweimal warm gegessen und Adlershofer Wodka getrunken, und schon runden sich wieder die Hamsterbäckchen. Die zerblätternde Pracht des gemütlichen alten Hotelchens. Papagei u. zwei weitere Vogelexoten im Frühstückszimmer. Die Inhaberin, die in unverfälschtem Ostpreußisch von vielen berühmten u. meist schon verstorbenen Gästen schwärmte, z. B. Elfie Meyerhofer, die mit etlichen Künstleraufnahmen an den Wänden vertreten war. Also alles beim Alten, nur mit den Jahren natürlich noch etwas mehr in die Jahre gekommen: Die lockeren Bodenfliesen im Bad. Die speckigen Tapeten u. die durchgetretenen Sisal-Läufer. Die Wanne mit braunen Rostflecken bemakelt, die Wasserhähne oxydgrün u. fast schon zugesintert. Ah und natürlich diese fast schon archaischen Arbeitsvorgänge auf dem Flur, wo von morgens früh bis zum späten Abend die

Wäsche gemangelt wurde. Bei Abschied ins Gästebuch notiert: «Wir haben selten so ruhig geschlafen – Andreas Baader u. Ulrike Meinhof.»

Joachim Kaiser, der in der SZ das neue «Tagebuch» von Max Frisch bespricht – und, herrjeh, mit welch einem Aufwand. Die alte Frage, warum ein gewisser unverrücklicher Set von Autoren immer wieder mit einer mir kaum noch begreiflichen Anteilnahme erörtert wird. Eine ganz andere, warum ich selbst diesen netten und kameradschaftlichen Kerl immer so kritisch ins Visier nehme u. ihm offenbar seine Erfolge mißgönne. Es kann nicht allein mit Mißgunst, es muß etwas mit einem gewissen Unbehagen an einer allzu biederbürgerlichen Schreibweise zu tun haben. Dabei teile ich seine politischen Ansichten beinahe vorbehaltlos. Verkenne keineswegs seine heilsame Rolle als kritischer Republikaner u. bin während eines Villa-Massimo-Aufenthaltes in Italien fast genossenschaftlich-freundschaftlich von ihm in der Via Margutta empfangen u. beköstigt worden. Sehr eigenartig u. mir nie aus dem Gedächtnis entschwunden F.s besorgtes Fragen nach Johnsons mecklenburgischen Verwurzelungen und was für einen derart auf ein früheres Leben fixierten Schriftsteller überhaupt noch an laufendem Lebensstoff zum Motiv werden könne. Knapp gesagt, alle ihn bewegenden biografischen Aufregungen lägen bereits hinter ihm. Wirklich umkrempelnden Versuchungen setze er sich nicht aus, wobei Frischs Bedenken offensichtlich sein eigenes, oft ins Schlingern geratenes erotisches Curriculum mit einbezogen. Im Resümee eigentlich richtig prima Kerl, der sich auf eine recht behutsame Weise auch als Privatperson eröffnet – praktisch durch die Oberklappe. Meine eigenen, sich ebenfalls aus ihren Biografien ernährenden Helden (Miller, Jahnn, Céline) stellen sich da allerdings auf gänzlich anderer Ebene bloß, was sich entsprechend tiefgreifend auch auf die Verwerfungen in Satzbau u. Metaphorik auswirkt. Ergebensten Diener ‹gen Italien› (als Wortwitz schon in Werfels «Abituriententag» nachzulesen), was den Adressaten vermutlich erst erreichen wird, wenn wir alle längst um den großen himmlischen Braukessel versammelt sind u. unsere irdischen Dissenzen belachen.

30. 4. Roseburg. Schützenfest in Büchen. Bei Lütt-un-Lütt (Korn u. Bier) in Gesellschaft von Maurermeister Püst u. Gattin in sonem richtig riesigen Dorfrestaurant. E., die erzählte, daß sie gerade eben zum Klo habe gehen wollen, wo aber zwei Personen vor der Tür herumgeknutscht hätten und in ihrem Liebessuff praktisch jeden Zugang verstellt. Püst wußte sofort, um wen es sich gehandelt hatte und begann – unsere Büchener Dorfmusikanten – zu einer längeren Klatschgeschichte auszuholen, als der Gemeinte plötzlich Kurs auf unser Quartett nahm und sich neben uns setzte. P., wie auf Schalterdruck, jovial umgänglich und scheinbar ohne Fehl und Hehl. Seine Frau eher unangenehm berührt und zur zartrosa betupften Kalkbüste erstarrt: verworfene Mannspersonen u. den Hallodri bloß nicht zu nah an die Seite des eigenen Ehegespons rücken lassen. Nachdem er sich wieder erhoben hatte u. anderen Zielen zugesteuert war, P. sofort wieder weiter im Text, daß der Toilettencasanova ein ortsansässiger Bauer sei, bei dem das Fernsehen mal einen Film über das Absterben eines Landwirtschaftsbetriebs gedreht hatte und der den ganzen Rummel um ihn und seinen Hof wahrhaftig als ein neues Leben mißverstanden hatte. So waren ihm die TV-Akteure und -Aktricen wie Gestalten aus einer höheren Welt erschienen und die rollenbedingten Anzüglichkeiten der Hauptdarstellerin als ein

heimliches Angebot, was sich nach Drehschluß dann leider als bloßer Kinoschein enthüllt und ihn nachhaltig zu den Elixieren hatte greifen lassen: «He harr jo all jümmer soopen, ober nu güng dat erst laus!» Auch als er die Selbsttäuschung halbwegs durchschaut hatte, hielt er sich immer noch für einen Kinohelden u. versoff erst den Hof, dann das Haus, dann den Wald und die Ländereien. Ein Film im Film und eigentlich ein Motiv, das sich gefährlich mit einem eigenen Filmvorwurf «Urlaub auf dem Lande» überschnitt, den ich mangelnder Beziehungen wegen niemals hatte realisieren können. Anderthalb Meter Bücher über Rationalisierung der Landwirtschaft und «Ferien auf dem Bauernhof» noch im Regal u. sofort der Gedanke, das doch noch einmal in Szene zu setzen. Volksstücke als bloody Comedy.

1. Mai. TV-Diskussion. Zwei unterschiedlich gehemmte Redner, die weder zueinander finden können noch sich ernsthaft zu streiten vermögen. Ein Dr. Herbert Niehaus möchte gern «eine Welt schaffen, frei von materieller und geistiger Ausbeutung». Sein Counterpart Harro Sachse, von dem schlichten Ansinnen so weit aus der Fassung gebracht, «daßä – daßä – daßä –» – najawassänun? – bis das Publikum zuerst zu gnickern und dann lauthals zu lachen begann und auch wir in unserem Stübchen gar nicht mehr an uns halten konnten. Der Diskussionsleiter schließlich entschuldigend: «Zwei Redner, bei denen das Herz das Wort diktiert.»

TB: Eigentlich doch'n ziemlich gesundes Lachleben geführt in diesem ewig umkämpften Zweistromland zwischen kastalischem Quell und kapitalistischer Abflußrinne.

TV: Ägyptens Sadat, den wir früher mal für ne ganz moderate Nummer hielten: Er würde sich nicht mit der Befreiung der besetzten Gebiete begnügen. Wäre bereit, «eine Million Menschen zu opfern, um den Hochmut Israels zu brechen». Pharaonenhybris. Aber sie kommt – wie wir aus der Geschichte wissen – fast programmgemäß vor dem Fall.

3. Mai, Balkong, und ein wogender, wallender, wabbelnder, schwabbelnder Nereidenschwarm in der wellenschlagenden Oevelgönne neben der gemessen u. gemächlich ihres Weges ziehenden Elbe. Auch so eine Notiz wieder mal, die mir jetzt nicht aus der Hand wehen u. von dem kreischenden Völkchen aufgefangen werden dürfte. Wo der Frage nach den Wirkungsmöglichkeiten der Literatur fast schon das Gebiß wegbröckelt, eigentlich hübsches Märchen-Motiv, was alles passieren kann, wenn literarische Aufzeichnungen in die Hände von Leuten geraten, denen sie wortwörtlich zugedacht sind. Beispielsweise Geschichte (Hörspiel) von einem Tagebuchschreiber, der sich als heimlicher Historiograph seiner Straßenecke versteht, und dem eines stürmischen Tages seine sämtlichen Aufzeichnungen über die Balkonbrüstung weg in die Tiefe segeln. Wie man von unten her zunächst nur ein weißes Blättergestöber wahrnimmt, das an einen plötzlichen Schneefall denken läßt. Wie man die Ufos dann allerdings als verräterische Infos erkennt u. die leaflets noch im Flug zu erhaschen sucht. Wie man unversehens-versehens bemerkt, daß allgemein bekannte Personen darin auftauchen – der Kaufmann, der Klempner, die Katzentante, die Blumenhändlerin u. der Hausmeister – und sich allewelt über jedermann in Kenntnis zu setzen sucht. Wie man en passant auf den eigenen Namen stößt u. in panischer Neugier nach den Anfangs- oder Anschlußseiten fahndet. Wie die Kinder dann beinah schneller sind als die Erwachsenen u. sich

ganze Bündel zusammenraffen, die die Erwachsenen ihnen zu entwinden oder gar abzukaufen suchen. Wie also jeder/jede sich in Besitz seiner/ihrer irgendwo über den Dächern verfaßten Biografie setzen möchte und dem Nachbarn, der Nachbarin auf die Schliche kommen: Ein bis an die Grenze eines Wahnsystems rührender Fahndungsfeldzug nach den eigenen Identitätspapieren, bis ein kleiner trügerisch gerahmter Weltenausschnitt schließlich vollends aus der Fassung kracht. Richtig hübsche Verrücktenparabel über was uns jeden Tag bis zum Magnichtmehr abverlangt wird: die gesellschaftliche Relevanz unserer literarischen Tätigkeiten.

Dichten? Schreiben? Immer lustig am Leben entlang – alles andre ist abwegig. Entweder die Phantasie beginnt gleich vorn vor der eigenen Haustür, oder alles bleibt wirklichkeitsfremder Surrealismus.

4. Mai. Traum: Nachdem ich eine Nacht lang im Dunkeln mit ihr verbracht hatte, sollte «die Braut» von mir getrennt werden. Statt meiner, den sie von Ansehen her nicht kannte, war ein anderer Mann als «Reisebegleiter» für sie ausersehen worden, und er wurde ihr flüchtig vorgestellt. Anschließend versteckte man uns in mannshohen Pappkartons, sogenannten «Reisekäfigen». Die Braut lüftete den Deckel meines Kartons und schüttelte bei meinem Anblick mitleidig verneinend den Kopf. Ich schrie «Ich bin es!», aber sie hob nur kurz abwehrend die Hand. In der Furcht, nicht erkannt worden zu sein, versuchte ich, meinem Gesicht ein besonders markantes Aussehen zu verleihen, sozusagen mit Nachdruck, wobei meine Nase sich spürbar zuspitzte u. verlängerte, die Brille haltlos herunterrutschte und meine Stimme sich häßlich v e r z e r r t e: «Ich bin es!»

– E., die mich wachrüttelte und beruhigend auf mich einredete: «Aber natürlich bist du es, mein Schnäuzel!»

5. 5. Nun schon wieder ein Tag nach dem Tag und ein anderer Kopf nach dem belegten von gestern. Im Konvoi mit NDR-Transporter nach Warstade, ich als Cicerone im Ritmo voran, aber im weiten Bogen um das Häuschen der Mutter herum. Goldene Jugendzeit, braune Nazizeit, hier geschliffen, dort gebadet u. geschwommen, hier ein paar Höhen erklettert, dort mich in Kies- und Kreidegruben abgeseilt, um aus riesigen Gesteinsblöcken mittelmiozäne Helmschnecken, Purpurschnecken und Herzmuscheln herauszukeilen (Cardium hanseatum und berühmtes Leitfossil der ‹Hemmorer Stufe›). Hals zugeschwollen u. im eisigen Nordwind paar nichtssagende Sätze über unsere ökonomischen Grundlagen abgeseibert, Portland-Zement-Fabrik, Landwirtschaft, Binnenschifferei, alles ohne rechtes Dabeisein. In der Nähe des bis zur Unkenntlichkeit renovierten Schulhauses alten Schulkameraden Rolf («Spritze») Brinckmann getroffen, seinerzeit wegen einer Furunkulose mit Vitaminspritzen behandelt, was ihm den etwas skurrilen Spitznamen eingetragen hatte. Später glänzender Sportler, stabile Figur und «Mädchenkrieger»: nun das einmal hübsche Jugendgelock ein zementgrauer Drahtschwamm, unfrisches Gesicht, die Nase knorplicht klein u. die einstmals schuhwichsblanken Augen wie zerfallene Maronen. Auch unkleidsames grünes Hütchen mit zu knapp bemessener Krempe auf 'm Kopp, kein erbaulicher Anblick.

Wohnte noch immer am gleichen Fleck wie in den vierziger Jahren gegenüber vom ‹Alten Friedhof›, der allerdings in den nächsten Monaten aufgelassen u. planiert werden sollte. Zaun u. Umfriedung jetzt bereits abgeholzt oder niedergetreten u. die Gräber teils eingeebnet oder einfach flachgetrampelt. Paar auf den Rücken gefallene Grabsteine gerade noch an seine alten Ämter u. Würden erinnernd, aber der Bodenpreis mittlerweile mächtig gestiegen u. in Anbetracht eines Totenangers praktisch weggeschmissenes Geld. R. B.s Mutter, Frau Lühmann, Opa Lührs u. Onkel Tiedje lägen noch dort, aber die Planierraupen stünden schon in Habachtstellung, und ich sah bereits die Knochen von Oma Hinck und Tante Zettke u. der kleinen Anni Bokkelmann in den Klauen des Greifers.

Kurzer Abstecher nach Schwarzenhütten, unserm ehemaligen Ostehafen u. Umschlagplatz für Zementsäcke, Steinkohle, Bauholz u. Feuersteinknollen (s. Max Meibohm u. unsere kameradschaftlich-nostalgisch behauchten Jugenderinnerungen), aber auch dort nichts ansehnlich Antiquarisches mehr zu besichtigen u. statt dümpelnder Ruderboote u. lebhaftem Güterumschlag nur noch die Totenstille von maschendrahtumzäunten Baustofflagern. Trennte mich ungern von den netten, aber offensichtlich auch etwas desillusionierten NDR-Kerlen (Schönstes Bild, als mir der dreigestrichene Boreas direkt vorm Ortsschild die Schiebermütze vom Kopf riß und sie richtig filmreif den Gehweg entlangradeln ließ) und entschloß mich, allen Bedenken zum Trotz, bei der Mutter vorbeizugucken. Einerseits unverhohlene Wiedersehensfreude u. reines Mutterglück, in das sich freilich sogleich eine unerwartete Bitterkeit über meinen 10 Seiten langen Rehabilitations- u. Erbauungsbrief mischte. Hatte versucht, den ganzen verzwatzelten Fall etwas blumig zu umranken, aber die Rosen waren nicht aufgegangen u. die Dornen saßen zu tief, u. ich merkte, daß über den Kopf hier nichts mehr zu bestellen war. Trank mich voll – weil für nicht eben seltene Besuche von Schülern aus 30/40 Jahren immer ein Tröpfchen im Haus ist – und versuchte mich an launigen Geschichtelchen aus dem laufenden Lit-Betrieb, jede Hoffnung auf eine aufgeklärte Erörterung unserer Mißhelligkeiten längst zu den Akten gepackt u. nur noch an einer Art von oberflächlicher Befriedung interessiert. Wagte nicht einmal, ihr zu offenbaren, daß ich mit einem Kamerateam angereist war. Nur keine neuen Befürchtungen wachrufen, unheilbare Wunden berühren, alte Wahnvorstellungen als fixe Ideen in Frage stellen: Television immerhin der ganz große Streuer u. für sie womöglich der letzte Anlaß, das geliebte Dorf auf ihre alten Tage verlassen zu müssen. Als perspektivisch zu Ende gedachte Paranoia: ihre Schande vor der gesamten Telenation bloßgestellt zu sehen, und ihr über alles geliebter Sohn als ihr potentieller Vertreiber. – Nahm sie auf der Rückfahrt nach HH bis Stade mit, von wo aus sie mit dem Zug zurückfuhr – in welche absonderlichen Gedanken verwickelt, ich wußte es nicht –

6. 5. Abends Anruf der Mutter, die Sonne brächte es an den Tag. Ich sei an allen Ecken u. Enden des Dorfes in Begleitung eines Fernsehteams gesehen worden, was ihr sonderbarerweise keine neuen Lamentationen entlockte. Keine Ahnung, was in ihrem kleinen Köpfchen wirklich vorgeht. Entweder sie hat sich inzwischen mit ihrem Herrgott besprochen oder es ist der schöne Schein, der die unguten Mitteilungen heiligt. TV als die große Vergoldungsmaschine.

7. 5. Arbeitsbalkon u. mir die Sonne aufs Lätzchen brennen lassen. Mode seit dem Winter ganz auf Wolle, Loden und Trachten gestimmt, aber die Röcke haben einen gewaltigen Hopser nach oben gemacht: merkwürdige Mischung aus einerseits Vermummung und zum andern fast lasziver Zur-

schaustellung von blanken Paradestücken. Mit erotischen Versuchungs- und Entsagungsgedichten nochmal völlig neu von unten her ansetzen.

Rh: Über Vierzig wird die Liebe zum Verbrechen
Oder aussichtslos –

Seit 10 Jahren bereits kein einziges Gedicht mehr: theatralische Konstruktionsprobleme u. drängelnde öffentliche Interessen, die mir gänzlich die innere Stimme verschlagen haben. Nur noch so Anwehungen hin und wieder, aber ohne erkennbare formale Zusammenhänge.

Rh: ... mit eisvogelblauem Gefieder –
Über die einen geht man hinweg,
vor den anderen wirft man sich nieder.

... definitiv nicht mehr jung
(Versprechen –)
Du wirst dir beim nächsten Quantensprung
womöglich die Knochen brechen.

Rh: (Brunnen fiel leer) – Vulkan steht leer
(entseeltes/entleibtes)
(Dein Bett, dein unbeweibtes)
Du leistest dir kein Pompeji mehr,
kein berauschtes und kein bestäubtes.

Tintenthrombose

Manchmal ist es schon viel,
die Rückzugslinien zu sichern –

Wenn du ganz langsam dein Leben verlierst,
ohne es selbst zu bemerken

Datenspeicher
Um einige Ausfälle reicher (Fehlmeldungen)

Ich gehe sehr langsam auf den Rest
und raschel nur noch mit Papieren
(verlieren – Schlieren)

... ein herbstzeitloses Huhn
bewacht euer goldnes Gelege –
I c h habe mit mir nicht mehr sehr viel zu tun
und geh mir schon selbst aus dem Wege

behalt es –
Selbst dein Fell schon nicht mehr dein altes

Eh du deine eigenen Funken schluckst

Kaum glaubst du zu wissen,
wer du bist,
da liegst du auch schon in der Kiste

Eh du nicht den letzten Goldzahn versetzt,
lohnt es nicht, dich zu beweinen (bejammern)

... Kultur kann ich auch
und kann sie genau so gut missen

Je mehr du dich in die Länge streckst,
um so dünner (platter) wirst du am Ende

Haß – Erlaß – vom Faß
Sie war mein wandelndes Stundenglas,
(verrieselt)

(wer weiß)
was uns das Leben entbittert
1 2 mit welchen Kräften der Greis
um den letzten Zahnstummel zittert

Es muß das Glück doch noch möglich sein

Nur manchmal höre ich noch im Schlaf
mein widernatürliches Lachen

1 2 wie der Nebel handgreiflich wallt

— — — — — —

Du siehst deiner eigenen Ungestalt

— — — — — —

Du Lesegespenst
Sprich nur noch über was du kennst

Es wird doch nicht die gesamte Person
auf einen Schlag aussetzen –

und weiß auch bei vollem Bewußtsein nicht,
wozu ich noch auf der Welt bin

Bis dein Blutsturz groß
durch die Presse geht,
hast du noch was abzuleisten –

Mit Kopfschütteln wirst du die Lasten nicht los,
mit ... nicht minder

Odysseus beim Sirenengesang
an seinen Schreibstift gefesselt (gebunden/geklammert)

entbittern
Deine Sonnenblumen zu füttern

1 2 3 meine papierbleiche Haut,
1 2 von innen beschriftet

So bestehe denn fort auf eigne Gefahr

Es kotzt mich an, aber es wirft mich nicht um

(Verlauf)
Der Kranke trägt seine Binden auf,
(ein Fall von Entwicklung)
(Entwicklungsroman)

Frühentwickler – und die anderen Markenartikler

Wenn du mal ganz von dir abstrahierst
(einfach mal von dir absehen kannst)
ist die Welt schon wieder erträglich

Als blinder Greis vor die Linse geschleppt:
leg los! und sing von der Jugend –

von einem gewissen Displaywert
dann fragst du dich, was ist die Fahrt über Land,

der Weitblick über die See wert?

Ich stoße schon oben an im Kopf
daß der Putz nur so runterrieselt –

(mit dem Engel zu ringen)
Die Geister sind auch gewerkschaftlich
1 2 nicht zum Schweigen zu bringen.

Mit untrüglichem Simultansinn
1 2 3 4 – schon atmen allein
scheint mir der vollkommene Wahnsinn

vergifteten
Die schönen Zeiten – –
wo sich die Blätter im Fluge beschrifteten

— — — — — —

Magnetberg – Spätwerk
(mit voller Fahrt auf den Magnetberg)
Hört ihr die krachenden Wanten, das ist

Schaut hin: die sausenden Scheite die sind
ganz offensichtlich mein Spätwerk.

Menschen –
auch die Old Shatterhandschen

(wem du fehlst?) –
kein schwereloses Alter:
Am Abend, wenn du die Einstiche zählst
als dein eigener Nachlaßverwalter –

Lekt: Tom Wolfe «Radical Chic» pp. Ein stellungs- und letztlich meinungsloser Pointillismus, der scheinüberlegen gewisse gesellschaftliche Gesten oder Idiome vorführt. Ziemlich unterschiedsloses Sichlustigmachen über einen gewissen Set von Society – nur in Wahrheit ist man selbst ganz u. gar beschwerdelos mittendrin. Der altehrwürdige Typus der Gesellschaftssatire zu einer Art Mode- und Klatschjournalismus heruntergekommen. Aber natürlich, «Harper's Magazin» keine «Weltbühne». Noch nicht mal «Uhu» oder «Querschnitt»

P.S. Als Rilke einmal ein Jahrzehnt lang verstummte, gab sich die gesamte literarische Welt besorgt und hätte sich am liebsten an seiner Bettkante niedergelassen, um ihm den Puls zu fühlen. Heute kann eine ganze literarische Gattung hinsterben – Hauptsache sie krumpelt noch ein bißchen als Schrumpfform dahin oder ertrotzt sich ein Weiterleben in der remmidemmihaften Verpoetisierung der Terroristenszene. Halsschmerzen und unfreie Brust schon seit Monaten. Im Fensterglas der Balkontür mein Totenkopf mit ohnmächtig schnappendem Unterkiefer. TB: Nur noch als Anwesenheitsbescheinigung vor mir selbst.

9. Mai. Wegen anhaltender Erkältung zu Dr. Titz, wg. Harnröhrenkatarrh zu Dr. Kootz: Inimur-Dragees, trichomonadizid, antimykotisch, antibakteriell, wieder eine dieser schwer faßbaren Mischinfektionen. Abends mit Rosi zu Skoluda, auch ganz schön verschmissenes Inneres, trotz seiner scheinbar wuchtigen und in Humor und Gutartigkeit gefaßten Erscheinung. Einerseits mordsteurer Modeschmuck für die luxuriöse Lebewelt auf Sylt und in den

Elbvororten und in seiner düsteren Abseite etwas stumpfe Gouachen für den politischen Tageskampf.

Hübsche Geschichte von Rosi über Frau Stellmacher, die Reinmachefrau in ihrer Behindertenschule. Ihre Bekannten und Verwandten dürfen nicht wissen, daß sie putzen geht, eine niedere Tätigkeit, die für ehrenrührig gilt. Da taucht im Freundeskreis eines Tages die Mutter eines behinderten Kindes auf, was sie befürchten läßt, auf ihr geheim gehaltenes Treiben angesprochen zu werden. Die Mutter des Kindes, die sich zwar unentwegt über die Schule aufgeregt u. den Lehrern die Hölle heiß gemacht hat, möchte ihrerseits um nichts auf der Welt auf ihr deppertes Kind angesprochen werden, weshalb beide trotz guter Bekanntschaft äußerst verwundene Bögen um einander ziehen und sich nur flüchtig begrüßen. Frau St., eine stattliche, d. h. schon ziemlich mächtige Person (38), die ihr einmal gebeichtet hat, daß sie ihrem Mann immer heimlich Fett unters Essen mischt, damit er so dick werde wie sie selbst. Hat Angst, daß er ihr sonst weglaufe und schlankeren Erscheinungen nachstelle. Möchte gern Führerschein machen, was der Mann aber nicht erlaubt, weil er gern allein den Volant in der Hand behalten möchte.

Rosé aus edlen Art-Deco-Kelchen. Man trank sich hastig voll u. dann auch bald müde, zumal ich, der ich gerade diese klotzigen Antibiotika geschluckt hatte. Trotzdem anschließend noch zur «Fabrik» in ihrem geschätzten ruppigen Agit- und Proletlook. Räume stramm voll u. ganz junge Leute, die sich mit ungekonnten Verrenkungen zu «Hallo, kleines Fräulein, haben Sie heut Zeit?» einen abhampelten, richtig das, was man in Kriegs- und Nachkriegszeiten noch

«Schlager» nannte u. in der «Studentenbar» der fuffziger Jahre zum Repertoire gehörte. Heute absolut new sound u. eine Ohrenoffenbarung, die R. u. mir eher als nostalgische Reminiszenz in die Beine fuhr. Haben beide immer gut miteinander tanzen können, und schon nach drei Takten allgemein bestaunte Angebernummer.

10. 5. Neue Lesung Ostverträge. Zwei BILD-Zeitungen vom Tage: 1. «Moskaus Njet zu den Verträgen» u. 2. «Moskau sagt ja zu den Verträgen». Wer sich derart in aller Öffentlichkeit irren darf, gehörte eigentlich für zwei Wochen auf die Strafbank, d.h. aus dem Verkehr gezogen. – Nach Lokstedt ins NDR-Studio u. gemeinsames Getüftel im Schneideraum. Mehrere Stunden langer Streifen, der nun auf 10 Minuten heruntergekürzt werden sollte: «10 Minuten sind im Fernsehen schon sehr lang.» Viel Ungefallen an meiner Art, mich öffentlich zu präsentieren. Überall schien mir die fatale Rücksichtnahme auf die Mutter durchzuschlagen, eine unfreie Tonlage, als ob ich etwas gutzumachen oder in ein kleidsameres Licht zu setzen hätte. Aus Verzweiflung mich in der Funkkantine vollgesoffen u. dann mit dem 39er Bus durch ein mir völlig unbekanntes Hamburg von Stellingen bis zum Anleger Teufelsbrück. Mit einem Auswärtigen mal diese Tour abreißen und dann sagen: doch, ja, das wäre HH.

12. 5. Beim Schriftsteller-Nachbarn Lovis H. Lorentz, um Erkundigungen für Oevel-Aufsatz («Merian») einzuziehen. Hatte ihn bislang immer nur mit einer gewissen Reserve betrachtet, auch ziemlich en passant gegrüßt, weil alter Nazi u. in braunen Zeiten mal Chefredakteur der «WOCHE». Die ersten Namen, die fielen, insofern schon einigermaßen cha-

rakteristisch: Hans Friedrich Blunck, der Hetzzeichner Hicks (früher REICH, heute «Welt» und ein Verwandter v. ihm) und der Altoevelgönner Hans Leip. Hält «Die Welt» für eine «gutgemachte Zeitung», was natürlich ‹politisch ganz nach seinem gusto› meinte, u. hängt (mehrerer Einbrüche wegen) dem Gedanken an eine «Oevelgönner Bûrgerwehr» nach. Sonst viele Verrücktengeschichten aus unserm Revier. «Käpt'n» Lührs, der den Galions-Schiller versteckt halte und «ihn lieber verfaulen als betrachten läßt». Dann von einem Blumenfreund auf dem Westende, der der lange gesuchte Katzenmörder sei.

Nachmittags Manthey, dann TV-Porträt, auf gnädige 15 Minuten heruntergekürzt. Anschließend zu Ulla S., die mir wunderliche Kinderaufsätze zu Eich- und Handke-Gedichten vorliest. Trotz meiner abgrundtiefen Erkältung u. der glasigen Herpesblase will sie mich unentwegt küssen, wovon ich ihr abriet u. dann doch keinen Abstand nahm. Sagte, dann wäre sie, wenn ich in drei Wochen mal wieder vorbeikäme, gerade richtig erkältet, was automatisch zu Reinfektionen führen würde, die uns das laufende Jahr lang beschäftigen könnten. Bunte Wollringelstrümpfe à la mode, was die kastanienbraunen Knie mit den helleren Näpfchen besonders aufreizend hervortreten ließ. Hatte in ihrem Lehrerinnenseminar herumgefragt, wie viele Personen den Dichter P. R. eigentlich kennten. Von 14 Anwesenden gerade mal zweie. Nicht einmal das «Volksvermögen» bekannt – eine versunkene Glocke. Nachts mit rasselndem Husten zu Bett.

13. 5. Mich wachgehustet, Blut, Schleim, Qualsterklümpchen wie eingedickte Sukkade. Verdüsterungen ohne jede

Hoffnung auf irgendwelche ernstzunehmenden Lichtblicke. Bei entmutigendem Dauerregen mit E. durch den hunderte Kilometer langen Wasserfallvorhang nach Loccum: Seminar über Trivialliteratur. Bemerkenswert widersprüchliche Konfrontationen zwischen «Traditionalisten» und «Modernisten», erstgenannte Phalanx vermutlich nicht ganz zufällig um mich geschart. Die «Fortschrittler» eher an Comics u. sogenannter «Subkultur» interessiert, die allerdings – wie ich ihnen vergeblich klar zu machen suchte – von oben kommt u. einer Vereinnahmungsindustrie entspringt. Es gibt (Phoebe-)-zeitgeistbedingte Präokkupationen, die offenbar fester sitzen als meine Dauererkältung. Rührend für mich besonders die Anwesenheit des ehemaligen Warstader Schuldirektors Spillner, seinerzeit mal Vorgesetzter meiner Mutter und jetzt mein aufmerksamster Zuhörer. Zu meiner großen Erfreuung auch Dieter Lattmann mit in der Runde, der mein «VVM» als eines von 5 lesenswerten Büchern empfohlen hatte. Also doch – was rede ich dauernd u. hadere mit mir selbst – eine kleine Gelehrtenrepublik um mich herum u. ein Geselligkeitskreis, der sich wohltuend von den gesellschaftlichen Absprachen unsrer à-la-mode-Pädagogen unterscheidet. Interessant das Bekenntnis des Prof. Hassenstein (ehemaliger Referendar am Stader Athenäum), daß er als Kind solche Verse als bedrohlich empfunden habe. Ein sehr persönliches Coming out – mit zittriger fadendünner Stimme vorgebracht –, das mir klarmachte, daß ich unter allen möglichen u. womöglich massenweise herumgeisternden Nervenbündeln noch eine ziemlich robust veranlagte Natur bin.

Loccum u. sein gesamtes bauliches Drumherum eigentlich bereits eine Art von Déjà-vu. War schon einmal dort gewesen, unter der Ägide des Pfarrers Dr. Walter Lück, später Nachfolger meines 1942 verstorbenen Großvaters in Otterndorf. Hatte mir damals erzählt, daß sie meine «Variation auf ‹Abendlied› von Matthias Claudius» auf einem Amtskandidatentrip durch Italien a capella, ma con ‹Val Pollicina› im Auto gesungen hätten – in einem gewissen zweifelhaften Sinn also doch vielleicht Gemeindeautor und Verfasser von angeschrägten Gemeinschaftsgesängen. HL Geist in säkularisierter Form ausgießen u. dann sogar noch auf öffentliches Gehör u. Resonanz in besonders feinen kleinen Kreisen hoffen dürfen – warum nicht?!

Nachts allein um den reichlich verwinkelten Gebäudekomplex gestrichen, die caligarihaft gegliederten Türme, Erker und Nischen nun auf einmal wieder als altvertraut hervortretend. Die versenkten Eingänge. Versenkte Türen. Ungewöhnlich massive Ausluge und versunkene u. im zag angedeuteten Mondlicht neu erweckte Erinnerungen. Hinter einem tief in dicke Klostermauern eingelassenen Gesindefenster ein stilles Jungmädchengesicht wie von Tetjus Tügel gemalt. Bei einer kleinen Wendung dann wieder die mechanische Grazie einer Oskar-Schlemmer-Figurine. Zog sich aus, sehr gemächlich, säuberlich, zuerst die protestantisch scharf auf den Leib geschneiderte Kittelschürze, dann die gestreifte Bedienstetenbluse, von dem Widerschein grüner Vorhänge auch leicht begrünt mit paar wellenschlagenden Gelblinien drin. Es ist letzten Endes die Kunst, die das Leben erst richtig lasziv und anziehend macht.

14. Mai. Sachen gepackt u. im Büro nach der allgemeinen u. der speziellen Lage der Finanzen gefragt – worunter ich mir so etwas wie Cash, money, kurz ein Honorar vorgestellt

hatte – worauf man mir in aller Unbefangenheit die Rechnung aufmachte: Unterkunft f. 2 Personen = 54 DM. Sagte, da müsse ich aber erst nochmal mit Herrn Schwencke sprechen, wozu mir am Ende der Mut fehlte, weil die plötzlich aufsiedende Wut zu groß war. Gleich an Walther von der Vogelweide und seinen Tegernsee-Spruch gedacht – «Man seit mîr ie von tegersê,/wie wol daz hûs mit êren stê:/da kêrte ich mêr dan eine mîle von der strâze./ich bin ein wunderlîcher man,/daz ich mich selben nicht enkan/verstân und mich sô vil an frömde liute lâze./ich schiltes niht, wan got genâde uns beiden./ich nam dâ wazzer: alsô nazzer/muost ich von des münches tische scheiden». –

Nachts: wie schön der Abend war u. wie einschneidend am nächsten Morgen die Enttäuschung. Alter Gedanke von mir, eine Minnesängeroper zu schreiben. Über Musik bereits mit Yngve Trede (Stiefsohn v. Hans Henny Jahnn) und (wie ich glaube) auch mit unserem Volsinii-Kompositeur Thilo Medek gesprochen, aber bevor man hier an Libretti denkt, müßten erstmal die Verse u. Lieder völlig neu übersetzt werden. Eigentlich bereits ziemlich hoch gespannte Nummer unser «Reichsdichter» u. von völkischer Seite nicht erst seit den Nazis vereinnahmter «Sänger des ersten Deutschlandliedes». In der schäbigen Alltagswirklichkeit praktisch ein Leben lang auf Achse, ständig von Hof zu Hof, von Residenz zu Residenz, von einem Kloster zum andern, um dort w a s vorzutragen? Seine sogenannten «Reichsgesänge» vielleicht, «Ich saz ûf eime steine» – «Ich sah mit mînen ougen» – «Ich hôrt ein wazzer diezen» – alles von ziemlich hoher Warte aus gesprochen u. von der Berufung des Dichters als Seher u. Wahrsager absolut zweifelsfrei akzentuiert. Andererseits dann wieder seine radikal aus der

Reihe springenden Minne- als Küchenmädchenlieder, ob das eigentlich noch höfische Kost war? Ganz zu schweigen von seinen Scheltoden oder Lästerchansons mit der nicht endenwollenden Leierkastenmelodie von der überfälligen «miete» oder dem verweigerten Botenlohn. Kam mir irgendwie bekannt vor u. am Abend nochmal in frühen Skizzen geblättert. «Tegersê»-Spruch mit frisch gespitzter Feder nachgeschärft.

Walter u. sein Knappe Dietrich (Fiedler oder Radleierspieler) neben ihren lahmenden Gäulen auf einem Paßpfad nahe Tegernsee.

WALTHER: Nun, was sagst du?

DIETRICH: Was soll man sagen? Diese Pfaffen sind schlicht und einfach unmusikalisch.

WALTHER: Sie haben uns gar nicht erst hereingebeten. Und dabei hatte ich gerade ein paar neue Zwitscherlinge im Gepäck, (trällert Tonleiter vor sich hin) La – le – li – lo – lu – liu – liu –

DIETRICH: Verse, Herr Walther! Ein starkes Wort wiegt hundert Töne auf.

WALTHER: Manchmal denkt man, man wäre seiner Zeit um ein paar Jahrzehnte voraus und dann – ‹semmirgot›! kommt solch ein Krawallbruder wie der Neithart angerumpelt und schüttelt seine Kartoffelsäcke auf allen Bühnenböden aus. – Unter uns, wenn das etwas sein soll, hab ich gestern zum letzten Mal meine Feder gewetzt.

DIETRICH: «Der Harfner in der Mühle».

WALTHER: Ja, das Bild ist von mir.

DIETRICH: Eine Klette, die ihm noch ein Jahrhundert

lang anhaften wird. Wem ihr solche Dinger an den Rock hext, der kann sich gratulieren. Der ist praktisch unsterblich – aber nur weil ihr ihn unnachahmlich gegerbt habt.

WALTHER: Aber der Mann hat sein Publikum. Findet offene Ohren auf allen höfischen Tanzböden, während ich mich nur noch so hinschleif. Praktisch hinke ich dem Zeitgeschmack rettungslos hinterher.

DIETRICH: Jeder Vogel hat seine Zeit. Die Lerche um vier Uhr. Die Meise um fünf. Der Zilpzalp um sechs. Der Ziegenmelker gar abends erst in der Dämmerung. Es ist völlig egal, wann man anfängt, jeder Piepmatz macht seine eigene Musik und jeder findet sein Echo. Manche Menschen können allerdings aufstehen wann sie wollen – es kommt nie was Erfreuliches aus ihnen heraus.

WALTHER: Also manchmal hast du einen Ton drauf, wo ich glaube, daß die Dichtkunst sich noch was abhorchen könnte.

DIETRICH: Könnte – möchte – wollte. Wenn's drauf ankommt, stehen euch immer noch alle Töne der Welt zur Verfügung. Wißt Ihr noch wie es seinerzeit anfing: «in dem dône: Ich wirbe umb allez daz ein man» – und hinterher sah Reinmar von Hagenau wirklich nur noch aus wie ‹Reinmar der Alte›.

WALTHER: Über uns wird nochmal viel Unsinn verbreitet werden. Leider habe ich das Gefühl, als ob uns allmählich nicht nur die Soldi, sondern auch die Motive ausgingen.

DIETRICH: Aber Tegernsee, bitt Euch, wenn das kein objektum, kein Motiv, kein vürwurf war? Gerade mal 'n Glas Sprudelwasser durch die Klappe gereicht und dann –

WALTHER: Herrjeh, schweig mir von Tegernsee!

DIETRICH: Aber Herr Walther. Mein lieber verehrter Herr Walther, das ist es doch schon, Herrjeh, schweigt mir von Tegernsee – wo ich grad mal den See gern seh – Dieser Knickerverein –. Und dafür haben wir uns – na, um wie viele Meilen? Aus der Richtung bringen lassen?! –

WALTHER: *(probierend – dann flott in einem Zuge)*

Herrjeh, schweigt mir von Tegernsee!
Wie weit das Tor dort offensteh –
Ich machte mir den Umweg – über eine Meile.
Man ist schon ein verrücktes Haus;
da denkt man sich, man kennt sich aus
und teilt nur andrer Leute Vorurteile.
Ich will nicht lästern; Gott vergelt es beiden:
Man schenkte Sprudel
und begossen wie ein Pudel
mußt ich vom Tische dieses Mönches scheiden.

DIETRICH: (applaudierend) Der Markgraf Dietrich von Meißen wird sich kaputtlachen! Und dann steht schließlich auch noch der Frankfurter Fürstentag auf unserm Vortragskalender, und ich sage Euch, wahrlich da werden nicht nur alle Bänkelsängerbuden wakkeln.

WALTHER: Und so etwas hat einmal die ganze Welt befeiern wollen, von dem kleinsten Grashalm an aufwärts bis zur alten Kaiserkrone. Allein, was bleibt? – Ich sehe nichts, was letzten Endes bliebe.

DIETRICH: Die Liebes-Seufzer und die Gertenhiebe!

15. Mai, 72. Wegen MERIAN-Skizze «Oevelgönne» beim Bootsbauer Lührs vorbeigekuckt. Fragte als erstes, wen ich sonst noch so interviewt hätte, und als ich sagte Lorentz: «Na, der ist doch bloß neidisch, daß man ihm diese Sache nicht angetragen hat.» Dann gleich weiter im Tenor, daß es in Oevel nur zwei Sorten von Menschen gäbe, «die Spießer und die Spinner», und daß die neu Zugezogenen ihm viel sympathischer wären als die Alteingesessenen. Interessantes Dokument eingesehen: eine handgeschriebene Satzung der «Oevelgönner Lotsenbruderschaft» mit jahrhundertalten Eintragungen über das ewige Hoheitsgerangel mit den Blankeneser Konkurrenten. Wer einfahrenden Schiffen wo und wie weit entgegenfahren durfte und bis zu welcher Markierung sie wieder elbabwärts geleiten. Über etymologische Namensdeutungen teils Bekanntes, teils auch wieder Überraschendes, manche Erklärungen bis zur Unvereinbarkeit schwankend. Erste Deutungslinie: Övel – Ovel – ouwe – Aue (also nasse Wiese o. ä.) und das «gönne» von ndd. günt = jenseits = gegenüber abzuleiten. «Günt Siet Elv» oder «günt Siet Oost» mir seit frühen Jugendzeiten als «auf der anderen Seite» von Elbe oder Oste vertraut. Dem entsprechend in grauen (oder grünen) Vorvorväterzeiten einzelne Gehöfte auf der Nord-gleich-Hangseite gelegen, deren Wiesen und Weiden sich am entgegenliegenden Ufer befunden hätten. Andererseits «övel» auch als «Übel» zu lesen u. «gönne» als «Gunst» oder das «Zugegönnte», was auf eine von benachbarten Liegenschaften her mißgünstig betrachtete Vorzugslage hinweist. 17.00 Mittagessen im «Möwenblick», das sich vermutlich die klangliche Anspielung an das «Möwen-Pick» zu Nutze gemacht hat. Und ewig wuchtet, nein nicht «vor Aschinger die Dampframme», sondern in knapp 100 Metern Entfernung der zweitgrößte Rammbär Europas, was den

Steinbutt fast wieder zum Leben erweckt u. elbseitig über den Tellerrand glitschen läßt. Das gegenüber mitten im Strom gelegene Athabaskahöft von großer sommerlicher Klarheit. Trotzdem auf seine Art geheimnisvoll u. verwunschen, weil als künstliche Landzunge über der vor mehr als hundert Jahren abgebuddelten ‹Athabaska› aufgeschüttet.

Balkon u. paar Zeilen in schwebenden, sich sachte zerteilenden u. in unbestimmten Formen verlierenden Rhythmen. Von den Wolken schreiben lernen. Dann sogleich das Bedenken, daß sich aus solcher willfährigen Hingabe an die Welt u. den eigenen bewegten Atemstrom auch eine Art von Infinitesimalpoesie entwickeln könne, formlos, zerfließend u. am Ende zufallsgelenkt wie mein wind- u. wetteranfälliges Tagebuch. Als mutmachendes Beispiel in vielen Lebenslagen u. poetischen Zweifelsfragen freilich immer wieder den lehrreichen Ringelnatz vor Augen, wo die schönsten Zeilen die reine Anwehung scheinen, um am Ende haargenau auf den alles begleichenden Schlußpunkt zuzulenken. Wie tief er mich immer angewandelt hat, dieser scheinbar kleine u. zweitrangige Elementargeist. Werde ihn mir als allererste Größe nie ausreden lassen, so wenig ich mich in ApO-Zeiten von Benn abgewandt habe. Bzw. in der augenblicklichen Drehkipp-Phase von dem allenthalben von höchsten Überlegenheitswarten aus heruntergemachten Brecht.

Durchdringendes Kraftklingeln von unten, und als ich die Treppe runtertrapste, Edu Zik., der mir für 400,– DM einen «echten Kaschmirteppich» andrehen wollte. Wußte sofort, daß es nur Hehlerware sein könne, lud ihn zu Bieren ein u. trank mir selbst die nötige Contenance an. Vierhundert Eier? Gotteswillen. Keine Piepen, kein Nix, schon seit Monaten selbst ohne Einnahmen.

17. 5. Anruf Röhl, daß Rauter meine Jahre «mißbesprochen» habe. Er wolle gleich rüberkommen u. mir sein Nachwort zu seiner Ulrike-Aufsatzsammlung vorlesen. Schon im voraus von Böen geschüttelt einerseits u. andrerseits, weil ich Rauter immer für einen getreuen Gewährsmann gehalten hatte. Als Röhl auftaucht, scheint mir die Besprechung von ihrer feuilletonistischen Strichlage her freilich gar nicht so ungefällig u. stillos. Zwar von Mißgunst vergiftet, also Übelgunst sozusagen und stellenweise geradezu hämisch, aber aus Redakteurssicht keine stumpfe Bleistiftstummelprosa. Ließ mich dennoch zu einigen Ausfälligkeiten gegenüber dem mir immer freundschaftlich verbunden gewesenen Rauter hinreißen, worin Röhl mich insofern bestätigte, als R. «offensichtlich ziemlich tief in die münchener KP-Szene integriert» sei, wo man Walsers «Gallistlsche Krankheit» als Supernova in der saisonalen Konversionsliteratur befeiert hätte. Riet ihm dennoch zum Abdruck in unserm eigenen Blatt, a. um den stets auf der Lauer liegenden Vorwurf der Vetternwirtschaft zu entkräften, und in der vielleicht nicht ganz abwegigen Hoffnung b., daß der Rezensent sich in unserer kleinen Edelgalaxis doch wohl einigermaßen disqualifiziert habe.

Abends Steuersachen mit Vietzen. 22.00 Anruf von Rauter, der mich aus allen (Unmuts-)wolken fallen läßt. Bittet um mein Buch, um es sich für eine eventuelle Rezension anzusehen. Sagte, daß K. R. mir bereits seine «Diskreditik» vorgelesen habe, nicht unbedingt zu meinem Vergnügen. Zwar habe er sich angesichts des über alle niederen Zweifel erhabenen Gegenstandes ja in wahrhaftige stilistische Höhen hochgeschraubt, allerdings … worauf er fast hörbar vom Stuhl kippte. Diese «konkret»-Kritik sei von Piwitt, und die

Welt erschien mir auf einmal wieder durchschaubar, wenn auch nicht über die Maßen liebenswürdig. Achja, P., einer etwas später als wir zu einer Art von politischem Bewußtsein gelangten Linken zuzurechnen, die uns unsere nachweislich nicht ganz folgenlos gebliebenen Antizipationen neidet u. sie am liebsten aus der Welt leugnen möchte. Unser frühes Voranschreiten schon in den späten Vierzigern und mittleren Fünfzigern. Unsere patenschaftlichen Meriten im Hinblick auf unsere fast durch ein Generationsgap getrennten Schüler u. Nachfolger. Unsern Gründerimpetus, dem sie überhaupt ihre Druck- u. Verbreitungsmittel zu verdanken haben. Seltsamer Ödipuskomplex, der sich statt an den Naziätern lieber an ihren sozialistischen Patenonkels abarbeitet u. insofern ‹Genossen›, die nie richtig lieben u. loben gelernt haben außer im Binnenzirkel ihres eigenen Rauch- und Unterstützungsvereins. Dem Kollegen u. Freund H. C. Buch vergleichbar, den ich neulich telefonisch um einen Text fürs nächste «konkret» anging und der mich allen Ernstes als «Genosse Rühmkorf» ansprach: Das müsse er «vorher aber erstmal mit den Berliner Genossen abklären». Und nun, wie gesagt, unser guter alter Hermann Miesepeter Piwitt, aber sagte: «Egal, drei Kreuze, meinen Segen hat er, also drucken.» Wird sich Anno Kommstemal schon noch früh genug über mangelhafte Solidaritäten u. erschwerte Publikationsmöglichkeiten beklagen.

18. 5. Mit Röhl zu A. Paul Weber nach Schretstaken, wo R. ihm eine Geburtstagsgrafik für Robert Neumann entlocken wollte. Seit unserm letzten Besuch mittlerweile auch schon wieder 10 Jahre vergangen, aber W. kaum merklich gealtert. Wieder mal eines dieser unzeitgemäßen Individuen, wie ich sie schätze u. verehre – Niekisch, Heinemann, alten Ro-

wohlt, Niemöller, Scheringer pp – alle mit so gewissen linkspatriotischen Scharten in ihrem politischen Selbstverständnis. Hält sich abseits vom großen Markt u. seinen strömungsbedingten Wertzuschlägen und «pflegt seinen eigenen Stiebel», wie er sich ausdrückte. Erzählte verschmitzt, obwohl sichtlich stolz u. gerührt vom Heinemann-Besuch zur Einweihung seines Ratzeburger Museums u. ließ seiner alten Spottlust ihren freien Lauf: «Danach sind die Bilder dann sofort im Wert gestiegen und allgemein begehrt gewesen! Die gleichen Bilder, die vorher gerade so eben für den Arbeitsaufwand und die Druckkosten weggegangen sind.»

Als bleibender Eindruck: ein alter Mann von 75 Jahren, der nicht zu Bett finden kann und die ihm verbliebene Lebenszeit noch etwas durch Schaffensfleiß zu verlängern sucht. Schräg von der Seite her betrachtet gelegentlich das Gesicht von einem Nasenaffen. Das eine Augenlid bemerkenswert herabhängend, der schüttere Haarkranz, struppiger Schnauzer, das offene Hemd und die graue Schlotterweste, aber wir wissen ja noch von früher, wie er aussehen kann, wenn er sich stadtfein macht, um Bankdirektoren oder Industrielle zu besuchen. Langer heller Gabardinemantel, flotten Künstlerschal um den Hals und oben sonen richtigen Breitkremper auf dem Köpfchen. Während das Warmluftwindrad sich oben auf dem Kachelofen drehte und drehte, begann auch Röhl nach etlichen Calvadossen mächtig aufzudrehen und Gedichte von Brecht und Kästner zu rezitieren. Im Nebenbei wahrgenommen: Buch vom Hoeschkonzern mit Brecht- und Kästner-Texten und Illustrationen von Weber, Dix und Kubin. 1969 publiziert, also praktisch auf dem Wogenkamm der ApO-Bewegung – womit mir wieder mal klar wurde, welch weites Herz die großen Unternehmen gelegentlich zeigen können und mit welchen Mitteln ihre Werbeleute auf unruhige Zeiten reagieren.

Weber, der bei seiner ganzen Leichtfüßigkeit und Lebendigkeit gelegentlich den Eindruck vermittelt, als ob er was zu verbergen hätte. Schleicht um gewisse biografische Zweifelsfragen herum wie die Katze um den heißen Brei und läßt manchmal einfach das Fallgitter runter. Hatte das Gefühl, daß er sich in manche halbgeheimen Lebenswinkel nicht gern reinkucken lassen wollte, und die Vita natürlich auch auf ihre besondere Art gebrochen. Zunächst seiner Illustrationen zu Niekischs «Hitler, ein deutsches Verhängnis» wegen von den Nazis eingesperrt, aber später mit seinen «Britischen Bildern» fleißiger Beiträger in Goebbels' Propagandaorgan «Das Reich». Schien ihm insofern nicht unangenehm, daß das von R. erwünschte Blatt ausgerechnet Robert Neumann zugeeignet werden sollte und erwähnte (nicht nur so nebenhin), daß auch Kurt Hiller im Besitz von einigen seiner Grafiken sei. Obwohl er beim Kramen und Suchen und Vorführen am liebsten u. längsten bei seinen vor kurzem entworfenen «Has-und-Igel»-Allegorien verweilte (die Igel bereits in bedrohlicher Nähe zu den kindertümlichen «HÖR-ZU»-Meckis), entschied R. sich am Ende für das «Trojanische Pferd», ein rares Stück, nur noch sechs Exemplare vorhanden, das der reiche Röhl auf 300,– DM herunterhandelte.

Auf der Rückfahrt BILD-Zeitung aus dem Stellkasten: «Die Ostverträge sind durch – aber wie!» Nicht zu fassen, wie die ihr schmutziges Handwerk verstehen u. ihre heimliche Heim-ins-Reich-Gesinnung mit atlantischen Phrasen ummänteln. Ein Indoktrinationssyndikat, das sich allenfalls in der Aufmachung von ostdeutschen Monopolbetrieben unterscheidet. Als ich R. im Auto von meinem Hänflingsleben erzählte, zog er sofort (obwohl selbst bis unters Dach beduselt) sein verknittertes Antidrogengesicht. Morgens zuhaus: der geschmeidige leichte Wind in den Linden, erregte Blätter u. erregte Vögel meine lebensbegleitenden Mobiles. Wenn ich noch 10 Jahre durchhalte, lassen sich vielleicht selbst aus diesem Trockenschwamm von TB noch paar eingelagerte Tautropfen erquetschen.

18. 5. Gar nicht so unfreundliche Besprechung von «Jahre» in «Welt»: Der große Labmagen des Kapitalismus, der sich wieder mal als Allesverdauer erweist. Um 15.00 ins Altonaer Museum, um alte Oevelgönner Panoramabilder zu betrachten. Beim Studieren in den stillen Räumen eines kaum je in Anspruch genommenen Archivs mit seinen unzählbaren Schätzen an Erstdrucken, handschriftlichen Kostbarkeiten, Landkarten u. sehr frühen Hafen- und Geländeprospekten beinah in einen kleinen regressiven Rausch geraten. Das Eintauchen in eine nostalgisch behauchte Bilder- u. Dokumentenwelt von lustvollen Entrückungsschauern begleitet: Die Badekarren am Strand, die gestreiften u. berüschten Suits der Damen, die schnurrbärtigen Kerlspersonen. Die Vorstellung, ein halbes Menschenleben lang in diesem weltentrückten Gehäuse zu verweilen, allerdings nicht ganz frei von gewissen klaustrophobischen Anmutungen u. nur durch faunshafte Phantasien aufzulichten. Die Namensdeutungen dabei immer verwunschener, abenteuerlicher. Nach Hoffmann von Fallersleben – der sich seine Weisheiten aus mittelalterlichen Mysterienbüchern ergraben hat – soll «Oevelgönne» im mndl. der weltliche Wohnort des Teufels

gewesen sein. Trifft sich mit dem Hinweis von Lührs, daß es oben am Elbhang mal einen «Düvelskrauk» (also Teufelskrug) gegeben habe, und auch das westlich angrenzende «Teufelsbrück» ja nicht ganz aus der Richtung.

Bis zum Abend am MERIAN-Artikel. Dann Geisterstunde u. Anruf eines Herrn Lebnau o. ä., ob ich Nietzsche kenne. Ohne f. mich erkennbaren Übergang: «Ich finde Ihr Buch unheimlich dufte, unheimlich menschlich.» Dann immer so weiter im Seemannsgang, teils luv- teils leelastig, heißt, teils richtig liebenswürdig u. teils flotzig. Ob ich «ein eigenes philosophisches System im Auge» hätte? «Eine eigene Weltenlehre» verkünden wolle, «so eine Mischung aus Verzweiflung u. Hedonismus?» «Im Gegensatz beispielsweise zu diesem Handke, unheimlich dürftig, menschlich gesehen, möcht ich mal sagen.» War ihm auf der Stelle von Herzen gut, denn so etwas hätte man schon mal gern in der Zeitung gelesen – aber Rezensionen sind keine Herzensergießungen, u. die Kritik ist kein organischer Schwingboden.

Dann Evas anhänglichster Pflegefall Edu Z.: «Bei uns in Eimsbüttel war heut tierisch Razzia, und ich da zufällig gerade mit'm Koffer durch, daß die denken müssen, ich hätt da ne Bombe drinne. Aber nich, daß Sie nu denken, ich hätt noch ne Lampe offen!» – Beim Aufstehen Micio aufs Pfötchen getreten, der mich wie einen bösen Feind anfauchte und sich die Wehstellen leckte. Wieder mal bedauert, ihm keine Stiefelchen anmessen zu können. Er hat was Verwunschenes und kuckt mich manchmal an, als ob ich ihm eigentlich ein Märchen schuldig wäre. D. h., ihm eins auf den Leib schneidern müsse. Aber die Märchen gehören –

entgegen allermöglichen Leute Vermutungen – zu den harten Gattungen. Wie die Novelle. Wie der Kriminalroman. Und beides beherrsche ich nicht.

International: außerordentlich positives Echo auf die Ratifizierung der Ostverträge. Schien mir in zweierlei Hinsicht einleuchtend und bemerkenswert. a. um des lieben Friedens willen und b. weil man es jeweils immer nur mit einer Hälfte zu tun hat. Geteiltes D-Land: vorteilhaftes D-Land, was man allerdings nur im eigenen Stübchen ausflöten darf. Vorbehaltliche Anerkennung der Teilung auch als begrüßenswerter Leistungserweis zu betrachten. Verzichtsleistung zwar, aber wo schon die halbe Welt minimaler Grenzstreitigkeiten wegen das Gemeinwohl aus den Augen verliert, haben wir immer noch beidseitig mit Gewinn abgeschlossen.

Beisetzung des ehemaligen Verteidigungsministers Theodor Blank, der laut Barzel «Geschichtliches geleistet» haben soll. W i r a u c h, und zwar bereits in unserm «Studentenkurier» vom Juli 1956, wo wir – «Der Mond ist aufgegangen/die goldnen Sternlein prangen/am Himmel hell und klar./Der Wald steht schwarz und schweiget/Und aus den Wiesen steiget/der weiße Nebel wunderbar» – das Mondgesicht des Atomministers an einen mit Eisernen Kreuzen gepflasterten Himmel versetzt hatten, hoch aufwallenden Atompilz als drohendes Menetekel im düsteren Hintergrund. Wenn wir nicht endlich damit anfangen, unsere Geschichtsschreibung in die eigene Hand zu nehmen, wird bald kein Mensch mehr wissen, daß da auch Aufruhr war in Zeiten der Anpassung.

19. 5. Oev-Artikel. Hephaistos beim Miniaturenpunzen. Eigentlich kaum begreifliche Vorzugsposition, an diesem Ort u. in diesem unverdienten Frieden leben zu dürfen. Nachrichten: Sprengstoffdiebstähle bei der Bundeswehr und Bombenattentat im Hause Springer. Augenblicklich Röhl zur Stelle und gemeinsam der zweieinigen Ansicht, daß jetzt die große Springer-Solidarisierung einsetzen würde. Rote-Armee-Fraktion allerdings auch nicht viel Besseres als eine «schwarze» Verfinsterung der Köpfe. Im Hinblick auf die v. d. Regierung in Aussicht gestellten Neuwahlen eine zugleich von ultralinks und rechtsaußen her betriebene Form der Bürgerkriegsführung mit katastrophalen Folgen für eine erträgliche Zivilgesellschaft. Als wir anschließend auf unserem lokalen Friedenspfad flanierten, schien mir ein auffällig schick gekleidetes Agentenpärchen die Hinterhöfe auszuspekulieren, auch den unsren. Machte R. leise wispernd auf das verdächtige Duo aufmerksam, und so! fort! flogen zwei Köpfe herum, um uns kritisch zu mustern. Dann ein junger Seglergermane, der sich als Herr des gesamten Gehwegs wähnte und uns beide etwas unsanft aus der Richtung drängte, worauf R. militärisch schneidend: «Trau keinem unter Dreißig!» Blieb wie angewurzelt stehen, das Trumm – Lippen wortlos auf u. zu wie ein nach Worten schnappender Nilbarsch – aber wußte anscheinend nicht mehr, wie die wirkliche Welt funktioniert. Eigentlich ganz effektive Verhaltensweisen, man muß sich nur trauen: Jugendliche provozieren, Terroristen ärgern, Großmannskindern auf die Zehen treten, potentiellen Molly-Girls einfach ’n Kuß aufdrücken. Später schöner Blick in den verwilderten Garten, wo die Glyzinien sich wieder mal des Birnbaums bemächtigt haben. Man denkt bei den zarten lichtlila Blüten nur selten an den unerbittlichen Würgegriff der schönen Gewächse, und wer kennt schon die Schoten, die

Samen? Im Vergleich zu den leichtlebigen Frühjahrsgehängen ziemlich robuste Hülsen wie etwa die Früchte von Affenbrotbäumen mit eingelagerten bohnenartigen Kernen. Um 22.00 E. zum Zug nach Freiburg gebracht.

20. 5. MERIAN-Vertrag betr. Oev-Artikel u. wieder mal diese Nonpareille-Perfidien, das Kleingedruckte, das den Produzenten mit 600,– DM nach Abdruck jeder Verfügung über die Nebenrechte beraubt. Trotzdem das Ding, das schon jetzt das Fünffache wert ist, mißmutig zu Ende korrigiert u. zum Kasten gebracht. Graublaues Wettergewölk mit bereits ins Permanentgrüne schlagendem Lindenlaub als expressionistischem Dominantakkord. Wenn ich ein Maler wär, und nur zwei Farben hätt ... Seit etwa halbem Jahr z. 1. × wieder gekifft, aber der Stoff entsprechend ausgelaugt, THC-Anteile nahezu verflogen, ziemlich esoterischer Rausch. Mit Retsina und Whisky nachgefeuert. Gegen 20.00 Anruf Al. und mal wieder diese rettungslos verschlungenen und nicht endenwollenden Lianengespräche. Erzählte von ihrem «Untermieter aus dem schwarzen Wald mit seinem vollen krausen Haar und den runden Kulleraugen», bis ich schließlich fragte, «‹schwarzer Wald›, wo ist denn das, oder meinst du etwa den Schwarzwald?» «Achja, Schwarzwald», und dann ging es gleich absatzlos weiter zu den unmöglichsten Verwirrungen/Verwicklungen am vergangenen Wochenende, daß er z. B. eine feste Freundin habe u. zu ihr (Al) gesagt habe, «sie wären beide sehr frei, nur mit anderen schlafen wäre nicht drin». Mußte sie also bereits Offerte ihrerseits unterbreitet haben, was mir als ziemlich rauher Raspelstrich übers Herz fuhr und mich augenblicklich kurzen Besuch zusagen ließ.

Als ich eintraf, Al. z. ersten Mal selbständig betrunken u.

offenbarte mir noch im Hausflur paar Wahrheiten, die ich mir ohnehin hätte denken können, daß ich – daß ich – daß ich sie jederzeit halten könne, wenn ich ... worauf mir allerdings nichts Besseres einfiel als meine alte Radleier von meinen beiden getrennten Welten, in denen ich jeweils von der anderen absehen müsse, um nicht vollkommen schizophren zu werden. Schien nicht ganz die erwünschte Antwort für ihren unabgeklärten Gemütszustand, was sie zuerst in angestrengtes Brüten verfallen ließ und nach einer langen Weile Garnichts schließlich zu neuen Geschichten verleitete. Beispielsweise von einem halbwegs mit ihr verbandelten Pfarrerssohn namens Robert, der «einen unheimlich langen Schwanz» habe, «den er allerdings kaum in die Waagerechte» kriege. Solle ein «ziemlich trauriger Anblick» sein, «dieses halbschlappe Dings», bei dem sie sich öfter gefragt habe, «ob er überhaupt so viel Blut besitzt, um die Schwellkörper zu füllen. Wo ihm sowieso das Blut schon immer vor lauter Scham in den Kopf steigt». Sagte, «na, du erlebst ja Sachen, während ich mich immer nur zwischen meinem Arbeitskabuff und Staatsarchiven hin- und herbewege und vor lauter Qualmerei nicht zum Luftholen komme». Aber nein, das sei ja alles überhaupt nichts Richtiges und das unternähme sie auch nur, weil ich mich immer seltener sehen ließe, das letzte Mal vor drei Wochen, als ich ihr die Bücher vorbeigebracht hätte. Nun, das hatte ich allerdings – den «Kinsey-Report», den «Sexual-Report» von Allan Fromme, Günter Amendts «Sexfront», Reimut Reiches «Sexualität und Klassenkampf», «Kinder- und Jugendlichensexualität» von Broderick, «Sexualverhalten und Moral» von Harold T. Christensen, «Liebe zu viert» von Geza Kirchknopf, «Sexualität heute» von Karl Saller und Hans Giese und Gunter Schmidts «Studentensexualität», praktisch die ganze Palette der zeitgenössischen Aufklärungs- als heimlicher Anmacheliteratur, wovon ihr am besten der Amendt gefallen hatte. «Erstmal schon wegen der Bilder, und dann, weil da alles drinsteht, woran ich selbst pausenlos denken muß». «Na, und wie ist die Arbeit ausgefallen, bzw. was hast du schließlich als Zensur an Land gezogen?» Hatte tatsächlich das ganze Pandämonium in der Zwischenzeit durchstudiert und «eine Eins in Orgasmus gekriegt», bloß daß das Lob für den Spender und Anreger vergleichsweise mager ausfiel: «Du ziehst dich selber immer mehr zurück und schiebst statt dessen immer nur Bücher-Bücher-Bücher vor; überhaupt diese ganze papamäßige Gutmütigkeit und daß du nie da bist, wenn ich dich brauche.» Sagte: «Höh, das sag lieber nicht noch einmal, sonst kannst du mich nämlich mal in meiner Rolle als Autoritätsperson erleben, die im Augenblick gerade einen mordsmäßigen Appetit auf Pfirsichjoghurt hat, also marsch in den Keller und mit irgendwas in dieser Richtung wieder rauf und nach oben.» Fixes Kind mit strammen Laufbeinen u. dann auch noch auf seinen federleichten Laufschuhen, das auf Anruf in den Keller absauste, aber statt mit irgendwas Schlürfbarem in Begleitung des kettenklirrenden Fenriswolfs angebritzt kam, der mich wie einen fremden Einbrecher verbellte u. mir mit gezogenen Reißzähnen an die Hose wollte.

Alte Maxime von mir: «Wenn's drauf ankommt – woll'n mal sagen, dir die Puste wegbleibt oder sie dir sonst irgendwie ans Leder wollen – bist du wieder grad unbewaffnet» – also auch jetzt weder einen Knacker noch eine Knackwurst zur Hand, und ich schrie ihn mit solcher Lungenkraft an, daß sich selbst diese unbezähmbare Bestie an einem neuen Beller verschluckte: «Dann trabt ihr jetzt sofort zum Bahnhof und kommt mit irgendetwas zurück, was nach Joghurt, Kefir oder Milkshake schmeckt, und ich les mir in der Zwischenzeit deinen Schulaufsatz durch.» Sie: Der Hund müsse sowieso nochmal ausgeführt werden, aber der Barmbeker Bahnhofskiosk habe seit einer Stunde geschlossen. Ich: «Na, dann kuckt ihr zweibeiden eben bei irgendwelchen Nachbarn vorbei, so was muß es in eurer Gegend doch wohl geben», und um zu zeigen, daß ich es ernst meinte, zog ich einen Zehnmarkschein aus meiner Arschtasche: «Auf! Avanti! Kannst ja sagen, daß du unerwartet Besuch von einem Vegetarier gekriegt hättest, aber wehe, wenn ihr ohne irgendeine Leckerfetzigkeit zurückkommt, dann ist hier nämlich augenblicklich Feierabend angesagt.» War ein Ton, den sie nicht von mir kannte, weshalb ihre Augen auch sofort tatenlustig hin und her quecksilberten u. die beiden ungleichen Viecher sich augenblicklich in Marsch setzten, wauwau! wauwau!

Ja, diese grundverquere Geschichte muß irgendwie ein gütliches Ende finden. Und überhaupt, wie viel lieber ich jetzt z. B. mit Max in soner richtigen Hafenrandkneipe säße – Neumühlener «Seglerbörse» oder «Zwiebel» oder «Land unter» – u. mir Quacki als dritten Skatbruder rantelefonierte! Nach einer kurzen halben Stunde allerdings schon wieder zurück die beiden Geschöpfe, lustig, japsig, aufgekratzt, ganze Jutetasche voller Joghurtbecher, triumphal in der Luft rumgeschwenkt, was mich sofort besänftigte u. mir viel Lob über ihren Orgasmus-Traktat entlockte. Après-Hanf-Hunger mittlerweile beinah schon jenseitig, was auch gleich auf das Schulkind übergriff, und dann löffelten wir uns wechselseitig was vor, bzw. weg, bis wir schließlich die Finger zu Hilfe nehmen mußten, weil das Binnendesign der Gefäße so trickreich durchkonstruiert ist, daß ein Drittel des Inhalts zwischen all den Falten und Einbuchtungen hängenbleibt. Empfahl ihr, in der Schule mal Aufsatz über Verpackungsschwindel anzuregen, was sie «absolut oberprima» fand u. in der nächsten Deutschstunde ausklingeln wollte.

21. 5. Radio: Auszug Fontane-Briefe (Propyläen-Edition). Eigenartig über die Nerven zu Herzen gehender Parlandotonfall, schmissig, lässig, elegant und unangestrengt an der Bordsteinkante entlang und dann auf einmal – raaatsch – derart gefährlich ans Fundament des Weltenbaues rührend, daß die Funken nur so durch die Jahrzehnte/Jahrhunderte stieben und der Zeitgeist sich über alle Zeiten hinweg getroffen fühlen darf. Seltsame Traditionslinie übrigens – nur so vom Sound her –, die mir plötzlich völlig neu zu Ohren ging, Theodor Fontane, Arno Holz, Alfred Döblin, auch Gottfried Benn, etwas Berlinisch-Stadtpreußisches, dem noch son bißchen märkischer oder pommerscher Sommerwegstaub anhängt, sehr betörend, sehr anziehend, sehr stark zu Gemüte gehend, weil zum einen immer schneidig rein in den Betrieb u. zum anderen beinah bodenständig-vegetativ verwurzelt. Eine gewisse humane Gutartigkeit der Betrachtungsweise bei Fontane (der Welt als solcher u. auch der Mitwelt von Grund auf wohlgesonnen), aber alles dann unvermutet von nähnadelstichfeinen Bösartigkeiten durchschossen, was die Sache erst richtig kitzlig macht. Interessante Stelle an Hertz: Roman, Novelle usw. werde das kommende Jahrhundert gar nicht mehr berühren u. durch irgendetwas völlig anderes abgelöst werden. Aber was dann statt dessen? Biografien? Tabus? Memos? Privatkorrespondenzen? Gar Gedichte?

Nachmittags Micio in einer mir bisher unbekannten Rolle. Kam zuerst schläfrig und mit weißwurschtweichen Gliedern aus dem Kleiderschrank gekrochen, erreckte sich neue Kräfte und ergähnte sich so etwas wie Abenteurergeist oder Unternehmungslust, als er plötzlich wie ein Dart durch den Türspalt zur Terrasse abschwirrte, dort dann schwer erklärliche Rutsch- und Rattelgeräusche, etwas richtig Remmidemmimäßiges wie von umgekippten Gießkannen, Blumenpötten und Gartenstühlen. Wollte grad nach dem Rechten sehen, als er auch schon wieder hereinkam, allerdings mit sonderbar ausladenden Bartschwingen und dikkem Militärkopp wie vom Anfang des Jahrhunderts. Sagte: «Mensch Micio, du siehst ja aus wie Hindenburg», bis ich auf einmal erkannte, daß ein zierliches Vögelchen bis zur Halskrause in dem fürchterlichen Raubkatzenrachen stak, Flügel weit nach beiden Seiten ausgespreitet und der Bug u. das Köpfchen wie eine ruckende-zuckende Galionsfigur. Sofort versucht, meiner plötzlich gar nicht mehr Pazikatz ihre stolz präsentierte Beute zu entlocken, was sie aber nur wie einen grauen Blitz unterm breiten Familienbett verschwinden ließ, wo sie nicht einmal mehr mit dem Besenstiel zu erreichen war. Taschenlampe angemacht. Ikealiege in die Höhe gewuchtet u. von der Wand abgerückt. Aber als sie mir, derart in die Enge getrieben, durch die Beine entwitschen wollte, sie richtig derb beim Nacken gepackt, was statt Beißreflex augenblicklich Lockerung der Fänge bewirkte und – husch – durch das Oberlicht ab die grauschlanke Grasmücke. Als Frage dann nur noch, ob man so viel Wesens auch um die Würmchen, Schnecken, Mücklein machen würde, die solche hungrigen Piepmätze täglich viertelpfundweise in sich reinhauen. Meine südseitige Regengosse oben als Rangierstation zwischen den Spatzennestern unter den Dachpfannen und dem Jagdrevier unten im Garten.

22.5. (Mo) Nachm. Stabi u. anschließend Erich. Seine Nachhilfestunden, die sich zunehmend zum ideologischen Überzeugungsfeldzug gegen sein nonchalantes Einkaufs- u. Verkaufswesen auswachsen. Schascha/Nulli offensichtlich in vollkommen abartig argumentierende Kreise geraten, was der Liebe zwar keinen Abbruch tut, aber ihm Diskussionen aufnötigt, die ihm absolut wider die Natur sind u. mit den schönen Künsten auch nicht mehr viel zu tun haben. War (im Einklang mit mir) der Meinung, daß die Alumnen sich aus anarchosyndikalistischen u. rätedemokratischen Propagandaschriften eine eigene Argumentationsfront gegen das Lehrpersonal nebst den traditionellen Lehrstoffen zurechtkonstruiert hätten, dem mit herkömmlichen Edukationsmethoden kaum beizukommen sei. Was es überall frei zu kaufen gäbe und zudem noch unwidersprochen in aller Munde sei – wie so'n armer Schoolmester da eigentlich noch gegenan argumentieren könne? Abgesehen von ihrem gemeinschaftskundlichen Politikkommissar, der rechtzeitig auf die Welle gehuppt wär und den Schölern von sich aus die Propheten abfragte.

Reichte mir den ihm gedankenlos hingeliehenen Marighela mit spitzen Pinzettfingern wieder zurück u. entschuldigte sich herzlich für die von Nulli präpotent an die Seitenränder geknallten Keilschrift-Ausrufezeichen. Verstand sowohl seine bis an den Rand des Widerwillens gesteigerte Berührungsscheu wie auch einen gewissen unwiderstehlichen Sog, den solche einfachen Rezepturen auf unausgegorene Geister auszuüben vermögen. Haben – fern vom Schuß u. außerhalb von Ur- und Dschungelwäldern – sogar ihre eigene Logik wie etwa schlichte Koch- und Bastelbücher. Der Terrorismus u. das einfache Leben. Die in effigie aufgehobene Arbeitsteilung in gleichgesinnten Kommunen und die WG-Wohnküchen-Praxis als eine konkret zu bemeisternde Utopie.

Eigentlich kaum zu glauben, was heute alles guten Gewissens gedruckt u. dann auch gleich von zigtausenden v. jungen Menschen gierig aufgesogen wird. Auch Jerry Rubins affiges «Szenario für eine Revolution» (bei Ro-Ro erschienen, wo die Hehler u. Nutznießer sitzen) hochgefährliche Mischung aus eitlem Selbstdarstellungszirkus u. aufs öffentliche Leben übergreifendem Skandal- und Bombentheater.

Frage, wie es denn sonst so in sexualibus u. im extrapolitischen intercourse ...: «Eigentlich keine Schwierigkeiten, und weil sie sich von den mittlerweile gewohnheitsmäßig hingespendeten Nachhilfepiepen einen ganz hübschen Steiß angefressen hat, glaubt sie allen Ernstes, daß n u r i c h ein Verehrer von solchen anatomischen Spezialitäten bin. Eigentlich richtig lieber Kraftpummel und bedrängt mich fast täglich, im Herbst mit ihr nach Italien zu reisen, wo im Augenblick grad die Zitronen blühn u. die Lotta-continua-Phantasien sich mit antifaschistischen Partisanen-Erinnerungen vermischen.»

Ich: «Partigiani? – Du? – Davon hast du mir ja noch nie was erzählt, während mein alter Freund Fritze Gordian genau seinerzeit-Deinerzeit wirklich zu den Freischärlern übergelaufen ist u. dann gleich nach dem Krieg die Tochter des kommunistischen Bürgermeisters von Vignanello geheiratet hat. Wanja Volticina, unverkennbar stolze Etruskerphysiognomie, und er selbst heute Sonderkorrespondent der «Stuttgarter Zeitung». Absolut verrückte u. in sich verschlungene Geschichte, die ich schon lange mal mit hübschen Buntstiftfarben nachmalen wollte.»

Erich empfindsam bis überempfindlich. Erich stolz u. irgendwie seiner Einzigartigkeit bewußt. Erich gelegentlich rückhaltlos bereit, sich zu öffnen, sich zu offenbaren, aber bei der bloßen Erwähnung von anderen, meinem Herzen nahestehenden Personen allzu leicht geneigt, das Feld zu räumen u. vermuteten Mitbewerbern den Vorzug zu überlassen. Hatte sich in die Rolle meines Topmodells bereits soweit eingelebt, daß er das bloße Vorhandensein eines Konkurrenten nur ungern zur Kenntnis nahm, aber ich buffte ihn einfach kameradschaftlich an u. sagte: «Los, avanti, jetzt wollen wir aber erstmal die Hauptperson zu Wort kommen lassen, und das bist im Augenblick ausgesprochen du!» Preschte trotzdem nicht auf Anruf mit Volldampf voraus u. ließ schluckweise überkommen. Die schönen Tage Herbst 42/Frühjahr 43 in Wurzen-Bennewitz nochmal, wo man sich ihn bei der ‹LS-Truppe Z. b. V. der Luftwaffe› als ganz besondere Z. b. V.-Nummer ausgeguckt hatte u. sogar vorzeitig zum Fähnrich befördert. Erzählte nicht ohne Rührung von einer Szene am Ende des Ausbildungskursus, als der Lehrgangsleiter im Range eines Majors ihn beinah liebreich zur Brust genommen hatte: «Wir erwarten uns noch viel von Ihnen, Herr Fähnrich von der Lieth», was ihm wie «handgebrannter Trester runtergegangen» sei und ihn «in so ne richtige Rainer-Maria-Cornet-Rilke-Stimmung versetzt» hätte. Also reisen-reisen-reisen, hieß im Zweifelsfall nach Italien, wo man den ‹Waffenbrüdern› speziell in gewissen ‹Kunstschutz›-Fragen zur Hilfe eilen wollte.

War auf Anhieb nicht gleich zu durchschauen gewesen, was man ihm als Aufgabe zugedacht hatte – operative Planungen im Hinblick auf die Um- u. Auslagerung von Museumsbeständen und Staatsarchiven oder logistischen Beistand bei der Einnebelung der Etschtalbrücken u. der riesengewaltigen Viadukte im Val di Chiana u. im Val-d'Arno-Gebiet – also entweder Kunst- oder Objektschutz, wobei dem ‹Kunstschutz› schon damals so ein gewisser Ruch von räuberischer Aneignung und Entführung von bedeutsamen Kunstgegenständen ins sogenannte ‹Reich› angehangen hatte.

Sagte: «Ah, ich verstehe. Hatten sie also noch vor dem großen Sprung der alliierten See- und Luftlandetruppen aufs Festland die Apenninhalbinsel bereits als Pufferzone u. Rückzugspiste einkalkuliert, um bei der unvermeidlichen Retirade all die feueranfälligen Botticellis u. Correggios u. Mantegnas in Schutzhaft zu nehmen u. hinter die Alpenfeste zu verfrachten. Destinatione – na, man kann es sich ausmalen – etwa Hitlers geplantes Führermuseum in Linz oder Görings Privatsammlung in der Schorfheide, von den habituellen Kunsträubern Himmler u. Rosenberg mal völlig zu schweigen.» – Es war doller. Es war heikler. Es war – absolut ‹Gekados› u. in den mir vorliegenden Büchern über Kunstraub u. Kunstschutz noch niemals beschrieben worden –

. . . .

Abends Steak beim «Bäcker», Notizen, dann gegen 21.30 mit Rosi in die «Fabrik»: geistige Wärmehalle für zig Arten oder Unterarten an Verwahrlosung u. seelischer Kaputtitüde – friedlich u. trübsinnig zugleich. Ein sehr junges Leidensgesicht, das mich aus kleingesoffenen Verrücktenaugen unentwegt anstarrte. Fragte nach Unterkunft für eine Nacht

u. zeigte dabei ganz hübsche knackfrische Zähne, aber ich dachte als erstes an den folgenden Morgen, Dienstag-Siebitag, u. verschanzte mich hinter Familiensinn.

23. 5. Bruttige Sonne, Balkon, und die mir zu Füßen liegende Welt wieder mal wie eine nicht enden wollende Wackelpuddingparade. Anruf Dr. Krechel und Henning Rischbieter, die mir ihr Entzücken an meinen «Jahren» mitteilen wollten, Isosympathenlinien in einem kleinen überschaubaren Freundeskreis u. vielleicht auch darüber hinaus. Ach wer da mitglauben könnte. Meine beinah schon krankhafte Skepsis, die sich wie Meltau über meine sämtlichen Erzeugnisse legt. Und dann wieder meine zu allen Schandtaten entschlossene Lust, noch ein wenig auf dieser beblümten Erde herumzugängstern und vielleicht einfach mal «Heidideldumdei» vom Balkon zu brüllen.

Siebis Reisephilosophie: «Nee alleine wegreisen, da hab ich keine Lust zu. Ich hab schon tausend Mark, die ich auf'n Kopf hauen kann. Ich hab auch'n Koffer, so ist das nicht. Könnte jeden Tag abreisen – aber dann so alleine in der Welt rumkötern?! Nee, zühmal, auch bei uns neulich in dem Bus, da war sone alte Frau, die ging immer so alleine vor sich hin, als fünftes Rad am Wagen. Nee, das möchte ich nich. So einsam!» Paar Minuten später: «Ich kriech auch schon lahme Beine, nun passen Sie man op, und ich leb doch so solide. Geh immer gleich nachhause, vielleicht mal kurz zu Hertie, aber das ist doch kein Verbrechen.»

Auf dem Weg z. Briefkasten Hertha Borchert getroffen: hochgepustetes hellila Haar, das Gesicht eine zart verfältelte Kalkrose, Sunsetboulevard, oder fast schon ein Stückchen darüber hinaus. War mir beinah ein bißchen peinlich, sie in dieser Aufmachung neben mir herstöckeln zu sehen, etwa was man im Volksmund eine ‹aufgetakelte Fregatte› nennt. Ist so alt wie meine Mutter, die sich eher pietistisch zugeknöpft trägt, als einziger Schmuck kleines Goldbröschelchen mit eingefaßtem Korallenbonbon, und natürlich, da kann man sich schon mal fragen, so oder so. Zuerst immer eine gewisse Steifigkeit u. mißtrauische Befangenheit in ihrem Verhalten bei so plötzlichen Wiederbegegnungen, aber nach ein paar Minuten Geplapper sofort wieder innig vertraut u. in verschwörerischer Verbundenheit. Die Verwandten und Bekannten, die sich angeblich über sie lustig machten, aber dann erst s i e über d i e!

Abends Rosis Geburtstag bei Frau Lehmann-Slevogt gefeiert, die von Depressionen gebeugt fast reglos in einem Ecksessel hockte. Als ich sagte, ich kennte keine Depressionen, allenfalls Kompressionen, nannte Gerd Fuchs mich «ein Tier». Fast schon überzarte Besaitung bei manchen unserer Konversionskommunisten, aber vermutlich ist es grad dies, was sie in den behütenden Schoß der Partei hat flüchten lassen. Später unangenehmes u. fast schon gefährliches Streitgespräch zwischen DKP-Fuchs und ApO-Anne (Lercher) – vergiftete Pfeile und zweischneidige Wurfäxte halben Abend lang hin und her. Fuchs, der sich jeden Samstag mit einer Art Rotmobil vor dem Eppendorfer Karstadt-Eingang postiert (ich nannte es ‹Lunochod›) und UZ-Abonnements wie Ablaßzettel handelt. Kaufte mich schnell mit einem Jahresabo frei. Lieber Abonnement als Engagement.

Nachts: Leitartikel «Welt» (Herbert Kremp): «Demokraten» sollten sich nach den neuerlichen Bombenanschlägen

(Landeskriminalamt München – US-Armee-Kasino Frankfurt – Springer-Hochhaus Hamburg) «solidarisieren» u. «zusammenstehen». Ließe sich als Forderung jederzeit unterschreiben, wenn das reaktionäre Meinungsmonopol es nicht gerade an diesen Tugenden hätte fehlen lassen und – divide et impera – seit undenklichen Zeiten versucht, die SPD nach seinem hochherrschaftlichen Belieben zu spalten u. auseinanderzudividieren. Hier Senatoren machen und dort andere miesmachen. Hier willfährige Verbündete hochloben und dort in alle möglichen Korporationen vom Unisenat bis zum Schriftstellerverband hineinregieren wollen. Ein politisch-moralisch schon ziemlich vermadeter Verein, aber in der Stunde der Not sich berechtigt glaubend, Solidarität einfordern zu dürfen.

P.S. Siebi heute morgen: «Ham Sie das schon gehört mit Springer? 3000 Menschen waren da im Haus. Glauben Sie mir, das ist noch nicht zu Ende, das geht erst richtig los.»

24. 5. Post als Jagdzauber. Westermanns schicken Katenbild: «300 Jahre holsteinische Siedlungsgeschichte», u. a. Ich als Retter u. Bewahrer, weil kein Mensch in der Gegend auf dies Bröckelwerk gesetzt hätte. MERIAN mit Hamburg-Heft u. Oev-Artikel, kommt praktisch kein Tourist dran vorbei, u. ich wenigstens als Heimatautor gerettet. Gespräch mit Herrn Altmann, Bauaufsichtsbehörde Ratzeburg, betr. nicht eingeholter Genehmigung, Veränderungen an dem Gebäude vorzunehmen. Man hätte auch gegen andere Hamburger Bauherren (die auf ihr Geld gepocht u. keine Erlaubnis erbeten hätten) Strafbescheide erlassen. «Das dürfen Sie in Hamburg nicht und das dürfen Sie hier erst recht nicht.» Verwies ihn auf den Zeitungsartikel u. sagte: «Na, dann regieren Sie mal so weiter und – lieb Hei-

matland ade!» Mich sofort mit Cläuschen Sarcander in Verbindung gesetzt u. rechtsanwaltlichen Beistand angefordert. Fand meine Antwort schneidig, aber warnte gleichzeitig, diese Herrschaften säßen unkündbar in ihren Sesseln u. da müsse man argumentativ eine völlig andere Linie verfolgen. Z. B. ich als Dichter und Depp in derart gemeinen Alltagsgeschäften fast ein bißchen außer der Welt.

25. 5. Wegen des Baulärms früh zu Bett – brave breite Familienkutsche nach hinten raus und, was selten ist, noch vor E. eingeschlafen, die sich in August Bebels «Aus meinem Leben» festgelesen hatte u. am liebsten unentwegt zitieren wollte. Morgens um 4 dann ein mordsgewaltiger Donnerschlag von nebenan, ihrem Arbeitsstübchen, in dem sie mir gnadenreich entsagungsvoll eine schmale Bücherwand eingeräumt hatte. Hatte sich aus Überlastung oder Materialermüdung aus der Verankerung gelöst u. seinen gesamten Inhalt (Klassische Moderne von Benn bis Arnold Zweig) ins Zimmer erbrochen. Paar Art-Deco-Dosen zerschlagen, Heizlüfter, Bunzlauer Nachtleuchter, aber zum Glück nicht meine etruskische Oinochoe u. das von meiner Großmutter zierlich bemalte Rauch- und Moccaservice. Grund, uns augenblicklich wieder einzumummeln u. bloß nicht noch zur Nacht sich den Kopf zu zerbrechen, welche Autoren uuuunbedingt in der Wohnung bleiben müßten u. welche ins Roseburger Exil komplimentiert werden könnten.

26. 5. – 19.15 Fußballspiel BRD-UdSSR im neuen Münchner Olympiastadion. Kann D-Land-Lied in solchen Zusammenhängen nur mit gesträubtem Nackenhaar z. Kenntnis nehmen, während mir Sowjet-Hymne auf westdeutschem Boden als begrüßenswertes Völkerverständigungssignal zu Ohren

ging. In der Pause Erklärung Brandts zu den jüngsten Bombenanschlägen im Heidelberger Hauptquartier der US-Army. Danach immer lustig weiter im Programm, Big-Buweh-Orchestra, das russische Volksweisen (Kalinka pp) in Glenn-Miller-Manier verhottete, was man so oder so verstehen kann. Ideologische Kriegsführung in gewisser Hinsicht auch das u. zum andern als Lockerungsübung für ebenfalls ideologisch versteifte Narodniki. 80.000 Zuschauer u. insofern schon ganz positiv zu betrachtendes Volksvergnügen. Röhl neulich über B&M-‹Volkskrieg›: «Krieg gegen das Volk.» Seine mir wohlvertraute Dreigroschendialektik, aber immer irgendwie treffend und seiner alten Sottise über KPD-ML-Parole «Was wir wollen/Sind Arbeiterkontrollen» vergleichbar. Hamburger Werftarbeiter, die darauf geantwortet hätten: «Nee, uns kontrollieren looten, dat wööt wie nich!»

Inzwischen E. nachhaus, und obwohl wir Fußball sonst gern gemeinsam sehen (was sie sich bei ihren Knackis abgekuckt hat), in einem gewissen Aufräumefuror zunächst die gesamte Büchermure in ihrem Arbeitszimmerchen aufgelichtet u. den unerwünschten Segen in Bananenkisten verstaut, Frau Räumkorf. Plötzlich übern Flur hintenrum u. durch die Küche ins Wohnzimmer rein, Hände hinterm Rücken versteckt u. mit lustig-listigem Breslauer Lergengesicht: «Na, was meinst du wohl, was ich eben zwischen dem ganzen Kerschel gefunden habe?» Fühlte mich zuerst ein bißchen gestört, weil das Spiel sich allmählich dem Ende zuläpperte, aber zog derart niedliches Frätzchen u. sagte mit leuchtenden Schatzfinderaugen: «Weißt du, was ich eben gefunden habe? Du wirst dich freuen», daß ich selber wie angestochen drauflos tippte, «Irgendwas von Eberhard Schlotter». Hatte eigentlich «Klemke» sagen wollen, weil ich dessen

Entwürfe zu meinen «Volsinii»-Figurinen schon seit Monaten vermißt u. immer wieder nach ihnen gefahndet hatte, nun war es tatsächlich der legendäre Eberhard-Schlotter-Katalog von 1957 mit den begleitenden Divertimenti von Arno Schmidt (in der Dezembernummer der Zeitschrift «konkret» von uns nachgedruckt) – und – oberster Zacken in der Krone – ein von mir seinerzeit aufs Vorsatzpapier geklebtes Sendschreiben des Meisters an den kleinen Feuilleton-Redakteur. War ganz hin von dem Text, las ihn einmal, zweimal, dreimal hintereinander u. bewegte seine bissigen Klagen u. freundlichen Bedrängungen wie von ihm erwünscht in meinem Herzen. Hatte den Mangel an guten Originaltexten seinerzeit durch Vorabdrucke u. auch Nachdrucke wettzumachen versucht, Hauptsache letztere waren an abgelegenen Stellen u. in nicht allenthalben zugänglichen Organen erschienen.

Arno Schmidt
(16) Darmstadt/Inselstraße 42
den 20. 9. 57

Lieber Herr Rühmkorf!
Das freut mich bass, daß Sie entdeckt haben, Romane zu schreiben: ‹Das sei gar nicht so leicht!› – I told you so. (Obwohl ich unveränderlich der Ansicht bleibe: gerade Sie müßten es tun! – Aber das ist schließlich eine Frage der Zeit, die Sie darauf verwenden können; jedenfalls ‹Nebenberuf Romanschreiber›: das geht nicht!).
Da Sie fragten, wer ‹Eberhard Schlotter› sei, lege ich Ihnen etwas zum Behalten mit bei; nehmen Sie Kenntnis; und wenn's Ihnen gefällt, dürfen Sie auch eines der Bilder mit Text abdrucken (ein gutes Foto zur Klischeeher-

stellung kann ich Ihnen notfalls auch noch senden)./ Schlotter ist aus Darmstadt; und – wie Sie aus dem Bändchen ersehen – gut mit mir bekannt (für jeden hätte ich solche ‹Übersetzung› ins Literarische gar nicht vorgenommen!). Es paßte außerdem sehr gut: weil eben, vor 14 Tagen, eine große Ausstellung in Aachen eröffnet worden ist; sie läuft dort rund 6 Wochen, und geht dann weiter (voraussichtlich Hannover, Kestner Museum; Wuppertal; Brüssel; Amsterdam); und ein offenes Wort dazu lohnte schon./(Falls Sie etwas darüber bringen können & wollen, bitte ich um 2 Belegexemplare – 1 für mich, 1 für den Maler (der zur Zeit in Spanien ist)). –
Wegen dem Abdruck aus der ‹Gelehrtenrepublik› schreibe ich an meinen Verleger (ich bin vertraglich so ‹gebunden›, daß ich fast immer antworten muß: «Sprechen Sie mit meinem Papa!» – was aber auch seine Meriten hat; da kann ich mir alle Arbeit abwimmeln). –
In Hamburg SPD?: Was nützt's, solange die Stadt ihren größten Sohn am Darm wesen läßt?! Ich verlange ja gar nicht, daß man den Ort in ‹Smithville› umtauft; aber so'n 4=Zimmer=Häuschen in Moorburg … (nur gut, daß mein dortiges Geburtshaus, Rumpffsweg 27, in Trümmern liegt: da entfällt wenigstens jede Möglichkeit, mich durch Anbringung einer Gedenktafel zu vereinnahmen!). –
Also bewegen Sie bitte den Schlotter in Ihrem Herzen
Gruß, Ihr
(Arno Schmidt)

Halbe Nacht wach u. von der Versuchung gezwiebelt, dem von A. S. so unvermutet aufgerührten Gedanken an einen Roman vielleicht doch noch einmal nachzugehen. Sollte allerdings auf keinen Fall mit meiner eigenen, in «Jahre» bereits strichweise vorskizzierten Vita zu tun haben und – als paradoxale Herausforderung – trotzdem aus einem subjektiven Empfindungsimpuls gespeist sein. Hieße in praxi – und davon waren wir ja gar nicht einmal so weit entfernt – die mir inzwischen vertraute Versuchsperson ERICH (ER – ICH) als literarischen Romanvorwurf wirklich ernst zu nehmen u. aus den zerstreuselten Notizen eine Art von Längsschnittmodell zu entwickeln. Gleich die Rapidmitschreibsel von neulich nochmal rausgekramt u. flüchtig aneinandergereiht, was mir als Plot u. vom Stoff her schon hinreichend wahnsinnig schien.

Ganzer Vorlauf – der Geburtsfehler – die Jugendjahre in Marne – berufliche Versuche als Antiquitäten- u. Altwarenhöker – kurzes Studium in Braunschweig – klug vorausgefaßte Freiwilligmeldung, um dem Schicksal gefaßt entgegenzutreten – dann die Ausbildung bei seinem Nacht- und Nebelverein in Wurzen – bislang zwar noch recht allgemein u. ohne das nötige Schmalz zum dithmarscher Weißkohl. Aber die angekündigten Aventüren doch schon einigermaßen grotesk-pikaresk und auf Verwicklungen hin angelegt, die kein Jedermannsschicksal anzudeuten schienen. War tatsächlich als Referent für ein deutsch-italienisches Luftschutzsymposion ausgewählt und nach Bozen abkommandiert worden, «ziemlich bombastisches Tagungshotel etwas außerhalb der Stadt und mit Blick auf die sabbernde, gischtende Eisack – hochdramatische Szenerie und den übrigen Umständen theatralisch aufgedonnert angemessen. Auf dem Vorhof bereits Bersaglieri–Eskadron mit ihren metallic glänzenden Hahnenschwanzbüscheln am Hut und Begrüßungsgeschmetter auf ihren alpinen cornetti. Dann nach allerhand bunt gemischtem Volk wir in unsern modest chinchillablauen LS-Uniformen, von berittenen Carabinieri in ihren mit roten Doppelbiesen verzierten Pumphosen eskortiert, ausgesprochene Angebernummer, aber wir kennen sie ja, unsere Freunde, und auch innendrinnen alles mehr auf parademäßigen Pomp bedacht als auf die von uns erwünschte sachliche Konferenzatmosphäre.

Die Gespräche entsprechend den internationalen Eifersüchteleien zumal in Sachen ‹Kunstschutz-Objektschutz› vergleichsweise unergiebig, um nicht zu sagen, von Grund auf vergiftet. Hatten von Luftkrieg im eigentlichen Sinn auch gar keine rechte Vorstellung, obwohl Genua und Turin bereits im November 42 von amerikanischen Langstreckenbombern angegriffen worden waren und die Verletzbarkeit ihrer Kunstmetropolen ihnen schon in gewissem Maße zu schaffen machte. Nur wo die Fragen sich dem offenbar heiklen Thema ‹Kunstschutz› zu nähern begannen – also der sachgemäßen Auslagerung u. bombensicheren Unterbringung ihrer nationalen Kunstheiligtümer –, bunkerten sie sich wie abgesprochen gegen unsere Hilfsangebote ab und schienen nichts so sehr zu befürchten, als daß wir ihnen ihre Tempel und Museen leerräumen könnten und dann abtrimo mit den Abendmählern und Madonnen und Fürstenporträts in unsere transalpinen Stollensysteme. Konnten sich offensichtlich nicht entscheiden, vor wem sie mehr Angst haben sollten, den angloamerikanischen Bomberflotten, die bekanntlich nicht das Christuskind in der Wiege schonten, keinen Lorenzo di Credi und keinen Domenico Ghirlandaio. Oder ihren deutschen Waffenbrüdern, deren Raubzüge in den besetzten Ostgebieten und im zwangsbefriedeten Frankreich sich bereits weltweit herumgesprochen hatten. Bei jedem noch so vorsichtig vorgebrachten Anerbieten, zum Teil von mir mit Hinweisen auf unsere heillos zerballerten Holstentore und St.-Marienkirchen brandrot an den Saalhorizont gemalt, ziemlich rigoroses Abwiegelverhalten und statt des geringsten Entgegenkommens immer wieder nur die Forderung nach Zuwendungen/Hilfeleistungen ganz anderer Art: Nahrungsmitteln, Wolldecken, Zelten, Flugzeugen, Abwehrwaffen, insbesondere den neu entwickelten Flak- und Pakgeschützen, also allgemeinem Abwehrgerät, das sie aus eigener Kraft nicht mehr aufzubringen vermochten.

«War kein rechtes Zusammenkommen auf diesem ungleich besetzten Symposion, und auch als ich meinen kleinen Speach über unsere Nebelsäureversuche im sächsischen Niflheim abgeliefert hatte, Applaus u. belobigende Worte eigentlich nur vonseiten unserer eigenen Delegation. Aber was hieß bei so unerbetenen Gästen überhaupt noch Symposion oder Delegation, und was blieb gar von meinen eigenen Hoffnungen auf archäologische Exkurse und mittelitalische Landpartien? Sah mich innerlich bereits an weit weniger einladende Einsatzorte abkommandiert, beispielsweise ins ungemütliche rumänische Ploesti mit seinen gefährdeten Erdölraffinerien, als ich auf einmal von zwei etwas dubiosen Zivilisten angesprochen wurde – offensichtlich SD-Beamten, obwohl in picobello geschnittenen Fischgratmänteln u. mit den seinerzeit topmodernen Klapprandhüten mit bordierten Rändern u. schnieken Triangelbeulen –, die mich mit ausgesuchter Höflichkeit in ein stilles Nebenräumchen bugsierten. Fragten als erstes auch gleich nach besonderen Getränkewünschen – Café? Tee? Bardolino? Chianti? ‹Oder lieber mal einen interessanten Piccolet aus Friaul?› –, aber als ich dann sagte, daß ich schon lange keinen ‹Punt e Mes› mehr probiert hätte, stieg ich in ihrer Achtung sofort sichtlich um etliche Öchslegrade: ‹Ah, natürlich, Sie kennen die Gegend. Waren im Herbst 37 schon mal mit Ihrem Herrn Papa und Ihrer Frau Mutter in Rom, Florenz, Orvieto, da haben wir für Sie ja genau die richtige Reiseroute ausgesucht.›

Sprachen so'n bißchen hin und her – Land und Leute in Mittelitalien – sogar Kesselrings umsichtige und diplomatisch betriebene Strategie, den gesamten Mittelabschnitt peu à peu mit deutschen Truppenkontingenten aufzufüllen, ohne dem Commando Supremo in seinen nationalen Interessen in die Quere zu kommen. Dann nach einigen Trientiner Edeltrestern, die mir nach der langen Entwöhnung sofort zu Kopfe stiegen, die bemerkenswert umstandslose Aushändigung von vorgefertigten Marschpapieren, ausstellende Behörde ‹Oberbauleitung der Luftwaffe/Organisation Todt/Provincia di Viterbo›, und dann rauschten ihre Mäntel auch bereits nach Aufbruch-Abschied: ‹Nun, wir haben uns gewiß nicht das letzte Mal gesehen, Herr Fähnrich, weil Sie wissen ja Zettbevau, was sich im einzelnen allerdings erst vor Ort besprechen läßt.› Makkaronitrockene Handschläge. Heitler! Heitler! Und dann dachte ich nur noch an ragende Bergfesten, lodernde Zypressen, majestätische Pinienalleen, die auf einsame Gutshöfe zuführten, und oleander- und ginstergesäumte Straßenkurven – Etruskerland, mein Sehnsuchtsland –, wo sich neben bislang noch im Nebel liegenden Obliegenheiten vielleicht sogar ein paar Fäden zum örtlichen Kunsthandel knüpfen ließen. War von Wurzen aus oft genug ins nahegelegene Altenburg gepilgert – absolut erstklassige Antikensammlung im dortigen Lindenaumuseum –, heute allerdings alles tiefste DDR und zu unseren Lebzeiten kaum nochmal ranzukommen. Gar den alten Direktor wiederzutreffen, der mir damals beinah gerührt die Flosse gedrückt und mir eine Privatführung hatte angedeihen lassen, so daß ich allen Ernstes erwogen hatte, nach dem Krieg nochmal ein ganz neues Studium aufzunehmen. N a c h d e m K r i e g, wie gesagt, aber der lag jetzt erstmal in greifbarer Nähe vor mir …»

. . . .

Zerstreuselte Memos – Längsschnittgestückelt u. die Fitzel zunächst vorbehaltlich aneinandergestückelt – beinah schon «‹Kater Murr› nebst fragmentarischer Biografie des Fähnrichs Erich v. d. Lieth in zufälligen Makulaturblättern» –

Micio, die Asso-Maschine. Keinem Befehl oder freundlichen Lockruf gehorchend u. dann plötzlich wieder wie aufs Stichwort zur Stelle. Hatte an alles andere gedacht, als die Stubentür auf einmal anhaltend zu quietschen begann und ich – bedingt abwehrbereit – sofort nach dem Passepartoutschneider griff – da war es wer? – na e r, der einen unendlich in die Länge gezogenen Furz hinter sich ließ, sich total verbiestert umguckte und dem unheimlichen Verfolger im wilden Galopp zu entkommen suchte. Über meine sämtlichen mühsam aneinandergereihten Notizen hinweg, die Gardine hoch, wieder runter, und nach Verzischen des Spuks wie verrückt am Rückenpolster des Sessels herumgekratzt.

Roseburg 28. Mai. Die Mutter mit Spargel u. Schinken, Durchhänger/Übelkeit: es kann eigentlich nicht der Schnaps allein sein, der meine Eingeweide als meine zarteste Stelle attackiert, es ist mein Leben als ganzes, das mich herunterstimmt. Komme trotz kleiner Belobigungen von paar Edelleuten mit nichts so richtig durch, weder mit den Memos (die ich nirgends ausgelegt finde), noch mit Theaterstücken, noch mit kunsttheoretischen Aufsätzen, die mir keiner abnimmt. Noch paar Lappalien f. Presse etc. schreiben, um nicht gänzlich unter den Sichtbarkeitshorizont abzusacken. Wenn es wenigstens etwas wie Schicksal gäbe ...

Rh: Schicksal ist ein Kunstprodukt

Rh: Tragik?
Damit zieht man Kälber groß.
Wer Fortüne haben will,
muß stechen –
Schon ab Vierzig wird die Liebe zum Verbrechen
oder ... aussichtslos.

... also jahrzehntelange Hintanstellung und Verkennung nebst anschließend doch noch bei lebendigem Leibe u. guter Gesundheit genossener Auferstehung u. Apotheose ...

Wenn ich nicht so'n fideler Kerl wär, könnte man mich fast schon ne tragische Erscheinung nennen.

Abends TV: Ralf-Biallas-Show, ein Exzentrik-Artist, der sich von seiner Partnerin ziemlich dicke Brummer in den Mund schießen läßt u. sie mit seinem metallverblendeten Gebiß mühelos auffängt. Halte die ganze Nummer für Trick u. glaube am ehesten noch an Geschosse, die er vorher in seinen Hamsterbacken gebunkert hat. Interessant eigentlich nur das öffentliche Gewese, das man um die Sache macht – sogar von ethischen Grenzüberschreitungen war hier u. da die Rede gewesen – nun erwartet man von mir eine Art Statement für 100,– DM. Nur der unverzichtlichen Piepen wegen zugesagt. Anschließend Stunde lang durch die Nacht marschiert, um Gebein u. Eingeweide mal wieder auf Trab zu bringen. Mich an Jüngers Bemerkungen über Infanteriemärsche erinnert. «Sich gesundmarschieren.» Und – in der Tat!

P.S. Nachmittags Maurer, Zimmermann u. Klempner ins Haus zitiert – beinah nur noch studienhalber – Bitten, Ermahnungen, Mängelrügen fruchten schon lange nichts mehr. Meine Bühnenfiguren im Vergleich eigentlich ziemlich lebensechte Naturkobolde.

29. Mai. Tele-Impressionen im NDR an WDR überspielt. Unversehens in eine Redaktionsdebatte Köln hineingeraten: «Kann mir jemand erklären, warum gerade Rühmkorf für diese Rezension ausgewählt worden ist?!» Absolut autoritärer Verfügungsjargon von ziemlich weit oben her – Herrschaften so richtig zum Abschießen – aber man kommt ja nicht ran. Hatte mir für die läppische Sache extra stundenlang Notizen gemacht – das scheinhafte Spiel mit dem Tod als Nervenreiz der Saison – u. mußte mir nun für 100,– Mark solche Niederträchtigkeiten anhören.

Abends Besuch von Rolf Möbius, altem Freund aus «Studentenkurier»- («Selbst seine Feinde lesen ihn!») und «konkret»-Gründungszeiten mit neuen Räubergeschichten aus dem Münzen- u. Briefmarkenhandel. Wie sein Konkurrent K. mal mehrere Bögen von flutgeschädigten Althamburgmarken nachgummiert habe u. in anderen Fällen ganze Serien «Deutsche Kolonien» neu gezähnt. Kauft u. a. Zahngold an u. versuchte mir pantomimisch vorzuführen, wie die Zahnärzte ihren Klienten die nur scheinbar wertlosen

Reste entsteißen. Lassen die herausgefrästen Plomben u. manchmal ganze Gebißteile in ihre Auffangschälchen klikkern u. bieten sie samt den unansehnlichen Kittresten mit erheuchelter Abscheu den Patienten zur Rücknahme an: «Legen Sie Wert auf diese für Sie ja kaum noch verwendlichen Abfälle?» Der offensichtliche Ekel vor dem angeblichen Schamott, der sich erwartungsgemäß den Kunden mitteilt, und schon wandert das säuberlich gereinigte Raubgold zur DEGUSSA. Hat selbst solch ein Degussa-Konto, das ihm immerhin seine monatliche Ladenmiete garantiert. – Hatte gerade Prozeß gegen eine «Hausbesitzerin und Millionärin in Pöseldorf» verloren u. wollte nun einen «Bund der Mietgeschädigten» gründen. Der Mittelstand proletarisiere auf allen Ebenen (was ja ganz u. gar meine Meinung ist), nun drängt es ihn mit seinem aufgestauten Zorn in die Öffentlichkeit, in die Medien, in die Presse, wobei er sich ausgerechnet «konkret» als geeignete Beschwerdestelle ausgesucht u. mir ein 15-seitiges Pamphlet zur Weiterermittlung mitgebracht hatte. Sagte, «mein lieber Freund, du verschätzt dich aber gewaltig in der Macht der linken Presse, gar in einem Magazin, das selbst grad kurz vorm Abbuddeln ist», was ihm eine traurige Komödiantenmiene auf sein Georg-Thomalla-Ponim zauberte. Versprach ihm trotz meiner Bedenken mit Röhl zu sprechen u. sah schon dessen Gekecker voraus.

31. Mai. Araber haben japanisches Terrorkommando auf den Flughafen Lod angesetzt u. wahllos Bomben zwischen die Passagiere schmeißen lassen. Blutige Geistesverwirrungen allenthalben u. weltweit gespannte Verschwörer-Netzwerke. Bin mit Röhl im Verein der nicht gerade szenenkonformen Meinung, daß solches martialische Gespenstertreiben nur durch internationale Polizeigewalt eingedämmt werden

kann. Es ist leider nur so, daß die USA sich sofort an die Spitze solcher Operationen setzen würden u. den gerechten Zorn der zivilisierten Menschheit selbstsüchtig im Sinne eigener Hegemonialabsichten mißnutzen.

TV: Spiel Ajax Amsterdam gegen Inter Mailand: 2:0. Die mittlerweile auch schon ziemlich überalterten Italiener, die noch einmal ihre genialen Pässe von Anno Weißnichtmehr durchzuspielen suchen, leicht durchschaubare Reprisen ohne Geist u. Wucht. Fast schon rührender Anblick der unermüdlich rackernde Boninsegna: eigentlich nur noch'n halbes Hähnchen und dann plötzlich wieder Phönix aus der Asche.

Seit gestern INIMUR-Kur. E., die erzählte, daß Rosi erzählt hätte, Claudine habe gesagt, die Sache mit Müff sei auseinandergegangen, «weil das Schwein nie Tabletten gegen die Pilze genommen hat». Müff, der in seinem steyrischen Volksaberglauben meint, die Erreger ließen sich durch Alkohol u. Handauflegen abtöten. Aber, wer weiß, vielleicht auch mein eigener Glaube an meine theatralische Sendung nur eine haltlose Wahnvorstellung. – Nein-nein, ich glaube nichts! Ich widerspreche allem!

Paar lyrische Spinnweben in der Anwehung zu Papier genommen:

Rh: – – – – – – gelassen
– – – – – – – – – im Glück

Man soll die Welt einfach als Arsch erfassen (zusammenfassen)
gespalten – und im Stück.

Behaarung – Bejahrung – Erfahrung
(Die Liebe spottet der Erfahrung)
Denn was sich liebt, das gibt sich aus der Hand.
Dein Arsch hängt über mir
wie eine Offenbarung:
Gesammelt – und entspannt.

Juni 72. Morgens Radio. Bei Razzia in Ff/M. sollen Baader, Meins, Raspe u. a. nach Feuergefecht mit der Polizei festgenommen worden sein. War ja alles vorauszusehen gewesen u. diese Allmachtsphantasmagorien der Cangaceirotruppe nichts als blauer Dunst – die blaue Blume unserer Terzo-Mondo-Romantik. Trotzdem bemerke ich selbst bei mir gewisse Spurenelemente eines genossenschaftlichen Rührens im Hinblick auf einen bis ins Mark verwurmten Rapidkapitalismus. Auch meine Ulrike-Darstellung ja nicht gerade ehrenrührig, sondern immer noch von einem Rest an Empathie eingefärbt.

Dialektik-Dialektak: welche kapitolinische Trias war es eigentlich noch gewesen, die mir bei meinem letzten Berlin-Besuch mit martialischen Kraftmeiersprüchen in die Parade gefahren war?: «Wie wollt i h r die Macht denn p r a k t i s c h übernehmen?! Es geht doch letztlich um das Problem der Machtübernahme!» Ich damals zu ihnen u. gegen sie gewendet: daß das Ballermanns- und Bombenlegerwesen die realen Machtverhältnisse gerade im Gegensinn zu den erhofften Folgen stabilisiere. Im Resümee u. dito noch gut erinnerbaren Wortlaut: «E i n e einzige nach vorne weisende politische Tat, wo ist sie ???!»

In der Kampfpresse von rechts mir dann wieder ein gewisser «Hang zur Kameraderie» zugeschrieben. Ach, Kameraden, tcha, wenn es die doch gäbe. Freunde u. Freundinnen wohl, sogar die Fülle, und sie geistern sogar als kleine Leuchterscheinungen in der Minigalaxis meiner Tabunotizen herum: Heizungsbauer – Techniker – Briefmarkenzinker – Gebrauchtwagenhändler – Antiquare – Südfruchtimporteure – Reinmachefrauen – Knackis auf Bewährung – Kümokapitäne – Lotsen – Bootsbauer – Getreidespekulanten – Schulmädchen – Luden – St. Paulianerinnen – Architekten – Ärzte – Hoch-und-Tiefbau-Hilfsarbeiter – aber nun: politische Genossen oder Kameradbeimlers? Fluche und brause.

Sich zurückfädelnde Gedanken an die armen, zumal weiblichen Mitglieder der verratzten RAF-Fraktion. Und wenn die Proll-und-so-weiter eines unausdenklichen Tages einmal aus dem Knast entlassen werden, wird sie kein einziger dieser sentimentalischen Kriegsteilnehmer von der Sympathisantengalerie mehr vögeln oder heiraten wollen. Schon gar nicht mein Freund Kläuschen Wagenbach.

12.00 Fahndung nach herumgängsternden Terroristenautos anhaltend. Schwieriges Unterfangen, weil man die Kennzeichen unterwegs wechselt u. die Karosserien umlackiert. Flutscht wie geschmiert u. scheint mir fast schon kurios, weil man soviel technisches Knowhow bei diesen wirklichkeitsblinden Theoretikern eigentlich nie vermutet hätte. Aufrufe verfassen, Dossiers entwerfen, Broschüren veröffentlichen, Flugblätter streuen, Verlautbarungen an die Presse lancieren, alles klar, aber woher plötzlich all diese handwerklichen Fertigkeiten, schlosserische, klempnerische, höhere Einbrecherkünste, Papierefälschertricks und kniffliges Bombengebastel? Richtig radikale Persönlichkeitsumschläge allenthalben, leider kaum noch sozialverträgliche und eher spektakulär als politisch erbaulich. Warte nur noch darauf, daß der Spielwarenmarkt saisonbedingt nachzieht: «Der kleine Bombenleger», Experimentierbaukasten für Heimkinder und Fürsorgezöglinge.

14.00 Besuch von Ebs Beermann, der mir bei aller kameradschaftlichen Bonhomie einen Hauch von Sicherungsgruppe Bonn zu verbreiten schien. Kann von mir aus gern erfahren, was ich weiß, nämlich Nullkommagarnichts. Hält er mich wirklich für einen potentiellen Geheimnisträger oder hat die landesweite Paranoia bereits auf mich selber übergegriffen und ich verdächtige ihn (einen ranghohen Wehrbezirksoffzier) als verdeckten Fahndungsgehilfen? Angeblich will er noch nichts von der Verhaftung der Hauptakteure gehört haben, was mir in Anbetracht seiner Stellung und seiner ehemaligen Befreundung mit Ulrike wegen reichlich unwahrscheinlich vorkommt. Auf Ping-Pong-Match am Wochenende verabredet.

20.00 Lesung im kleinen Brahmssaal, Gertrudenkirchhof. Freundlicher Anklang bei Leuten, die ich weder dem Namen nach noch vom Sehen her kannte. In der Pause dann viele Hände geschüttelt, und auf einmal offenbarten sich die vermummten Personen als gute alte Freunde aus Schul-, Hochschul-, HJ-, Volkssturm- und anderen Jugendzeiten, die mir alle ihre eigenen Kriegserinnerungen erzählen wollten. Hatte mit ausgesuchten Kapiteln aus «Jahre» offenbar einen nostalgisch reizaktiven Kieselstein in einen still in sich ruhenden See geworfen: nun gruppierte es sich aus mir einmal mehr oder minder bekannt gewesenen Oldtimerkreisen um mich herum, weißt du noch dies, weißt du noch da, kennst du noch den – war nur leider stockheiser u. hatte geschwollene Mandeln v. d. Inimur-Kur, sodaß ich mich nicht nach Wunsch u. Bedürfnis widmen konnte.

Im Anschluß der Maler Karl Kluth, in den 20er Jahren «Hamburgische Secession» u. hervorragender Figuren-Kompositeur und Porträtist (u. a. Hans Henny Jahnn in allen Stift- u. Pinseltechniken), der einem allgemeinen (Ab-)Usus folgend, seine Bilder zu interpretieren suchte. Litt sehr mit dem feinen, scheuen, gebildeten Mann, der mit dem Schaumlöffel in dem momentan obligatorischen Zeitgeist herumrührte, der ihn spürbar überhaupt nicht interessierte. Dann De la Motte-à-la-mode mit postdadaistischen Assoziationsgedichten, die nun wirklich jede Deutung offenließen, was den Auto-Ventilator allerdings erst richtig in Gang brachte. Der Beifall verteilte sich gerecht u. unmaßgeblich über alle Beteiligten u. insofern über Hochkunst u. Chuzpe.

Das erfreuliche Wiedersehen mit Ingeborg Hansen: in den mittleren Studentenjahren mal beim Lilalerchenfest kennengelernt, wo sie den Apfelsinenstand hütete und mir beim Tanzen von Röhl weggeschnappt wurde. Hatte dann erst während der reichlich wackligen Tour bemerkt, daß sie linksseitig eine Beinprothese trug und nicht jeder kühnen Wendung zu folgen vermochte. Hat sich immerhin noch die zum Reinspringen schönen Augen bewahrt u. scheint ihr unzumutbares Schicksal mit beachtlichem Balanciersinn gemeistert zu haben. Erzählte von 16-17-jährigen Schülern u. Schülerinnen, die im Deutsch- und Kunstunterricht mit marxistisch hinterfütterten Thesen gegen das «Leistungsprinzip» argumentierten, «nein, richtig, agitierten». Erklärte ihr, daß Faulheit noch nie um eine Entschuldigung verlegen gewesen sei und dieses ganze Verweigerungsgewese nur ein Überbauprodukt des auf Hochtouren laufenden Liberalismus. Um 23.00 nachhaus, krank, kaputt, Inimur, der aggressive Allesheiler.

2. Juni, 6.30 auf u. zum Zug nach Dortmund. Erstmal alle nur greifbaren Zeitungen/Zeitschriften zusammengeschaufelt u. die bandnudelbreiten Schlagzeilen in mich eingeschlürft. Das Sensationsgewerbe, das keine höhere Moral kennt, als die Konkurrenz mit angefetteten Reizüberschriften zu überbieten. Daß man sich selbst nicht einfach rein=raushalten kann, steht auf einem anderen Blatt, das sozusagen die dunkle Rückseite der «kritischen Theorie» darstellt. Die Blätter, die Welt bedeuten – oder doch zu bedeuten scheinen – nur, wenn du den eigenen, auch bereits völlig zubandagierten Kopf mal einfach rausreißt und aus dem Fenster kuckst, Menschenskind, was siehst du? Ein von allen ideologischen Turbulenzen unberührtes saftgrünes Land mit seinen strammstehenden Roggen-, Weizen- und Gerstenstrichen. Müßte eigentlich scheißen, aber möchte mir den Genuß doch lieber bis zum (hoffentlich) blankgewienerten Theaterklo aufsparen.

Über ein Jahr jetzt schon Tagebuch u. immer noch keine literarisch oder philosophisch ernstzunehmende Wendung. Erst vor kurzem den Hebbel für mich entdeckt, anfangs sehr groß und rührend, aber mit zunehmender Größe der Notierperson immer unangenehmer u. dürftiger in Duktus u. Charakter. Sehe bei mir nur ziemlich belanglose Einzelheiten sich hinreihen, Tag für Tag und Augenblick für Augenblick, eine Persona in progress, aber wohin und (dramaturgisch?) worauf zu?

Einfahrt Münster – s. Karl Barth, meinen Patenonkel – aber man glotzt statt in die «Christliche Dogmatik» u. ähnliche Theodiceen nur in menschenabweisende Glasbüros und für folgende Generationen offenbar lebensbegleitende Favellas aus Fritten- und Colabuden. Bei näherem kritischen Hinsehen allerdings auch meine eigenen monadenhaften Wahrnehmsel nur Fritten. Bei posthumer Eröffnung dann bereits erkaltete Chips mit bißchen schimmligem Ketchupgeklecker. Kein im Augenblick grade mal leuchtender Name mehr parat u. die Schmerzen vom Tage bereits petrifizierte Narben.

Ist das nun was Wichtiges oder gar ein relevantes Zeitdokument, wie der Schaffner eben einen sprachunkundigen Ausländer zusammenschiß: «Nix mitfahren! Hier nix für dich. Hier erste Klasse, das sehn Se doch wohl, oder können Se nich lesen?»

Vorbei an «F. Stille und Wilhelm Jäger», graue Zementgehäuse, kaum des Wahrnehmens wert, dann Hiltrup, ein zierliches Flüßchen mit frisch erblühtem Ginster an einen kühn geschwungenen Hang geschmiegt. So kann man dann allerdings die ganze riesige Welt im Flug mitnehmen – Durchfahrtszusammenhänge –

Rh: Soll man denn jeden Kilometer in seiner rasenden Flucht mitschreiben?

Da kannst du auch gleich mit dem Stock an all den Geländern und Lattenzäunen entlangrasseln –

Filzstifte an die Hacken heften

Storchschnäbel – Pantographen

Immerhin ganz phantastische übernatürliche
Dinge (Sachen) passieren überall rundherum –

Aber ich kann doch nicht jeden Schulbus,
der gerade wiedermal durch die Leitplanke bricht
in meine Kartei aufnehmen –

Jede Sturmbö verewigen

Blutlache festhalten –

Energiekrise mitkritzeln

So das Glück oder Unglück bei ziemlich
zufällig vorüberwackelnden Personen
(Persönlichkeiten)
in einen eigentlich
für die Ewigkeit gedachten Himmel heben …

. . . .

Und schon wieder Rückfahrt: Münster – Osnabrück – das gerade eben noch lichte Junigrün im letzten Abendsonnenschein. Gespräche in D-Mund passabel, wenn auch nicht in dem Maße beflügelnd. Eine erfreulich scharf- statt tief- oder trübsinnige Intelligenz: Ursula Krechel. Hatte dennoch den Eindruck eines künstlich geglätteten Theatervorhangs, der gelegentlich tragische Falten warf. Das Gefühl, als ob sie innerlich mit ganz anderen Dingen beschäftigt wäre als unseren praktischen Bühnenoperationen.

Wie lang diese Dinge sich nun schon hinziehn, und wer weiß, wenn das wirklich einmal zur Aufführung kommen sollte, ob die Windmaschinen der Presse das nicht einfach ungerührt in den Orkus blasen –

Die neue Kurzrockmode macht Riesenmädchen Riesenbeine. Laszive Titaninnen. Militante Keulen. Üppig herausgekehrte Popos. Alles zu unserer Bewunderung und zur Erregung unserer Sinne zur Schau gestellt, und wer drauf fliegt, und das auch noch sagt, ist gleich ein Sexist – frou werlte, ich kenn dich.

In Hamburg noch schnell paar alte Kassettentüren am Elbstrand geborgen.

3. Juni. E., die meine schlackerigen Unterhosen kritisierte, die schon meine Studentenbraut Mäusi «Schlanterhosen» genannt hatte. Dann zur Todesanzeige von Kurt Kaisers Mutter: «Doch endlich mal wieder 'n Lebenszeichen vom Kurt.» Beim Blick in die Mülltüte bemerkt, daß sie schon wieder die praktischen Drahtbügel von der Wäscherei zerknickt und zum Abfall geworfen hatte. Predigte wütig auf sie ein, bis auch sie zu toben anfing u. mit dem Fuß aufstampfte, worauf ich ihr eine schallerte, allerdings den zunächst auf die Backe gezielten Schlag im letzten Moment auf den Oberam ablenkte. Weil es mir augenblicklich wieder leid tat und die Abendsonne ihr liebes Profil mit dem unnachahmlich niedlichen Näschen so hübsch an die Stubenwand malte, verzichtete ich auf jede weitere psychologische Erklärung meiner nicht ganz anlaßlosen Wut (weil sie

mir gestern beim Transport der Sperrmülltüren nicht hatte helfen wollen und statt dessen die praktischen Kleiderbügel verschmissen) und küßte ihr die Tränen vom Gesicht.

Gegen 13.00 schon wieder befriedet nach Roseburg u. vor der endlich gefliesten Tenne das erhebende Gefühl: mein Walhall. Bei näherem Hinsehen aber doch die murksige Pflasterung bemerkt, beinah schon ein welliges Watt, und sofort nach dem Maurer gerufen. Kam auch prompt und wollte den eigenen Augen nicht trauen: «Door hett wol to Nacht de Düvel op rümdanzt.» «Nee», sagte ich, «der Teufel steckt im Detail, und das hat direkt mit Ihrer versäumten Aufsichtspflicht zu tun.» Anschließend im Auto über die angrenzenden Dörfer u. die beschaulichen Zonenrandliegenschaften. Siebeneichen: Die Häuser um die jahrhundertealte Kirche gruppiert wie eine Schafherde um ihren Hirten. Auch viele fromme Sprüche, den Gebäuden in die Stirn geschrieben, letzte Zeichen der mörderischen Christianisierung einer ehemals slawischen Siedlung. Zu Lerchers nach Niendorf u. dort Knackwurst mit Kartoffelsalat. Leider wieder diese seltsame Übelkeit, die sich mir immer dringender als drohender Leberschaden nahelegt. L.s Katze, die mir ihre schmutzige Rundnadel durch den Daumen zog u. mich wie an der Angel hinter sich herzargelte.

Abends zu Dörte Helm, wo sich eine ganze Schar von aus postrevolutionärer Fassungslosigkeit zur DKP konvertierten Freunden versammelt hatte. Unsere neuen Kommunisten, die auch nichts Besseres suchen als ein schmerz- und widerspruchsfreies Selbstvergessen. Peter Schütt, der mich mit listenreicher Sanftmut befragte, wie ich es denn mit der Partei halte u. ob mein eigentlich längst überfälliges Eintreten nicht bald zu erwarten sei? Dann irgend so ein wasserhaltiges Würstchen zu mir: Die «Jahre» seien doch «recht oberflächlich», ganz im Gegensatz zu Walsers «Gallistl'scher Krankheit». Werde mich hüten, diesem Verein beizutreten, nachher verlangt man noch freien Zugang zu meiner Klause u. fragt mir dort den Katechismus ab. In der Küche Pellkartoffeln mit Hering. Dort auch diese stramme «Wolke in Hosen» (s. Majakowskij), der ich schon mal bei Müffi begegnet war und in einem plötzlichen Anfall von unangebrachter Lebenslust einen Kuß aufs sahnetriefende Rosenmaul drückte. War offensichtlich völlig verdutzt und versank in Gedanken, aber verfolgte jeden meiner Schritte mit verhohlenen Möchtegernaugen, denen ich familiärer u. sozialer Rücksichten wegen allerdings nicht entsprechen konnte. Irgend jemand, der mir Lenins «Was tun?» zur Lektüre empfahl, was ich mit einem sarkastischen «statt Praxis» quittierte. Beim Jupiter, all diese Sachen, die wir uns bereits in den frühen Fuffzigern angeeignet haben und die man uns jetzt als neueste Götterspeise zurückreicht.

Erfreulich die Anwesenheit von Schübel und Galleer, deren Kinokünste ich schätze und die offenbar durch einen «Spezialerlaß» von den Anstalten ferngehalten werden sollen. Meinten, daß solche Restriktionen eigentlich öffentliche Protestkundgebungen herausforderten, was mir etwas anspruchlich schien, weil wir alle im gleichen Maße betroffen sind und der Wurm im Gebälk kein Einzelwurm ist.

4. Juni. Balkon. Das Jahr schon halb aufgezehrt und immer noch keine Aussicht auf einen erhellenden Sommer. Die gut verträgliche Kühle der letzten Tage einer schwülen Gewittrigkeit gewichen, die sich weder zu Sonnendurchbrüchen

noch zu Regengüssen entschließen kann. Anflüge von Übelkeit anhaltend u. immer wieder die Frage, ob bereits rekonvaleszent oder rettungslos moribund. Trotzdem tief unbereit, aus persönlichen Leidensgründen eine misanthropische Verzichts-Position zu vertreten. Lieber noch eine kleine Weile lang die Stellung halten u. in jedem Fall wissen: was ich heute nicht schaff, krieg ich morgen bestimmt nicht mehr hin. Auch Enthaltsamkeitslehren in meinem Verständnis der Welt kein Stoff, aus dem die Träume sind. Kaffee, Tee, Zigaretten, Hanf und Schnaps als die klassischen Disziplinen eines lebenslangen Fünfkampfs.

Das wahre Leben spielt sich ohnehin parterre und unterhalb meines Auslugs ab. Eine reife Gewaltmadam – tack-tack – mordsmäßig eindrucksvolle Stiefelage und ein Schwung von Haar wie eine stolz geschulterte Weizengarbe. Anblicke, daß das ganze Tagebuch zusammenzuckt. Mit der Schönheit ist nicht zu spaßen.

Es ist der Abstand zu den Objekten, leider, der die Spannung macht. Aber natürlich, der Rhythmus schlägt durch und statt des eben noch erwogenen «Von den Wolken schreiben lernen» nun auf einmal diese aus dem Boden gestampften herrischen Trochäen:

Rh: Fordernd federnd nimmt ein Schicksal seinen Lauf.
J e d e r S c h r i t t
reißt Feuer aus dem Strich,
unabdinglich
so als riebe sie sich richtig auf
ganz allein für dich!

Auch wieder Paare unterwegs, die den bürgerlichen Normalnullhorizont bereits gefährlich überschreiten. Z. B. ein alternder Playboy mit drahtigem grauen Zottelhaar in Begleitung einer bis in meine dem Bürgersteig weit enthobenen Höhen hinaufduftenden malaiischen Hibiskusblüte. Eigenartig, man versetzt sich sofort in die Rolle eines derartig ungelungenen Freiers und glaubt, ihn auf der Stelle ausstechen zu können. Bei ganz offensichtlichen Siegfrieden, Balduren und Achillen sacken solche Begehrnisse wie von selbst in sich zusammen und man läßt sich von vornherein abgeschlagen in seine Sitzdellen zurücksinken. Wo kein Aufkommen ist, haben alle Wünsche und Begierden ihr Recht verloren.

BILD-Zeitung: unsere gute alte Freundin Helli Heimann als «Quartiermacherin» für B & M aufgeflogen – und wie lichterloh mir da auf einmal ein Fünftausendwattstrahler aufging. Wieder mal sone doofe niedliche Sozialpädagogin, die scheinunschuldig bei uns angefragt hatte, ob ich mein Arbeiter- und Bauernhäuschen nicht für paar Wochen an eine «entspannungsbedürftige Bekannte» vermieten wolle. Vierfünf Tage vor den Bomben im Springer-Hochhaus. Hatte schon irgendsowas Konspiratives erraten errochen und sofort bedauernd abgewedelt. Unser Holyday Inn? Mensch, da fliegen die Vögel rein, und da kannst du auch nur auf Laufstegen über den schwimmenden Estrich wegbalancieren.

7. Juni. Im Rundfunk Interview mit ehemaligem Film-, jetzt Theaterregisseur Schroeter und das bis an die Kotzgrenze altbekannte Selbstverwirklichungsgequatsche: «Habe hier die Freiheit, zu machen, was ich will.» Abends dann gleich nochmal im TV-Gespräch mit Barlog, Stroux und Schalla und noch einmal von vorn diese neoliberalistische Leierka-

stenmelodie: «Hier kann ich die Befreiung des Menschen vorantreiben» – «Den Kapitalismus bekämpfen» – «Das öffentliche Bewußtsein anreichern». Scheinpolitische Phrasen als durchsichtiger Paravent für die narzißstischen Ansprüchlichkeiten einer nur an ihrem eigenen Durchkommen interessierten Privatperson. Dabei eine angenehm zu Ohren gehende, fast sanftmütige Stimme, die sich ihrer einschmeichelnden Tonart allerdings schon bewußt ist und selbst ein gelegentliches Zögern als Rollenspiel erkennen läßt.

Artikel von Peggy in «konkret» 12/72: «Männer sind mies» Imponierend ihre Rage. Mit Haß auf Druckpunkt gehen als Ausweis energischen Alterns. Läßt hoffen und setzt Zeichen.

8. Juni. Anruf Hubert Fichte, der über Hilda Heinemann einen Brief an den SPD-Schatzmeister Nau lancieren möchte: SPD solle endlich eine eigene Tageszeitung gründen. Schien mir durchaus ein Wort, aber leider auch nicht viel mehr. Huberts mir durchaus vertraute Neigung, sich im Spannungsfeld von Wünschen und Wirklichkeiten infantil bis paranoid zu verschätzen. a) Im Hinblick auf die Kapazität der Parteikasse. b) In den Kaufgewohnheiten eines an Parteiblättern auch nur halbwegs interessierten Abonnentenpublikums. c) In der Ausstrahlungskraft seines eigenen Namens auf eine ästhetisch kaum beleckte Klientel. Hat keine wirkliche Ahnung von der unendlichen Schwerfälligkeit eines Parteiapparates und nicht den mindesten Einblick in die realen Gründungs-, Herstellungs-, Vertriebs- u. Werbekosten. Kennt gerade eben mich als Honorar-Beschaffungsautomaten bei «konkret», wo ich ihn gern schon mal in der Rolle eines Manuskripteintreibers erlebt hätte.

18.00 und Warten auf «Kulturspiegel», Nordschau. Nicht gewagt, die Mutter zu benachrichtigen, weil ich neue Verklagungen u. Rufschädigungsrügen befürchtete. Telefongeklingel, aber ging vorsorglich nicht ran – mein Einwegtelefon. Als Zwischenreport, daß Gudrun Ensslin in einem Hamburger Kaufhaus geschnappt worden sei, durchgeladene Pistole in der Aigner-Handtasche. Fragte mich, wie viel Judaslohn wohl für die Verkäuferin/Denunziantin dabei herausgesprungen sei. Erneutes Geklingel und vermutet-unvermutet die Mutter, die mich ihrerseits auf die Sendung aufmerksam machen wollte. Fragte leger, «ah, läuft das heut schon?», worauf sie, daß sie bereits Tante Klärchen u. Tante Irmi und Onkel Reinhold und die Liebig-Familie angerufen hätte, seltsamer Sinneswandel, aber erklär mir mal einer die Anziehungskraft des Fernsehens und was sich die Mitwelt zur Bestätigung ihrer eigenen Existenz von ihm erwartet. Ich selbst versacke nach solchen Sendungen meist in tiefen Selbstwertzweifeln u. schäme mich meiner vor dem Kameraauge sichtlich zu ihren Ungunsten entstellten Natur. Um wieviel effektvoller sich im Vergleich z. B. Ingeborg Bachmann darstellt, die den Eindruck einer stammelnden Sibylle bereits als Naturgestus kultiviert hat. Ihre (unbestreitbaren) Verstörungen, die zugleich eine Art von klug kalkulierter Binnenregie erkennen lassen. Jedes noch so geringe Geflacker ihres Lebenslichtes im Zugwind der Öffentlichkeit als Bühneneindruck vorausbedacht u. in Regie genommen.

«DIE WELT» und ihr bereits von der Rolle abrufbares Hetzmuster: daß die terroristischen Anschläge der RAF auf unser Gemeinwesen u. das Walten der rotgelben Regierungskoalition einem gemeinsamen roten Pfuhl entquollen seien (siehe Herbert Kremp noch einmal: «Der Sumpf liegt links»). Was mir bei weitem logischer scheint, ist die interdependente Anziehungskraft zweier außerparlamentarisch agierender Freikorps, die die zivile Verfassung eines moderaten Systems von rechts u. links her unterminieren.

Die Kinofassung von Kafkas «Schloß» jetzt endlich über TV zur Kenntnis genommen. Interessant die Rolle des Landvermessers, die sich kategorial von Arno Schmidts geodätischem Orientierungssinn unterscheidet. Hier ein verstörter Getriebener – dort der Aufklärer, Datensicherer und Spurenleser. Hier die Bezweifelung von kartografischen Verzeichnungen überhaupt – dort die geometrische Verortung der Welt als letzte Versicherung einer eigenen Position auf dem schwankenden Erdenball. Statt des ewig fruchtlosen «Wer bin ich?» ein zumindest punktuell aufschlußreiches «Wo befinde ich mich?» Hier der Einzelgänger als ausgestoßener Fremdling – dort der auf seinen punktuellen Positionsermittlungen herausfordernd beharrende Besserwisser. Hier der tragisch scheiternde Irrwisch, dem am Ende sein eigenes Grab zugemessen wird – dort der aus der kommunen Betriebsnorm fallende Intellektuelle, der (siehe auch «Schwarze Spiegel») trutzig an seinem eigenen Grab vorbeimarschiert.

Meine eigenen Landvermesser im «Lombard» betreffend. Sie sind einerseits schon als Kobolde zu betrachten u. insofern vielleicht in die Nähe von Kafkas «Gehilfen» zu rükken. Andererseits als soziale Charakterlarven zu betrachten: Landnahme als kolonialistische Vermessungs- und Enteignungsmaßnahme. Die «Vermesser» allenfalls Vollzugsgehilfen eines neokapitalistischen Eroberungsfeldzugs.

8. Juni 72. ZEIT fahndet nach Ulrike-Fotos aus den Jahren vor ihrem Abtauchen in den Untergrund. Finde nur ein paar Hochzeits- u. Babygeburtstags-Bilder u. nicht ein einziges, das mich in ihrer Gesellschaft zeigt. Gemeinsames Zuarbeiten in der Redaktion niemals als dermaleinst zeitgeschichtlich aufschlußreiches Dokument betrachtet.

15.00: Ganzen Nachmittag Hubschrauberbewegungen über Elbstrand, Elbhang und Elbchaussee. Auf der (Auto)-Fahrt z. Bhf. Altona (Bernadotte-Arnoldstr.) ist der kleine stille Ottenser Friedhof insgesamt von Sicherungskräften umstellt, teils Grenzschutz, teils Polizei mit Handfeuerwaffen u. Schäferhunden. Auch Kampf- u. Observierhelikopter im angeschrägten Auf und Ab über den sich fast angewidert windenden und sträubenden Wacholdersträuchern. Die leicht erregbaren Linden am Gehweg wie von einem Orkan erfaßt u. nach paar Anflügen häßlich zerrupft u. fast des gesamten Blattwerks entkleidet. Angehalten, ausgestiegen u. beobachtet. Immer Block und Bleistift dabei: «Journaille!» Plötzlich die wilde Jagd wie auf höhere Weisung in Nordrichtung abschmierend, und was bleibt von dem ganzen Spektakel, sind paar blumenpflückende Kindlein am Friedhofseingang. Mich für kurzen Moment derart (= leibhaftig) in die Rolle eines Gesuchten hineinversetzt gefühlt, daß ich am Zeitungsstand zunächst nur «BILD» u. «Morgenpost» zu kaufen wagte u. im Papiergeschäft Meyer dann nach «stern» u. «FR» gefragt.

Im Bahnhofsrestaurant Rindshaxe, Bohnen, Püree, 6,90. Hageres Männlein, das gleich nach mir hereingeschlurcht kommt, gegenüber von meiner Sitzbucht Platz nimmt u. ausgebeutelte Ledertaschen, Jutesäckchen u. Hertietüten um sich herumgruppiert. Räuspert sich ziemlich ungenierlich, seufzt, rotzt in die Papierservietten ab, pfeift vor sich hin, verwickelt den Ober in Gespräche, die offenbar schon ältere Bekanntschaft voraussetzen, u. vertieft sich in seine Behältnisse. Als er nach längerem Gekrame u. Gekruschper wieder auftaucht, beginnt er zunächst zu summen, dann zu singen, Stühle hin u. her zu rücken und Butterbrote vor sich auszubreiten. Schließlich ein-zwei-drei-vier-fünf Hände voller Münzen aus den Hosentaschen zu ergraben und die Geldstücke nach ihrem Wert in Häufchen aufzuteilen. Baut kleine Türmchen vor sich auf, Markstücke, Fuffziger, Groschen, Penninge. Fährt mit dem Fingernagel daran entlang u. erfreut sich des feinen Geratsches mit vorgestrecktem Alberichköpfchen. Der Ober dabei immer freundlich, «Darfs noch 'n Bier sein?» –«Ah, und noch'n Köm, wird gemacht», als ob er einen guten Bekannten bewirtete – vielleicht sogar das eigene Väterchen.

Ruckartig wechselnde Wetterverhältnisse. Morgens Regen, Sturm, verwirbeltes Gewölk im grau-in-grauen Himmel, nun auf einmal eine strahlende Spätnachmittagssonne, die auf einen Schlag das schlichte Bahnhofsgeschirr vergoldet. E. noch in Stuttgart u. die unbezwingliche Lust, mich in ungezwungene Gesellschaft zu begeben. V. d. Bahnhofspost aus Erich angerufen, der – «Mensch du kommst wie gerufen!» – mit der Nachricht herausrückte, daß das Nüllchen noch da wäre, aber Gesa bereits im Anflug, was ihn grad eben zu der Lüge veranlaßt hätte, er müsse in 5 Minuten zu mir, um mir einige Illustrationen fürs neue «konkret» vorbeizubringen. «Zu PR? Na, da komm ich doch mit, weil die Eva hab ich schon lange mal kennen lernen wollen.» Hatte keine Ahnung, daß unser verschwiegenes Nachhilfewesen bei mir ein strengstens gehütetes Geheimnis ist u. ihr Auftauchen an Erichs Seite einen Abgrund aufreißen würde. Konnte in diesem Fall freilich beschwichtigen: «Schon in Ordnung, kommt einfach mal rüber, aber sag ihr, auch hier laufe sozusagen eine Uhr, und ich würde nur ihretwegen versuchen, die Abendsonne noch um eine halbe Stunde anzuhalten.» Und vielleicht wär sogar noch 'n kleiner Swutsch zur «Seglerbörse» drin.

Gezahlt. Nachhaus. Unterwegs noch'n paar übern Zaun hängende Nachbarsrosen mit dem Tapeziermesser abrasiert und auf meine buntgeblümelten Ital-Krüge verteilt. Bett gemacht, Abbruzzendecke drüber, paar Flaschen Studentensekt (MM) ins Kühlfach, drei Tüten gedreht, Hemd gewechselt, pompejanisch rotes T-Shirt ganz hübsch auf das blau verblichene Holzfällerhemd abgestimmt, halben Halm inhaliert, dann Balkon u. die Sternschnuppenprobe gemacht. Flogen mir auch sofort von unten her entgegen die bekannten Illuminatenblicke – also schnell den Kopf wieder eingezogen, um nur ja keinen Eindruck von Zuhausesein zu erwecken.

Dicke Nulli dagegen, als ich die beiden die Wendeltreppe zu meiner Wohnwerkstatt hochgelotst hatte, als erstes die Balkontür aufgerissen u. sich galionsfigurenmäßig über die Brüstung gehängt: «Määäääänsch, du hast hier vielleicht ne Aussicht, da kann man von der Felix-Dahn-Straße aus ja ganz neidisch werden.» – «Heißt ja auch Oevelgönne», sagte ich, «was bedeutet, daß es dir von allen Seiten her mißgönnt wird. Aber ganz so weit würd ich mich hier im Moment mal nicht rauslehnen, denn da laufen so verschiedene Herrschaften rum, die bei deinem Anblick sofort zu Besuch kommen möchten.»

Sie: daß das anscheinend immer und überall das Gleiche wäre. Nirgends dürfe man sich öffentlich zusammen zeigen und daß die bürgerliche Familie als geschlossene Anstalt doch was absolut Krankes sei. Übrigens großer Aufstand in der Schule, weil ihr Turnlehrer «einer völlig bescheuerten Notburga Nissen an die – nicht vorhandene Brust – gegrabscht haben soll und die darauf gleich zum Direx gelaufen ist». Lehrerkonferenzen am laufenden Band, ob sie Zeugen hätte. Ob ihr ‹Turni› das widerlegen könne. Ob ihm bei der Hilfestellung am Barren etwa die Hand ausgerutscht wär usw. usf. «Wo doch jedermann sehen kann, daß es da überhaupt nichts zum Anfassen gibt und sie das auch bloß darum an die große Glocke gehängt hat, um den anderen zu beweisen, daß auch sie was Betatschenswürdiges hat. Alles psycho-total, wie sich manche über etwas entrüsten, womit sie sich eigentlich brüsten möchten – Mensch, ich kann ja dichten –, und verloooogen bis dorthinaus, und dann steht da sogar noch ne ganze Clique dahinter, die das am liebsten sofort in die Zeitung setzen möchte!»

So noch ne ganze Weile weiter, eigentlich ganz patent, und sah richtig entzückend aus in ihrem Zorn und ihrem durchsichtigen Bindfadenhänger, und ich beneidete Erich um seine kleine Dämonin, während meine doch stark problemhaltige Beliebschaft aus Baaambek-Basch ... Als sie dann aber nochmal ausführlich auf ihre Beziehung zu Erich zu sprechen kommen wollte, bzw. s e i n e zu ihr, wiegelten wir beiden sofort vierhändig ab, weil wir nämlich noch'n bißchen was Ernsthaftes zu besprechen hätten. «Paar Sachen aus dem Krieg, und wie sie ihn da in die Mangel genommen haben», was sie allerdings weniger zu interessieren schien u. von sich aus vorschlug, dann schon mal zur «Seglerbörse vorauszusegeln».

. . . .

Sahn sie ungern abziehn allebeide, aber waren ja halbwegs verabredet gewesen, und er hatte auch extra sein DIN-A6-Wachstuchkläddelchen eingesteckt, eine der wenigen Hinterlassenschaften, die er außer einem Streifschuß aus dem Krieg mit nachhause gebracht hatte.

Also Italien, Viterbo, d. 18. März 43. Fanden uns zunächst bißchen schwer hinein in die abgelegten Klamotten, und er wußte auch gar nicht so recht, wo er anfangen u. welchen Gang er einlegen sollte. Ob er mir eigentlich schon von der kalten Dusche erzählt habe, die sie ihm nach der ersten Nacht im Gemeinschaftsquartier auf der Piazza Fontana Grande verpaßt hätten? – «Allerdings», sagte ich, «aber das ist inzwischen fast ein halbes Jahr her, und jetzt interessiert mich allmählich doch die Geheimdienstaffäre, die du immer so stikum vor dir hergeschoben hast.»

«Na ja, Geheimdienst oder wie man das nennen will» – jedenfalls habe er sich nach der unerwarteten Abfuhr einfach geschüttelt wie eine besprenzte Katze und sich anschließend erstmal die Stadt angesehen. Beinah zum Verrücktwerden schön diese wild verwinkelte und trotzdem fein gegliederte Provinzmetropole, wobei fast beeindrukkender noch als die alten Gemäuer und Wasserspeier die literarisch viel besungenen und ihrer Schönheit wegen weltberühmten Mädchen. Bißchen deftiger Schlag, aber gefährlich tailliert und mit renaissancemäßig schwungvoll gemodelten Beinen, denen er sich am liebsten stundenlang an die hölzernen Klapperlatschen geheftet hätte.

«Weißt du übrigens, wie Nulli den Begriff ‹in sexualibus› zuerst verstanden und dann auch immer lustig weiter benutzt hat? ‹In Sexliebusserl›, ist das nicht zum Verlieben süß, aber ich weiß ja, Italien, Viterbo, wo ich leider an meinen Termin gebunden war und mich befehlsgemäß um 13.30 in der Via Pellegrino Nummer Sowieso einzufinden hatte. War im berühmten ‹quartiere medioevale› gelegen, teils bis an den Rand des Zerbröckelns kaputt und mit zahlreichen bohlenverbolzten Eingängen, teils auch damals bereits als Touristenmagnet herausgeputzt, jeder Türklopfer und jede Klinke des nächtlichen Abschraubens wert. Ein Antiquitätenklauer-Dorado.

Zwischen gewagt überbrückten Gassen und festungsartigen Wohntürmen, die manchmal nur über schwindelnde Außentreppen zu erreichen waren, nach einigen Irrläufen u. Fehlpässen schließlich doch die Anlaufadresse gefunden. Von ihrem Äußeren her fast ein bißchen schedderig u. verwohnt, muldig ausgelatschte Stufen, die man, des fehlenden Handlaufs wegen, nur mit Vorsicht hinaufgelangen konnte, dann aber doch – auf einmal – höh! – ein massives und elegant gerieftes Eichenportal mit einem handgetriebenen Messingschild ‹Oberbauleitung der Luftwaffe/Organisation Todt/Provincia di Viterbo›. War bereits in Bozen darauf hingewiesen worden, daß RLM und OT in Italia meridionale arbeitsteilig miteinander verbandelt wären, trotzdem vor dem etwas zögerlichen Druck auf den Klingelknopf die sich logisch nahelegende Frage, welchem Herrn er in Zukunft eigentlich zu dienen habe. Entweder ‹Reichsmarschall› oder ‹Rüstungsministerium›, bzw. bei ihren Namen genannt Hermann Göring oder Albert Speer.

Nach Betreten der Durchgangsschleuse – zackiger Gruß – Vorlage der Papiere – mehrmalige Telefonate hin u. her – allerdings schon wieder im Zweifel, ob nicht sogar Dritten oder Vierten. Einerseits zwar höhere OT-Ränge in ihren grauolivbraunen Uniformjacken mit Hakenkreuzbinden und schwarz auf weiß bedruckten Kennstreifen am linken Ärmel, gar nicht so unvorteilhaft geschnitten und offensichtlich noch nie mit einem Krümelchen von ordinärem Erdenlehm in Berührung gekommen. Andrerseits allerhand buntes Volk aller möglichen deutschen und italienischen Waffengattungen, ihm besonders im Gedächtnis geblieben diese faschistischen SS-Chargen mit ihren güldenen Riesenadlern an den schwarzen Schirmmützen und den präpotent zur Schau gestellten Ballermannetuis an der Hüfte, die sich allerdings auffallend schnell verzogen und wie nicht gesehenwerdenwollende Irrwische der Geschichte durch den schmalen Windfang abschwirrten. Tcha, und wen hatten wir denn da, bzw. wieder mal vor uns? Die unserm Freund bereits patenschaftlich vertrauten Herren Clandestini aus Bozen, die ihn verkehrspolizistisch routiniert aus der Reihe der übrigen in Wartestellung erstarrten Befehlsempfänger herauswinkten: ‹Ah, der Herr Fähnrich der LS.-Truppe Z. b. V., wenn Sie uns bitte ins Konferenzzimmer folgen wollen.›

Bißchen längerer Gang, dreimal um die Ecke, dann auf der Linken wieder mal so ein halbantikes u. blankgewienertes Portal, richtig herrschaftsmäßig pompös und in keinem Vergleich zu den wie aus Wurzener Keksen zusammengenagelten Kasernentüren im sächsischen Bennewitz. Anschließend unerwartet wohnlich eingerichteter Raum, fast schon kleiner Salotto, italienische Stilmöbel à la letztes Drittel des vorigen Jahrhunderts, alles leicht überdrechselt und mit Löwenpranken reichlich bestückt, aber mit dem in Rosenmarmor gefaßten Kamin und den dickwanstigen, renaissancemäßig kostümierten Polstermöbeln beinah schon von einladender Gemütlichkeit.»

Also Erich mal wieder, erst kommt die Kunst und dann erst die Moral. Nicht mehr ganz so gemütlich und von einem gewissen Geheimdienstdunst überlagert allerdings die nachfolgenden Gespräche und die in unerwarteter Offenheit geäußerten Bemerkungen zur politischen Lage. War ja ein wirklicher Waisenknabe gewesen in Beurteilung dieses undefinierten Etappen-als-Front-Abschnitts und der nicht gerade vorteilhaften Ansichten über eine befreundete Macht. «Italienische Waffenbrüder» – gelegentlich einfach als «diese Brüder-da» tituliert – offenbar kriegsmüde bis zum Gehtnichtmehr und den Anforderungen eines verlustreichen Verteidigungskrieges in Nordafrika weder materiell noch moralisch gewachsen. Unliebsame Kompetenzrangeleien u. Meinungsverschiedenheiten bereits im teils vom Commando Supremo u. teils vom deutschen OKH beherrschten bzw. für sich in Anspruch genommenen Rom. OKH zwar per Führerbefehl angewiesen, sich auf italischem Boden nicht als Besatzungsmacht aufzuführen. Andererseits Vorkommnisse, die auf nichts anderes u. nichts Besseres als Verrat hinzudeuten schienen. Höchste Minister u. Würdenträger wie Badoglio, Graf Ciano, Ambrosio, Grandi u. der Herzog von d'Aosta, die über die Schweiz bereits heimliche Friedensfühler nach London ausgestreckt hatten u. im Begriff schienen, über einen Separatfrieden zu verhandeln. Mussolini? – Naja, magenkrank aus psychoneurotischen Gründen u. so gerade eben noch Herr über seine faschistischen Spezialeinheiten u. die ihm allein aus Gründen der Selbsterhaltung treu ergebene Geheimpolizei OVRA. Eigentlich bereits toter Mann und nur durch die unverbrüchliche Anhänglichkeit des Führers – «Unsere Ehre heißt Treue» – und durch seinen bunt bekordelten Schlafrock zusammengehalten.

Aber schon das «Commando Supremo» bei jeder anstehenden Entscheidung bis zur Entscheidungslosigkeit gespalten und nur in der einen obstruktiven Haltung geeint, sich bei operativen Maßnahmen nicht von deutschen Armeeführern oder Divisionskommandanten dreinreden zu lassen.

Also Grund genug, mit allen gerade noch eben legalistischen Mitteln die deutsche Truppenpräsenz im nördlichen Latium zu stärken, ohne den Eindruck von eigenmächtig in Anspruch genommener Befehlsgewalt zu erwecken.

Erich, der ahnungslose Attrappenbauer, Nebelwerfer und Kunstschutz-Idealist. Sah sich auf einmal mit richtigen Wahrheiten vertraut gemacht, die ihm beinah verboten schienen, und in topsekrete Machenschaften verstrickt, von denen niemand nichts wissen durfte. Und dann hieß es auch schon, «und nun zu Ihnen Herr Zettbevau, als der Sie uns von Ihrer Dienststelle im Reich empfohlen worden sind und in welcher Funktion Sie zunächst einmal zur ‹Luftwaffenabteilung der OT› in der Kommune Tarquinia überstellt werden. Der Herr Oberbauleiter Jessen steht im übrigen mit unserem eigenen Einsatzstab in ständiger Verbindung (keine weitere Angabe, keine Truppenzugehörigkeit, keine Amtsbezeichnung, kein Nichts) und wird Sie bis auf Abruf in ihre dortigen Aufgaben einweisen.

Daß die im Küstenbereich Mitte stationierten Einheiten ausschließlich mit taktischen Operationen befaßt sind, ist im übrigen kein Geheimnis u. im Einverständnis mit unseren italienischen Partnern geregelt worden. Heißt im einzelnen, Ausbau der Uferbefestigungen, Schutz des Kriegsflughafens und der Montecatini-Werke sowie der

Saline, die bei momentaner Lage der Dinge den gesamten Mittelabschnitt nebst natürlich auch der Hauptstadt mit dem nötigen Kochsalz beliefert. Die Freistellung Ihrer Person von körperlichen Arbeiten und lästigen Appelldiensten ist bereits zwischen unseren auf mehreren Ebenen kooperierenden Dienststellen vereinbart worden. Zeitweilige Beschäftigungen im Schreibstubenbereich u. die damit verbundenen Dolmetschertätigkeiten verstehen sich von selbst u. werden Sie nicht über Gebühr in Anspruch nehmen, es sei denn» – und hier schien der offizielle Verfügungsjargon unvermittelt in eine andere Tonlage überzuwechseln – eine Mischung von ‹unter uns› und ‹streng vertraulich› – «es sei denn, daß der Kriegsverlauf uns gewisse Abwehrmaßnahmen abverlangt, die im Augenblick zwar noch in den Sternen stehen, aber praktisch von einem Tag auf den anderen auf uns zukommen können. Na, nun starren Sie uns aber nicht gleich an wie ein verschreckter Osterhase. Alle dann auf Sie zukommenden Aufgaben oder Tätigkeiten entsprechen sowohl Ihrer Ausbildung als ‹Kunstschutz›-Experte als Ihrer uns von Bennewitz aus signalisierten Fähigkeit für versteckte Ermittlungen.»

«Meine Neugier war grenzenlos. Meine Aufmerksamkeit in einem Maße gespannt, daß ich nicht mehr wußte, wo die Faszination zu Ende war u. die Angst anfing. So 'n Gemisch aus brennendem Interesse und innerer Abwehr, was sich meinem Mienenspiel derart verräterisch mitgeteilt haben muß, daß sich der andere u. offensichtlich auch ranghöhere ‹Geheime› aufmunternd ins Gespräch einmischte u. zur Belebung der Unterhaltung nun tatsächlich ‹Punt e Mes› überkommen ließ: ‹alla salute, Herr von der Lieth, und auf gute Zusammenarbeit, weil die haben wir nötig, alle wie wir da sind, und sie wird sogar Ihren eigenen Liebhabereien aufs angenehmste entgegenkommen.

Wie Sie natürlich wissen, betreten Sie an Ihrem Bestimmungsort altehrwürdiges und geschichtsträchtiges Gelände, Tarquinius Priscus, Tarquinius Superbus usw., aber ich will Sie nicht langweilen. Was Sie nicht wissen können, weil Sie lange nicht vor Ort waren, ist die von uns schon seit längerem mit Mißtrauen beobachtete Tatsache, daß die militärischen Fronten hier keineswegs offen zu Tage liegen, sondern in einer Dunkelzone verlaufen, die unserem Zugriff zur Zeit noch entzogen ist. Im Klartext: daß in der gesamten Region die Raubgräberei in einem Ausmaß um sich gegriffen hat, das wir inzwischen nicht mehr als eine lokale Unart der Selbstbereicherung abhaken können. Sie betrifft nämlich unsere eigenen Sicherheitsinteressen an einem besonders wunden Punkt, weil die sogenannten ‹Fonebaroli› u. die lokalen Ordnungskräfte in durchaus bedrohlicher Weise gemeinsame Sache machen, sozusagen halbe-halbe, wobei die Halben dann nochmal geteilt werden können. Wie wir bereits in Erfahrung bringen konnten, fließen die Erlöse aus dem Raubgut nur zum Teil in den illegalen Kunsthandel ein, weil bedeutende Summen in einen politisch-militärischen Untergrund absickern, der sich ‹resistenza› nennt und wo sich jeder antike Blumenpott unversehens in einen Granatwerfer oder eine Maschinenpistole verwandeln kann.

Nun, Sie kennen ja das berühmte Führerwort ‹Wo der deutsche Soldat steht, da kommt kein anderer hin!›. Alles absolut unsere Meinung, nur daß er natürlich nicht überall sein kann, vor allem nicht in den verzweigten Gräber- und Stollensystemen der etruskischen Nekropolen – höchst verschwiegenen – von einer mafiosen Omertà gewissermaßen abgesiegelt – wobei die örtliche Polizeigewalt z. Zt. noch bei unseren italienischen Bundesgenossen liegt. Wie lange noch? Wir wissen es definitiv nicht, aber wir müssen uns auf einen gewissen ‹Tag X› auf jeden Fall rechtzeitig vorbereiten. Falls Italien sich – was der Führer u. die Vorsehung verhüten mögen – eines Tages auf die andere Seite schlägt, müssen wir über zuverlässige Liegenschaftskarten verfügen, und dann wird auch der bislang etwas schwammige Begriff ‹Kunstschutz› eine völlig neue Bedeutung bekommen.›»

Ich mit einem gewissen Ungefühl des Entsetzens, «na und du, na, und dann?», aber dann hätten sie ihn doch einfach auf den Kopf zu gefragt, ob er wisse, was man sich unter dem Beruf eines ‹Prospektors› vorzustellen habe. Eines ‹Ölprospektors›, eines ‹Goldprospektors›. – Eines ‹Diamantenprospektors› – was er einfach kopfnickend beantwortet habe, worauf sie ihn richtig begeistert zu i h r e m M a n n erklärt u. ihn halb ernsthaft, halb scherzhaft in den Rang eines ‹Amphorenprospektors› erhoben hatten.

Seine Aufgabe bis zu besagtem ‹Tag X›, einfach mal die Augen aufzumachen u. die Ohren zu spitzen, wo es momentan etwas zu ergraben u. neu zu entdecken gäbe. Auf welchen Wegen unschätzbare Schätze in den Antiquitätenhandel gelangten. Wie – er könne sich ruhig gemein machen u. sich als heimlichen Privatakquisiteur zu erkennen geben – so gewisse Verbindungsfäden zwischen den ortskundigen ‹Clandestini› u. den ihnen oft sogar verschwägerten u. verbrüderten ‹Poliziotti› u. ‹Carabinieri› verliefen. Zumal letztere häufig verirrte u. nicht gerade deutschenfreundliche ‹Supernationalisten› wären. Also alles in allem nur so'n bißchen gelehrtenhaftes Herumgespüre und gelegentliche Landpartien über Berg und Tal und durch wildromantische Etruskerschluchten und an verdächtig erscheinenden Hängen entlang, «eine Vorzugsofferte, Herr von der Lieth, und für einen Mann wie Sie eine reine Liebhabertätigkeit».

«Ja, sie waren schon sehr einfühlsam, unsere Herren Clandestini von der eigenen Seite. Und sie vermieden bewußt so verfängliche Wörter wie ‹Agententätigkeit› oder ‹geheimdienstliche Observationen› und verlangten statt irgendwelcher Beitrittserklärungen nur die eidesstattliche Verpflichtung absoluter Verschwiegenheit auch gegenüber höheren Diensträngen von RLM und OT. Wurden richtig aufgeräumt am Schluß und fragten beinahe nur noch der Form halber nach eventuellen Mitgliedschaften, SA, Partei, oder NS-Studentenbund, was ich zu ihrer sichtlichen Erleichterung alles verneinen konnte. ‹Also außer Ihrer abwehrtechnischen Spezialausbildung einfach nur Z.b.V.-Funktionen, ausgezeichnet›, aber ich sage dir, heimlich schlotterte mir doch der Arsch in der Hose u. ich dachte ‹Zettbevaumann›, das scheint mir von ‹V-Mann› gar nicht so weit entfernt. Und ich unterschrieb ihr ‹Gekados›-papier nebst Schweigeklausel mit zum ersten Mal richtig zittrigen Fingern.»

. . . .

Erich in Form. Erich auf Hochtouren. Erich fast schon nicht mehr von der vorhandenen Welt, sondern in einer magisch entrückten. Dann sich auf einmal an laufende Verhältnisse erinnernd u. beinah erschreckt, weil wir die verwahrloste u. verwaiste Nulli schon längst aus der «Seglerbörse» hatten rausfischen wollen. War aber, als wir anlangten, gar nicht mehr da, sondern aus Mangel an genehmer Gesellschaft in die ‹Zwiebel› abgeschwirrt – kleines Zettelchen auf dem Tresen –, aber dann – «Hallo Grede! Höh, min Peider!» – Grete Schildknecht mit ihren karminroten riesenwüchsigen Dreimaldurchbiegefingern am Klavier: «Ich werde jede Nacht von Ihnen träumen,/Ihr Anblick wird mir unvergeßlich sein!/ Doch möchte ich beim Abschied nicht versäumen,/zu sagen, ich lieb Sie allein», wobei die ganze Backschaft mitgrölte u. die sangeslustige Nulli sich ohne Kenntnis des Textes sofort in die Melodie reinfand. Machte mir schöne Augen – eigentlich schöner als erlaubt – und sah in ihrem Bindfadenvorhang ihrerseits zum Angrabbeln aus, bloß da gibt es – falls man nicht absolut trans ist – leider doch diese unüberschreitbaren Grenzen der Freundesfreundschaft, weshalb ich ihr nur einen aufhauchen u. das Codewort «Todsünde» in den Mund flüstern konnte. Erich – «hic Malta, hic salta!» s. «Handwerker» – nach drei gutgeschenkten Doppelten auch bereits soweit über die Harburger Berge, daß er das Gesetz des Handelns augenblicklich an sich riß: «Hab gerad lange mit Lüngi über bella Italia gesprochen, und im Herbst geht's dann ab nach Tarquinia!» Was sie aufs Stichwort hin den Barhocker wechseln u. mit ihren rosenfarbenen Schweinspfoten in seinem beneidenswert vollen Grauhaar rumkraulen ließ: «Und dann suchen wir endlich mal deine alten Partigiani auf und fragen sie, was die alles an die ‹Brigate rosse› weitergegeben haben.»

Ich nachhause ab u. Notizen.

23.00 Nachrichten: Flugzeugentführung in ČSSR: 23-jähriger Student (entsetzliches Alter) u. eine Flüchtlingsgruppe v. 10 Personen, wobei «zum ersten Mal in der zivilen Luftfahrt ein Pilot erschossen wurde». Schlimme Beispiele –

siehe RAF – verderben weltweit die Sitten, und man versteht schon das Unbehagen in Ostblockländern an solchen privatinitiatorischen Freibeutern der Freiheit.

23.50: Anruf Edu Zikade, er habe in 10 Minuten Geburtstag u. wolle zur Feier des Tages «Braden (Anstaltsleiter Vierlande) ne Kugel durch 'n Kopf jagen». Gratulierte ihm herzlich und schiß ihn dann übergangslos zusammen, er hätte wohl 'n Sprung in der Schüssel. Er war aber weder so noch so zu beruhigen u. räusperte sich weiter den Haß von der Seele: «Den geh ich heut noch ganz tierisch an, daß ihm das Gehirn blutig aus dem Kopf spritzt.» Wo er im Augenblick sei, gäbe es für ihn keinen Gegner u. er würde sich nun «zwei Ballermänner einstecken und auf'n Kiez gehen und auf Polizisten schießen». Sehr bedauert, daß E. nicht zur Stelle war, weil sie allein die magischen Beschwörungsformeln kennt, um solche durchgeknallten Kapeiken in sedierende Gespräche zu verwickeln. Sie Fädchen für Fädchen kokonisieren. Sehr eigenartig, daß sie nicht die geringste Furcht vor ihren Gewaltrockern hat u. paar schmucke Zigeunerbengels wie Edu zu ihren bevorzugten Klienten zählen.

Fr. 9. 6. Früh Balkon, schräger Sonneneinfall, glimmende Gewölke. Aufsatz «Schneller Wohnen» für «Schöner Wohnen», dabei mich länger in gewisse Zwangsgedanken vertieft, mit welchen Ausflüchten sie ihn mir wohl zurückschicken würden. 13.00 TV Lokstedt u. Abnahme der Paul-Kersten-Sendung f. «Neue Bibliothek». Eigentlich doch ganz ansehnliches Opusculum, weil Kersten etwas beherrscht, was nicht jeder kann: poetischen Dokumentarismus. Trotzdem das lebensbegleitende Ungefallen an mir selbst, dem scheinironisch verzogenen Mund, gestaltlos zurückweichenden Kinn (nur Ludwig Uhland scheint es noch schwerer getroffen zu haben), dieser räusprigen Stimme und den sich bei jeder heikleren Frage sogleich um drei Dioptrien verengenden Augen.

10. 6. Versucht, mich mit Valium noch ein wenig außer die Welt zu versetzen, eine fahrige halbe Stunde Schlaf, dann mit verhangenem Kopf die ERICH-Notizen der letzten Tage durch die Maschine gezogen.

Abends zu Reichelt, der sich neuerdings Eppendorfer nennen soll, 30. Geburtstag. War so'n braver u. scheinbar bescheidener Bengel gewesen, als er sofort nach seiner mehrjährigen Knastzeit (ältere Geliebte mit Kristallaschenbecher erschlagen) bei mir aufkreuzte – nun nach der Hochzeit mit der Kunstschulprofessorin Hildebrandt offensichtlich übergekarrt u. von Gedichten à la Bukowski plus Neruda nichts mehr zu sehen. Dagegen die Tische dickpampig überladen, hingeballerter Reichtum u. angeberisch zu wahrhaftigen Fleisch-, Fisch-, Käse- und Salat-Moränen aufgetürmte Wohlansehnlichkeit. Alles Bluff, alles Trug, alles schwul erschlichene Liebesgaben der rundum liebenswerten Lehrerin, daß mir beinah schon vorm Essen zum Kotzen zumute war. Neben uns als erste Gäste Hubert Fichte u. Lore Mau. Dann ein Chilene, der sich offenbar selbst als schön u. charmant empfand u. dem Hubert nahezurücken suchte, obwohl jener sich nachgerade ostentativ von ihm ab u. den wenigen hübschen Damen zuwandte. Früh nachhaus u. noch bißchen Jacob Burckhardt «Kultur der Renaissance», interessant, ma per tutto auch nicht gerade einladendes Zeitalter. Intelligenter u.

mit sozusagen nervichter Hand gegliederter Quaderbau der Sprache, an den man sich lehnt wie an ein unzerstörliches Gemäuer – selbst dort, wo man manche Ansichten, Meinungen, Wertzuschläge kaum noch als sozial verträglich empfindet.

Glänzende soziobiografische Künstlermedaillons in wenigen drei-vier Zeilen aufgerissen: «Als Ariost anfing, etwas zu werden, gab es, wenigstens in der wahren Bedeutung, keinen mailändischen und keinen florentinischen, bald auch keinen urbinatischen Hof mehr, von Neapel nicht zu reden, und er begnügte sich mit einer Stellung neben den Musikern und Gauklern des Kardinals Ippolito, bis ihn Alfonso in seine Dienste nahm. Anders war es mit Torquato Tasso, auf dessen Besitz der Hof eine wahre Eifersucht zeigte.» (Kröner, S. 52)

11. Juni. Sonne-Wolken-Gemisch, zunehmend sich eintrübend, dann die Zirren zu grau-in-grauen Flederwischen zusammenwachsend. Dösiger Kopf von zu viel Barack Palinka bei Reichelt u. wieder die alten Gelübde. Etagennachbar Blohm, der einen nicht mehr ganz frischen Turnschuh zum Auslüften aufs Verandendach stellte und sich, als ich ihn von meinem geöffneten Küchenfenster aus freundlich grüßte, echseneilig in sein Wohnzimmer zurückzog. Nach einer Viertelstunde sah ich ihn dann den zweiten Schuh vorsichtig neben den ersten plazieren, als ob er etwas Verbotenes täte. Jetzt der immer erfindungsreiche, lustige und possierliche Micio, der seine beiden Pfötchen in die fleckigen weißen Latschen steckt. Als Märchenthema: «Der gestiefelte Kater und der Pantoffelheld».

Abends Besuch: Unsere Vormieterin, die Malerin Dörte Harten, die sofort mit einer ergänzenden Anekdote aufwarten konnte. Hatte sich vor dem Stubenspiegel die Brüste massiert, als sie im aufgeklappten Fensterflügel plötzlich das Konterfei von Blohms langer gehöckerter Spannernase wahrnahm. Tat zunächst so, als ob sie ihn nicht bemerkt hätte, aber riß dann nach einiger Überwindung auch den anderen Flügel auf, um das verschreckte Nachtgespenst gerade noch wie einen bleichen Blitz in seine Küche entzischen zu sehen. Unser kleines scheinunschuldiges Oevelgönne auch nur paradigmatischer Ausschnitt einer von den unterschiedlichsten Dämonen bevölkerten Welt. Ein Idyll mit lauter verkappten Verrückten u. heimlichen Ogern in Spießergestalt. Allerdings, wer will lästern, bzw. Rilke mal wieder beim Wort genommen: «Und sieh dir andre an, es ist in allen!»

Nachts mit Brechts «Kleinbürgerhochzeit» zu Bett. Hat uns – und das bereits in seinen Jugendjahren – schon verdammt viel sozialsatirischen Bühnenklamauk vorweggenommen. Allerdings sich auch seinerseits mächtig beim Valentin verproviantiert. Die Kunst? Ein ewiges Wechselspiel von Wiederspiegelungen u. Widerhallen, wobei man zunächst mal vom eigenen Freiluftbalkon u. erst anschließend in die Bücher gucken sollte.

12. Juni. Grau, Regen, die Lindenblätter mit einem klebrigen Film überzogen. Die Blüten, schon seit Wochen startbereit, kommen der widrigen Wetterumstände wegen weder richtig zur Entfaltung u. schon gar nicht zum Duften. Seit einigen Tagen gewisse optische u. andere neuronale Sensationen, die mir zu denken geben. Bei jeder Blickwen-

dung tanzende Fusseln vor meinen Augen u. ein Gefühl von knirschenden Hirsekörnern in der Halswirbelsäule. Nachmittags trotzdem paar Schlucke «Uppgesetten» (Korn mit Johannisbeersaft) u. in einen Zustand von feurigem Wahnsinn geraten. Zuerst nur ein Sternschnuppenregen von scheinbar zusammenhanglosen Erleuchtungen – dann versucht, die unterschiedlichen Partikel zu gruppieren und sie strophisch zu vergesellschaften.

Alter Mann, auf frischer Flucht befindlich,
spritgetränkt.
ein feuchter Nervenwisch –
Mensch, dies Schnaps- und Theoriegemisch
ist noch immer leicht entzündlich.

Leider anschließend das Gefühl, als ob man sich mit gebundenen Versen immer mehr in die Enge dichte, eine Fadenlage nach der anderen, Mumienbinde nach der nächsten, eine Selbsteröffnung als Form der literarischen Abkapselung. In einem Anfall von Raus-aus-der-Bude und Rein-in-den-Betrieb Müff angerufen, dem es zwischen seinen Heizkörperrippen und Rohrgestängen ähnlich ging, u. gemeinsam zu einer Odysee durch unsre lokale Vergnügungsgalaxis aufgebrochen. Erstmal alle uns bekannten Nummern durchgeklingelt – AB – BC – DE – FG usw., aber nach gewissen, noch zu ergründenden statistischen Unerreichbarkeitsregeln niemand zuhaus und am Ende wir beiden glücklosen Glücksritter allein mit unseren alten Heldengeschichten im Pöseldorfer Biergehege. Um 23.00 mich auf den Heimweg gemacht u. in der dunklen pappelgesäumten Turmstraße schon von fern aus einen Haufen von offenbar randvoll abgefüllten Rockern gesichtet u. für zwei-drei Sekunden überlegt, ob ich lieber die Straßenseite wechseln solle. Da mir feiges Ausweichverhalten eigentlich nicht liegt und objektiv auch den Geruch von flüchtendem Wild vermittelt, schritt ich also straight u. unverfroren auf die schlingernde, kettenschwingende Truppe zu und fragte wie ein schon etwas angedudelter Oldtimer: «Sagen Sie mal, Sie kennen sich doch aus in dieser Gegend – mit welchem Bus oder welcher S-Bahn kommt man von hier aus auf dem schnellsten Weg zum Bahnhof Altona?» Es war vermutlich dieser unvermutet gesellige Ton, den sie am wenigsten von einem Passanten erwartet hatten, und er rührte statt an den immer auf der Lauer liegenden Beißtrieb an einen ganz woanders veranlagten Bescheidwissernerv. War offensichtlich Billstedter Gang, wie ich ihren Kluftaufklebern entnahm, die sich in Harvestehude selbst nicht recht auskannte, aber dann nannte der eine diesen Bus u. der andere jene S-Bahn – richtig lustiger Ratewettbewerb in dem scheinbar bis auf den Grund der Seele verwahrlosten Verein – und am Ende ging ich tief atmend u. von meinem eigenen Mut besoffen zur Bushaltestelle, die ich sowieso hatte ansteuern wollen.

Mich sofort an die alte Szene aus meiner Arnoldstraßenzeit (Mitte 50er Jahre) erinnert, als zwei jugendliche Nietenjacken vor mir den Weg aufräumten u. eisern Kurs auf meine schlackrige Studikererscheinung nahmen. Zuerst kleines Bleistiftanspitzerhündchen mit einem fürchterlichen Fußtritt auf die andere Straßenseite befördert. Dann einer jungen Mutti den Kinderwagen entrissen u. ihn auf die stark befahrene Piste befördert. Schließlich noch bei der kleinen Bäckerei an die Fensterscheibe gerotzt u. mit Fäusten dagegen gewummert – und das nächste Objekt ihres offenbar unstillbaren Kaputtmachertriebs war ausgesprochen ich. Aber was heißt in solchen Fällen überhaupt noch ICH? Es war meine U-Person und der aus tiefstem Haß geborene Mut, der mich kurz vor Tuchfühlung noch das Schlüsselbund aus der Tasche ziehen u. mit zusammengeknüllter Faust und wutsteifem Blick – westward ho! – zwischen den sich unwillkürlich zerteilenden Dioskuren hindurchschreiten ließ. Hinterher dann das lebenslang unvergeßliche Superioritätsgefühl, der Gewalt nicht gewichen zu sein, u. die noch lange nachbibbernde Lust, eine mir ungesonnene Welt als ganze herauszufordern.

13. Juni. Wolkiger Tag. Erdrückende Schwüle. Die Sonne, die sich immer wieder mal einen Durchblick zwischen dem Gewölk erstrahlt und dann draufhält wie eine Verrückte.

Balkon und «Handwerker». Sichtbar und hörbar heben sich meine Bühnenfiguren von Papier ab und kriegen rote Farben auf den Backen. Auch rieche ich gut und erfreue mich meiner sich fast überschlagenden Einfälle. USA, die in diesem Jahr bereits 180 Milliarden (!) Dollar (!) für ihre unberechenbaren Rüstungsgeschäfte ausgegeben haben, wohingegen unsere anarchistischen Pulverköppe ...

15. Juni. Morgens zur Strafvollzugsbehörde, um mir ausrangierte Möbel anzusehen. Wie mich der Hausmeister Schulz zunächst eine halbe Stunde lang warten ließ und dann als Entschuldigung vorbrachte, er hätte zu viel zu tun, um solche Verabredungen einzuhalten. Hantierte wichtigtuerisch mit seinen Schlüsselbunden herum und versuchte mir zum drittenmal klar zu machen, daß er noch nicht zu Mittag gegessen habe. Schwieg mit steifem Gesicht, weil ich so

schnell wie möglich an die Desiderata ranwollte: vier schmale Hochkantschränke, wie man sie früher (wann? In den 20er/30er Jahren?) mal zur Aufbewahrung von Richterroben genutzt hatte.

16. Juni 72. Nachrichten: also doch, jetzt haben sie sie. Ulrike M. in Hannover festgenommen, und da wird es in den nächsten 20 Jahren kaum noch ein Entkommen und keine roten Blütenträume mehr geben. Während ihre sentimentalischen Sympathisanten, mittlerweile an der Grenze des Pensionsalters, erinnerungsselig über ihren Memoiren und Genossen-wißt-ihr-noch-Rückblicken sitzen. Der lange Marsch durch die Institutionen – als täglicher Rundgang auf wechselnden Gefängnishöfen. Anruf Bissinger («stern»), Ulrike wöge nur noch 70 Pfund, ein klägliches Elendsbündel. Im Nachmittagsradio auf allen Kanälen Gratulations- und Grußadressen an «unsere wachsame Polizei». Unberührt von dem ganzen wüsten Durcheinander unser Micio, der zitternd vor Mordlust durchs Balkongitter auf die für ihn unerreichlichen Spatzen in der Regengosse starrt.

19. Juni. An einem Umspannkasten des E-Werks, Treppe Lüdemanns Weg, «Hier ist Baaders Waffenversteck». Aufs Land, um zusammen mit Müff an der Heizung herumzubasteln, darüber alle Ulrike-Sendungen in TV verpaßt. In sämtlichen Zeitungen u. Zeitschriften der letzten Tage Sonderausgaben mit Fotos von der Festnahme: Ulrike erbarmungswürdig abgemagert u. zugleich aufgeschwemmt, ein verspätetes Heimkind sie selbst u. insofern tragisches Opfer eines fatalen Identifikations-gleich-Genossenschaftszaubers. Alle möglichen Leute, die erzählen, daß sie bereits von Ulrike geträumt hätten. Als abstruser Widerspruch von nie-

mandem so richtig zur Kenntnis genommen, ein Teil von uns sitzt und ein anderer legt sich Besitztümer zu. Ein Teil hat praktisch mit dem Leben abgeschlossen – ein anderer gibt Interviews und schreibt weiter unverdrossen Zeitungsartikel und Erinnerungsprotokolle. Bewundernswert allein meine Eva, die Ulrike nun wirklich von gemeinsamen Studienzeiten her kennt, aber sich allen gierigen Presseanfragen eisern verweigert hat. Will nicht teilhaben an einem ihr von Grund auf verhaßten Verwurschtungsgewerbe. Ich? Kloß im Kugelschreiber. Keine Gruppenporträts mehr. Keine Einzelpsychogramme. Was von mir aus gesagt werden konnte, hab ich gesagt. Briefe von meiner Gondoliere aus in ihre Isozelle schienen mir frivol. Frage allein, wie sich das alles mal in zwanzig-dreißig Jahren lesen wird – wenn die Sympathisanten von heute alle längst abgeschworen haben und versuchen, die Scheiße wieder von den Hacken zu kriegen, in die sie damals so mutig reingetreten sind.

P.S. Kugelschreibermetapher, die mir nachgeht u. unentwegt neue Assos nach sich zieht.

Rh: Schlagflüssiger Kugelschreiber

Bis deinen Kugelschreiber
von selbst der Schlagfluß rührt

Wie dieser Kugelschreiber, wenn er auf den Rest geht,
nochmal richtig loskleckst

Sich selbst ausdrücken und im Ernstfall
auch gegen die eigene Natur –
Ausfluß als Ausdruck

Daß mir genügt, in sie hineinzufließen,
also hab ich die Welt geliebt –

Mein Blut im Fluge, mitten im Vergießen,

Tränen, mitten im Vergießen –

Dies Einzelding,
von dem es keinen Durchschlag gibt –

Ströme – Flüssigkeit

Im Notfall reicht die Hoffnung
grad noch bis zum Tresen,
wenn es bergab geht, drehen wir die Füller auf –

Am Abend wissen wir,
der Tag war nichts gewesen

. . . .

. . . . . Samenknauf.

Was wir am Morgen noch nicht glauben wollten
und fassen 1 2 3 zum Samenknauf.

Ein Fuder Lamahaar drang in den Ausverkauf
Glotze – Rotze – Kotze – z. Trotze –
– Schlußverkauf –
Aber am Kiosk die Vierfarbenfotze
riß weit die Blume auf –

Lebenskunst – – – – Sitzenbleiber

Buchführer – Protokollant – Zeitmitschreiber

Das ist die Lebenskunst der Sitzenbleiber
rührt – führt – spürt – verführt – gebührt –
bis seinen Kugelschreiber

Das ist die Lebenskunst der Sitzenbleiber,
e i n e r muß wachen, der die Bücher führt,
(eiskalt, glasklar)
Glasklar, eiskalt, bis einen (seinen – meinen) Kugelschreibe
von selbst der Schlagfluß rührt. –

dichtet – beschichtet – vernichtet – gerichtet

betonversiegelt – zugepappt – überlappt – schwappt.
– wie gehabt – verklappt –

Gefriergetrocknet und asbestbeschichtet,
betonversiegelt, eisenüberkappt –
W e n n a u c h n o c h (DU)
(versiegst) (zerläufst)
dann hat die Menschheit ausgedichtet,
dies wissend wirst du still
wenn süß die Jauche schwappt –

Nach kleinem Elbauf-und-Elbabgang eigentümlichen Federflaum in der Küche entdeckt, aufgelesen, betrachtet u. auf einmal bemerkt, daß es graubraune Haarbüschel waren. Als sich Micio, stillmaunzend, an meine Hosenbeine schmiegte, sah ich auf einmal den wahren Grund der Bescherung. Beinah bloßliegender Muskel wie bei einem enthäuteten Karnickelbraten. Mein kleiner niedlicher Pazikatz. Hat solche gefährlichen Krallen, richtige Rundnadeln, aber nutzt sie im Kriegs- bzw. Ernstfall gar nicht. Wie der Vater – so der Kater.

(Fortsetzung folgt)